LA PEAU DE CHAGRIN

HONORÉ DE BALZAC

La peau de chagrin

TEXTE DE L'ÉDITION ORIGINALE
(1831)

PRÉFACE DE PIERRE BARBÉRIS

LE LIVRE DE POCHE

Pierre Barbéris, professeur de littérature française à l'École Normale Supérieure de Saint-Cloud, est l'auteur de *Balzac et le mal du siècle* (2 volumes, Gallimard, 1970), *Le Monde de Balzac* (Arthaud, 1972) et *Mythes balzaciens* (Armand Colin, 1972) qui constituent une étude complète (génétique, thématique, idéologique) de l'œuvre de Balzac, lue comme l'une des œuvres témoins de la littérature romantique-critique. Il a publié également *Balzac, une mythologie réaliste* (Larousse, 1971) qui est un livre d'initiation à la problématique balzacienne.

PRÉFACE

On lira ici pour la première fois depuis près d'un siècle et demi le texte de *La Peau de chagrin* tel que le lurent les lecteurs au mois d'août 1831 dans les deux volumes in-8° publiés par Urbain Canel et Charles Gosselin. On a décidé en effet de reproduire le texte de l'édition originale, qui ne fut tirée qu'à sept cent cinquante exemplaires et qui est devenue introuvable, et non, comme on le fait traditionnellement, celui que Balzac a abondamment corrigé au cours des rééditions successives (septembre 1831, 1833, 1835, 1838, 1839, 1845) et jusqu'à l'ultime version donnée par l'exemplaire corrigé de sa main en vue d'une réédition de *La Comédie humaine* qui ne parut jamais (Furne corrigé). Les raisons de cette décision sont doubles.

Raisons générales. Le vrai texte d'une œuvre, celui qui dit un moment d'histoire dont on peut vraiment mesurer l'impact sur un public avec ce qu'il lui doit, est le premier texte publié, le premier qui ait été lu. Chaque fois qu'il est possible on devrait commencer par donner le texte du manuscrit, puis celui de l'édition originale, puis ceux des rééditions successives en essayant de les lire et de les expliquer. Ainsi, au lieu d'installer l'œuvre dans une sorte d'éternel a-temporel et transcendant, au ciel de la création et des idées, on la lirait et on la donnerait à lire dans les successives perspectives et situations qui ont été celles de sa production. Il n'existe aucune raison valable de ne considérer les premiers états écrits, publiés

ou lus comme de simples annexes du texte — au nom
de quoi? « définitif ». C'est tout le problème de l'édition et de la proposition des textes qui se trouve ainsi
posé.

Raisons particulières. Balzac a beaucoup corrigé ses
œuvres, surtout les plus anciennes, soit pour les faire
entrer dans son système des personnages reparaissants,
soit pour leur faire dire plus qu'elles ne disaient sur le
moment (commentaires, renvois implicites ou explicites
à d'autres œuvres depuis publiées), soit pour les mettre
en accord avec un système politique qui avait changé.
D'autre part Balzac a souvent tenu à faire figurer à la fin
de son texte revu et officialisé la date exacte, ou qu'il
voulait donner comme telle, de sa première rédaction,
cette date n'apparaissant d'ailleurs souvent qu'assez tard
dans l'histoire des éditions. C'est ainsi qu'à partir de
1835 *La Peau de chagrin* est datée de « La Bouleaumière, avril 1831 ». Le résultat est que le lecteur mal
informé lit un texte qui est de 1845 ou de plus tard sous
un millésime de quatorze ou quinze années antérieures.
Il en résulte d'innombrables risques d'erreur dans la
lecture et l'interprétation.

Ce risque est particulièrement sensible pour *La Peau de
chagrin,* texte d'une actualité immédiate et brûlante,
œuvre d'un journaliste et d'un conteur parisien bien différent de l'auteur de la future *Comédie humaine,* et qui,
en dépit de toute l'importance de la visée « philosophique », n'a pas encore en 1831 la couleur métaphysique
qu'il pourra prendre, coupé de ses origines et de son
premier contexte, dans l'ensemble de l'œuvre organisé.
Le texte définitif de *La Peau de chagrin* se trouve partout.
Le lecteur de la présente édition pourra faire les compa-
raisons qui s'imposent entre l'alpha et l'omega de cette
œuvre célèbre, mais dont la célébrité, dans ses conditions
actuelles de lecture et de fonctionnement, cache une
grande partie du sens vrai. Le chercheur, l'historien

disposeront enfin d'un texte qui ne figure actuelle-
ment qu'à la réserve de la Bibliothèque nationale et
dans la collection Lovenjoul à Chantilly. On espère
contribuer ainsi à la mise en place d'une lecture qui lave
le texte des ravages de l'idéologie du chef-d'œuvre et
qui permette de retrouver les impressions des premiers
lecteurs alors que le mot « balzacien » n'avait encore
aucun sens[1].

*
* *

La Peau de chagrin est l'ouvrage le plus caractéristique
et le plus important d'un Balzac « romantique », spécia-
liste incontesté du fantastique, providence des directeurs
de revues, et bien loin encore d'être le Balzac d'*Eugénie
Grandet :* il a mis provisoirement de côté les *Scènes de la
Vie privée* qui n'ont pas été comprises; il a fait beaucoup
de journalisme; il appartient à l'équipe Girardin; *Le
Feuilleton des Journaux politiques* (saint-simonien) l'appelle
en mai 1830, et non sans un peu d'agacement, « l'homme du moment »; il le restera pendant deux ans, multi-
pliant les contes, les nouvelles et les articles, vivant de
cette vie intense du Paris d'alors. C'est le séjour à Saché
en juin 1832, avec la rédaction de *Louis Lambert,* puis le
voyage à Genève et la rédaction du *Médecin de campagne*
qui feront apparaître un Balzac s'engageant dans des
voies nouvelles avec des fulgurances d'une tout autre
nature. *La Peau de chagrin* est la somme de ce Balzac
que masque aujourd'hui fortement le Balzac de *La Comédie humaine.*

Le manuscrit de *La Peau de chagrin* n'a pas été retrouvé.
Il existe seulement dans la collection Lovenjoul (A 177),

---

1. Sur l'évolution du texte dans les éditions successives, lire l'article
de J.-M. Falconner dans *L'Année-balzacienne 1969,* et Pierre Barbéris,
Balzac et le mal du siècle (Gallimard, 1970).

un exemplaire complet d'épreuves sur lequel figurent les dates de composition, avec les noms des compositeurs ainsi que les bons à tirer de la main de Balzac. Comme les dates s'échelonnent régulièrement (quoique avec deux coupures nettes[1]) du 7 février au 30 juillet 1831, il est à peu près certain qu'on se trouve en présence d'une reproduction typographique du manuscrit. Il n'y a pas eu plusieurs jeux d'épreuves successifs; les différences avec l'édition originale sont pratiquement nulles. Comme pour *Wann-Chlore* en 1822-1825, comme pour *Le Dernier Chouan* en 1829 et contrairement à ce qui se passera bientôt, Balzac a encore fait toutes ses corrections et additions sur son manuscrit. Le document A 177 permet de suivre aisément les étapes de la composition et de la remise de la copie. En recoupant ces renseignements avec ceux de la *Correspondance* et avec quelques témoignages contemporains, on peut reconstituer les pulsions successives de l'écriture du premier grand mythe balzacien.

Balzac, absent de Paris pendant la révolution (il était en Touraine avec Mme de Berny) a repris ses activités à la fin de l'été 1830. Depuis le 10 septembre il publiait régulièrement de dix jours en dix jours dans *Le Voleur* d'Émile de Girardin des *Lettres sur Paris* qui étaient censées expliquer la situation politique aux lecteurs de province. Mais il avait rapporté de Touraine un *Traité de la Vie élégante* qui parut dans *La Mode* du 2 octobre au 6 no-

---

1. On distingue trois moments dans la composition : 1° du 7 au 22 février (du début à la rencontre de Raphaël avec ses amis); 2° du 31 mars à la mi-avril (fin de la première partie); 3° du 30 mai au 30 juillet (seconde et troisième partie). On verra que le premier « tiers » a été écrit à Paris, le second à Saint-Cyr chez les Carraud et le troisième à Nemours chez Mme de Berny. La préface a été composée à part le 1er juillet.

vembre : c'était revenir à la littérature proprement dite. Le *Traité de la Vie élégante* devait être complété pour constituer un volume, mais le projet n'aboutit jamais. Les chapitres publiés par *La Mode,* toutefois, constituent comme un prologue à *La Peau de chagrin* : théorie du dandysme, idée de l'artifice fondamental de la « civilisation », image d'une humanité qui s'agite et tourne en rond au lieu d'avancer. Au lendemain de la révolution de Juillet, ces indications et théorisations sceptiques sont un signe non seulement de permanence mais de résurgence de tout un désenchantement qui s'attachait, *dès avant la révolution,* aux mœurs, aux institutions et à la vie dans la société moderne. Les suites de la révolution n'avaient pas rendu impensable ce *Traité,* qu'on aurait pu croire inspiré par la seule Restauration finissante. Et c'est dans le *Traité* que fait sa première apparition celui qui bientôt s'appellera Rastignac : Lautour-Mézeray, l'homme à la Vénus à la tortue.

Toute une série de textes, brefs en général, mais corrosifs et percutants, jalonnent les derniers mois de 1830, et font au *Traité* un cortège ricanant : *Le Ministre, Une vue du grand monde* (prospectus de *La Caricature,* dans les premiers jours d'octobre), *Zéro (La Silhouette* du 3 octobre), *L'Élixir de longue vie (Revue de Paris,* 24 octobre), *L'Opium* (*La Caricature,* 11 novembre), *La Comédie du diable (Introït, La Mode,* 13 novembre); *La Convention des morts (La Caricature,* 18 novembre), *Sarazine (Revue de Paris,* 21 et 28 novembre), *De ce qui n'est pas à la mode (La Mode,* 18 décembre). Un autre projet, au milieu de tant d'activités, prend corps : le 9 décembre *(La Mode)* dans les *Litanies romantiques,* autre attaque spirituelle et virulente contre l'absurde contemporain, Balzac fait le portrait d'un certain M. S..., qui s'est constitué à Paris « le Mécène de la littérature »; « le soir, ajoute-t-il, ou je lui lus *mon célèbre conte fantastique La Peau de chagrin,* il offrit de me l'acheter mille écus, à condition de le lui laisser imprimer à

vingt exemplaires. J'y consentis ». Cette publicité non
payée renvoie-t-elle à une œuvre alors rédigée? Ou
avancée? Et à quel point? D'après le témoignage de
Berthoud, jeune journaliste de la *Gazette de Cambrai* que
Girardin avait remarqué et attiré-à Paris et qui était vite
devenu l'ami de Balzac, son camarade à *La Mode* et au
Voleur, Balzac avait d'abord songé au sujet suivant : Raphaël, jeune esprit fort, se faisait mystifier par un vieux
juif, son créancier, qui décidait de le forcer à renoncer
à son matérialisme absolu; le talisman n'était qu'imaginaire et Raphaël mourait de frayeur au moment où le
vieillard lui révélait que la peau n'avait rétréci que très
naturellement et qu'il avait été victime de sa propre crédulité. Il y avait là matière à un conte vif, spirituel,
« philosophique » au sens traditionnel du terme, mais,
en tout état de cause, ne pouvant guère faire place à la
confidence, à l'expression de soi, à la peinture d'une
époque. Ce premier Raphaël, que l'on convertissait de
force et de manière originale au fantastique n'était pas
Balzac. Quand s'est opéré le total changement de front
qui conduira au long récit autobiographique de la
seconde partie? Le 16 décembre, dans *La Caricature,* paraît un croquis, *Le Dernier Napoléon :* un jeune homme se
dirige vers la Seine après avoir perdu sa dernière pièce
d'or dans une maison de jeu du Palais-Royal. Ce texte
est encore un peu une *Physiologie du joueur,* non sans
rapports avec *Le Garçon de bureau* du 25 novembre, ou
avec *Le Petit Mercier* du même numéro. Mais le portrait
du jeune homme est sombre, tragique. Que vient faire
ce désespéré dans l'univers supposé lumineux d'après
Juillet? *Le Dernier Napoléon* rejoint par son pessimisme
les autres textes fantastiques parus d'octobre à décembre, mais il en transporte l'inspiration fondamentale (la
société d'après Juillet n'a pas expulsé la misère ni
l'absurde) dans le cadre du monde immédiatement réel
et moderne.

Peut-on penser que dans l'esprit de Balzac l'assimila-
tion soit déjà faite entre le jeune désespéré du *Dernier
Napoléon* et le Raphaël de *La Peau de chagrin* évoqué
par Berthoud ? Si oui, ce premier projet devait être bien
antérieur à décembre et à la dramatisation que représente le fragment paru dans *La Caricature.* L'allusion toutefois du 9 décembre, dans *La Mode,* prouve que titre et
sujet principal sont contemporains de l'apparition dans
l'univers balzacien du jeune candidat au suicide : c'est
dans la première quinzaine de décembre 1830 que
s'opère le rapprochement entre le héros d'une assez
froide histoire de talisman et le porte-parole d'une jeunesse malheureuse. On peut penser que l'imagination de
Balzac ait alors explosé et que, du conte et du croquis,
il ait passé par un brusque élargissement au roman
d'une époque et au roman du *moi.* Une chose en tout
cas est certaine ; lorsque le 17 janvier 1831 il signe avec
Canel et Gosselin le contrat par lequel il promet de
livrer son manuscrit pour le 15 février, l'œuvre a pris
des dimensions nouvelles : deux volumes in-8° de 22 ou
23 feuilles chacun, soit un total d'environ 350 pages. Ce
seront là à peu de chose près (47 feuillets contre 45) les
dimensions définitives ; on peut penser que Balzac voit
désormais son œuvre telle qu'elle sera et que son plan
est arrêté. Il s'est bien éloigné du croquis et il se lance
dans une aventure nouvelle. Aventure absurde d'ailleurs
du point de vue professionnel : *La Peau de chagrin,* pour
ses deux gros volumes, ne devait rapporter à son auteur
que 1 125 francs, alors que les *Lettres sur Paris,* écrites au
jour le jour, lui rapportaient 100 francs par mois pendant six mois et que sa collaboration à la *Revue de Paris*
lui rapportait 700 francs par mois pour 56 pages ! Mais
comme pour *Le Centenaire* en 1822, comme pour *Le Médecin de campagne* en 1832, il se passait cette chose capitale et qui, fût-ce au prix de terribles difficultés, l'em-
portait sur tout autre considération : *Balzac avait quelque*

chose à dire qui le portait et qui changeait tout à la conception première. Ce phénomène de mutation, brusque,
inspirée, est très caractéristique du génie de Balzac, génie
d'expansion, non de concentration, exprimant un univers en expansion, non un univers de reploiement. Mais
quel peut être, fin 1830, l'élément qui a provoqué cette
explosion par le ventre d'un conte fantastique qui pouvait à la rigueur s'arranger d'un peu de réalisme? Il
semble ne devoir faire aucun doute que ce soit l'élément
autobiographique.

Depuis longtemps Balzac rêvait de raconter sa jeunesse, ses premières expériences, et de tirer un livre
directement de lui-même. En 1829 il avait renoncé à une
biographie fictive d'un certain Victor Morillon qui
devait   servir   d'avant-propos   au   *Dernier Chouan*.
Entre cette tentative abandonnée concernant un jeune
génie et *Louis Lambert* en 1832 c'est l'histoire de Raphaël
qui établit le lien nécessaire. Il a dû y avoir là, vers la fin
de 1830, une découverte capitale : de l'exercice littéraire,
on passait au travail sur soi. Le 7 mars, Balzac écrira à
Gosselin : « Je travaille sans relâche et sans distraction
à vous achever *La Peau de chagrin*. Je termine ce soir la
première partie (souligné dans l'autographe), celle qui me
donne le plus de soucis, et d'où dépend tout le livre.
Cette rude tâche accomplie, le reste ira tout seul. » On
comprend pourquoi. La première partie est celle dans
laquelle l'invention, l'arrangement des épisodes, la pré-
sentation des personnages, les grands effets-chocs, demandent évidemment le plus d'effort de la part de l'écrivain. Mais la seconde partie qui suivait, elle pouvait aller
seule! Il n'y avait guère qu'à laisser parler les souvenirs.
Dans cette lettre du 7 mars, on sent que Balzac a comme
hâte d'en venir enfin au moment où il pourra écrire ce
livre dont il rêve depuis longtemps. Fragment de livre,
plus exactement, pour le moment, car il faudra bien
dénouer l'histoire, revenir à l'intrigue, satisfaire le

lecteur qui veut son dénouement et sa leçon : ce n'est
pas encore maintenant que Balzac pourra vraiment écrire
ce livre qui ne soit que de lui et qui n'ait pas besoin de
la littérature. Il attendra Saché, en 1832, et *Louis Lambert.* L'explication de l'élan (d'abord inattendu), ensuite
la retenue de *La Peau de chagrin,* en 1830-1831, est sans
doute là : le Balzac qui, certes, on le verra, exprime son
époque mais aussi recourt à des effets, y dispute encore
la place au Balzac pleinement lui-même et ne tenant
compte que de ce qu'il a à dire.

Quoi qu'il en soit, Balzac pouvait penser que l'affaire
avançait. Ce n'est que le 7 février que seront composées
les premières pages du roman. Mais on était parti, et dès
le 31 janvier, dans la treizième *Lettre sur Paris,* Balzac
profitait, après un bilan littéraire de l'année écoulée,
d'un panorama de ce qui se préparait chez les écrivains,
pour se placer dans la course parisienne au succès. *Notre-
Dame de Paris* est sous presse; Nodier, Janin, Delavigne
sont au travail; « Chateaubriand va donner son *Histoire
de France,* et M. de Sainte-Beuve, talent consciencieux,
un roman ». Mais ce n'est pas tout : « L'auteur de la
Physiologie du mariage va publier un livre intitulé *La
Peau de chagrin.* » Les malheureuses *Scènes de la Vie privée* étaient passées sous silence et Balzac exploitait le
seul réel succès qu'il ait encore obtenu. Le secret de
l'anonymat de la *Physiologie du mariage* était dans l'ensemble éventé; mais un article d'Henri Fonfrède, à Bordeaux, prouvera que c'est *La Peau de chagrin* seule qui
nomma à bien des lecteurs l'auteur du livre à scandale
de fin 1829. De toute façon l'opération publicitaire
était habile de la part d'un homme qui avait peu publié
et se trouvait dans la position du journaliste dont on
attendait encore la confirmation dans le monde vraiment
littéraire.

La date convenue approchait. Mais d'après les indications de A 177, le 12 février, il n'y avait encore que

97 pages de composées et l'on en était, très exactement, au portrait de l'antiquaire : « Figurez-vous un petit vieillard... » Le 14 février, veille du jour prévu pour la remise du manuscrit, Balzac écrit à Canel une lettre furieuse, dans laquelle il menace, si on ne lui consent pas une avance, de laisser tomber *La Peau de chagrin* et d'aller se faire de l'argent dans les revues. Contre-feu sans doute, et d'autant plus que, pris par des engagements antérieurs, Balzac ne pouvait tenir sur tous les fronts. Les 23 et 30 janvier, la *Revue de Paris* publie *La Fascination* et *Le Capitaine parisien,* puis le 27 février, *Le Réquisitionnaire,* à la place d'un *Conte drolatique* momentanément écarté. Autant de manuscrit à terminer, d'épreuves à corriger. On comprend que les promesses faites à Canel et Gosselin n'aient pas été tenues. La *Revue de Paris* satisfaite toutefois, Balzac décida d'en finir avec *La Peau de chagrin.* Une solution s'imposait : quitter Paris, aller s'enfermer quelque part, au calme, et travailler. Ce fut une courte hégire à Saint-Cyr, chez les Carraud, comme plus tard à Nemours ou à Saché. On était au début de mars. Balzac ne resta que quelques jours à Saint-Cyr. Il y termina seulement la première partie, comme le prouve une lettre à Gosselin du 7 mars. Sur A 177, on constate une coupure entre le 22 février (« Animal! — Imbécile! ») et le 31 mars (« Plus loin, un statuaire... »). Les remises de copie s'échelonnent ensuite : 6, 7, 13 avril; puis c'est une nouvelle coupure qui correspond à la reprise, le 30 mai, avec le récit de Raphaël et la seconde partie. Le séjour à Saint-Cyr, par conséquent, n'a pas été très fructueux et *La Peau de chagrin* n'a guère avancé dans les semaines qui suivent le retour à Paris : au total, un maximum de quatre-vingts pages imprimées, contre 145 rédigées en janvier et février. Mais comment s'en étonner? En même temps que les premières épreuves de la copie rédigée à Saint-Cyr arrivaient celles d'un *Conte drolatique* (le premier, le

plus ancien) : *La Belle Impéria*. Au lendemain du sac de
l'Archevêché, la *Revue de Paris* avait fait mine de refuser
ce texte, susceptible d'effaroucher des lecteurs et de provoquer des désabonnements; mais les esprits s'étant calmés et le changement de direction aidant, Charles Rabou
finira par publier en juin ce dont n'avait pas voulu
Véron. Comme Balzac assignera à sa *Peau de chagrin* des
origines rabelaisiennes et comme il entendra situer son
conte fantastique par rapport aux grandes leçons panta-
gruelines, il n'est pas indifférent de signaler ce parallé-
lisme dans l'élaboration d'œuvres en apparence si différentes. *Le Voleur* cependant reproduisait *Le Petit Souper*
(première partie de l'actuel *Sur Catherine de Médicis*), paru
pour la première fois en 1830 sous le titre *Les Deux
Rêves* et auquel visiblement son auteur tenait beaucoup.
Autres épreuves à corriger. Balzac était repris. Il parle
même dans une lettre à Berthoud de la première quinzaine de mars, de ces fantomatiques *Scènes de la Vie
militaire* promises à Canel et à Boulland, et dont il pré-
tend être en train de corriger des épreuves, ce qui est
absolument impossible[1]. Sans doute Balzac est-il réellement repris, mais sans doute aussi rêve-t-il un peu,
comme pour s'excuser vis-à-vis de soi-même (car que
lui demandait Berthoud?) de ne pas travailler davantage
à *La Peau de chagrin*.

Il est vrai que d'autres projets l'ont alors saisi, qui ne
sont plus exclusivement littéraires. Il songe à se présenter
aux élections législatives à Cambrai. Il se renseigne
auprès du fidèle Berthoud pour savoir « quelle espèce

---

1. Aucune des nouvelles devant constituer ces *Scènes de la Vie militaire* n'est alors à l'impression ou à la réimpression. *El verdugo* et *le
Réquisitionnaire* attendront les *Contes philosophiques* de septembre
1831, et *Adieu* attendra les *Scènes de la Vie privée* de 1832.
Quant à *Une passion dans le désert,* ce texte de la fin de 1830 ne
reparaîtra que dans les *Études philosophiques de 1837*.

d'ouvrage politique pourrait appuyer [sa] candidature ».
Deux ou trois jours plus tard dans *Le Voleur,* en tête du
Petit Souper, on pouvait lire ce chapeau évidemment
inspiré :

Cet article que nous empruntons au dernier numéro de la
Revue des Deux Mondes *renferme une pensée politique,*
aussi hardie que profonde, et qui a besoin d'être méditée pour
être bien comprise. L'auteur, M. de Balzac, paraît ne pas vou-
loir s'arrêter à la réputation littéraire que la Physiologie du
mariage, *ses compositions remarquables de la* Revue de Paris
et les Lettres *sur Paris publiées dans notre journal, lui*
ont assurée : son talent grandit en s'avançant vers un avenir
politique qui, maintenant, s'est en quelque sorte rapproché de
lui.

Balzac rédige alors une brochure, *Enquête sur la politi-*
que de deux ministères, qui sera mise en vente le 23 avril.
Comment *La Peau,* une fois encore, avancerait-elle? Au
début de mai, Balzac avoue à Zulma Carraud n'avoir pas
touché à son manuscrit depuis le séjour chez elle en
mars. Secret confié à une amie sûre? Il parle de « travaux extraordinaires » que l'on n'identifie pas tous (toujours le rêve?) mais qui n'en correspondent pas moins à
tout cet éparpillement de la vie parisienne et à toute
cette usure par le système qui conduira au semi-effon-
drement de mai-juin 1832. Quoi qu'il en soit le temps
pressait et de nouveau Balzac décida de quitter Paris.
Il choisit pour en finir cette fois, la propriété de Mme
de Berny près de Nemours : La Bouleaumière. Le 6 mai
il écrit à Ratier, directeur de *La Silhouette,* qu'il quitte
Paris pour une quinzaine. Il restera à Nemours jusqu'au
24. Moins d'une semaine après son arrivée, il envoie
quarante feuillets de copie à Gosselin. Quelques jours
plus tard, c'est un nouvel envoi de vingt-six feuillets :
« Il y a là de quoi terminer le premier volume, qui finira
au 30e feuillet. » Comme on voit, la rédaction de la

seconde partie (*La Femme sans cœur,* la plus riche en
souvenirs, aussi bien ceux de l'enfance et de la jeunesse
que ceux de Paris et des camarades) a été écrite très vite
et dans une sorte d'enthousiasme. La paix des champs
était là certes, et peut-être aussi surtout Mme de Berny,
vieillissante et protectrice, mais figure, à elle seule, de
tout un cher passé. Oui, Balzac n'avait plus à ahaner.
Que le lundi suivant (le 24) les épreuves soient prêtes !
« J'arriverai avec autant de copie pour la seconde
semaine de l'imprimerie, de sorte que les compositeurs
ne cesseront pas et que rien n'arrêtera. » L'échelonne-
ment régulier des dates sur A 177 prouve qu'il disait la
vérité, et comme dans la réédition de 1835 Balzac datera
La Peau de chagrin : « A la Bouleaumière, avril 1831[1] », on
peut bien penser que lorsqu'il rentre à Paris il a un manuscrit prêt pour l'impression. On est alors le lundi
24 mai 1831 et, dès le 30 mai, comme en témoigne A 177,
la composition reprend, sur la confession de Raphaël.
Un autre et sûr point de repère permet d'ailleurs et de
dater la rédaction et de comprendre comment déjà en
un mouvement spontané, elle ouvrait sur autre chose :
dans un même élan, Balzac retrouve et exprime le
passé et formule, avec toute une problématique, tout un
romanesque nouveau. Sur une lettre de Charles Rabou,
datée de Paris le 21 mai et donc reçue à Nemours dans
les jours qui suivent, on lit ces ébauches qui se rappor-
tent à la confession de Raphaël :

*S'ils n'étaient pas débauchés, ils ébranleraient le monde. La
coupe d'Héraclé a sauvé le monde d'Alexandre.*

N'y a-t-il pas des repos complets après lesquels soupirent les

---

1. Jusqu'en 1835, les éditions ne sont pas datées. A partir de 1839,
l'indication concernant La Bouleaumière disparaît, et Balzac date « Paris 1830-1831 ». Cette datation fin 1834 semble bien être un hom-
mage à Mme de Berny, que Balzac abandonne de plus en plus pour
Mme Hanska. Avril est évidemment une erreur qu'explique le temps
écoulé.

hautes intelligences : leurs orgies sont des impôts qu'elles paient
au génie du mal. Quand un homme de talent n'est pas volup-
tueux par intermittence la nature l'a fait chétif.

Enfin pour certaines âmes, il est des chutes horribles après
lesquelles il faut se réfugier dans le ciel ou dans l'enfer, dans la
débauche ou dans l'hospice du mont Saint-Bernard.

Comme ces lignes n'ont pu être tracées que très peu
de temps avant le retour à Paris, soit lorsque le manuscrit était tout prêt d'être achevé, il s'agit certainement
d'enrichissements apportés au premier jet. On comprend ainsi sur quoi Balzac travaille; on comprend
aussi dans quelle direction s'oriente sa pensée : la débauche, et l'oubli de soi dans cette espèce de forme particulière de la mystique, c'est la solution de Raphaël (ou la
vie de Balzac à Paris); mais la retraite, la préservation
et l'économie de soi, avec tous les prolongements positifs possibles, au moins cette semi-victoire sur l'absurde
qui vous dévore, c'est déjà la solution de Benassis dans
Le Médecin de campagne (ou la retraite de Balzac à La Bouleaumière). Alors même que *La Peau de chagrin* n'est pas
achevée, on voit l'imagination du romancier à partir de
son expérience récente et de tout ce qui va bientôt à
nouveau le happer, prendre son essor vers de nouveaux
sujets, ou plus exactement les sujets sortir les uns des
autres, seules les nécessités du métier autorisant certains développements, forçant à en réserver d'autres,
autorisant tout au plus quelque affleurement rapide. La
retraite de Raphaël au Mont-Dore, ces « Scènes de village », qui viennent d'un texte momentanément non uti-
lisé de 1830 mais qui ressortira dans *Le Médecin de campagne*[1], sont l'incarnation romanesque momentanée de
cet autre possible et de cette autre nécessité. *Que faire
de soi?* La force explosive de l'énergie concentrée dans
un être et que ne sait ni ne peut utiliser la société libérale

---

1. Voir la Préface à ce roman dans la même collection.

c'est sur ce grand sujet que Balzac médite à Nemours au moment de rentrer à Paris. Il est certes rageant de ne pouvoir interroger le manuscrit, mais on imagine aisément que ces réflexions, comme toujours, ont pu venir se greffer sur une première rédaction simplement narrative, Balzac à la relecture s'apercevant que l'essentiel n'était pas dans l'intrigue mais dans les significations.

Pendant le séjour à Nemours, *La Peau de chagrin* avait suffisamment avancé pour qu'un fragment, intitulé *Une débauche,* pût paraître (tout faisant argent) dans la *Revue des Deux Mondes* du 15 mai. *Une débauche* correspond à l'orgie chez le banquier, depuis « Émile était un journaliste » (dans la *Revue des Deux Mondes* « était un auteur ») jusqu'à « Et ils vidèrent leurs calices de science, de gaz carbonique, de parfums, de poésie et d'incrédulité » (pp. 69-88). Contrairement au *Dernier Napoléon,* qui était un état antérieur du texte, cette fois, il s'agissait bien d'un extrait : on ne relève que de rares et minimes variantes par rapport à l'édition originale.

Une débauche était précédée d'un chapeau habilement rédigé qui préparait la sortie du livre. Outre que l'argent frais venait à l'auteur, l'éditeur se voyait ainsi par cette démarche publicitaire quelque peu dédommagé des retards subis par la livraison :

Impatiemment attendue, l'œuvre originale dans laquelle notre collaborateur a, dit-on, merveilleusement uni la peinture de la société moderne, son manque de croyance, son luxe, ses passions, aux plus hautes idées morales et philosophiques, doit paraître dans quelques jours (le 15 juin). On sait que La Peau de chagrin *a déjà obtenu dans les salons de Paris d'honorables suffrages.*

Raphaël de Valentin, le héros du livre, est poussé par le désespoir à un cruel suicide. Mais il voudrait assister encore à une orgie, afin de mourir comme le duc de Clarence, non pas tout à fait dans un tonneau de Malvoisie, mais au milieu d'un

*festin moderne, éclatant de luxe, et au sein de la débauche. En
ce moment, l'un de ses amis, Émile, le rencontre et l'emmène
au dîner donné par un capitaliste qui fonde un journal ministériel.*

Dans le cours du texte, figurait une note qui a disparu
de l'édition originale. C'est à propos de l'échange :
« Lamartine restera! Ah! Scribe, Monsieur a bien de l'esprit! — Et Victor Hugo? » (p. 80) : « Obligé de donner de
l'actualité à ce livre, l'auteur fait parler dans ce banquet
les convives avec la liberté que suppose le vin et la bonne
chère, mais il espère que son opinion sur les hommes
dont il estime sincèrement les ouvrages ne sera pas sus-
pectée. »

Maintenant, fallait-il prendre au sérieux la promesse
du 15 juin? Pour qui connaît le dossier, Balzac ne pouvait pas ne pas savoir qu'il était loin d'être prêt. A
Nemours, en effet, il n'avait pas travaillé qu'à « cette
terrible *Peau de chagrin* » dont il disait dans une lettre à
Ratier qu'il aurait bien voulu, « au rebours du héros
[la] voir diminuer ». Le 18 mai, à Charles Rabou qui
avait succédé à Véron à la tête de la *Revue de Paris* Balzac
demande si — prenons garde à ce titre — *L'Auberge Rouge*
paraîtra à la Trinité, et toute la lettre est pleine de ce
nouveau projet :

*Je suis en ce moment à cheval sur un crime, et je mange, je
me couche dans* L'Auberge Rougé, *de manière à donner
mardi matin, à mon débotté, le premier paragraphe à notre ami
Foucault, un joli petit manuscrit fait à la campagne, une copie
sans rature, léchée, pourléchée, coquettement corrigée... Ah! Ah!
je ne voudrais pas tromper mon ami Gosselin et donner un coup
de canif dans sa* Peau de chagrin *pour Sa Majesté Frédéric-
Guillaume [...] Je suis ici dans un pauvre livre, dans un
pavillon au fond des terres vivant avec* La Peau de chagrin,
*qui, Dieu merci, s'achève. Je travaille nuit et jour, ne vivant
que de café, aussi j'ai besoin pour trouver une distraction à mon*

travail habituel de faire L'Auberge Rouge, *comme on va caresser la femme du voisin.*

Interférence purement technique, en apparence, et du domaine bien connu de l'imprévoyance, de l'indiscipline ou de la dispersion balzacienne? En fait, il s'agit de quelque chose de plus subtil et de plus profond.

L'Auberge Rouge racontait l'histoire d'un crime commis en 1799. Un homme, Mauricey, a tué pour le voler un compagnon de rencontre dans une auberge d'Andernach. Il a laissé accuser et condamner à sa place son ami Prosper Magnan. Ce crime est à l'origine de sa fortune : il est aujourd'hui banquier, il reçoit; on l'estime; il a sa place dans la société. On retrouve là l'un des thèmes les plus anciens du romanesque balzacien : celui des « crimes cachés », sanglants ou non. Or, dans le *Prospectus* de *La Caricature,* en octobre 1830, Balzac avait publié un *Croquis* sur un sujet comparable : un jeune homme, Stanislas de B... a tué son oncle, Joseph Cottin, et recueilli sa succession; jamais on n'a pu prouver sa culpabilité. Dix-neuf ans plus tard, on le retrouve dans un salon de Paris, spirituel et entouré : « Eh bien! conclut le narrateur, est-ce que je ne vois pas tous les jours des banqueroutiers, des faussaires, des voleurs tout aussi honorés? Pourquoi la bonne société reculerait-elle devant un meurtrier? » Cette idée ne devait pas quitter Balzac de si tôt. Lorsque, en mars 1831, chez les Carraud, il termine la première partie de *La Peau de chagrin,* il fait ainsi présenter le banquier-amphitryon par Émile : « S'il faut en croire les envieux et ceux qui tiennent à voir les ressorts de la vie, *cet homme aurait tué, pendant la Révolution,* je ne sais quelle vieille dame asthmatique, un petit orphelin scrofuleux, et quelques autres personnes. » Cette version se maintiendra jusqu'à la réédition de 1835, où elle cédera la place à un autre : « S'il faut en croire les envieux et ceux qui tiennent à voir les ressorts de la vie, *cet homme aurait tué pendant la Révolution un Alle-mand et quelques autres personnes qui seraient, dit-on, son meilleur ami et la mère de cet ami.* » Trois ans plus tard, dans la cinquième édition, l'anonyme amphitryon prendra le nom de Taillefer, et l'année précédente, en 1837 le Mauricey de *L'Auberge Rouge* était devenu lui aussi Taillefer dans la réédition pour les *Études philoso-phiques.* Or Taillefer était né à l'existence romanesque en 1834 dans le manuscrit du *Père Goriot.* On comprend ce qui s'est passé : en 1830-1831, Balzac est hanté par ce thème d'un homme qui doit sa fortune à un crime caché : la bonne société le reçoit et il la reçoit. Le thème affleure dans *Croquis* (mais le criminel n'était encore qu'un fashio-nable), puis à nouveau dans le manuscrit de *La Peau de chagrin,* mais cette fois avec l'incarnation du banquier. Pourquoi la vieille dame asthmatique et l'enfant scro-fuleux? Ceci n'a aucun sens. Balzac ne tient-il pas à dis-tance un sujet qu'il réserve pour un autre usage? Le meurtre de l'ami sera au centre de *L'Auberge Rouge,* deux mois plus tard. Les deux textes sont ainsi, non sans artifice puisqu'ils procèdent de la même idée, maintenus chacun dans une relative indépendance. *Balzac ne cherche pas encore à réunir, à rassembler, à unifier, mais bien à diver-sifier : il tient à ne pas donner l'impression qu'il écrit deux fois la même chose.* Si le retour des personnages est en puis-sance dans une commune et souterraine inspiration, Balzac résiste à ce qu'il semble ne considérer encore que comme du double emploi, non comme un procédé sus-ceptible d'effets de récurrence ou de profondeur de champ. Trois ans plus tard, dans *Le Père Goriot,* Taillefer est un être dur et inhumain, mais de plus, selon Vautrin, il passe... pour avoir assassiné un de ses amis pendant la Révolution! On voit les rapprochements s'opérer. Mais, en 1835, rappelons-le, nul ne pouvait songer à rapprocher le renseignement fourni par Vautrin de l'his-toire de Mauricey et, en faisant Taillefer, Balzac relie

L'Auberge Rouge au *Père Goriot;* l'année suivante il boucle la boucle en liant à son tour *La Peau de chagrin* aux deux autres textes de la saga Taillefer. La conclusion est claire : Balzac n'a réalisé que tardivement qu'il pouvait tirer de l'unité profonde de sa vision et de son inspiration une unité romanesque. Mais aussi, pour réaliser cette unité, il n'a pas eu à surimposer un système à ses derniers romans. Il n'a eu qu'à laisser se rejoindre et se compléter ce qui avait, dès le départ, une origine, des intentions, et une signification communes.

Balzac avait promis *L'Auberge Rouge* à Rabou pour la fin du mois de mai. Malgré son départ enthousiaste (il y a toujours un moment où Balzac se lasse d'un ouvrage à terminer et prend feu pour un nouveau dont la donnée vient de lui apparaître), il n'arrive pas plus facilement à la terminer que *La Peau de chagrin.* Aussi faute de mieux, le 27 mai la *Revue de Paris* à la place de *L'Auberge Rouge* donna-t-elle *Le Suicide d'un poète,* autre extrait de *La Peau de chagrin.* Comme pour *Une débauche,* un chapeau de la rédaction s'attachait à mettre le public en condition :

Nous sommes heureux de pouvoir, par ce fragment, venir en aide à l'impatience publique, dès longtemps préoccupée de l'apparition de ce livre. Quelques lectures de salon lui ont donné, avant sa naissance, une immense renommée, que ne paraît pas devoir démentir le commencement de publicité qu'il reçoit ici. Vingt fragments pour le moins aussi remarquables étaient à notre disposition.

Un jeune homme, voué d'abord à une vie studieuse et solitaire, est tout à coup tiré de sa mansarde par le despotisme d'une première passion. Sa maîtresse est une femme du monde, vaine, opulente; et lui, pauvre, sensible, naïf surtout, comme les hommes d'étude et de poésie qui ne sont point encore usés par le frottement de la société. Son cœur, plein d'enchantement et riche d'illusions, se heurte à tout moment contre l'âme insen-

sible et froide de la coquette. Dédaigné, déchiré, Raphaël de
Valentin se décide à mourir. Une consultation mélancolique a eu
lieu chez l'un de ses amis, homme de plaisir; et après avoir
discuté les avantages et les inconvénients de tous les genres de
morts volontaires, l'homme de dissipation propose à l'homme de
solitude de périr en abusant de toutes les jouissances de la vie,
en s'abrutissant. Mais se trouvant sans argent tous deux, l'ami
de Valentin va risquer au jeu leurs dernières ressources.

Par un artifice de composition qui oblige notre collaborateur à
empreindre son œuvre d'une verve extraordinaire, Raphaël
raconte ses malheurs au milieu d'une orgie. Ce récit de déses-
poir, tour à tour fantastique et réel, agité, coloré, brûlant, eni-
vrant comme les flammes du punch, à la lueur duquel il est
confié à un cœur compatissant, doit représenter une ivresse qui
croît, qui grandit à chaque phrase.

Cette explication était nécessaire pour l'intelligence du frag-
ment suivant qui appartient à ce récit.

C'était donc une chose entendue : la publication de
La Peau de chagrin serait un événement littéraire et parisien. Mieux même : un événement social. Et ceci n'est pas
du seul ressort de la petite histoire. La littérature en
effet avait marqué le pas au lendemain de la révolution
de Juillet. Qui, alors, songerait aux livres? Balzac lui-
même, dans sa grande *Lettre sur Paris* du 10 janvier 1831,
signale que les *Iambes* de Barbier ont été la seule victoire
remportée sur « cette indifférence en matière de poésie »
dont il faut rendre les événements responsables. Mais les
choses devaient changer, le réveil littéraire correspon-
dant et à la réinstallation d'une société et au reflux de
l'optimisme politique. *La Mode,* vendue par Girardin en
janvier 1831 et rachetée par une équipe royaliste, le dit
en termes excellents :

Quand la politique a englouti ses hommes, la littérature pro-
duit les siens; c'est un champ qui se repose de la moisson de blé
qu'il a produite en devenant une verte prairie non moins pro-

ductive. H. Lafitte et ses amis se sont retirés, ayant perdu sans retour leur prestige et leur popularité. Qui sait combien d'heures se maintiendra la réputation d'habileté de M. Casimir Perier? On en est déjà venu au point de laisser le pouvoir à qui veut le prendre, à la seule condition d'être gouverné. Quelque temps encore, et l'on proscrira la politique de toute réunion non factieuse. La littérature, comme au temps où se révèle le génie de M. Chateaubriand REDEVIENDRA *notre seul intérêt. Les écrivains de talent l'ont compris. Un roman de M. Victor Hugo vient de paraître :* Notre-Dame de Paris. *L'espace nous oblige d'ajourner à la livraison suivante l'énumération de toutes les productions non moins remarquables qui doivent suivre celle que nous nous empressons d'annoncer à nos lecteurs saturés de la politique oiseuse de nos salons et de nos cabinets de lecture.*

La livraison suivante tenait parole : *Une admirable composition philosophique s'imprime chez l'éditeur de* Notre-Dame de Paris; *le titre en est* La Peau de chagrin, *l'auteur* M. de Balzac. Le talent de M. de Balzac a, dans ces volumes, *taille et génie.* L'Artiste *de son côté insistait sur le même phénomène et attirait l'attention sur les mêmes auteurs :* Le monde littéraire est dans l'enfantement. De semaine en semaine, avant la fin du mois, les in-octavo vont faire feu de file [...] M. Victor Hugo est le Napoléon de cette nouvelle bataille d'Arcole. *Dans le même numéro, on rend compte de* Notre-Dame de Paris *et l'on annonce la sortie imminente d'un ouvrage du bibliophile Jacob, lequel doit* « précéder de peu *La Peau de chagrin* de M. Balzac [noter l'absence de particule] qui a su, dans notre ère d'originalité, trouver un titre original. On assure que la publication participera du titre : c'est bien possible ». Or, cette rentrée littéraire et ce retour aux œuvres d'une certaine ampleur après toutes les dispersions consécutives à la révolution n'était pas seulement une contre-attaque des gens de lettres professionnels. Il y avait à enregistrer, à transcrire, à dire, à conclure, à interroger. Casimir

Perier au pouvoir, une expérience était faite et une page tournée. Si *La Peau de chagrin* se plaçait dans cette course à l'expression d'un nouveau mal du siècle ce n'était pas uniquement par opportunisme et sens du marché : on verra que c'est son contenu même et ses implications qui devaient en faire l'œuvre somme du moment.

A un niveau plus humble et plus immédiat, Balzac et ses amis chauffaient le public. A Paris, les lectures de salon se multipliaient. Dans une lettre à Gosselin du début de juillet Balzac fait allusion à une demande de Mme de Récamier pour l'Abbaye-aux-Bois. On s'occupait de trouver des appuis : Balzac avait écrit lui-même à Montalembert pour obtenir un article dans *L'Avenir*, ce qui témoigne avec beaucoup de précision de l'orientation de ses préoccupations. Du côté Gosselin, c'est un véritable plan de bataille qui est mis sur pied, plus ambitieux encore que deux ans plus tôt pour *Le Dernier Chouan* :

Je puis me charger d'une manière fructueuse, 1° du Temps; 2° de la Revue de Paris; 3° du National; 4° du Figaro; 5° du Messager; 6° de la Revue des Deux Mondes; 7° de La Mode; 8° de La Quotidienne; 9° de L'Avenir; 10° du Voleur. Je me charge de veiller à ce que les articles y soient faits promptement et bien, ce qui diminuera considérablement votre tâche d'éditeur, au moment où vous avez des soins domestiques à prodiguer chez vous. Mais n'oubliez pas de me faire remettre 18 exemplaires dans la journée de lundi afin que j'aille chez mes faiseurs d'articles de journaux. Je vous indiquerai les noms de ceux qui en auront reçu, et jusqu'à nouvel accord vous n'en donnerez à pas un des journaux que je vous signale. Chargez-vous des autres, d'y poursuivre les articles et de mettre de larges annonces partout.

En province des amis de collège promettaient de se donner à fond : Adrien Brun à Bordeaux, Joseph Fontémoing à Dunkerque.

En attendant, il cravachait. Fin juin, il rédige sa préface, qui ne sera composée que le 1er juillet. Au début de ce mois il s'enferme pour corriger ses épreuves. Le 30 juillet il donne le bon à tirer des pages 275 à 309 du second volume. Le 31 juillet, *L'Artiste* annonce la mise en vente pour le lendemain. Le 6 août, l'ouvrage est annoncé par la *Bibliographie de la France*. Sans retard, comme on voit. On avait dû aller vite après le dernier bon à tirer pour le tirage et le brochage. Une seconde édition fut immédiatement entreprise. Le 22 août, contrat était signé avec Gosselin pour trois volumes de *Contes philosophiques* qui seront mis en vente exactement un mois plus tard. Par rapport à l'original cette seconde édition ne comporte que des corrections mineures. La préface a disparu, mais le recueil est précédé d'une importante *Introduction,* due à Philarète Chasles, et qui n'a pu être rédigée qu'avec l'accord de Balzac. C'est par rapport à ces deux éditions que la critique, dans les derniers mois de 1831, se prononça. Certains journaux ou revues attendirent la seconde, comme pour s'assurer de la réelle signification du succès de la première, ou conquis par cet événement, alors fort rare, d'une réédition quasi immédiate.

Le succès fut immédiat, général, durable. Même ceux qui firent la petite bouche se virent obligés de saluer l'événement. Déjà la *Physiologie du mariage* avait forcé les portes de la *Gazette de France* et du *Journal des Débats,* puis les *Scènes de la Vie privée* celle du *Globe*. Mais, cette fois, qui ne parla de *La Peau de chagrin*? Balzac, on l'a vu, n'avait rien laissé au hasard. Il fit mieux d'ailleurs que solliciter et obtenir des articles : lui-même en écrivit deux! Le premier parut dans *La Caricature* du 11 août, le second dans *L'Artiste* du 2 décembre. Bien plus que comme de banales réclames, dont l'ouvrage n'avait nul besoin, ces textes doivent être considérés comme des commentaires de Balzac sur son œuvre. Ils figurent donc

à bon droit dans ses œuvres. Quant aux réactions de la
Presse, elles permettent, et de mesurer, à propos d'un
texte particulièrement topique, les réactions du public
et de la conscience contemporaine, et de se représenter
l'image qu'on se fait alors de Balzac.

Les journaux d'esprit conservateur *(La Quotidienne,
Le Constitutionnel, Le Journal des Débats)* ou continuateurs
de la tradition voltairienne *(Le National)* firent des ré-
serves ou montrèrent de l'embarras : *La Peau de chagrin*
mettait évidemment en cause trop de choses, que ce soit
la belle société ou le libéralisme au pouvoir. Les appro-
bations les plus vives vinrent de ce qu'on pourrait appe-
ler les milieux de la bohème littéraire. *Le Figaro* sur le
moment, plus tard Théophile Gautier (qui avait alors à
peine vingt ans) dans son grand article rétrospectif de
L'Artiste en 1858, saluèrent en Raphaël un frère de
misère, d'ambition, de souffrances et d'énergie. A cet
égard le héros de *La Peau de chagrin* conférait une
définitive dignité à ce héros typiquement moderne du
jeune homme pauvre, né à la fin de la Restauration
avec le *Joseph Delorme* de Sainte-Beuve, avec l'*Ernest*
de Drouineau, avec aussi, bien entendu, le Julien
Sorel de Stendhal. Ainsi se trouvait liquidé ce héros
romantique du type lyrique et byronien, auquel
l'Octave de Stendhal, en 1828, devait encore quelque
chose. Plus n'était besoin de Grèce ou d'évasion :
Paris suffisait.

Un second groupe comprit clairement l'importance de
La Peau de chagrin : celui des « philosophes », qui virent
dans le roman l'expression mythique de la crise de la
civilisation, du désordre moderne, de la solitude et de
l'absurde nés des développements même de la société
libérale. S'exprimèrent dans ce sens *Le Messager des
Chambres* (Philarète Chasles), *Le Globe* (saint-simonien)
et *L'Avenir.* Il est à noter que le saint-simonien, qui avait
si souvent reproché à la littérature romantique ses

complaisances négativistes ne dit rien de tel à propos de l'œuvre de Balzac : l'exactitude de l'expression, le vouloir-vivre de Raphaël, leur paraissaient sans doute une positivité suffisante. Il est à noter également que *Le Globe* défendit *La Peau de chagrin* contre les attaques du *Constitutionnel*. *L'Avenir* de son côté regrettait seulement que toute cette littérature justement critique, n'ait pas une contrepartie positive et qu'elle ne s'ouvrît pas sur des perspectives nouvelles. Balzac tiendra compte sans doute de cette remarque au moment où il écrit *Le Médecin de Campagne*.

Du côté des purs littéraires, la consécration vint avec un grand article d'Émile Deschamps dans la *Revue des Deux Mondes* de novembre. De manière très moderne Deschamps établissait un lien entre le style de Balzac et la réalité qu'il exprime :

Ce sont de petits drames vifs, coupés, rapides, spirituels, réjouissants; des lambeaux de soie et d'or. C'est la littérature d'un siècle où l'on multiplie les sensations, où l'on en crée de nouvelles, où tout est accéléré, la vie et les roulages, d'un siècle qui a vu naître les bateaux à vapeur, les voitures à vapeur, la lithographie, la musique de Rossini, l'éclairage au gaz [...] Elle est surtout l'expression d'une société sans conscience aucune.

N'y eut-il pas de discordance? Ouvertes, non. Mais une, privée, doit être notée. Alors que George Sand, récemment installée quai Saint-Michel avec Sandeau, écrit à Balzac (mais peut-être ici faut-il savoir lire?) qu'il est impossible de lâcher *La Peau de chagrin* quand on la tient, Sainte-Beuve écrit à Victor Pavie le 18 septembre :

Rien de bien nouveau; il y a un roman de Balzac, La Peau de chagrin, *fétide et putride,* spirituel, pourri, enluminé, papilloté et merveilleux *par la manière de saisir et de faire riller les moindres petites choses, d'enfiler des perles imperceptibles et de les faire sonner d'un cliquetis d'atomes.*

C'est la première manifestation, secrète, sincère, d'un critique d'esprit traditionaliste, rarement juste et clairvoyant pour ses contemporains, et qui ne lâchera pas Balzac de sitôt. Cette réaction du « goût » de Sainte-Beuve annonce pour longtemps celle de toute une critique à l'encontre de Balzac.

*
* *

Les sources de *La Peau de chagrin* sont d'abord des sources vivantes, et ceci est assez évident pour les deux personnages principaux : Raphaël et Rastignac. Raphaël, Tourangeau, durement élevé comme Balzac dans un *collège* (Vendôme), puis dans un *lycée* (Charlemagne), n'ayant pas oublié ces « pois rouges du vendredi » qui seront à nouveau mentionnés dans *Louis Lambert,* Raphaël étroitement surveillé, Raphaël sans un sou, Raphaël jeune chercheur et philosophe auteur d'une *Théorie de la volonté,* c'est Balzac rue Lesdiguière, comme c'est déjà Louis Lambert. Raphaël absent de Paris pendant les journées de Juillet et reprenant contact avec la capitale par le journalisme, c'est Balzac. Enfin Raphaël dans le monde, Raphaël entre l'ange femme et la femme sans cœur, c'est Balzac. Et Raphaël ayant pour ami cet Émile, journaliste à qui suffit son prénom, c'est encore Balzac, celui de la boutique Girardin. Le directeur du *Voleur,* de *La Mode,* de *La Silhouette* n'avait-il pas publié en 1828, un roman autobiographique qui avait fait quelque bruit, et simplement intitulé *Émile ?* Qui, en 1831, ne comprenait ? Mais voici mieux. Rastignac, en effet, l'ami de Raphaël, n'est autre que Lautour-Mezeray, l'associé de Girardin, le codirecteur du *Voleur,* l'homme au camélia, l'un des lions de Paris. Dans le *Traité de la Vie élégante,* il apparaît déjà, dans son intérieur débraillé de célibataire, déposant sa pipe entre les bras d'une Vénus à la tortue qui décore sa cheminée; cette Vénus à la tortue se retrouve sur la cheminée du Rastignac de *La Peau de chagrin.* Quoi d'étonnant dès lors que ce Rastignac de 1830 soit lancé dans les milieux du journalisme et de la librairie? Il n'est pas impossible d'ailleurs que Balzac surajoute à l'image de Lautour-Mezeray, celles plus anciennes d'autres bohèmes, élégants et avides, sans scrupules et pleins de grâce et d'astuce qui lui avaient jadis ouvert des portes dans Paris : Lepoitevin de l'Égreville, Horace Raisson. Il n'est pas impossible non plus qu'il ait songé à ce Jacques Coste, directeur du *Temps,* pour qui il avait écrit de Touraine, en 1830, deux *Lettres provinciales,* arriviste sans scrupule, venu de son Bordeaux natal « gascon d'esprit et d'accent », dit Barante, et qui avait su se faire une belle place dans la société parisienne. Ce Rastignac-là est encore bien éloigné de celui du *Père Goriot,* jeune homme frémissant, incarnation de toute une pure jeunesse. En 1834 d'ailleurs Balzac pensera d'abord à faire rencontrer Rastignac dans les salons parisiens par son étudiant appelé Massiac, et ce n'est que dans un second mouvement qu'il imaginera de fondre en un seul personnage, plus contradictoire, mais plus riche et plus signifiant, ses deux protagonistes. En 1831 Rastignac n'est encore qu'un personnage *vu* non assumé, ni même réellement et clairement chargé de mission. Il a toutefois le charme de la jeunesse, de sa vivacité; c'est le compagnon d'équipée, le frère avec qui l'on partage, l'allié avec qui l'on part en campagne : « Foedora ou la mort! » Enfin il n'est jamais odieux, et tout ceci permet bien des fusions à venir.

Qui est pur, d'ailleurs, qui est impur? Il ne s'agit pas là de moralisme, ni d'éclectisme, ni de quelque philosophie conciliante, atténuatrice des conflits et contradictions. Simplement, le roman réaliste (même sous sa forme *momentanément* fantastique) dit bien l'ambiguïté fondamentale de la vie dans le porte-à-faux de la société libérale : nul jeune homme pur ne saurait, s'il veut vivre et participer à l'élan du siècle, ne pas devenir plus ou moins Rastignac, et nul Rastignac ne s'est totalement coupé du jeune homme pur qu'il a pu être. La manière d'être littéraire du personnage dit bien cette double orientation, nécessaire et maintenue. Ni le Rastignac de 1831 n'est une figure « immortelle », avec qui l'honnête homme ne saurait avoir rien à faire, ni le Rastignac de 1834 n'est une figure d'absolu ni une figure préservée qui puisse juger l'autre et donc ne jamais réellement s'y raccorder. Il n'y a pas incohérence, ni même réelle dissonance entre Rastignac I et Rastignac II ; ce sont deux moments de la vie et de l'expérience du monde. Que Balzac ait pu *remonter* de Rastignac I à Rastignac II, n'est pas un artifice : la différence des points de départ (Lepoitevin, Lautour-Mezeray, Jacques Coste, en 1831, et Balzac jeune en 1834) peut rendre compte des différences apparentes de tonalité, mais finalement le regard du romancier peut retrouver l'unité profonde de son personnage dans la dialectique individu-monde moderne. Le jeune Lautour-Mezeray, lorsqu'il est arrivé de son Argentan natal était-il très différent de Rastignac II ?

La critique traditionnelle, plus friande d'identifications et de « révélations » que de significations, s'est beaucoup interrogée sur le personnage de Foedora. Qui fut, dans la vie de Balzac, et dans la chronique scandaleuse de 1830, « la femme sans cœur » ? On sait que Balzac, en 1823, avait entrepris un long poème intitulé *Foedora*. Mais ni le sujet, ni l'héroïne n'ont quoi que ce soit de commun avec le roman de 1831, seul le prénom établissant un semblant de parenté. Le problème demeure donc entier. Balzac, pourtant, a dit à Mme Hanska, dans une lettre fameuse qu'il avait fait Foedora à partir de deux femmes qu'il avait connues, mais sans être de leur intimité. Parmi celles qui ont voulu se reconnaître dans le personnage du roman, il cite la princesse Bagration et Mme de Récamier. Ces deux citations ne sont sans doute pas dues au hasard, surtout si, comme il l'ajoute, soixante douze femmes ont eu l'impertinence de se reconnaître et de « se foedoriser ». Pour la princesse Bagration, Balzac voulait-il détourner les soupçons d'une compatriote? Pour Mme Récamier, avait-il eu l'audace de soupirer pour elle, ou le long martyre de Benjamin Constant lui avait-il donné l'idée de tirer une figure littéraire de l'inaccessible de l'Abbaye-au-Bois? Balzac dit aussi à Mme Hanska avoir été accusé de s'être caché sous les rideaux de l'une des plus célèbres courtisanes de Paris, et il se défend aussitôt, bien entendu, contre cette calomnie. Amédée Pichot, cependant, dans un article que *Le Temps* refusa, mais dont il envoya le manuscrit à Balzac, affirme que plus d'un connaissait l'aventure : le prétendu Raphaël se tapit dans sa chambre, derrière les rideaux de sa fenêtre, pour assister indiscrètement au coucher de la dame. Ruse inutile, paraît-il. Mais chacun sait aujourd'hui que l'héroïne de l'aventure aurait été Olympe Pélissier, l'une des reines du demi-monde parisien, et l'épouse, finalement, de Rossini, après en avoir été pendant des années la maîtresse en titre au vu et au su de tout Paris[1]. Que retenir de tout ceci? Que Balzac a sans doute mêlé l'épisode des rideaux à la peinture plus générale et plus volontairement symbolique de la femme sans cœur. Il a ajouté à l'adresse de Mme Hanska en 1833, alors qu'il venait de renoncer à

---

1. Olympe Pélissier a été la maîtresse de Balzac et, d'après les *Mémoires* de Ménière (le premier « Bianchon » de *La Peau de chagrin*), elle aurait refusé de l'épouser.

la première *Confession* du *Médecin de Campagne* : « J'ai
rencontré une Foedora, mais celle-là, je ne la peindrai
pas. » Il ne tiendra pas exactement parole, puisque, quelques mois plus tard, il fera *La Duchesse de Langeais,* qui
réglera bel et bien certains comptes avec Mme de Cas-
tries. Mais peut-être faut-il surtout retenir ceci : la
véritable femme sans cœur, celle qui a réellement fait
souffrir Balzac, ne serait intervenue dans sa vie qu'après
La Peau de chagrin. Alors, avant ? et la littérature peut-
elle être à ce point uniquement prophétique ? Sans doute
faut-il accorder toute son importance à la glose finale
du *Fúrne corrigé* : « [Foedora] c'est, si vous voulez, la
société. » Peut-être aussi faut-il rappeler que le thème de
l'homme entre la femme-ange et la femme sans cœur est
l'un des plus anciens de la thématique balzacienne. Pauline (dont la première incarnation romanesque est sans
doute, en 1822, la Mariannine du *Centenaire,* avant la
Catherine de *La Dernière Fée,* en 1823), ressemble trop à
celle de *Louis Lambert* pour qu'il soit nécessaire d'insister ;
elle est, surtout, l'héritage de Mme de Berny. Quant à
l'autre (la marquise de Raventsi en 1822 dans *Le Centenaire,* puis la duchesse de Sommerset en 1823, dans *La
Dernière Fée,* avant la duchesse de Parthenay en 1836 dans
la notice consacrée à Horace de Saint-Aubin, mal sépa-
rable, évidemment, de souvenirs de lointaine jeunesse),
n'y aurait-il pas là quelque ineffaçable souvenir, la
trace de quelque première expérience de l'amour qui, au
lieu d'apporter l'aide et la confiance, la charité et la
pitié, aurait apporté au jeune Balzac la haine, l'indifférence, des nouvelles images de toute la méchanceté du
monde après celles que lui avait déjà fournies sa mère ?
L'absence de renseignements précis interdit toute iden-
tification. Mais est-ce tellement à regretter ? Dans *La
Peau de chagrin,* Balzac a moins voulu faire la psychologie
de Foedora (mis à part — et encore ! — l'épisode du
« Mon Dieu ! ») que symboliser en elle toute une pra-

tique sociale. Pratique assez large, d'ailleurs (le luxe, l'ambition, les jouissances, titrées ou non) : la duchesse de Langeais symbolisera plus spécifiquement l'aristocratie et le Faubourg-Saint-Germain. Foedora *signifie* davantage qu'elle n'*existe*. Elle est infiniment moins personnalisée que Mme de Langeais, peut-être parce qu'il lui manque un réel « modèle », un modèle autre que thématique. Si l'on va au fond, on s'aperçoit qu'elle appartient encore à l'univers pré-romanesque, à l'univers philosophique de Balzac : elle est la sœur de l'antiquaire.

*
* *

Si *La Peau de chagrin* tient profondément aux expériences les plus importantes et les plus significatives de Balzac, elle doit aussi directement, aux événements récents (révolution de Juillet, installation des nouveaux pouvoirs) une dimension historique et critique qui recoupe celles de l'autobiographie. Les allusions sont innombrables, les deux plus voyantes et les deux plus frappantes se trouvant dans la bouche d'Émile (« Nous parlions de te canoniser comme une noble victime de Juillet ») et dans celle d'un des convives du festin Taillefer (« Est-ce ma faute si le libéralisme devient Lafayette? »). Mais l'examen des textes révèle des utilisations de Balzac par lui-même qui sont d'autres preuves d'évidente continuité entre l'œuvre du journaliste politique et celle du romancier. Le 30 septembre, Balzac avait écrit dans *Le Voleur* :

Le précédent gouvernement était une femme de mauvaise vie, corrompue et corruptive, mais avec laquelle on pouvait encore rire ; celui-ci prend la tournure d'une femme vertueuse qui fera payer cher son honneur.

Et Émile reprend :

L'infâme monarchie renversée par l'héroïsme populaire était une femme de mauvaise vie avec laquelle on pouvait rire et banqueter ; mais la patrie est une épouse acariâtre et vertueuse ; il nous faut accepter, bon gré, mal gré ses caresses compassées.

Le 29 mars 1831, toujours dans *Le Voleur*, Balzac écrit :

Dans une de mes premières lettres, je vous écrivais que le gouvernement de Louis-Philippe reproduirait, au nom de la liberté les mêmes questions si énergiquement posées par le gouvernement de Charles X au nom du roi,

et dans *La Peau de chagrin*, il est question de la nécessité, pour les nouveaux gouvernants, de « mystifier avec des mots, des nouvelles et des idées, le bon peuple de France, à l'instar des hommes d'Etat de l'absolutisme ». Un an plus tard, dans un article écrit pour *Le Rénovateur*, on lira : « Les gens du gouvernement sont occupés à faire vouloir au peuple les ordonnances de Charles X » et dans le même domaine il faut signaler que Balzac avait écrit, dans *Le Voleur* du 20 janvier 1831 :

Quant à moi, philosophe et résigné que je suis à tous les gouvernements, même à celui du diable, rien ne m'étonne. Tous les pouvoirs ne sont-ils pas condamnés à employer les mêmes gobelets, à escamoter les mêmes muscades, à exécuter les mêmes lazzis sur les mêmes planches, qu'ils soient républicains ou monarchiques ?

Or dans *La Peau de chagrin*, Émile parle encore de « l'escamotage de la muscade constitutionnelle sous le gobelet royal ». Il s'agit là d'un lieu commun de la presse libérale, comme en fait foi *La Caricature* du 12 mai 1831, qui rassemble thèmes graphiques et thèmes rédactionnels. Un escamoteur à tête de Louis-Philippe, mais portant lunettes, fait ses tours devant les badauds ; la légende est ainsi rédigée :

Tenez, Messieurs, voici trois muscades. La première s'appelle Juillet, la deuxième révolution, la troisième liberté. Je prends la révolution, qui était à gauche, et je la mets à droite, ce qui était à droite, je le mets à gauche, je fais un mic mac auquel le Diable ne comprend goutte, ni vous non plus. Je mets tout ceci sous le gobelet du Juste-Milieu et avec un peu de poudre de mon invention, je dis passe, impasse et contre passe... tout est passé, Messieurs, pas plus de liberté et de révolution que dessus ma main... à un autre, Messieurs!

L'effet de tels rappels et utilisations a pu s'amortir. Il n'en est pas moins inséparable des intentions de l'auteur et de la signification, sur le moment, de l'œuvre.

Mais c'est plus profondément que par des allusions et reprises de textes que *La Peau de chagrin* est un livre d'actualité. La critique, sur le moment, ne s'y est pas trompée : elle a bien vu le réalisme de ce conte fantastique. Par la thématique, par la problématique, l'histoire de Raphaël exprime en effet non les relations d'un homme universel et abstrait avec une société elle aussi abstraite et universelle, mais bien le rapport d'une conscience de 1830 avec la société mise en place ou confirmée — explicitée — par la révolution de Juillet. Les correspondances sont parfois subtiles. Par exemple, l'idée de la boutique de l'antiquaire, de ce musée symbolique, vient d'une brochure du saint-simonien Émile Barrault (*Aux artistes*) dont Balzac avait lui-même rendu compte dans le *Feuilleton des journaux politiques* du 24 mars 1830 : dans les époques critiques l'art se désocialise; les œuvres au lieu de composer un ensemble et de s'intégrer à la vie d'un peuple s'entassent dans les musées et les collections, et elles soulignent par leurs contrastes et leur incohérence le caractère anarchique et non créateur de la « civilisation ». D'autre part, Raphaël retrouve, après Juillet, symbolisée par

Foedora, une société qui, fondamentalement, n'a pas changé. *L'Organisateur* (saint-simonien) écrivait le 15 août 1831 : « La révolution sainte qui vient de s'opérer ne mérite pas le nom de révolution; *rien de fondamental n'est changé dans l'organisation sociale.* » C'est alors une opinion assez rare, et que sont loin de partager aussi bien les jeunes libéraux venus du *Globe* comme Sainte-Beuve (qui croit alors à l'avenir, et même « industriel »!) que les néo-démocrates comme Hugo (qui croit à la grande réconciliation, à la grande alliance du peuple et de la bourgeoisie) ou les démocrates comme Michelet (qui croit à la résolution définitive des problèmes par « la démocratie modérée »). *La Peau de chagrin* est la première expression littéraire de cette impitoyable vision trans-libérale qui, par-delà les changements apparents, s'attache à la nature même de l'Histoire et de la société capitaliste. Oui, les figurants ne sont plus exactement les mêmes, et c'est ce que montre la scène d'orgie chez le banquier puis la scène au foyer du Théâtre Favart. Mais la nature profonde des rapports sociaux n'a pas changé. L'argent, la loi d'airain de la réussite, de l'ambition, de l'affirmation de soi aux dépens des autres, usent et brisent les êtres, les condamnant au dilemme : vivre, jouer et se perdre, ou se réserver, se préserver et ne pas vivre; participer à l'élan du siècle et se dégrader, ou demeurer à l'écart, et se détruire d'une autre manière. Si la pensée tourne en poison, si les désirs tuent, la faute n'en n'est ni aux désirs ni à la pensée, mais bien à l'usage que la société nous condamne à en faire. Dans cette optique, *La Peau de chagrin* n'est en rien un essai moraliste récupérable par les idéologies défaitistes, pessimistes et sceptiques, et qui serait d'ailleurs en absolue contradiction avec la philosophie profonde de Balzac. *La Peau de chagrin* est le premier grand livre qui ne soit pas d'intentions réactionnaires et qui démystifie les révolutions de surface dont on se sert, précisément, pour « mystifier le bon peuple de France ».

Sur le fond de cette idée générale, Balzac recourt à de nombreux thèmes ou exemples qui prouvent la force et la continuité de ce qui brise la vie en ce siècle de jeunesse : par exemple, le thème du suicide et du jeu, inséparable du thème de la jeunesse pauvre et sans perspectives. Dès les premières pages (« Entre une *mort volontaire* et la féconde espérance dont la voix appelait un jeune homme à Paris, Dieu seul sait combien il y a de chefs-d'œuvres avortés; de conceptions, de poésies dépensées; de désespoirs, de cris étouffés; de vaines tentatives ») apparaît le maître thème des futures *Illusions perdues,* mais certainement, à partir d'un exemple criant : celui de Sautelet, l'ancien condisciple de Balzac à Henri-IV, le camarade littéraire de 1823, l'éditeur de 1825. Sautelet s'était tiré un coup de pistolet dans la nuit du 13 mai 1830, traqué par ses créanciers, abandonné (pour des raisons d'argent) par la femme qu'il aimait. Sa mémoire avait été saluée par le républicain Carrel, dans un grand article du *National* intitulé *Sur une mort volontaire* qui avait fait le tour de Paris. Balzac, en reprenant un titre célèbre, se faisait comprendre des lecteurs en même temps qu'il précisait le sens de l'événement. Le roman de l'individu devient ainsi celui d'une époque. Tout se tient : de la montée d'un jeune provincial à Paris (Sautelet était né dans le Rhône, à Lancié), à la perte des illusions et aux chefs-d'œuvre abandonnés, de la misère et des suicides au fantastique et au dilemme sortis de la boutique de l'antiquaire.

Pour illustrer, Balzac dramatise-t-il? En aucune manière. Il s'inspire très exactement du réel. Les problèmes du suicide, liés à ceux de la misère et du jeu (dérivatif et stupéfiant nécessaire, mais aussi industrie florissante) toute une critique n'a voulu y voir que

perversions individuelles ou mode, folklore. En fait
c'était, et depuis longtemps, des problèmes d'actualité.
Dès 1782 Sébastien Mercier, dans son *Tableau de Paris,*
signalait cent cinquante suicides par an dans la capitale, auxquels il assignait comme cause non la consomp-
tion comme en Angleterre mais la misère et le jeu;
il ajoutait que ces suicides parisiens n'avaient rien de
« philosophique » (allusion à Brutus), mais qu'ils étaient
« l'ouvrage du gouvernement », et sous la Restauration
il n'est pas de recueil d'articles descriptifs, il n'est pas
de guide de Paris, qui ne fasse place aux maisons de jeu
du Palais-Royal et aux suicides qui sont souvent la conséquence des pertes subies par des travailleurs, par des
hommes d'affaire, par des étudiants, par des clercs, etc.
Balisson de Rougemont, dans son *Rôdeur français,* en
1822, Montigny, dans son *Provincial à Paris* en 1825
conduisent déjà dans ce qui sera l'un des cercles de
l'enfer balzacien. A cette même époque, qui a vu la
formation de Balzac, Cahaise s'était fait un nom par son
Observateur des maisons de jeu (1824) contre Boursault-
Malesherbes, fermier des maisons de jeu du Palais-
Royal, qu'il accusait de se faire avec l'aide du pouvoir
une fortune scandaleuse. Balzac, lui-même, a-t-il joué?
Il a juré à Mme Hanska qu'il n'avait mis ni ne mettait
les pieds dans les fameuses maisons. Mais n'a-t-il pas
connu la tentation de Raphaël lui-même, sous l'œil
de son propre père? Il semble probable, en tout état
de cause, que le jeu, dans *La Peau de chagrin* relève de
la description plus que de la confession. Il en va de
même du suicide. On ne saura jamais sans doute s'il est
exact que Balzac, en 1824, ait connu ce moment de
détresse qui l'aurait conduit au bord de se jeter dans
la Seine; mais il est sûr que dans l'*Anonyme,* en 1826,
le héros, un jeune homme qui est le porte-parole de
Balzac, est rattrapé au moment où il va se jeter dans
la Loire; il est sûr que dans *Le Lys dans la vallée,* Félix

de Vandenesse veut se jeter dans la Loire, lui aussi; il
est sûr que Lucien et qu'Athanase Granson sont attirés
par l'eau, et que le second se noie. Mais il est sûr,
d'abord, que le suicide à Paris était un véritable fléau
et que la littérature, depuis longtemps, lui faisait la
triste place qu'imposait la réalité quotidienne. Bien
avant Escousse et Lebras, bien avant le *Chatterton* de
Vigny (œuvre, sur ce point, d'aboutissement et non de
découverte), les *Recherches statistiques pour la ville de Paris
et le département de la Seine,* parues en 1829, reproduites
et citées par de nombreux journaux (dont *Le Voleur*)
accusaient une inquiétante progression des morts volontaires : 371 en 1824; 396 en 1825; 511 en 1826. Dans
l'immense majorité des cas, les désespérés choisissaient
la mort par immersion, et les filets de Saint-Cloud, qui
arrêtaient les cadavres, sont partout, eux aussi, dans
la littérature de l'époque, avant comme après Juillet.

*
* *

Bien entendu, cette exactitude, ce réalisme de *La Peau
de chagrin* ne sauraient suffire à en définir la valeur et
la force. Par l'intensité de son histoire, par la tragédie
de Raphaël, Balzac a infiniment transcendé, transmuté,
ce qui aurait pu demeurer au niveau de l'anecdote et
de l'écho. Avec sa construction ternaire (drame, retour
en arrière, épilogue), ses plans successifs et ses éclairages
complémentaires, *La Peau de chagrin,* au moins autant
qu'un roman, apparaît comme une sorte de poème.
Pris au réel, les personnages en sont souvent symbo-
liques. Mais aussi, ce symbolisme recourt au langage
du plus impitoyable réalisme. Ainsi, *La Peau de chagrin*
est-elle sans doute le chef-d'œuvre d'un nouveau romantisme, plus vrai, plus exact, plus ardent. *La Femme sans*

cœur est bien la première *Confession d'un enfant du siècle*. Elle exprime une terrible volonté de vivre qui se heurte aux structures. *La Peau de chagrin* est le livre-somme d'un moment du siècle. Encore un peu et Rastignac, en 1834, sera moins lyrique, plus froid, plus « réaliste » à sa manière; c'est que le siècle aura commencé de se refermer. En 1831, *La Peau de chagrin,* comme les mois qui suivent juillet, brûle encore de poésie et d'idées, de désirs et d'illusions. La conscience est déjà là, mais l'ardeur est encore l'essentiel. On est porteur, comme Raphaël, de trésors qui n'ont pas cours, mais on n'a pas encore pris le pli louis-philippard. Balzac est d'abord parti, pour écrire *La Peau de chagrin,* de lui-même et de son époque : c'était être fidèle à lui-même et à cette époque que de partir, également de sources littéraires et philosophiques, de textes qui posaient déjà le problème de la vie et du moi dans le monde qui les menace.

*
* *

Les sources littéraires et philosophiques sont à la fois nombreuses, obscures, insuffisantes. On n'a pas trouvé l'origine de la notation qui figure dans l'album *Pensées, sujets, fragments :* « L'invention d'une peau qui représente la vie. Conte oriental ». Peut-être Balzac voulait-il simplement noter : « conte dans le genre oriental », et non « d'origine orientale ». Mais surtout, comme les développements médicaux jouent dans le roman un rôle très important, on peut se demander si Balzac n'avait pas simplement envisagé de donner une forme fantastique et mythique à un débat qui depuis le XVIIIe siècle passionnait le monde des médecins aussi bien que celui des moralistes. Sur les problèmes de la longévité, de l'élan vital, de l'usure de l'être, des rapports physique-volonté, Bernard-François Balzac, avec ses lectures des philosophes et des physiologistes, avec ses préoccupations eugénistes et ses obsessions de longévité, a certainement été l'initiateur de son fils. Dans *Clotilde de Lusignan,* roman écrit en 1821-1822, maître Trousse, médecin, expose déjà une théorie de l'économie de soi : l'homme dispose d'une certaine quantité d'énergie qu'il ne peut dépenser deux fois. L'un des aspects de cette théorie concerne la conception des enfants. Elle vient de Sterne : d'une certaine modération et d'un certain contrôle dans la dépense sexuelle dépend et que les enfants soient beaux et surtout que le géniteur vive longtemps. Plusieurs passages de *La Peau de chagrin* prouvent que Balzac avait à l'esprit la signification sexuelle de son talisman et le thème n'est pas prêt de disparaître de son œuvre. Mais tout ceci qui vient de loin se trouvait renforcé par des discussions qui avaient passionné sous la Restauration le monde de la médecine. Les vitalistes de Récamier s'opposaient aux matérialistes de Broussais, Magendie entre les deux, tenant pour l'éclectisme. Bien que très proche, de par ses origines, des matérialistes qui étaient aussi de gauche, Balzac était très attiré par les vitalistes, qui étaient de droite, mais qui exprimaient quelques-unes de ses préoccupations majeures. Le grand ouvrage de Virey, *De la puissance vitale,* paru en 1823 expose largement la doctrine de cette école : « le moyen de vivre longuement est de vivre avec économie de ses forces ». *La Peau de chagrin,* visiblement, fait écho à des textes de ce genre et devait être comprise par un public sensibilisé à ces discussions : le matérialisme et le mécanisme hérités des idéologues étaient de plus en plus contestés, non tant au nom du retour à un spiritualisme définitivement compromis qu'au nom d'une théorie plus complète de l'homme et de son fonctionnement. Les vitalistes faisaient entrer en ligne de compte le *mouvement,* le drame même de la vie et à cet égard ils exprimaient

des préoccupations très modernes, étrangères aux idéologues et matérialistes, uniquement préoccupés d'exactitude descriptive (?), ne songeant qu'à leur combat
contre la tradition religieuse et théologique, et finalement théoriciens de la bonne conscience bourgeoise.
Avec les vitalistes, c'était toute la dialectique de la vie
humaine (définie comme *élan,* comme *mouvement,* comme
complexe de contradictions dynamiques ayant sans
cesse à résoudre des problèmes, à inventer des solutions,
non comme simple *fonctionnement*) qui se trouvait mise
au centre du débat. Il y a peut-être là une autre source
secrète du proche ralliement de Balzac à une certaine
droite intellectuelle qui faisait le procès des certitudes
libérales bourgeoises « de gauche ».

Les sources médicales toutefois ne sauraient suffire
à rendre compte de la richesse de la problématique de
La Peau de chagrin. Dans le roman le débat sur la dépense
ou l'économie vitale concerne tout autre chose, et très
explicitement, que le domaine relativement restreint de
la physiologie. Plus exactement le débat médical n'est
que figure pour un débat plus large, reprise dans une
autre dimension des problèmes déjà correctement posés
par les vitalistes : *à quelle condition, le mouvement, la loi
de la vie, n'est-il pas menace pour la vie même ?* C'est le drame
même de la société libérale au XIXᵉ siècle, prise entre les
nécessités du développement (économique, essentiellement) et les conséquences du développement (destruction
des premières couches de pionniers, absorption par les
couches capitalistes déjà plus monopolistes ou plus
techniciennes réalisant la concentration du financement
et des entreprises, Nucingen avalant nécessairement
Birotteau). C'est le drame même aussi de l'individu, dans
une société qui le tente par son brillant, par son dynamisme, et qui l'effraie par ce à quoi elle le condamne :
usure, tricherie, gaspillage. Sur ce point capital, Balzac
a remarquablement repris et élargi la philosophie vita-

liste : la vie, certes, ne se pose que les problèmes qu'elle peut résoudre, mais, dans le cadre nécessaire de la société libérale, les mécanismes régulateurs jouent nécessairement, fatalement, dramatiquement, aux dépens du *moi* comme aux dépens de toutes les formes sociales condamnées à l'absorption et au dépérissement. La vie libérale ne rationalise qu'en rabotant, qu'en forçant l'être à renoncer à soi-même. Elle ne progresse qu'en écrasant, elle ne permet de progresser qu'en condamnant l'être à écraser et à s'écraser lui-même. C'est le type même du processus aliénateur, que traduit admirablement sur le plan littéraire le dilemme du talisman. Dans cette optique il est très vraisemblable d'ailleurs que Balzac ait pu se souvenir (mais en lui faisant subir, une fois encore, quelles mutations!) de la philosophie alors célèbre d'Azaïs. La « théorie des compensations », exposée dans d'innombrables livres et traités, depuis 1806 voyait dans l'univers physique, moral, politique, social, une lutte éternelle entre le principe d'expansion et le principe de conservation. Dans l'univers physique, l'équilibre se trouvait toujours, et sans drame, alors que dans celui de la vie humaine aussi bien individuelle que collective, régie par la liberté, dominée par la conscience, les problèmes n'étaient pas si simples. Azaïs se tirait d'affaire par la théorie du gouvernement représentatif, dans lequel il voyait le moyen, aussi bien en 1829 qu'en 1831, de concilier mouvement et expansion d'une part, solidité et durée d'autre part. On voit de suite que Balzac récuse cette solution typiquement bourgeoise, conciliatrice, et que, pour lui c'est au cœur de la vie même telle qu'elle nous est faite que se situe le dilemme. *La Peau de chagrin,* entre autres, démythifie la loi, le système parlementaire, tous les arrangements d'un libéralisme pris à la gorge par les conséquences de son propre développement. D'où l'importance de l'individu Raphaël, non pas figure d'un romantisme complaisant et pares-

seux, mais bien figure d'un drame profond que ne sauraient résoudre ni solution moraliste ni arrangement
politique du type de celui qu'on a vu après Juillet : le
mouvement raisonnable, le Juste-Milieu, c'est-à-dire le
mouvement châtré pour le bénéfice des vrais vainqueurs,
et dont on voit bien qu'il est miné en fait par l'argent, par le
dynamisme de l'argent, générateur de fatalités qui échappent aux solutions institutionnelles. Sur ce point encore,
Balzac a infiniment dépassé ses « sources », et ce dépas-
sement permet d'entrevoir la nature de l'œuvre littéraire
et son apport. Les vitalistes et Azaïs, à leur niveau, avec
leurs moyens propres, posaient déjà le problème du mouvement et de l'énergie dans le monde moderne : l'essentiel
n'était plus dans les rapports mesurables, qui avaient fait
leur temps et rendu leurs services contre les mystifications
et confusions de l'âge théologique; l'essentiel était dans
ces forces libérées dont on se demandait un peu ce qu'on
allait pouvoir en faire. Les vitalistes s'arrêtaient aux
limites de leur technicité. Politiquement, comme leur chef
Récamier, ils étaient conservateurs : en apparence parce
qu'ils semblaient renouer avec « l'âme », en profondeur
parce que pessimistes; mais ils étaient *aussi* des adversaires des explications relativement rassurantes propres
à la bourgeoisie libérale. Quant à Azaïs, il avait transporté
sur le plan de la plus haute et de la plus universalisante
théorisation cette prise de conscience par la bourgeoisie
des problèmes nés de sa propre révolution. Finalement
Azaïs évacuait le drame de son univers par la mise en
place de solutions anti-dialectiques, en faisant comme
si les contradictions du réel pouvaient être jugulées par
des dosages parlementaires. Balzac, en transportant
le tout dans l'univers du roman, permet aux conflits et
aux problèmes d'avoir toute leur efficacité. La technicité
des médecins se trouve dépassée (ridiculisée, même,
lors de la consultation), portée à un degré de virulence
que nul des lecteurs de Virey n'aurait soupçonné. L'op-

portunisme d'Azaïs vole en éclats au contact du tableau de la vie. Par là, l'œuvre littéraire devance singulièrement les idéologies, allant plus loin qu'elles en portée et en signification, parce que, quelles qu'en puissent être les conséquences, elle exprime la totalité du réel, aussi bien dans son état que dans son devenir et dans toutes ses virtualités.

P. Barbéris.

LA PEAU DE CHAGRIN

PRÉFACE

IL y a sans doute beaucoup d'auteurs dont le caractère personnel est vivement reproduit par la nature de leurs compositions, et chez lesquels l'œuvre et l'homme sont une seule et même chose; mais il est d'autres écrivains dont l'âme et les mœurs contrastent puissamment avec la forme et le fonds de léurs ouvrages; en sorte qu'il n'existe aucune règle positive pour reconnaître les divers degrés d'affinité qui se trouvent entre les pensées favorites d'un artiste et les fantaisies de ses compositions.

Cet accord ou ces disparates sont dus à une nature morale aussi bizarre, aussi secrète dans ses jeux que la nature est fantasque dans les caprices de la génération. La production des êtres organisés et des idées sont deux mystères incompris, et les ressemblances ou les différences complètes que ces deux sortes de créations peuvent offrir avec leurs auteurs prouvent peu de chose pour ou contre la légitimité paternelle.

Pétrarque, lord Byron, Hoffmann et Voltaire, étaient les hommes de leur génie; tandis que Rabelais, homme sobre, démentait les goinfreries de son style et les figures de son ouvrage... Il buvait de l'eau en vantant la *purée septembrale,* comme Brillat-Savarin mangeait fort peu, tout en célébrant la bonne chère.

Il en fut ainsi de l'auteur moderne le plus original dont la Grande-Bretagne puisse se glorifier, Maturin, le prêtre auquel nous devons *Eva, Melmoth's, Bertram,* était coquet,

galant, fêtait les femmes, et l'homme aux conceptions
terribles devenait, le soir, un dameret, un *dandy*. Ainsi de
Boileau, dont la conversation douce et polie ne répondait
point à l'esprit satirique de son vers insolent. La plupart
des poètes gracieux, ont été des hommes fort insoucians
de la grâce, pour eux-mêmes; semblables aux sculpteurs,
qui, sans cesse occupés à idéaliser les plus belles formes
humaines, à traduire la volupté des lignes, à combiner les
traits épars de la beauté, vont presque tous assez mal
vêtus, dédaigneux de parure, gardant les types du beau
dans leur ame, sans que rien transpire au dehors.

Il est très-facile de multiplier les exemples de ces désu-
nions et de ces cohésions caractéristiques entre l'homme
et sa pensée; mais ce double fait est si constant qu'il
serait puéril d'insister.

Y aurait-il donc une littérature possible, si le noble
cœur de Schiller devait être soupçonné de quelque
complicité avec François Moor, la plus exécrable conception, la plus profonde scélératesse que jamais dramatiste
ait jetée sur la scène?... Les auteurs tragiques les plus
sombres n'ont-ils pas été généralement des gens fort doux
et de mœurs patriarcales? témoin le vénérable Ducis.
Aujourd'hui même, en voyant celui de nos Favart qui
traduit avec le plus de finesse, de grâce et d'esprit, les
nuances insaisissables de nos petites mœurs bourgeoises,
vous diriez d'un bon paysan de la Beauce enrichi par une
spéculation sur les bœufs.

Malgré l'incertitude des lois qui régissent la physionomie, les lecteurs ne peuvent jamais rester impartiaux entre
un livre et le poète. Involontairement, ils dessinent, dans
leur pensée, une figure, bâtissent un homme, le supposent
jeune ou vieux, grand ou petit, aimable ou méchant.
L'auteur une fois peint, tout est dit. *Leur siège est fait!*

Et alors, vous êtes bossu à Orléans, blond à Bordeaux,
fluet à Brest, gros et gras à Cambray. Tel salon vous hait,
tandis que dans tel autre, vous êtes porté aux nues. Ainsi,

pendant que les Parisiens bafouaient Mercier, il était l'oracle des Russes à Saint-Pétersbourg. Vous devenez enfin un être multiple, espèce de créature imaginaire, habillée par un lecteur à sa fantaisie, et qu'il dépouille presque toujours de quelques mérites pour la revêtir de ses vices à lui. Aussi, avez-vous quelquefois l'inappréciable avantage d'entendre dire :

— Je ne me le figurais pas *comme ça!*...

Si l'auteur de ce livre avait à se louer des jugements erronés ainsi portés par le public, il se garderait bien de discuter ce singulier problème de physiologie scripturale. Il se serait très-facilement résigné à passer pour un gentilhomme littéraire, de bonnes mœurs, vertueux, sage, bien vu en bon lieu. Par malheur, il est réputé vieux, à moitié roué, cynique, et, toutes les laideurs des sept péchés capitaux, quelques personnes les lui ont gravées sur la face sans même lui en reconnaître les mérites, car tout n'est pas vicieux dans le vice. Il a donc pleinement raison de dégauchir l'opinion publique faussée en son endroit.

Mais, tout bien pesé, il accepterait plus volontiers peut-être une mauvaise réputation méritée, qu'une mensongère renommée de vertu. Par le temps présent, qu'est-ce donc qu'une réputation littéraire?... Une affiche rouge ou bleue collée à chaque coin de rue. Encore, quel poème sublime aura jamais la chance d'arriver à la popularité du Paraguay-Roux et de je ne sais quelle mixture?...

Le mal est venu d'un livre auquel il n'a point attaché son nom, mais qu'il avoue maintenant, puisqu'il y a péril à le signer.

Cette œuvre est la *Physiologie du mariage,* attribuée par les uns à quelque vieux médecin, par d'autres, à un débauché courtisan de la Pompadour, ou à quelque misanthrope n'ayant plus aucune illusion, et qui, dans toute sa vie, n'avait pas rencontré une seule femme à respecter.

L'auteur s'est souvent amusé de ces erreurs et les
agréait même comme autant d'éloges; mais il croit
aujourd'hui que si un écrivain doit se soumettre, sans
mot dire, aux hasards des réputations purement littéraires, il ne lui est pas permis d'accepter avec la même
résignation une calomnie qui entache son caractère
d'homme. Une accusation fausse attaque nos amis
encore plus que nous-mêmes; et lorsque l'auteur de ce
livre s'est aperçu qu'il ne se défendrait pas seul en cherchant à détruire des opinions qui peuvent lui devenir
nuisibles, il a surmonté la répugnance assez naturelle
qu'on éprouve à parler de soi. Il s'est promis d'en finir
avec un nombreux public qui ne le connaît pas, pour
satisfaire le petit public qui le connaît : heureux, en
cela, de justifier certaines amitiés, dont il est honoré, et
quelques suffrages dont il est fier.

Sera-t-il maintenant taxé de fatuité, en revendiquant
ici les tristes privilèges de Sanchez, ce bon jésuite qui
écrivit, assis sur une chaise de marbre, son célèbre
bouquin *De Matrimonio,* dans lequel tous les caprices de
la volupté sont jugés au tribunal ecclésiastique et traduits
au jugement confessionnaire, avec une admirable entente
des lois qui gouvernent l'union conjugale? La philosophie serait-elle donc plus coupable que la prê-
trise?...

Y aura-t-il de l'impertinence à s'accuser d'une vie
toute laborieuse? Encourra-t-il encore des reproches en
exhibant un acte de naissance qui lui donne trente
ans? N'est-il pas dans son droit en demandant à
ceux dont il n'est pas connu, de ne point mettre en question, sa moralité, son profond respect pour la femme,
et de ne pas faire, d'un esprit chaste, le prototype du
cynisme?

Si les personnes qui ont gratuitement médit de l'auteur de la *Physiologie,* malgré les prudentes précautions
de la préface, veulent, en lisant ce nouvel ouvrage, être

conséquentes, elles devraient croire l'écrivain aussi délicatement amoureux qu'il était naguère perverti. Mais l'éloge ne le flatterait pas plus que le blâme ne l'a froissé. S'il est vivement touché des suffrages que ses compositions peuvent obtenir, il se refuse à livrer sa personne aux caprices populaires. Il est cependant bien difficile de persuader au public, qu'un auteur peut concevoir le crime sans être criminel!... Aussi, l'auteur, après avoir été jadis accusé de cynisme, ne serait pas étonné de passer maintenant pour un joueur, pour un *viveur,* lui, dont les nombreux travaux décèlent une vie solitaire, accusent une sobriété sans laquelle la fécondité de l'esprit n'existe point.

Il pourrait certes se plaire à composer ici quelque autobiographie qui exciterait de puissantes sympathies en sa faveur; mais il se sent aujourd'hui trop bien accueilli pour écrire des impertinences à la manière de tant de *préfaciers;* trop consciencieux dans ses travaux, pour être humble; puis, n'étant pas valétudinaire, il ferait décidément un triste héros de préface.

Si vous mettez la personne et les mœurs en dehors des livres, l'auteur vous reconnaîtra une pleine autorité sur ses écrits : vous pourrez les accuser d'effronterie, vitupérer la plume assez mal apprise pour peindre des tableaux inconvenans, colliger des observations problématiques, accuser à faux la société, et lui prêter des vices ou des malheurs dont elle serait exempte. Le succès est un arrêt souverain en ces matières ardues; alors la *Physiologie du mariage* serait peut-être complètement absoute. Plus tard, elle sera peut-être mieux comprise, et l'auteur aura sans doute un jour la joie d'être estimé homme chaste et grave.

Mais beaucoup de lectrices ne seront pas satisfaites en apprenant que l'auteur de la *Physiologie* est jeune, rangé comme un vieux sous-chef, sobre comme un malade au régime, buveur d'eau et travailleur; car elles

ne comprendront pas comment un jeune homme de
mœurs pures, a pu pénétrer si avant dans les mystères de
la conjugalité. L'accusation se reproduirait ainsi sous de
nouvelles formes. Mais pour terminer ce léger procès,
en faveur de son innocence, il lui suffira sans doute
d'amener aux sources de la pensée les personnes peu
familiarisées avec les opérations de l'intelligence
humaine.

Quoique restreint dans les bornes d'une préface, cet
essai psycologique aidera peut-être à expliquer les
bizarres disparates qui existent entre le talent d'un écrivain et sa physionomie. Certes, cette question intéresse
les femmes-poètes encore plus que l'auteur lui-même.

L'art littéraire, ayant pour objet de reproduire la
nature par la pensée, est le plus compliqué de tous les
arts.

Peindre un sentiment, faire revivre les couleurs, les
jours, les demi-teintes, les nuances, accuser avec justesse une scène étroite, mer ou paysage, hommes ou
monuments, voilà toute la peinture.

La sculpture est plus restreinte encore dans ses
ressources. Elle ne possède guère qu'une pierre et une
couleur pour exprimer la plus riche des natures, le sentiment dans les formes humaines : aussi le sculpteur
cache-t-il sous le marbre d'immenses travaux d'idéalisation dont peu de personnes lui tiennent compte.

Mais, plus vastes, les idées comprennent tout : l'écrivain doit être familiarisé avec tous les effets, toutes les
natures. Il est obligé d'avoir en lui je ne sais quel miroir
concentrique où, suivant sa fantaisie, l'univers vient se
réfléchir; sinon, le poète et même l'observateur n'existent pas; car il ne s'agit pas seulement de voir, il faut
encore se souvenir et empreindre ses impressions dans
un certain choix de mots, et les parer de toute la grâce
des images ou leur communiquer le vif des sensations
primordiales...

Or, sans entrer dans les méticuleux *aristotélismes* créés par chaque auteur pour son œuvre, par chaque pédant dans sa théorie, l'auteur pense être d'accord avec toute intelligence, haute ou basse, en composant *l'art littéraire* de deux parties bien distinctes : *l'observation — l'expression*.

Beaucoup d'hommes distingués sont doués du talent d'observer, sans posséder celui de donner une forme vivante à leurs pensées; comme d'autres écrivains ont été doués d'un style merveilleux, sans être guidés par ce génie sagace et curieux qui voit et enregistre toute chose. De ces deux dispositions intellectuelles résultent, en quelque sorte, une vue et un toucher littéraires. A tel homme, *le faire;* à tel autre, *la conception;* celui-ci joue avec une lyre sans produire une seule de ces harmonies sublimes qui font pleurer ou penser; celui-là compose des poèmes pour lui seul, faute d'instrument.

La réunion des deux puissances fait l'homme complet; mais cette rare et heureuse concordance n'est pas encore le génie, ou, plus simplement, ne constitue pas la volonté qui engendre une œuvre d'art.

Outre ces deux conditions essentielles au talent, il se passe chez les poètes ou chez les écrivains réellement philosophes, un phénomène moral, inexplicable, inouï, dont la science peut difficilement rendre compte. C'est une sorte de seconde vue qui leur permet de deviner la vérité dans toutes les situations possibles; ou, mieux encore, je ne sais quelle puissance qui les transporte là où ils doivent, où ils veulent être. Ils inventent le vrai, par analogie, ou voient l'objet à décrire, soit que l'objet vienne à eux, soit qu'ils aillent eux-mêmes vers l'objet.

L'auteur se contente de poser les termes de ce problème, sans en chercher la solution; car il s'agit pour lui d'une justification et non d'une théorie philosophique à déduire.

Donc, l'écrivain doit avoir analysé les caractères, épousé toutes les mœurs, parcouru le globe entier, ressenti toutes les passions, avant d'écrire un livre; ou les passions, les pays, les mœurs, caractères, accidens de nature, accidens de morale, tout arrive dans sa pensée. Il est avare, ou il conçoit momentanément l'avarice, en traçant le portrait du *Laird de Dumbiedikes**. Il est criminel, conçoit le crime, ou l'appelle et le contemple, en écrivant *Lara***.

Nous ne trouvons pas de terme moyen à cette proposition cervico-littéraire.

Mais, à ceux qui étudient la nature humaine, il est démontré clairement que l'homme de génie possède les deux puissances.

Il va, en esprit, à travers les espaces, aussi facilement que les choses, jadis observées, renaissent fidèlement en lui, belles de la grâce ou terribles de l'horreur primitive qui l'avaient saisi. Il a réellement vu le monde, ou son ame le lui a révélé intuitivement. Ainsi, le peintre le plus chaud, le plus exact de Florence, n'a jamais été à Florence; ainsi, tel écrivain a pu merveilleusement dépeindre le désert, ses sables, ses mirages, ses palmiers, sans aller de Dan à Sahara.

Les hommes ont-ils le pouvoir de faire venir l'univers dans leur cerveau, ou leur cerveau est-il un talisman avec lequel ils abolissent les lois du temps et de l'espace?... La science hésitera longtemps à choisir entre ces deux mystères également inexplicables. Toujours est-il constant que l'inspiration déroule au poète des transfigurations sans nombre et semblables aux magiques fantasmagories de nos rêves. Un rêve est peut-être le jeu naturel de cette singulière puissance, quand elle reste inoccupée!...

---

* Personnage de la *Prison d'Edimbourg,* roman de Walter Scott.
** Poème de lord Byron.

Ces admirables facultés que le monde admire justement, un auteur les possède plus ou moins larges, en
raison du plus ou du moins de perfection ou d'imperfection peut-être, de ses organes. Peut-être encore, le don
de création est-il une faible étincelle tombée d'en haut
sur l'homme, et les adorations dues aux grands génies
seraient-elles une noble et haute prière! S'il n'en était
pas ainsi, pourquoi notre estime se mesurerait-elle à la
force, à l'intensité du rayon céleste qui brille en eux? Ou
faut-il évaluer l'enthousiasme dont nous sommes saisis
pour les grands hommes, au degré de plaisir qu'ils nous
donnent, au plus ou moins d'utilité de leurs œuvres?...
Que chacun choisisse entre le matérialisme et le spiritualisme!...

Cette métaphysique littéraire a entraîné l'auteur assez
loin de la question personnelle. Mais quoique dans la
production la plus simple, dans *Riquet à la Houpe* même,
il y ait un travail d'artiste, et qu'une œuvre de naïveté
soit souvent empreinte du *mens divinior* autant qu'il en
brille dans un vaste poème, il n'a pas la prétention
d'écrire pour lui cette ambitieuse théorie, à l'instar de
quelques auteurs contemporains dont les préfaces étaient
les *petits pèlerinages* de *petits Childe-Harold*. Il a seulement
voulu réclamer pour les auteurs, les anciens privilèges de
la *clergie,* qui se jugeait elle-même.

La *Physiologie du mariage* était une tentative faite pour
retourner à la littérature fine, vive, railleuse et gaie du
dix-huitième siècle, où les auteurs ne se tenaient pas
toujours droits et raides, où, sans discuter à tout propos
la poésie, la morale et le drame, il s'y faisait du drame,
de la poésie et des ouvrages de vigoureuse morale. L'auteur de ce livre cherche à favoriser la réaction littéraire
que préparent certains bons esprits ennuyés de notre
vandalisme actuel, et fatigués de voir amonceler tant de
pierres sans qu'aucun monument surgisse. Il ne comprend pas la pruderie, l'hypocrisie de nos mœurs, et

refuse du reste, aux gens blasés, le droit d'être difficiles.

De tous côtés, s'élèvent des doléances sur la couleur sanguinolente des écrits modernes. Les cruautés, les supplices, les gens jetés à la mer, les pendus, les gibets, les condamnés, les atrocités chaudes et froides, les bourreaux, tout est devenu bouffon!

Naguère, le public ne voulait plus sympathiser avec les *jeunes malades,* les *convalescens* et les doux trésors de mélancolie contenus dans l'infirmerie littéraire. Il a dit adieu aux *tristes,* aux *lépreux,* aux langoureuses élégies. Il était las des *bardes* nuageux et des Sylphes, comme il est aujourd'hui rassasié de l'Espagne, de l'Orient, des supplices, des pirates et de l'histoire de France walter-scottée. Que nous reste-t-il donc?...

Si le public condamnait les efforts des écrivains qui essaient de remettre en honneur la littérature franche de nos ancêtres, il faudrait souhaiter un déluge de barbares, la combustion des bibliothèques, et un nouveau moyen âge; alors, les auteurs recommenceraient plus facilement le cercle éternel dans lequel l'esprit humain tourne comme un cheval de manège.

Si *Polyeucte* n'existait pas, plus d'un poète moderne est capable de refaire Corneille, et vous verriez éclore cette tragédie sur trois théâtres à la fois, sans compter les vaudevilles où Polyeucte chanterait sa profession de foi chrétienne sur quelque motif de la *Muette.* Enfin, les auteurs ont souvent raison dans leurs impertinences contre le temps présent. Le monde nous demande de belles peintures? où en seraient les types? Vos habits mesquins, vos révolutions manquées, vos bourgeois discoureurs, votre religion morte, vos pouvoirs éteints, vos rois en demi-solde, sont-ils donc si poétiques qu'il faille vous les transfigurer?...

Nous ne pouvons aujourd'hui que nous moquer. La raillerie est toute la littérature des sociétés expirantes... Aussi l'auteur de ce livre, soumis à toutes les chances de son entreprise littéraire, s'attend-il à de nouvelles accusations.

Quelques auteurs contemporains sont nommés dans son ouvrage; il espère que son estime profonde pour leurs caractères ou leurs écrits ne sera pas mise en doute; et proteste aussi d'avance contre les allusions auxquelles pourraient donner lieu les personnages mis en scène dans son livre. Il a tâché moins de tracer des portraits que de présenter des types.

Enfin, le temps présent marche si vite, la vie intellectuelle déborde partout avec tant de force, que plusieurs idées ont vieilli, ont été saisies, exprimées, pendant que l'auteur imprimait son livre : il en a sacrifié quelques-unes; celles qu'il a maintenues, sans s'apercevoir de leur mise en œuvre, étaient sans doute nécessaires à l'harmonie de son ouvrage.

PREMIÈRE PARTIE

LA PEAU DE CHAGRIN

I

Vers la fin du mois d'octobre dernier, quelque temps après l'heure à laquelle s'ouvrent les maisons de jeu, conformément à la loi qui protège, à Paris, une passion essentiellement budgétifiante, un jeune homme vint au Palais-Royal; et, sans trop hésiter, monta l'escalier du tripot établi au numéro 39.

— Monsieur!... votre chapeau, s'il vous plaît,... lui cria d'une voix sèche et grondeuse, un petit vieillard blême, accroupi dans l'ombre, protégé par une barricade, et qui, se levant soudain, fit voir une figure moulée d'après un type ignoble.

Quand vous entrez dans une maison de jeu, la loi commence par vous dépouiller de votre chapeau.

Est-ce une parabole évangélique et providentielle?...

Veut-on, par hasard, vous faciliter le plaisir de vous arracher les cheveux, dans les moments de perte?...

N'est-ce pas plutôt une manière de signer un contrat infernal avec vous, en exigeant je ne sais quel gage?...

Serait-ce pour vous obliger à garder un maintien respectueux devant ceux qui gagneront votre argent?

Est-ce curiosité de la police, qui, fouillant tous les égouts sociaux, est intéressée à savoir le nom de votre chapelier, ou le vôtre; si vous l'avez inscrit sur la coiffe?

Est-ce, enfin, pour prendre la mesure de votre crâne et dresser une statistique instructive sur la capacité cérébrale des joueurs?...

Il y a, sur ce point, silence complet chez l'administration.

Seulement, à peine avez-vous fait un pas vers le tapis vert, que déjà votre chapeau ne vous appartient pas plus que vous ne vous appartenez à vous-même. Vous êtes au jeu, vous, votre fortune, votre coiffe, votre canne et votre manteau.

A votre sortie, le Jeu, par une atroce épigramme en action, vous démontrera qu'il vous laisse encore quelque chose en vous rendant votre bagage... Mais, si, par malheur, vous venez avec une coiffure neuve, vous apprendrez, à vos dépens, qu'il faut avoir un costume de joueur, et surtout ne pas être sujet aux rhumes de cerveau.

L'étonnement, manifesté par l'étranger quand il reçut une fiche numérotée en échange de son chapeau dont heureusement les bords étaient légèrement encroûtés, indiquait assez une âme encore innocente.

Le petit vieillard, ayant sans doute croupi dès son jeune âge dans les atroces plaisirs de la vie des joueurs, lui jeta un coup d'œil terne et sans chaleur, mais dans lequel un philosophe aurait lu les misères de l'hôpital, les vagabondages des gens dépouillés, les procès-verbaux d'une foule d'asphyxies, les travaux forcés à perpétuité, les expatriations au Guazalco...

Cet homme avait une longue face de carême dont les fibres ne s'entretenaient plus guère que par la soupe gélatineuse de M. d'Arcet. Il présentait une vivante image de la passion réduite à son terme le plus simple. Dans ses rides, il y avait trace de vieilles tortures. Il devait jouer ses maigres appointemens, le jour même où il les recevait. Enfin, comme une rosse sur laquelle les coups de fouet n'ont plus de prise, il ne tressaillait plus aux sourds gémissemens, aux muettes imprécations, aux regards hébétés des joueurs, quand ils sortaient ruinés. C'était le Jeu incarné.

Si le jeune homme avait contemplé ce triste cerbère, peut-être se serait-il dit :

— Il n'y a plus qu'un jeu de cartes dans ce cœur-là...

Mais l'inconnu n'écouta pas cet avis en chair et en os, placé là sans doute par la providence, comme elle a mis le dégoût à la porte de tous les lieux mauvais... Non. Il entra résolument dans la salle d'où l'or faisait entendre une prestigieuse musique... Ce jeune homme était probablement poussé là par la plus logique de toutes les éloquentes phrases de J.-J. Rousseau, et dont voici, je crois, la triste pensée : — *Oui, je conçois qu'un homme aille au Jeu; mais c'est lorsque entre lui et la mort il ne voit plus que son dernier écu...*

II

Le soir, les maisons de jeu n'ont qu'une poésie vulgaire, mais dont l'effet est assuré comme celui d'un mélodrame plein de sang. Les salles sont garnies de spectateurs et de joueurs, de vieillards indigens qui viennent s'y réchauffer, de faces agitées, d'orgies commencées dans le vin et près de finir dans la Seine. La passion y abonde; mais le trop grand nombre d'acteurs vous empêche de contempler face à face le démon du jeu. La soirée est un véritable morceau d'ensemble où la troupe entière crie, où chaque instrument de l'orchestre module sa phrase...

Vous verriez beaucoup de gens honorables qui viennent chercher là des distractions, et les paient comme ils paieraient le plaisir du spectacle, de la gourmandise, ou comme ils iraient dans une mansarde acheter, à bas prix, des remords pour trois mois.

Mais comprenez-vous tout ce que doit avoir de délire et de vigueur dans l'ame un homme qui attend avec impatience l'ouverture d'un tripot?... Il existe, entre le joueur fidèle à l'heure et le joueur du soir, la différence qui distingue le mari nonchalant, de l'amant rôdant sous les fenêtres de sa belle... Le matin seulement, arrivent la passion palpitante, le besoin dans sa franche horreur... En ce moment, vous pourrez admirer un véritable joueur, un joueur qui n'a pas mangé, dormi, vécu, pensé, tant il était rudement flagellé par le fouet de sa martingale; tant il souffrait, travaillé par le prurit d'un coup...

Alors, seulement, vous rencontrerez des yeux dont le calme effraie, des visages qui vous fascinent, des regards qui soulèvent les cartes, et les dévorent. Oui, les gens prêts à se brûler la cervelle, après être venus tenter le sort une dernière fois, marchandent leurs souffrances avant le dîner! Passé huit heures, il n'y a plus que des rages accidentelles dues à des hasards de cartes... la rouge ou la noire ont gagné dix fois de suite.

Aussi, les maisons de jeu ne sont-elles sublimes qu'à l'ouverture de leurs séances... Si l'Espagne a ses combats de taureaux, si Rome a eu ses gladiateurs, Paris s'enorgueillit de son Palais-Royal dont les agaçantes roulettes donnent le plaisir de voir couler le sang à flots, sans que les pieds du parterre risquent d'y glisser. Essayez de jeter un regard furtif sur cette arène... Entrez!

Quelle nudité!... Les murs, couverts d'un papier gras à hauteur d'homme, n'offrent pas une image qui puisse rafraîchir l'ame, pas même un clou pour faciliter le suicide... Le parquet est toujours malpropre. Une table ronde occupe le centre de la salle; et la simplicité des chaises de paille pressées autour de ce tapis usé par l'or, annonce une curieuse indifférence du luxe chez ces hommes qui viennent périr là pour la fortune et pour le luxe. Cette antithèse humaine est établie partout où l'ame réagit puissamment sur elle-même. L'amoureux veut mettre sa maîtresse dans la soie, la revêtir d'un moelleux cachemire, et, la plupart du temps, il la possède sur un grabat. L'ambitieux rêve de demeurer au faîte du pouvoir, en s'aplatissant dans la boue d'une révérence. Le marchand vit dans une boutique humide et malsaine, en se construisant un hôtel où il ne restera pas un an... Y a-t-il enfin, excepté la vue des cuisines et l'odeur des cabarets, chose plus déplaisante qu'une maison de plaisir?... Singulier problème!... L'homme signe son impuissance dans tous les actes de sa vie! Il n'est jamais ni tout-à-fait heureux, ni complètement misérable...

Au moment où le jeune homme entra dans le salon, quelques joueurs s'y trouvaient déjà...

Trois vieillards, à têtes chauves, étaient nonchalamment assis autour du tapis vert. Leurs visages de plâtre, impassibles comme ceux des diplomates, révélaient des ames blasées, des cœurs qui, depuis long-temps, avaient désappris de palpiter, en risquant même les biens paraphernaux d'une femme...

Un jeune Italien, aux cheveux noirs, au teint olivâtre, était accoudé tranquillement au bout de la table, et paraissait écouter ces pressentimens secrets qui crient fatalement à un joueur : — Oui... — Non... Cette tête méridionale respirait l'or et le feu.

Sept ou huit spectateurs, debout, rangés de manière à former une galerie, attendaient les scènes que leur préparaient les coups du sort, les figures des acteurs, le mouvement de l'argent et des râteaux. Ces désœuvrés étaient là, silencieux, immobiles, attentifs, comme est le peuple à la Grève, quand le bourreau tranche une tête.

Un grand homme sec, en habit râpé, tenait un registre d'une main, et, de l'autre, une épingle pour marquer les passes de la rouge ou de la noire. C'était un de ces Tantales modernes qui vivent en marge de toutes les jouissances de leur siècle; un de ces avares sans trésor qui jouent en idée une mise imaginaire; espèce de fou raisonnable, se consolant de ses misères en caressant une épouvantable chimère; agissant enfin, avec le vice et le danger, comme les jeunes prêtres avec Dieu, quand ils lui disent des messes blanches.

Puis, en face de la banque, un ou deux de ces fins spéculateurs, experts des chances du jeu, et semblables à d'anciens forçats qui ne s'effraient plus des galères, étaient venus là pour hasarder trois coups et remporter immédiatement le gain probable dont ils vivaient.

Deux vieux garçons de salle se promenaient nonchalamment les bras croisés, regardant aux carreaux, par intervalles, comme pour montrer aux passans leurs plates figures, en guise d'enseigne.

Le *tailleur* et le *banquier* venaient de jeter sur les ponteurs ce regard blême qui les tue, et disaient d'une voix grêle :

— Faites le jeu!...

Quand le jeune homme ouvrit la porte...

Alors le silence devint en quelque sorte plus profond, et les têtes se tournèrent vers le nouveau venu par curiosité.

Mais, chose inouie, les vieillards émoussés, les employés pétrifiés, les spectateurs, et même l'Italien fanatique, tous éprouvèrent, à l'aspect de l'inconnu, je ne sais quel sentiment épouvantable.

Ne faut-il pas être bien malheureux pour obtenir de la pitié, bien faible pour exciter une sympathie, ou bien sinistre pour faire frissonner les ames dans cette salle où les douleurs doivent être muettes, la misère gaie, le désespoir décent?... Eh bien! il y avait de tout cela dans la sensation neuve qui remua tous ces cœurs glacés quand le jeune homme entra; mais les bourreaux n'ont-ils pas quelquefois pleuré sur les vierges caressantes dont la Révolution leur ordonnait de couper les blondes têtes...

Au premier coup d'œil les joueurs lurent sur le visage du novice quelque horrible mystère...

Ses jeunes traits étaient empreints d'une grâce nébuleuse. Dans son regard, il y avait bien des efforts trahis, bien des espérances trompées! La morne impassibilité du suicide donnait à son front une pâleur mate et maladive. Un sourire amer dessinait de légers plis dans les coins de sa bouche. Il y avait sur toute sa physionomie une résignation qui faisait mal à voir.

Quelque secret génie scintillait au fond de ses yeux

voilés par la fatigue d'une orgie; car la débauche mar-
quait de son sale cachet cette noble figure, jadis pure
et brillante, maintenant dégradée. Les médecins auraient peut-être attribué à des lésions au cœur ou à
la poitrine, le cercle jaune qui encadrait les paupières
et la rougeur dont les joues étaient marbrées; tandis
que les poètes eussent voulu reconnaître, à ces signes,
les ravages de la science, les traces de nuits passées à
la lueur d'une lampe studieuse. Mais une passion plus
mortelle que la maladie, une maladie plus impitoyable
que l'étude et le génie, altéraient cette jeune tête,
contractaient ces muscles vivaces, tordaient ce cœur,
sur lesquels la débauche, l'étude et la maladie n'avaient
que difficilement mordu.

Comme, lorsqu'un célèbre criminel arrive au bagne,
les condamnés l'accueillent avec respect, ainsi, tous ces
démons humains, experts en tortures, saluèrent une
douleur inouie, une blessure dont ils soupçonnaient par
instinct la profondeur; et reconnurent un de leurs prin-
ces, à la majesté de sa muette ironie, à l'élégante misère
de ses vêtemens...

Le jeune homme avait bien un frac de bon goût; mais
la jonction de son gilet et de sa cravate était trop savamment maintenue pour qu'on le supposât possesseur d'une
chemise. Ses mains, jolies comme des mains de femme,
étaient d'une douteuse propreté. Depuis deux jours, il
ne portait plus de gants... Ce diagnostic disait tout....

Si le tailleur et les garçons de salle eux-mêmes frison-
nèrent, c'est que les enchantemens de l'innocence floris-
saient par vestiges dans ses formes grêles et fines, dans
ses cheveux blonds et rares, naturellement bouclés.....
Cette figure avait encore vingt-cinq ans, et le vice paraissait y être un accident. La verte vie de la jeunesse y luttait
encore avec les fatigues d'une orgie, avec les rages d'une
impuissante lubricité. Les ténèbres et la lumière, le
néant et l'existence s'y combattaient en produisant tout

à la fois de la grâce et de l'horreur. Le jeune homme
se présentait là comme un ange sans rayons, égaré dans
sa route; aussi, tous ces professeurs émérites de vice et
d'infamie, semblables à une vieille femme édentée, prise
de pitié à l'aspect d'une ravissante fille qui s'offre à
la corruption, avaient l'air de lui crier :

— Sortez!...

Il marcha droit à la table. Et, s'y tenant debout, il jeta
sans calcul, sur le tapis, une pièce d'or qu'il avait dans
la main; puis, abhorrant, comme les âmes fortes, de
chicanières incertitudes, il lança sur le tailleur un regard
tout à la fois turbulent et calme.

L'intérêt de ce coup était si puissant, que les vieillards ne firent pas de mise; mais l'Italien, saisissant avec
le fanatisme de la passion une idée qui lui souriait,
ponta sa masse d'or en opposition au jeu de l'inconnu.

Le banquier oublia de dire ces phrases qui se sont
à la longue converties en un cri rauque et inintelligible :

— Faites le jeu!...

— Le jeu est fait!...

— Rien ne va plus...

Le tailleur étala les cartes en paraissant souhaiter
bonne chance au dernier venu, indifférent qu'il était à
la perte ou au gain fait par les entrepreneurs de ces
sombres plaisirs.

Tous les yeux, arrêtés sur les cartons fatidiques, étincelaient; car les spectateurs voyaient un drame et la
dernière scène d'une belle vie dans cette pièce d'or....
Mais, malgré l'attention avec laquelle ils regardèrent
alternativement le jeune homme et les cartes, ils ne
purent apercevoir aucun symptôme d'émotion sur sa
figure froide et résignée.

— Rouge perd!......... dit officiellement le tailleur.

Une espèce de râle sourd sortit de la poitrine de l'Italien lorsqu'il vit tomber le paquet de billets que lui jeta
le banquier. Quant au jeune homme, il ne comprit sa

ruine qu'au moment où le rateau s'allongea pour ramas-
ser son dernier napoléon. L'ivoire fit rendre un bruit
sec à la pièce, qui, rapide comme une flèche, alla se réunir au tas d'or étalé devant la caisse. L'inconnu ferma
les yeux doucement, ses lèvres blanchirent; mais il releva
bientôt ses paupières; sa bouche reprit une rougeur
de corail; il affecta l'air d'un Anglais pour qui la vie
n'a plus de mystères; et disparut sans mendier une consolation par un de ces regards déchirans que les joueurs
au désespoir lancent assez souvent sur la galerie taciturne
dont ils sont entourés.

Que d'événemens se pressent dans l'espace d'une
seconde, et quel abîme est donc la cervelle humaine!...

— Voilà pourtant toute une destinée!... dit en souriant le croupier, après un moment de silence, en
tenant cette pièce d'or entre le pouce et l'index, et la
montrant aux assistans.

— C'est un cerveau brûlé qui va se jeter à l'eau!... répondit un habitué; car tous les joueurs se connaissaient.

— Bah! s'écria le garçon de bureau, en prenant une
prise de tabac.

— Si nous avions imité monsieur?... dit un des vieillards à ses collègues, en désignant l'Italien; hein?....

Tout le monde regarda l'heureux joueur dont les
mains tremblaient en comptant ses billets de banque.

— J'ai entendu, dit-il, une voix qui me criait dans
l'oreille : Le Jeu aura raison contre le désespoir de ce
jeune homme!...

— Ce n'est pas un joueur!... reprit le banquier. Autrement il aurait fait trois coups de son argent pour se
donner plus de chances!...

III

Le jeune homme passait sans réclamer son chapeau; mais le vieux molosse, ayant remarqué le mauvais état de cette guenille, la lui rendit sans proférer une parole, et le joueur restitua la fiche par un mouvement machinal. Puis, il descendit les escaliers en sifflant le *di tanti palpiti* d'un souffle si faible qu'il en entendait à peine lui-même les notes délicieuses, et il se trouva bientôt sous les galeries du Palais-Royal. Dirigé par une dernière pensée, il alla jusqu'à la rue Saint-Honoré et prit le chemin des Tuileries dont il traversa le jardin d'un pas lent, irrésolu. Il marchait comme au milieu d'un désert, coudoyé par des hommes qu'il ne voyait pas; n'écoutant, à travers les clameurs populaires, qu'une seule voix, celle de la Mort; enfin, perdu dans une engourdissante méditation, semblable à celle dont jadis étaient saisis les criminels qu'une charrette conduisait, du Palais à la Grève, vers cet échafaud, rouge de tout le sang versé depuis 1793.

Il y a je ne sais quoi de grand et d'épouvantable dans le suicide. Les chutes d'une multitude de gens sont sans danger comme celles des enfans qui tombent de trop bas pour se blesser; mais quand un homme se brise, il doit venir de bien haut, s'être élevé dans les cieux, avoir entrevu quelque paradis inaccessible. Implacables doivent être les ouragans qui nous forcent à demander la paix de l'âme à la bouche d'un pistolet.

Il existe beaucoup de jeunes talens qui s'étiolent,

confinés dans une mansarde, et qui périssent faute d'un ami, faute d'une femme consolatrice, au sein d'un million d'êtres, en présence d'une foule lassée d'or et qui s'ennuie...

A cette pensée, le suicide prend des proportions gigantesques.

Entre une mort volontaire et la féconde espérance dont la voix appelle un jeune homme à Paris, Dieu seul sait combien il y a de chefs-d'œuvre avortés; de conceptions, de poésie dépensées; de désespoir, de cris étouffés; de vaines tentatives!...... Chaque suicide est un poème sublime de mélancolie : où trouverez-vous, dans l'océan des littératures, un livre surnageant qui puisse lutter de génie avec ces trois lignes?

Hier, à quatre heures, une jeune femme s'est jetée dans la Seine du haut du Pont-des-Arts.

Cette phrase, grosse de tant de maux, est, la plupart du temps, insérée entre l'annonce d'un nouveau spectacle et le récit d'une somptueuse fête donnée pour soulager les *indigens*...... Nous sommes pleins de pitié pour les maux physiques.

Devant ce laconisme parisien, les drames, les romans, tout pâlit, même ce vieux frontispice :

Les lamentations du glorieux roi de Kaërnavan, mis en prison par ses enfans....

Dernier fragment d'un livre perdu, dont la seule lecture faisait pleurer ce Sterne, qui lui-même délaissait sa femme et ses enfans.

L'inconnu fut assailli par mille pensées semblables qui passaient en lambeaux dans son ame comme des drapeaux déchirés voltigeant au milieu d'une bataille. — Puis, il déposait pendant un moment le fardeau de son intelligence et de ses souvenirs, pour s'arrêter devant quelques fleurs dont il admirait les têtes mollement balancées par la brise parmi les massifs de verdure.

Mais, saisi par une convulsion de la vie qui regimbait encore sous la pesante idée du suicide, il levait les yeux

au ciel; et des nuages gris, des bouffées de vent chargées
de tristesse, une atmosphère lourde lui conseillaient de
mourir...

Alors, il s'achemina vers le Pont-Royal en songeant
aux dernières fantaisies de ses prédécesseurs... Il souriait
en se rappelant que lord Castelreagh avait satisfait le
plus humble de nos besoins avant de se couper la gorge,
et que M. Auger l'académicien avait été chercher sa
tabatière pour priser tout en marchant à la mort....

Il analysait ces bizarreries et s'interrogeait lui-même,
quand, en se serrant contre le parapet du pont, pour
laisser passer un fort de la halle, ce dernier lui ayant
légèrement blanchi la manche de son habit, il se surprit
à en secouer soigneusement la poussière.

Arrivé au point culminant de la voûte, il regarda l'eau
d'un air sinistre.

— Mauvais temps pour se noyer!.... lui dit en riant
une vieille femme vêtue de haillons. Est-elle sale et
froide, la Seine!...

Il répondit par un sourire plein de naïveté, qui attes-
tait le délire de son courage; mais il frissonna tout à
coup en voyant de loin, sur le port des Tuileries, la
baraque surmontée d'un écriteau où ces paroles sont
tracées en lettres hautes d'un pied :

Secours aux asphyxiés...

M. Dacheux lui apparut armé de sa philantropie
tardive, réveillant et faisant mouvoir ces vertueux
avirons qui cassent la tête aux noyés, quand malheureusement ils remontent sur l'eau. Il l'aperçut ameutant
les curieux, quêtant un médecin, apprêtant des fumi-
gations... Il lut les doléances des journalistes écrites entre
les joies d'un festin et le sourire d'une danseuse. Il
entendit sonner les écus comptés à des bateliers pour
sa tête, par le préfet de la Seine... Mort, il valait cin-

quante francs; mais, vivant, il n'était qu'un homme de talent, sans protecteurs, sans amis, sans Paillasse, sans tambour, un véritable zéro social, dont l'état n'avait nul souci....

Alors, une mort en plein jour lui paraissant ignoble, il résolut de périr pendant la nuit, afin de livrer son cadavre méconnaissable à la Société qui méconnaissait l'utilité de sa vie. Continuant donc son chemin, il se dirigea vers le quai Voltaire, en prenant la démarche indolente d'un flâneur qui veut tuer le temps.

Quand il descendit les marches qui terminent le trottoir du pont, à l'angle du quai, son attention fut excitée par les bouquins dont le parapet est toujours garni... Peu s'en fallut qu'il n'en marchandât quelques-uns...

Il se prit à sourire; et, glissant alors philosophique-ment ses mains dans ses goussets, il allait reprendre son allure d'insouciance et de dédain, quand il entendit avec surprise quelques pièces retentissant d'une manière véritablement fantastique dans le fond de sa poche...

Un sourire d'espérance illumina son visage, en se glissant de ses lèvres dans ses traits et sur son front; il fit briller de joie ses yeux et ses joues sombres. Cette étincelle de bonheur ressemblait à ces feux qui courent dans les vestiges d'un papier déjà consumé par la flamme; mais le visage eut le sort des cendres noires : il redevint triste quand l'inconnu, ayant vivement retiré la main de son gousset, aperçut trois gros sous...

— Ah! mon bon Monsieur, *la carita! la carita!.. cata-rina!* — Un petit sou pour avoir du pain...

Et un jeune ramoneur dont la figure bouffie était noire, le corps brun de suie, les vêtements déguenillés, tendit la main à cet homme pour lui arracher ses der-niers sous. A deux pas du petit Savoyard, un vieux pauvre honteux, maladif, souffreteux, ignoblement vêtu d'une tapisserie trouée, lui dit d'une grosse voix sourde :

— Monsieur, donnez-moi *ce que vous voulez,* je prierai Dieu pour vous...

Mais quand l'homme jeune eut regardé le vieillard, ce dernier se tut, et ne demanda plus rien, reconnaissant peut-être sur ce visage funèbre, la livrée d'une misère plus âpre que la sienne.

— La carita! la carita!...

L'inconnu jeta sa monnaie à l'enfant et au vieux pauvre, en quittant le trottoir pour aller vers les maisons...

Il ne pouvait plus supporter le poignant aspect de la Seine.

— Nous prierons Dieu pour la conservation de vos jours!... lui dirent les deux mendians.

En arrivant à l'étalage d'un marchand d'estampes, cet homme presque mort rencontra une jeune femme qui descendait de son brillant équipage, et dont la robe, légèrement relevée par le marchepied, laissa voir une jambe dont les contours fins et délicats étaient dessinés par un bas blanc et bien tiré... Alors il contempla délicieusement cette charmante syrène dont la figure était d'une beauté enivrante, rosée, artistement encadrée dans le satin d'un chapeau gracieux... puis, il fut séduit par une taille svelte, par une élégante *disinvoltura.* La jeune femme entra dans le magasin, y marchanda des albums, des collections de lithographies... Elle en acheta pour plusieurs pièces d'or qui reluisirent et sonnèrent sur le comptoir.

Le jeune homme, en apparence occupé sur le seuil de la porte à regarder des gravures exposées dans la montre, échangea capricieusement avec la belle inconnue l'œillade la plus perçante que puisse lancer un homme, contre un de ces coups d'œil insoucians jetés au hasard sur la foule... Et c'était, de sa part, un adieu à l'amour, à la femme!... Cette dernière et puissante interrogation ne fut même pas comprise, et ne remua pas

ce cœur de femme frivole, ne la fit pas rougir, ne lui
fit pas baisser les yeux... Qu'était-ce pour elle?... une
admiration de plus, un désir excité dont elle triomphe-
rait, le soir, en disant : — J'étais jolie aujourd'hui.

Le jeune homme passa vivement à un autre cadre et
ne se retourna point quand la jolie dame remonta
dans sa voiture. Les chevaux partirent avec une vitesse
aristocratique... Et cette dernière image du luxe, de
l'élégance flamba devant lui, rapide comme sa vie.

Alors il marcha d'un pas mélancolique, en flanant
le long des magasins, examinant sans beaucoup d'intérêt tout ce qui s'y trouvait étalé... Puis, quand les
boutiques lui manquèrent, il contempla le Louvre,
l'Institut, les tours de Notre-Dame, celles du Palais, le
Pont des Arts... Ces monumens paraissaient avoir une
physionomie triste en reflétant les teintes grises du ciel
dont les rares clartés prêtaient un air menaçant à Paris,
qui, semblable à une jolie femme, est soumis à d'inexplicables caprices de laideur et de beauté. Ainsi, la nature
elle-même conspirait à le plonger dans une extase douloureuse.

En proie à cette puissance malfaisante dont nous
éprouvons tous, en certains jours de notre vie, l'action
dissolvante, il sentait son organisme arriver insensiblement aux phénomènes de la fluidité... Les tourmentes
de cette agonie lui imprimaient un mouvement de
vague, et lui faisaient voir les bâtimens, les hommes à
travers un brouillard, où tout ondoyait. Voulant se
soustraire aux titillations morales que produisaient, sur
son ame, les réactions de la nature physique, il se
dirigea vers un magasin d'antiquités dans l'intention de
donner une pâture à ses sens et d'y attendre la nuit
en marchandant des objets d'art. C'était, pour ainsi
dire, quêter du courage et demander un cordial comme
les criminels qui se défient de leurs forces en allant à
l'échafaud.

IV

La conscience qu'il avait d'une mort prochaine rendit, pour un moment, au jeune homme toute l'assurance d'une duchesse qui a deux amans. Aussi, entra-t-il chez le marchand de curiosités d'un air dégagé, laissant voir sur ses lèvres un sourire fixe comme celui d'un ivrogne. N'était-il pas ivre de la vie ou peut-être de la mort! Donc, l'inconnu retomba bientôt dans ses vertiges et continua d'apercevoir les choses sous d'étranges couleurs, et animées d'un léger mouvement dont le principe était sans doute dans une irrégulière circulation de son sang, tantôt bouillonnant, tantôt fade comme de l'eau tiède...

Il demanda simplement à visiter les magasins, pour y chercher s'ils ne renfermeraient pas quelques singularités à sa convenance. Alors un jeune garçon à figure fraîche et joufflue, à chevelure rousse, et coiffé d'une casquette de loutre, commit la garde de la boutique à une vieille paysanne, espèce de *Caliban* femelle, occupée à nettoyer un poêle dont les merveilles étaient dues au génie de Bernard de Palissy. Puis, il dit à l'étranger d'un air insouciant :

— Voyez, Monsieur, voyez!... Nous n'avons en bas que des choses fort ordinaires; mais si vous voulez prendre la peine de monter au premier étage, je pourrai vous montrer de fort belles momies du Caire, plusieurs poteries incrustées, quelques ébènes sculptés, *vraie renaissance,* récemment arrivés et qui sont de toute beauté...

Ce babil de cicérone, ces phrases sottement mercantiles furent, dans l'horrible situation où se trouvait l'inconnu, comme les picotemens dont les esprits étroits assassinent un homme de génie... Portant sa croix jusqu'au dernier pas, il parut écouter son conducteur, et lui répondit par gestes, ou par monosyllabes.

Alors, insensiblement, il sut conquérir le droit d'être silencieux et put se livrer, sans contrainte, à ses dernières méditations. Elles furent gigantesques, terribles; car il était poète, et son ame rencontra, par hasard, une immense pâture : il devait voir, par avance, les ossemens de vingt mondes.

Au premier coup d'œil les magasins lui offrirent un tableau confus, dans lequel toutes les œuvres humaines se heurtaient. Des crocodiles, des singes, des boas empaillés souriaient à des vitraux d'église, semblaient vouloir mordre des bustes, courir après des laques, grimper sur des lustres...

Un vase de Sèvres où madame Jacquotot avait peint Napoléon, se trouvait auprès d'un sphinx dédié à Sésostris... Le commencement du monde et les évènemens d'hier se mariaient avec une grotesque bonhomie. Un tournebroche était posé sur un ostensoir, un sabre républicain, sur une hacquebute du moyen âge.

Madame Dubarry, peinte au pastel, par Latour, une étoile sur la tête, nue et dans un nuage, paraissait contempler avec concupiscence une chibouque indienne, en cherchant à deviner l'utilité des spirales qui serpentaient vers elle.

Les instrumens de mort, poignards, pistolets curieux, armes à secret, étaient jetés pêle-mêle avec des instrumens de vie, soupières en porcelaine, assiettes de Saxe, tasses orientales venues de Chine, drageoirs féodaux. Un vaisseau d'ivoire voguait à pleines voiles sur le dos d'une immobile tortue... Une machine pneumatique éborgnait l'empereur Auguste, qui ne s'en fâchait pas.

Plusieurs portraits d'échevins français, de bour-
guemestres hollandais, insensibles, comme pendant leur
vie, s'élevaient au-dessus de ce cahos d'antiquités, en y
lançant un regard pâle et froid.

Tous les pays de la terre semblaient avoir apporté là
un débris de leurs sciences, un échantillon de leurs arts.
C'était une espèce de fumier philosophique auquel rien
ne manquait, ni le calumet du sauvage, ni la pantoufle
vert et or du sérail, ni le yatagan du Maure, ni l'idole des
Tartares. Il y avait jusqu'à la blague à tabac du soldat, jusqu'au ciboire aux hosties du prêtre, jusqu'aux
plumes du cacique. Ces monstrueux tableaux étaient
encore assujettis à mille accidens de lumière, par la
bizarrerie d'une multitude de reflets dus à la confusion
des nuances, à la brusque opposition des jours et des
ténèbres. L'oreille croyait entendre des cris interrompus ;
l'esprit, saisir des drames inachevés ; l'œil, apercevoir des
lueurs mal étouffées.

Enfin une poussière obstinée imprimait des expressions capricieuses à tous ces objets dont les angles multipliés et les sinuosités nombreuses produisaient les
effets les plus pittoresques.

L'inconnu compara d'abord ces trois salles gorgées
de civilisation, de cultes, de divinités, de chefs-d'œuvre, de
royautés, de débauches, de raison et de folie, à un miroir
plein de facettes dont chacune représentait un monde.

Après cette impression brumeuse, il voulut choisir
ses jouissances ; mais à force de regarder, de penser, de
rêver il se mit sous la puissance d'une fièvre due peut-
être à la faim qui rugissait dans ses entrailles.

La vue de tant d'existences, nationales ou individuelles, attestées par des gages humains qui leur survi-
vaient, acheva d'engourdir les sens du jeune homme.
Le désir qui l'avait poussé dans le magasin fut exaucé.
Il sortit de la vie réelle, monta par degrés vers un monde
idéal, et tomba dans une indéfinissable extase.

L'univers lui apparut par bribes et en traits de feu, comme l'avenir passa jadis flamboyant aux yeux de Saint-Jean, dans Pathmos.

Une multitude de figures endolories, gracieuses, terribles, lucides, lointaines, rapprochées, se leva par masses, par myriades, par générations...

L'Égypte, raide, mystérieuse, se dressa de ses sables, représentée par une momie qu'enveloppaient des bandelettes noires. Les Pharaons, ensevelissant des générations pour construire une tombe... Moïse, les Hébreux, le désert... Il entrevit tout un monde antique et solennel.

Fraîche et suave, une statue de marbre, assise sur une colonne torse et rayonnant de blancheur, lui parla des mythes voluptueux de la Grèce et de l'Ionie...

Ah! qui n'aurait souri, comme lui, de voir sur un fond brun la jeune fille rouge dansant dans la fine argile d'un vase étrusque devant le dieu Priape et le saluant d'un air joyeux... Puis en regard, une reine latine caressant sa Chimère avec amour... Les caprices de la Rome impériale respiraient là, tout entiers, et révélaient le bain, la couche, la toilette d'une Julie indolente, songeuse, attendant son Tibulle.

Puis, armé du pouvoir des talismans arabes, la tête de Cicéron évoquait les souvenirs de la Rome libre et déroulait les pages de Tite-Live : le jeune homme contemplait *Senatus Populus Que Romanus*... Alors, le consul, ses licteurs, les toges bordées de pourpre, les luttes du Forum, le peuple courroucé défilaient lentement devant lui comme les vaporeuses figures d'un rêve...

Enfin, la Rome chrétienne dominait ces images. Une peinture ouvrait les cieux. Il voyait la vierge Marie plongée dans un nuage d'or, au sein des anges, éclipsant la gloire du soleil, écoutant les plaintes des malheureux, et cette suprême consolatrice lui souriait d'un air doux.

Mais, en touchant une mosaïque faite avec les différentes laves du Vésuve et de l'Etna, son âme s'élançait

dans la chaude et fauve Italie! Il assistait aux orgies de
Borgia, courait dans les Abbruzzes, aspirait aux amours
italienne, se passionnait pour les blancs visages aux
longs yeux noirs...

Il frémissait des dénouements nocturnes interrompus
par la froide épée d'un mari, en apercevant une dague
du moyen âge dont la poignée était travaillée comme
une dentelle, et dont la rouille ressemblait à des taches
de sang...

L'Inde et ses religions revivaient dans un magot chinois coiffé de son chapeau pointu à losanges relevées,
paré de clochettes et vêtu d'or et de soie... Tout auprès,
une natte, jolie comme la bayadère qui s'y était roulée,
exhalait encore le sandal... Un monstre du Japon, dont
les yeux restaient tordus, la bouche contournée, les
membres torturés, réveillait l'ame par les inventions
d'un peuple qui, fatigué du beau, toujours unitaire,
trouve d'ineffables plaisirs dans la fécondité des laideurs...

Une salière sortie des ateliers de Benvenuto Cellini le
reportait au sein de la cour de France, au temps où les
arts et la licence fleurirent, où les souverains se divertissaient à des supplices, où les conciles ordonnaient la
chasteté, couchés dans les bras des courtisanes...

Il vit les conquêtes d'Alexandre sur un camée; les
massacres de Pizarre dans une arquebuse à mèche; les
guerres de religion échevelées, cruelles, bouillantes, au
fond d'un casque; les riantes images de la chevalerie
sourdirent d'une armure de Milan supérieurement
damasquinée, bien fourbie, et sous la visière de laquelle
brillaient encore les yeux d'un paladin...

Cet océan de meubles, d'inventions, de modes,
d'œuvres, de ruines, lui composait un poème sans fin.
Formes, couleurs, pensées, tout revivait là; mais rien
de complet ne s'offrait à l'ame. Le poète devait achever les croquis du grand peintre qui avait fait cette

immense palette, où les innombrables accidens de la
vie humaine étaient jetés à profusion, avec dédain.

Après s'être emparé du monde, après avoir contemplé
des pays, des âges, des règnes, le jeune homme revint à
des existences individuelles; il se repersonnifia, s'em-
parant des détails et repoussant la vie des nations
comme trop puissante pour un seul homme...

Là, dormait un enfant en cire provenant du cabinet
de Ruysch, et cette ravissante créature lui peignait les
joies délicieuses de sa jeunesse.

Au prestigieux aspect du pagne virginal de quelque
jeune fille d'Otaïti, sa brûlante imagination lui peignait
la vie simple de la nature, la chaste nudité de la vraie
pudeur, les délices de la paresse si naturelle à l'homme,
toute une destinée calme au bord d'un ruisseau frais et
rêveur, sous un bananier, qui, sans culture, dispensait
une manne savoureuse.

Mais tout à coup il devenait corsaire, et revêtait la
terrible poésie empreinte dans le rôle de Lara, vivement inspiré par les couleurs nacrées de mille coquilla-
ges, exalté par la vue de quelques madrépores qui sen-
taient le varech, les algues et les ouragans atlantiques.

Admirant plus loin les délicates miniatures, les ara-
besques d'azur et d'or, dont un missel, un manuscrit précieux étaient enrichis, il oubliait les tumultes de la mer;
et, mollement balancé par une pensée de paix, il épou-
sait de nouveau l'étude et la science, souhaitant la grasse
vie des moines, exempte de chagrins, exempte de
plaisirs, se couchant au fond d'une cellule, d'où il
contemplait les prairies, les bois, les vignobles de son
monastère.

Devant quelques Teniers, endossant la casaque d'un
soldat, la misère d'un ouvrier, ou le bonnet sale et
enfumé des Flamands, il s'enivrait de bière, ou jouait
aux cartes avec eux, souriant à une grosse paysanne
fraîche, et d'un attrayant embonpoint...

Il grelottait, en voyant une tombée de neige de Mieris; se battait, en regardant un combat de Salvator-Rosa; puis, en caressant un tomhawk d'Illinois, il sentait le scalpel d'un Chérokée qui lui enlevait la peau du crâne... Enfin, émerveillé d'un rebec, jadis mélodieux sous la main d'une châtelaine, il en écoutait la romance et lui déclarait son amour, le soir, auprès d'une cheminée gothique, dans l'ombre, et recueillant d'elle un regard de consentement.

Il s'accrochait à toutes les joies, saisissait toutes les douleurs, s'emparait de toutes les formules d'existence; éparpillant si généreusement sa vie et ses sentimens sur les simulacres de cette nature plastique et vide, que le bruit de ses pas retentissait dans son ame comme le son lointain d'un autre monde, comme la rumeur de Paris sur les tours de Notre-Dame.

En montant l'escalier intérieur qui conduisait aux salles situées au premier étage, il vit des boucliers votifs, des panoplies, des tabernacles sculptés, des figures en bois accrochées aux murs, posées sur chaque marche... Il était poursuivi par les formes les plus étranges, par des créations merveilleuses, assises sur les frontières de la mort et de la vie. Il marchait dans les enchantemens d'un songe; et, doutant de son existence, il était, comme ces objets curieux, ni tout-à-fait mort, ni tout-à-fait vivant.

Quand il entra dans les nouveaux magasins, le jour commençait à pâlir; mais la lumière semblait inutile aux richesses resplendissantes d'or et d'argent qui s'y trouvaient entassées.

Les plus coûteux caprices des dissipateurs morts sous des mansardes après avoir possédé plusieurs millions, étaient là!... C'était le bazar des folies humaines. Une écritoire payée jadis cent mille francs, et rachetée pour cent sous, gisait auprès d'une serrure à secret dont le prix de fabrication aurait suffi à la rançon d'un roi.

Là, le génie humain apparaissait dans toutes les pompes de sa misère, dans toute la gloire de ses petitesses gigantesques. Une table d'ébène, véritable idole d'artiste, sculptée d'après les dessins de Jean Goujon, et qui coûta jadis plusieurs années de travail, avait été acquise au prix du bois à brûler... Des coffrets précieux, des meubles faits par la main des fées, y étaient dédaigneusement entassés.

— Il y a des millions ici!... s'écria le jeune homme en arrivant à la pièce qui terminait une immense enfilade d'appartemens dorés et sculptés par des artistes du siècle dernier.

— Dites des milliards!... reprit le gros garçon joufflu; car s'il fallait fabriquer ces choses-là, la somme de toutes les dettes publique de l'Europe n'y suffirait pas... Mais ce n'est rien encore!... Montez au troisième étage et vous verrez!...

L'inconnu, suivant son conducteur, parvint à une quatrième galerie, où successivement passèrent, devant ses yeux fatigués, plusieurs tableaux du Poussin; une sublime statue de Michel-Ange; quelques ravissans paysages de Claude Lorrain; un Gérard-Dow, qui ressemblait à une page de Sterne; et des Rembrandt, des Murillo, sombres et colorés comme un poème de lord Byron; puis des bas-reliefs antiques, des coupes d'agathe, des onyx merveilleux; enfin, c'étaient des travaux à dégoûter du travail; des chefs-d'œuvre accumulés... à faire prendre en haine les arts et à tuer l'enthousiasme.

Il arriva devant une vierge de Raphaël; mais il était lassé de Raphaël.

Une figure du Corrège qui voulait un regard, ne l'obtint même pas... Un vase inestimable, en porphyre antique, et dont les sculptures circulaires représentaient, de toutes les priapées romaines la plus grotesquement licencieuse, délices de quelque Corinne, eut à peine un sourire.

Il étouffait sous les débris de cinquante siècles évanouis; il était malade de toutes ces pensées humaines; assassiné par le luxe et les arts; oppressé par ces formes renaissantes qui, pareilles à des monstres enfantés sous ses pieds par quelque malin génie, lui livraient un combat sans fin.

Semblable, en ses caprices, à la chimie moderne qui résume la création par un sel, l'ame humaine, puissante Locuste, se compose des poisons terribles par la concentration de ses jouissances, de ses forces ou de ses idées. Et beaucoup d'hommes périssent ainsi, victimes de quelque acide moral qu'ils se sont eux-mêmes distillé sur le cœur.

— Que contient cette boîte?... demanda-t-il en arrivant à un grand cabinet, dernier monceau de gloire, d'efforts humains, d'originalités, de richesses. Et il montra du doigt une grande caisse carrée, construite en acajou, suspendue à un clou par une chaîne d'argent.

— Ah! monsieur en a la clef..., dit le gros garçon avec un air de mystère... Si vous désirez voir ce portrait, je me hasarderai volontiers à le prévenir...

— Vous hasarder!... reprit le jeune homme, votre maître est-il un prince?...

— Mais... je ne sais pas... répondit le garçon.

Ils se regardèrent pendant un moment aussi étonnés l'un que l'autre.

Interprétant le silence de l'inconnu comme un souhait, son guide le laissa seul dans le cabinet...

VI

FIGUREZ-VOUS un petit vieillard sec et maigre, vêtu d'une robe en velours noir, serrée autour de ses reins par un gros cordon de soie. Sa tête était couverte d'une calotte en velours également noir, qui laissait passer, de chaque côté de la figure, les ondoyantes nappes d'une longue chevelure d'argent. La robe ensevelissant le corps comme dans un vaste linceul, et la coiffure étant appliquée sur le crâne de manière à encadrer le front, ne permettait de voir qu'une étroite figure blanche. Sans le bras décharné, qui ressemblait à un bâton sur lequel on aurait posé une étoffe, et que le vieillard tenait en l'air pour faire porter sur le jeune homme toute la clarté de la lampe, ce visage aurait paru suspendu dans les airs... Une barbe blanche et taillée en pointe cachait le menton de cet être bizarre, et lui donnait l'apparence de ces têtes judaïques qui servent de type aux artistes quand ils veulent représenter Moïse.

Les lèvres de cet homme étaient si pâles et si minces qu'il fallait une attention particulière pour deviner la ligne étroite tracée par sa bouche dans ce pâle visage. Son large front ridé, ses joues blêmes et creuses, la rigueur implacable de ses petits yeux verts, dénués de cils et de sourcils, pouvaient faire croire à l'inconnu que le *peseur d'or* de Gérard-Dow était sorti de son cadre... Une finesse incroyable, trahie par les sinuosités de ses rides, par les plis circulaires dessinés sur ses tempes, accusait une science profonde des choses de la vie.

— « Voyez!... » Et alors il déroule des mondes, ani-malise les marbres, vivifie la mort et fait arriver le genre humain, si bruyamment insolent, après d'innombrables dynasties de créatures gigantesques, après des races de poissons ou de mollusques...

Et c'est vous qu'il institue poètes!... vous, hommes chétifs, nés d'hier; mais dont le regard retrospectif peut composer des poèmes sans limites, une sorte d'Apo-calypse rétrograde.

Alors, en présence de cette épouvantable résurrection due à la voix d'un seul homme, la miette dont nous sommes usufruitiers dans cet infini sans nom, commun à toutes les sphères, et que nous avons nommé LE TEMPS, cette minute de vie nous fait pitié. Alors, nous nous demandons, écrasés que nous sommes sous tant d'uni-vers inconnus et en ruines, à quoi bon nos gloires, nos haines, nos amours?... Et si, pour devenir un point intangible dans l'avenir, la peine de vivre doit s'accep-ter?... Déracinés du présent, nous sommes morts jus-qu'à ce que notre valet de chambre entre et vienne nous dire :

— Monsieur, Madame la comtesse a répondu qu'elle vous attendait ce soir...

Les merveilles dont l'aspect venait de présenter au jeune homme toute la création connue mit dans son ame l'abattement que produit chez le philosophe la vue scientifique des créations inconnues.

Souhaitant plus vivement que jamais de mourir, il tomba sur une chaise curule, en laissant errer ses regards à travers les fantasmagories de ce panorama du passé. Alors, les tableaux s'illuminèrent, les têtes de vierge lui sourirent, et les statues se colorèrent d'une vie trom-peuse. A la faveur de l'ombre, et mises en danse par la fiévreuse tourmente qui fermentait dans son cerveau brisé, toutes ces œuvres s'agitèrent et tourbillonnèrent devant lui. Chaque magot lui lança une grimace. Les

yeux des personnages représentés dans les tableaux,
remuèrent en pétillant. Chacune de ces formes frémit,
sautilla, se détacha de sa place, gravement, légèrement,
avec grâce ou brusquerie selon ses mœurs, son caractère et sa contexture. Ce fut un mystérieux sabbat
digne des fantaisies entrevues par le docteur Faust sur
le *Brocken*.

Mais, ces phénomènes d'optique enfantés, soit par la
fatigue ou par la tension des forces oculaires, soit par les
caprices du crépuscule, ne pouvaient guère effrayer l'inconnu. Les terreurs de la vie étaient impuissantes sur
une ame familiarisée avec les terreurs de la mort. Il favo-
risa même, par une sorte de complicité railleuse, les
bizarreries de ce galvanisme moral, dont les prodiges
s'accouplaient aux dernières pensées à la faveur desquelles il évoquait sa triste existence...

Un silence effrayant régnait autour de lui; de sorte
que, bientôt, il s'aventura dans une douce rêverie, dont
les impressions, graduellement noires, suivirent, de
nuance en nuance et comme par magie, les lentes dégra-
dations de la lumière.

Une lueur prête à quitter le ciel ayant fait reluire un
dernier reflet rouge en luttant contre la nuit, il leva la
tête et vit un squelette à peine éclairé qui, le montrant
du doigt, pencha dubitativement le crâne de droite à
gauche, comme pour lui dire :

— Les morts ne veulent pas encore de toi!...

En passant la main sur son front, pour chasser le
sommeil, le jeune homme sentit distinctement un vent
frais produit par je ne quoi de velu qui lui effleura
les joues... Il frissonna. Mais, les vitres ayant retenti
d'un claquement sourd, il pensa que cette caresse froide
et digne des mystères de la tombe lui avait été faite par
quelque chauve-souris.

Pendant un moment encore, les vagues reflets du
couchant lui permirent d'apercevoir indistinctement les

fantômes dont il était entouré. Puis, toute cette nature morte s'abolit dans une même teinte noire.

La nuit, l'heure de mourir étaient subitement venues...

Il se passa, dès ce moment, un certain laps de temps, pendant lequel il n'eut aucune perception claire des choses terrestres, soit qu'il se fût enseveli dans une rêverie plus profonde, soit qu'il eût cédé à la somnolence provoquée par ses fatigues et par la multitude des pensées qui lui déchiraient le cœur.

Mais, tout à coup, il crut avoir été appelé par une voix terrible et tressaillit comme lorsque nous sommes précipités dans un abîme par quelque brûlant cauchemar. Il ferma les yeux, ébloui par un rayon de vive lumière...

Il vit briller au sein des ténèbres une sphère rougeâtre dont le centre était occupé par un petit vieillard qui se tenait debout et dirigeait sur son visage la clarté d'une lampe. Il ne l'avait entendu ni venir, ni parler, ni se mouvoir...

Cette apparition eut quelque chose de magique. L'homme le plus intrépide, surpris ainsi dans son sommeil, aurait sans doute tremblé devant ce personnage extraordinaire qui semblait être sorti d'un sarcophage voisin.

La singulière jeunesse qui animait les yeux immobiles de cette espèce de fantôme empêchait l'inconnu de croire à des effets surnaturels. Néanmoins, pendant le rapide intervalle qui sépara sa vie somnambulique de sa vie réelle, il demeura dans le doute philosophique recommandé par Descartes, et fut alors, malgré lui, sous la puissance de ces inexplicables hallucinations, dont notre fierté repousse les mystères ou que notre science impuissante tâche en vain d'analyser.

V

Vous êtes-vous jamais lancé dans l'immensité de l'espace, en lisant les œuvres géologiques de M. Cuvier? Avez-vous jamais ainsi plané sur l'abîme sans bornes du passé, comme soutenu par la main d'un enchanteur?

En découvrant de tranche en tranche, de couche en couche, sous les carrières de Montmartre ou dans les schistes de l'Oural, ces animaux dont les dépouilles fossilisées appartiennent à des civilisations antédiluviennes, l'ame est effrayée d'entrevoir des milliards d'années, des millions de peuples dont la faible mémoire humaine, dont la puissante tradition divine n'ont pas tenu compte, et dont la cendre, poussée à la surface de notre globe, y forme les deux pieds de terre qui nous donnent du pain et des fleurs.

M. Cuvier n'est-il pas le plus grand poète de notre siècle?... Lord Byron a bien reproduit par des mots quelques agitations morales; mais notre immortel naturaliste a reconstruit des mondes avec des os blanchis, a rebâti, comme Cadmus, des cités avec des dents, a repeuplé mille forêts de tous les mystères de la zoologie avec quelques fragmens de houille, a retrouvé des populations de géans dans le pied d'un mammouth... Ces figures se dressent, grandissent et meublent les anciens jours évanouis. Il est poète avec des chiffres, sublime en posant un zéro près d'un sept. Il réveille le néant sans prononcer de paroles grandement magiques. Il fouille une parcelle de gypse, y aperçoit une empreinte, vous crie :

Il était impossible de tromper cet homme qui semblait avoir le don de surprendre les pensées au fond des cœurs les plus discrets. Les mœurs de toutes les nations du globe et leurs sagesses, se résumaient sur sa face froide, comme les productions du monde entier se trouvaient accumulées dans ses magasins poudreux. Vous y lisiez une incroyable conscience de force et la tranquillité lucide d'un dieu qui voit tout, ou d'un homme qui a tout vu. Un peintre aurait, avec deux expressions différentes et en deux coups de pinceau, fait de cette figure, soit une belle image du Père Éternel, soit le masque ricaneur de Méphistophélès; car il y avait tout ensemble une suprême puissance dans le front et de sinistres railleries sur la bouche aussi mordante que celle de Voltaire.

En broyant les chagrins et les peines humaines sous un pouvoir immense, cet homme devait avoir tué les joies terrestres. L'on frémissait en pressentant que ce vieux génie habitait une sphère étrangère au monde et où il vivait seul, sans jouissances, parce qu'il n'avait plus d'illusions; sans douleurs, parce qu'il ne connaissait plus de plaisirs.

Il se tenait debout, immobile, inébranlable comme une étoile au milieu d'un nuage de lumière... Ses yeux verts, pleins de je ne sais quelle malice calme, semblaient éclairer le monde moral comme sa lampe illuminait le cabinet mystérieux.

Tel fut le spectacle étrange qui surprit le jeune homme au moment où il ouvrit les yeux, après avoir été bercé par des pensées de mort et de fantastiques images.

S'il demeura comme étourdi, s'il se laissa momentanément dominer par une croyance digne d'enfans qui écoutent les contes de leur nourrice, il faut attribuer cette erreur au voile étendu sur sa vie et son entendement par ses méditations, à l'agacement de ses nerfs irrités, au drame violent dont les scènes venaient de lui

prodiguer les atroces délices contenues dans un morceau
d'opium...

Cette vision avait lieu dans Paris, sur le quai Voltaire, au dix-neuvième siècle, temps et lieux où la magie
devait être impossible...

Voisin de la maison où le dieu de l'incrédulité française avait expiré, disciple de Gay-Lussac et d'Arago,
contempteur des tours de gobelets, l'inconnu ne pouvait
guère obéir qu'aux fascinations poétiques dont il avait
accepté les prestiges et auxquelles nous nous prêtons
souvent comme pour fuir de désespérantes vérités,
comme pour tenter la puissance de Dieu...

Il trembla donc devant cette lumière et ce vieillard,
agité par l'inexplicable pressentiment de quelque
pouvoir étrange; mais cette émotion précordiale était
semblable à celle que nous avons tous éprouvée devant
Napoléon, ou en présence de quelque grand homme
revêtu de gloire, brillant de génie.

VII

— MONSIEUR désire voir le portrait de Jésus-Christ peint par Raphaël?... lui dit courtoisement le vieillard d'une voix dont la sonorité claire et brève avait quelque chose de métallique.

Et il posa la lampe sur le fût d'une colonne brisée, de manière à ce que la boîte brune en reçût toute la clarté.

Aux noms puissants de Jésus-Christ et de Raphaël, un geste de curiosité, sans doute attendu par le vieillard, échappa au jeune homme. Le marchand d'antiquités fit jouer un ressort; et, tout à coup, le panneau d'acajou, glissant dans une rainure, tomba sans bruit et livra la peinture à l'admiration de l'inconnu.

A l'aspect de cette immortelle création, il oublia tout, même les fantaisies du magasin et les caprices de son sommeil. Il redevint homme, reconnut dans le vieillard une créature de chair, bien vivante, point fantasmagorique, et revécut dans le monde réel.

La tendre sollicitude, la sérénité du visage divin influèrent aussitôt sur lui. Un parfum épanché des cieux dissipa les tortures infernales qui lui brûlaient la moelle des os. La tête du Sauveur des hommes paraissait sortir des ténèbres que figurait un fond noir... Une auréole de rayons étincelait vivement autour de sa chevelure d'où cette lumière voulait sortir. Sous le front, sous les chairs, il y avait une éloquente conviction qui s'échappait de chaque trait par de douces et péné-

trantes effluves... Les lèvres vermeilles venaient de faire
entendre la parole de vie, et le spectateur en cherchait le
retentissement sacré dans les airs, il en demandait les
ravissantes paraboles au silence, il l'écoutait dans l'avenir, la retrouvait dans les enseignemens du passé...
Enfin l'Évangile était tout entier traduit par la simplicité calme de ces adorables yeux où l'ame trou-
blée se réfugiait, où toute la religion se lisait en
une seule expression magnifique et suave qui semblait
répéter :

— *Aimez-vous les uns les autres!*

Cette peinture inspirait une prière, commandait le
pardon, tuait l'égoïsme, réveillait la charité... Le triomphe de Raphaël était complet, car on oubliait le peintre;
et partageant le privilège des enchantemens de la musique, son œuvre vous jetait sous le charme puissant des
souvenirs... Le prestige de la lumière agissait encore sur
cette merveille; et, par momens, il semblait que la tête
s'élevait dans un lointain magique, au sein de quelque
nuage.

— J'ai couvert cette toile de pièces d'or à un pied
de hauteur!... dit froidement le marchand.

— Eh bien! il va falloir mourir!... s'écria le jeune
homme qui sortait d'une rêverie dont la dernière pensée
l'avait ramené vers sa fatale destinée, en le faisant descendre, par d'insensibles déductions, d'une dernière
espérance à laquelle il s'était attaché...

— Ah! ah! j'avais donc raison de me méfier de toi!...
répondit le vieillard en saisissant les deux mains du
jeune homme et les serrant par les poignets dans l'une
des siennes comme dans un étau de fer.

L'inconnu sourit tristement de cette méprise, et dit
d'une voix douce :

— Hé, Monsieur, ne craignez rien! Il s'agit de ma vie
et non de la vôtre...

— Pourquoi n'avouerai-je pas une innocente super-

cherie? reprit-il après avoir regardé le vieillard inquiet...
En attendant la nuit afin de pouvoir me noyer sans
esclandre, je suis venu voir vos richesses. Qui ne par-
donnerait ce dernier plaisir à un homme de science et de
poésie?...

Le soupçonneux vieillard examinait d'un œil sagace le
visage morne de son faux chaland pendant qu'il parlait;
et, rassuré par l'accent de cette voix douloureuse, ou
lisant peut-être, dans ces traits décolorés, les sinistres
destinées dont avaient naguère frémi les joueurs, il lâcha
les mains qu'il tenait si vigoureusement. Mais, par un
reste de suspicion qui révélait une expérience au moins
centenaire, il étendit nonchalamment le bras vers un
buffet comme pour s'y appuyer, et dit en y prenant un
stylet :

— Êtes-vous depuis trois ans surnuméraire au trésor,
sans y avoir touché de gratification?...

L'inconnu ne put s'empêcher de sourire en faisant un
geste négatif.

— Votre père vous a-t-il trop vivement reproché d'être
venu au monde?... ou bien êtes-vous déshonoré?

— Si je voulais me déshonorer... je vivrais.

— Avez-vous été sifflé aux Funambules?... ou vous
trouvez-vous obligé de composer des flons flons pour
payer le convoi de votre maîtresse?... n'auriez-vous pas
plutôt la maladie de l'or?... voulez-vous détrôner
l'ennui?... enfin quelle erreur vous engage à mourir?...

— Ne cherchez pas le principe de ma mort dans les
raisons vulgaires qui commandent la plupart des suicides... Pour me dispenser de vous dévoiler les souffrances
inouies et dont il est difficile de parler en langage
humain, je vous dirai que je suis dans la plus profonde,
la plus ignoble, la plus perçante de toutes les misères...

— Et, ajouta-t-il d'un ton de voix dont la fierté sauvage démentait ses paroles précédentes, je ne veux mendier ni secours ni consolations...

— Eh! eh!... répondit le vieillard.

Ces deux syllabes ressemblèrent au cri d'une crecelle.

— Sans que je vous console, sans que vous m'imploriez, sans avoir à rougir, reprit le marchand, et sans que je vous donne :

Un centime de France,
Un maravédis d'Espagne,
Une gazetta de Venise,
Un farthing d'Angleterre,
Un cauris d'Afrique,
Une roupie de l'Inde,
Un rez de Portugal,
Une gourde d'Amérique,
Un rouble de Russie,
Un denier hollandais,
Un parat du Levant,
Un tarain de Sicile,
Un croizat de Gênes,
Un gros de Genève,
Un heller d'Allemagne,
Une bajoque d'Italie,
Un batz de Suisse,

Une seule des sersterces ou des oboles de l'ancien monde ni une piastre du nouveau;

Sans vous donner quoi que ce soit, en
Or,
Argent,
Billon,
Papier,
Billet,
Hypothèque,
Annuité,
Rente,
Délégation,
Ou emphythéose,

Je vous fais plus riche, puissant et considéré qu'un roi constitutionnel... Eh! eh!...

Le jeune homme resta comme engourdi, croyant le vieillard en enfance.

— Retournez-vous... dit le vieillard saisissant tout à coup la lampe pour en diriger la lumière sur le mur qui faisait face au portrait.

— Regardez cette petite *Peau de Chagrin!*...

VIII

La clarté frappant en plein sur le fragment d'une peau de chagrin suspendue à un clou, précisément au dessus du siège sur lequel le jeune homme était assis, il vit, en se levant, un phénomène assez extraordinaire pour le surprendre. Cette peau, grande comme la fourrure d'un jeune renard, projettait des rayons étincelans... Au sein de la profonde obscurité qui régnait dans le magasin, vous eussiez dit d'une petite comète...

Le jeune incrédule s'approcha de ce talisman si puissant contre le malheur en s'en moquant par une phrase mentale; mais animé, cependant, d'une curiosité bien légitime, il se pencha pour le regarder alternativement sous toutes les faces; et alors, il découvrit bientôt une cause naturelle à cette lucidité singulière. Les grains noirs du chagrin étaient si soigneusement polis et si merveilleusement brunis, les rayures capricieuses en étaient si propres et si nettes que, pareilles à des facettes de grenat, les aspérités de ce cuir oriental simulaient autant de petits foyers qui réfléchissaient vivement la lumière.

Il démontra mathématiquement la raison de ce phénomène au vieillard qui, pour toute réponse, sourit avec malice.

Ce sourire de supériorité fit croire au jeune savant qu'il était en ce moment dupe de quelque charlatanisme; et, ne voulant pas emporter une énigme de plus dans la tombe, il retourna promptement la peau comme un enfant pressé de connaître les innocens secrets de quelque nouveau jouet.

— Ah! ah! s'écria-t-il, voici l'empreinte du sceau que les Orientaux nomment *le cachet de Salomon*...

— Vous le connaissez donc?... demanda le marchand de curiosités, dont les narines laissèrent passer deux ou trois bouffées d'air qui peignirent plus d'idées que les plus énergiques paroles.

— Y a-t-il au monde un homme assez simple pour croire à l'existence de cette chimère!... s'écria le jeune homme piqué d'entendre ce rire muet et plein d'amères dérisions.

— Ne savez-vous pas, ajouta-t-il, que les superstitions de l'Orient ont consacré la forme mystique et les caractères mensongers de cet emblème qui représente une puissance fabuleuse?... Je ne dois pas, dans cette circonstance, être plus taxé de niaiserie, que si je parlais des Sphinx ou des Griffons, dont l'existence est en quelque sorte scientifique.

— Puisque vous êtes un orientaliste, reprit le vieillard, peut-être lirez-vous cette sentence...

Apportant alors la lampe près du talisman que le jeune homme tenait à l'envers, il lui fit apercevoir des caractères incrustés dans le tissu cellulaire de cette peau merveilleuse, comme s'ils eussent été produits par l'animal auquel elle avait appartenu.

— J'avoue, s'écria l'inconnu, que je ne devine guère le procédé dont on se sera servi pour graver si profondément ces lettres sur la peau d'un onagre...

Et, se retournant avec vivacité vers les tables chargées de curiosités, ses yeux errans parurent y chercher quelque chose.

— Que voulez-vous?... demanda le vieillard.

— Un instrument pour trancher le chagrin, afin de voir si les lettres y sont empreintes ou incrustées...

Le vieillard lui présenta le stylet. Il le prit et tenta

d'entamer la peau à l'endroit où les paroles se trouvaient écrites; mais quand il eut enlevé une légère couche du cuir, les lettres y reparurent si nettes et si conformes à celles imprimées sur la surface, qu'il crut, pendant un moment, n'en avoir rien ôté.

— L'industrie du Levant a des secrets qui lui sont réellement particuliers! dit-il en regardant la sentence talismanique avec une sorte d'inquiétude.

— Oui!... répondit le vieillard, il vaut mieux s'en prendre aux hommes qu'à Dieu!

Les paroles mystérieuses étaient disposées de la manière suivante :

SI TU ME POSSÈDES TU POSSÈDERAS TOUT.
MAIS TA VIE M'APPARTIENDRA. DIEU L'A
VOULU AINSI. DÉSIRE, ET TES DÉSIRS
SERONT ACCOMPLIS. MAIS RÈGLE
TES SOUHAITS SUR TA VIE.
ELLE EST LA. A CHAQUE
VOULOIR JE DÉCROITRAI
COMME TES JOURS.
ME   VEUX-TU?
PRENDS.   DIEU
T'EXAUCERA.
— SOIT !

— Ah! vous lisez couramment le sanscrit?... dit le vieillard. Vous avez été peut-être au Bengale, en Perse?...

— Non, Monsieur, répondit le jeune homme en tâtant avec une curiosité digitale cette peau symbolique, assez semblable à une feuille de métal par son peu de flexibilité.

Le vieux marchand remit la lampe sur la colonne où il l'avait prise, en lançant au jeune homme un regard empreint d'une froide ironie qui semblait dire :

— Il ne pense déjà plus à mourir!...

— N'y a-t-il · pas quelque plaisanterie là-dessous?...
demanda le jeune inconnu.

Le vieillard hocha la tête et dit gravement :

— Je ne saurais vous répondre. Mais, j'ai offert le
terrible pouvoir dont cette peau religieuse est investie,
à des hommes doués de plus d'énergie que vous ne
paraissez en avoir; et, tout en se moquant de la problématique influence qu'elle devait exercer sur leurs destinées futures, aucun n'a voulu se risquer à signer le contrat
fatal si curieusement proposé par je ne sais quelle puissance. Je pense comme eux; comme eux, j'ai douté, je me
suis abstenu, et...

— Vous n'avez pas même essayé?... dit le jeune
homme.

— Essayer!... reprit le vieillard. Si vous étiez sur la
colonne de la place Vendôme, essayeriez-vous de vous
jeter dans les airs?... Peut-on arrêter le cours de la vie?
L'homme a-t-il jamais pu scinder la mort?

Avant d'entrer dans ce cabinet, vous aviez résolu de
périr par un suicide... Mais, tout à coup, un secret vous
occupe, et vous distrait de mourir!... Enfant!... Chacun
de vos jours ne vous offrira-t-il pas une énigme plus
intéressante que celle-ci?...

Écoutez-moi...

J'ai vu la cour licencieuse du régent... Alors, comme
vous, j'étais dans la misère : j'ai mendié mon pain.
Néanmoins, j'ai atteint l'âge de cent deux ans, et suis

devenu millionnaire... Le malheur m'a donné la fortune, et l'ignorance m'a instruit.

Je vais vous révéler en peu de mots un grand mystère de la vie humaine.

L'homme s'épuise par deux actes instinctivement accomplis qui tarissent les sources de son existence. Deux verbes expriment toutes les formes que prennent ces deux causes de mort : VOULOIR et POUVOIR.

Entre ces deux termes de l'action humaine, il est une autre formule dont s'emparent les sages, et c'est à elle que je dois le bonheur et la longévité. *Vouloir* nous brûle et *Pouvoir* nous détruit; mais SAVOIR laisse notre faible organisation dans un perpétuel état de calme. Ainsi, le désir ou le vouloir est mort en moi, tué par la pensée; et le mouvement ou le pouvoir s'est résolu par le jeu naturel de mes organes. En deux mots, j'ai placé ma vie, non dans le cœur qui se brise, non dans les sens qui s'émoussent, mais dans le cerveau qui ne s'use pas et survit à tout.

Aussi, rien d'excessif n'a froissé ni mon ame ni mon corps. Cependant, j'ai vu le monde entier. Mes pieds ont foulé les ·plus hautes montagnes de l'Asie et de l'Amérique. J'ai appris tous les langages humains et j'ai vécu sous toutes les coutumes. J'ai. prêté mon argent à un Chinois en prenant pour gage le corps de son père, et j'ai dormi sous la tente de l'Arabe sur la foi de sa parole, j'ai signé des contrats dans les capitales européennes, et j'ai laissé, sans crainte, mon or dans le wigham des sauvages. J'ai tout obtenu parce que j'ai tout su dédaigner. Ma seule ambition a été de voir; car voir, c'est savoir! Oh! savoir, jeune homme, n'est-ce pas jouir intuitivement? N'est-ce pas découvrir la substance même du fait et s'en emparer essentiellement? Que reste-t-il d'une possession matérielle?... Rien qu'une idée. Jugez alors combien doit être belle la vie d'un homme qui, pouvant empreindre toutes les réalités dans sa pensée, transporte en son ame les sources du bonheur, en extrait mille voluptés idéales, dépouillées des souillures terrestres. La pensée est la clef de tous les trésors. Elle procure les plaisirs de l'avare sans en donner les soucis... Ainsi, ai-je plané sur le monde, où mes plaisirs ont toujours été des jouissances intellectuelles. Mes débauches étaient la contemplation des mers, des peuples, des forêts, des montagnes!... J'ai tout vu; mais sans fatigue, tranquillement : je n'ai jamais rien désiré, j'ai tout attendu. Je me suis promené dans l'univers comme dans le jardin d'une habitation qui m'appartenait...

Ce que les hommes appellent chagrins, amours, ambition, revers, tristesse, sont pour moi des idées que je change en rêveries. Au lieu de les sentir, je les exprime, je les traduis; et, au lieu de leur laisser dévorer ma vie, je les dramatise, je les développe, je m'en amuse comme de romans que je lirais par une vision intérieure.... N'ayant point forcé mes organes, je jouis encore d'une santé robuste; et mon ame, ayant hérité de toute la force dont je n'abusais pas, cette tête est encore mieux meublée que mes magasins...

— Là!... dit-il en se frappant le front, là sont les millions. Je passe des journées délicieuses en jetant un regard intelligent dans le passé. J'évoque des pays entiers, des sites, des vues de l'Océan, des figures ravissantes! J'ai un sérail imaginaire où je possède toutes les femmes que je n'ai pas eues... Je revois des guerres, des révolutions... Oh, comment préférer de fébriles, de légères admirations pour quelques chairs plus ou moins colorées, pour des formes plus ou moins rondes, comment préférer tous les désastres de vos volontés trompées, à la faculté sublime de faire comparaître en soi l'univers même, au plaisir immense de se mouvoir sans être garrotté par les liens du temps et de l'espace, de tout embrasser, de tout voir, de se pencher sur le

rd du monde pour interroger les autres sphères, pour
couter Dieu!...

— Ceci!... dit-il d'une voix éclatante en montrant la
peau de chagrin, est le pouvoir et le vouloir réunis!... Ce
sont vos désirs excessifs, vos intempérances, vos joies
qui tuent, vos douleurs qui font trop vivre!... Car le mal
n'est peut-être qu'un violent plaisir. Qui sait à quel
point la volupté devient un mal et celui où le mal est
encore la volupté?... Les plus vives lumières du monde
idéal caressent la vue, tandis que les plus douces ténèbres du monde physique la blessent. Sagesse ne vient-
elle pas de savoir?... Et qu'est-ce que la folie?...
sinon l'excès d'un vouloir ou d'un pouvoir...

— Eh bien, oui!... je veux savoir... dit l'inconnu en
saisissant *la peau de chagrin*.

— Jeune homme!... s'écria le vieillard avec une
incroyable vivacité.

— J'avais résolu ma vie par l'étude et la pensée, mais
elles ne m'ont pas nourri... Je ne veux pas être la dupe
d'une prédication digne de Swedenborg, et de votre
amulette orientale, ou plutôt, monsieur, des charitables
efforts que vous faites pour me retenir dans un monde
où mon existence est impossible.

— Voyons?... ajouta-t-il en serrant le talisman d'une
main convulsive et regardant le vieillard. Je veux un
dîner royalement splendide, quelque bacchanale digne
du siècle où tout s'est, dit-on, perfectionné!... Que mes
convives soient jeunes, spirituels et sans préjugés, joyeux
jusqu'à la folie!... Que les vins se succèdent toujours
plus incisifs, plus pétillans et soient de force à
enivrer même un corps diplomatique!... Que la nuit soit
parée de femmes ravissantes! Enfin, je veux voir la
Débauche en délire, rugissante, et dans son char tiré par
quatre chevaux, dont l'ardeur nous entraîne par delà
les bornes du monde et nous verse sur des plages
inconnues... Que les ames montent dans les cieux ou se

plongent dans la boue, je ne sais si, alors, elles s'élèvent
ou s'abaissent... Peu m'importe! Mais je commande à ce
pouvoir sinistre de me fondre toute les joies dans une
joie, car j'ai besoin d'embrasser les plaisirs du ciel et de
la terre dans une dernière étreinte pour en mourir...
Aussi, souhaité-je et des priapées antiques après
boire, et des chants à réveiller les morts, et de triples
baisers, des baisers sans fin, dont le bruit passe sur
Paris comme un craquement d'incendie, y réveille les
époux et leur inspire une ardeur cuisante qui rajeunisse
même les douairières...

Un éclat de rire, parti de la bouche du petit vieillard,
retentit comme un bruissement de l'enfer...

Le jeune homme interdit s'arrêta.

— Croyez-vous par hasard, dit le marchand, que mes
planchers vont s'ouvrir tout à coup pour donner passage
à des tables somptueusement servies, à des convives de
l'autre monde?... Non, non, jeune étourdi... Vous avez
signé le pacte!...

Tout est dit.

Maintenant vos volontés seront scrupuleusement
satisfaites; mais aux dépens de votre vie. Le cercle de vos
jours, figuré par cette peau, se resserrera suivant la force
et le nombre de vos souhaits, depuis le plus léger
jusqu'au plus puissant!...

Le brachmane auquel je dois ce talisman m'a jadis
expliqué qu'il s'opèrerait un mystérieux accord entre les
destinées et les souhaits du possesseur... Votre premier
désir est vulgaire et je pourrais le réaliser; mais j'en
laisse le soin aux évènemens de votre nouvelle vie....
Après tout vous vouliez mourir?... Hé bien! votre suicide
n'est que retardé...

L'inconnu, surpris et presque irrité de se voir
toujours plaisanté par ce singulier vieillard dont
l'intention demi-philantropique lui parut clairement
démontrée dans cette dernière raillerie, s'écria :

— Je verrai bien, Monsieur, si ma fortune changera
pendant le temps que je mettrai à franchir la largeur
du quai... Ou plutôt, pour savoir si vous ne vous
moquez pas d'un malheureux, je désire que vous tom-
biez amoureux d'une danseuse; et, que pour elle, vous
deveniez prodigue de tous les biens que vous avez si
philosophiquement ménagés !...

A ces mots, il sortit sans entendre un grand soupir.
Il traversa les salles, descendit les escaliers de cette
maison, suivi par le gros garçon joufflu qui tâchait
vainement de l'éclairer; car il courait avec la prestesse
d'un voleur pris en flagrant délit....

Aveuglé par une sorte de délire, il ne s'aperçut même
pas de l'incroyable ductilité de la peau de chagrin, qui,
devenue souple comme un gant, se roula sous ses doigts
frénétiques, et put entrer dans la poche de son habit,
où il la mit presque machinalement.

X

En s'élançant de la porte du magasin sur la chaussée du quai, l'inconnu heurta trois jeunes gens qui se tenaient bras dessus bras dessous.

— Animal!...

— Imbécile!...

Telles furent les gracieuses interrogations qu'ils échangèrent.

— Eh! c'est Raphaël!

— Ah bien! nous te cherchions!...

— Quoi! c'est vous...

Ces trois phrases amicales succédèrent à l'injure, aussitôt que la clarté d'un réverbère balancé par le vent frappa les visages de ce groupe étonné.

— Mon cher ami, dit à Raphaël le jeune homme qu'il avait failli renverser, tu vas venir avec nous...

— De quoi s'agit-il donc?...

— Viens toujours, je te conterai l'affaire en marchant!...

Et de force ou de bonne volonté, Raphaël fut entouré de ses amis qui, l'ayant enchaîné par les bras dans leur joyeuse bande, l'entraînèrent au Pont des Arts.

— Mon cher, dit l'orateur en continuant, nous sommes depuis environ une semaine à ta poursuite... A ton respectable hôtel Saint-Quentin, rue des Cordiers, dont nous avons, par parenthèse, admiré l'enseigne inamovible en lettres toujours alternativement noires et rouges comme au temps de J.-J. Rousseau, ta Léonarde nous a dit que tu étais parti pour la campagne au mois de juin. Cependant, nous n'avions certes pas l'air de gens à argent, huissiers, créanciers, gardes du commerce, etc... N'importe! Rastignac t'ayant aperçu la veille aux Bouffons, nous avons repris courage, et mis de l'amour-propre à savoir si tu perchais sur les arbres des Champs-Élysées; si tu allais coucher pour deux sous dans ces maisons philantropiques où l'on dort appuyés sur des cordes tendues; ou si, enfin, plus heureux, ton bivouac n'était pas établi dans quelque boudoir...

Nous ne t'avons rencontré nulle part, ni sur les écrous de Sainte-Pélagie, ni sur ceux de la Force! Les ministères, l'Opéra, les maisons conventuelles, cafés, bibliothèques, listes de préfets, bureaux de journalistes, restaurans, foyers de théâtre, bref, tout ce qu'il y a dans Paris de bons et de mauvais endroits, ayant été savamment explorés, nous gémissions sur la perte d'un homme doué d'assez de génie pour se faire également chercher à la cour et dans les prisons... Nous parlions de te canoniser comme une noble victime de juillet... et, nous te regrettions...

En ce moment, Raphaël passait avec ses amis sur le Pont des Arts; et, sans les écouter, il regardait la Seine, dont les eaux mugissantes répétaient les lumières de Paris. Il était au dessus de ce fleuve dans lequel il voulait naguère se précipiter; et, comme l'avait prédit le vieillard, l'heure de sa mort se trouvait fatalement retardée...

Et, nous te regrettions... d'honneur! dit son ami poursuivant toujours; car il s'agit d'une combinaison dans laquelle nous te comprenions en ta qualité d'homme supérieur, c'est-à-dire d'homme qui sait se mettre au dessus de tout.

— L'escamotage de la muscade constitutionnelle sous le gobelet royal se fait aujourd'hui, mon cher, plus gravement que jamais. L'infâme Monarchie renversée par l'héroïsme populaire était une femme de mauvaise vie avec laquelle on pouvait rire et banqueter; mais la Patrie est une épouse vertueuse et acariâtre, dont il nous faut accepter, bon gré, mal gré, les caresses compassées... Or donc, le pouvoir s'est transporté, comme tu sais, des Tuileries chez les journalistes, de même que le budget a changé de quartier, en passant du faubourg Saint-Germain à la Chaussée-d'Antin.

— Mais, voici ce que tu ne sais peut-être pas! Le gouvernement, c'est-à-dire l'aristocratie de banquiers et d'avocats, qui font de la patrie, comme les prêtres faisaient jadis de la monarchie, a senti le nécessité de mystifier avec des mots, des nouvelles et des idées, le bon peuple de France à l'instar des hommes d'état de l'absolutisme. Il s'agit donc de nous inculquer une opinion nationale, de nous prouver qu'il est bien plus heureux de payer douze cents millions trente-trois centimes à la patrie représentée par messieurs tels et tels, que onze cents millions neuf centimes à un roi qui disait *moi* au lieu de dire *nous*. En un mot, il s'est fondé un journal, armé de deux où trois cent bons mille francs, dont le but est de faire une opposition qui contente les mécontens, sans nuire au gouvernement national du roi-citoyen!...

Or, comme nous nous moquons de la liberté autant que du despotisme, de la religion aussi bien que de l'incrédulité; que, pour nous, la patrie est une capitale où toutes les idées s'échangent, où tous les jours amènent de succulens dîners, de nombreux spectacles où fourmillent de licencieuses prostituées, des soupers qui ne finissent que le lendemain, des amours qui vont à l'heure comme les citadines; et que Paris sera toujours la plus adorable de toutes les patries!... la

patrie de la joie, de la liberté, de l'esprit, des jolies
femmes, des mauvais sujets et du bon vin; que le pouvoir ne s'y fera jamais sentir...

Nous, véritables sectateurs du dieu Méphistophélès,
Avons entrepris de badigeonner l'esprit public, de
rhabiller les acteurs, de clouer de nouvelles planches à
la baraque gouvernementale, de médicamenter les
jeunes doctrines, de recuire les vieux républicains, de
réchampir les bonapartistes et de ravitailler les centres,
pourvu qu'il nous soit permis de rire, *in petto,* des rois
et des peuples, de ne pas être toujours de notre opinion, et de passer une joyeuse vie à la Panurge ou
more orientali, couchés sur de moelleux coussins... Comme
nous te destinions les rênes de cet empire macaronique
et burlesque, nous t'emmenons de ce pas au dîner donné
par les fondateurs dudit journal...

— Tu y seras accueilli comme un frère, et nous t'y
saluerons roi de ces esprits frondeurs que rien n'épouvante et dont la perspicacité découvre les intentions de
l'Autriche, et de l'Angleterre ou de la Russie, avant que
la Russie, l'Angleterre ou l'Autriche aient des intentions!... Oui, nous t'instituerons le souverain de ces
puissances intelligentes qui fournissent au monde les
Mirabeau, les Talleyrand, les Pitt, les Metternich, enfin
tous ces hardis *Crispins* qui jouent entre eux les destinées d'un empire comme les hommes vulgaires jouent
leur *kirche* aux dominos... Nous t'avons donné pour le
plus intrépide compagnon qui jamais ait étreint corps
à corps la Débauche, ce monstre admirable avec lequel
veulent lutter tous les esprits forts! Nous avons même
affirmé qu'il ne t'a pas encore vaincu. J'espère que tu
ne feras pas mentir nos éloges. L'amphitryon nous a
promis de surpasser les étroites saturnales de nos petits
Lucullus modernes... Il est assez riche pour mettre de la
grandeur dans les petitesses, de l'élégance et de la grâce
dans le vice...

— Entends-tu, Raphaël? lui demanda l'orateur en s'interrompant.

— Oui!..... répondit le jeune homme moins étonné de l'accomplissement de ses souhaits que surpris de la manière simple et naturelle dont les évènemens s'enchaînaient. Quoiqu'il lui fût impossible de croire à une influence magique, il admirait les hasards de la destinée humaine.

— Mais tu nous dis oui!... comme si tu pensais à la mort de ton grand'père... lui répliqua l'un de ses voisins.

— Ah! reprit Raphaël avec un accent de naïveté qui fit rire ces écrivains, l'espoir de la jeune France, je pensais, mes amis, que nous voilà près de devenir de bien grands coquins... Jusqu'à présent nous avons fait de l'impiété entre deux vins; nous avons pesé la vie étant ivres; nous avons prisé les hommes et les choses en digérant; nous étions vierges du fait, hardis en paroles; mais maintenant, nous allons être marqués par le fer chaud de la politique, entrer dans le grand bagne, et y perdre nos illusions... Or, quand on ne croit plus qu'au diable, il est permis de regretter le paradis de la jeunesse, le temps d'innocence où nous tendions dévotieusement la langue à un bon prêtre, pour recevoir le sacré corps de notre Seigneur Jésus-Christ..... Ah! mes bons amis, si nous avons eu tant de plaisir à commettre nos premiers péchés, c'est que nous avions des remords pour les embellir et leur donner du piquant, de la saveur; tandis que maintenant.....

— Oh! maintenant, reprit le premier interlocuteur, il nous reste...

— Quoi! dit un autre?...

— Le crime...

— Ah! c'est un mot cela! mais il a toute la hauteur d'une potence et la profondeur de la Seine!... répliqua Raphaël.

— Oh! tu ne m'entends pas... Je parle des crimes

politiques... Je n'envie, depuis ce matin, qu'une
existence... celle des conspirateurs... Demain, je ne sais
si ma fantaisie durera toujours, mais ce soir, la vie pâle
de notre civilisation, unie comme la rainure d'un
chemin de fer, me fait bondir de dégoût! Je suis épris
de passion pour les malheurs de la déroute de Moscou,
pour les émotions du Corsaire rouge et l'existence des
contrebandiers. Puisqu'il n'y a plus de Chartreux en
France, je voudrais au moins un Botany-bay, une espèce
d'infirmerie destinée aux petits lord Byron, qui, après
avoir chiffonné la vie comme une serviette après dîner,
n'ont plus rien à faire qu'à incendier leur pays, se
brûler la cervelle, vouloir la république ou la guerre...

— Émile, dit avec feu le voisin de Raphaël à l'interlocuteur, foi d'homme, sans la révolution de juillet, je
me faisais prêtre pour aller mener une vie animale au
fond de quelque campagne, et...

— Et tu aurais lu le bréviaire tous les jours?...

— Oui...

— Tu es un fat.

— Nous lisons bien les journaux!...

— Pas mal, pour un journaliste... Mais tais-toi, nous
marchons au milieu d'une masse d'abonnés. Le journalisme, vois-tu, c'est la religion des sociétés modernes,
et il y a progrès, car les prêtres ne sont pas tenus de
croire, ni le peuple non plus...

En devisant ainsi, comme de braves gens qui savaient
le *De Viris illustribus,* depuis longues années, ils arrivèrent
à un hôtel de la rue Joubert.

XI

ÉMILE était un auteur qui avait conquis plus de gloire
dans ses chutes que les autres n'en recueillent de leurs
succès. Hardi dans ses compositions, plein de verve et de
mordant, il possédait toutes les qualités que compor-
taient ses défauts : il était franc, rieur, et disait en face
une épigramme à un ami, qu'absent, il défendait avec
courage et loyauté. Il se moquait de tout, même de son
avenir; et, toujours dépourvu d'argent, il restait, comme
tous les hommes de quelque portée, plongé dans une
inexprimable paresse, jetant un livre dans un mot au nez
des gens qui ne savaient pas mettre un mot dans leurs
livres. Il plaisait par des promesses qu'il ne réalisait
jamais, et s'était fait de sa fortune et de sa gloire un coussin pour dormir. Il courait la chance de se réveiller vieux
à l'hôpital. Du reste, ami jusqu'à l'échafaud, fanfaron de
cynisme et simple comme un enfant, il travaillait par
boutade ou par nécessité.

— Nous allons faire, comme dit maître Alcofribas,
un fameux *tronçon de chère lie!*... dit-il à Raphaël en lui
montrant les caisses de fleurs qui embaumaient et ver-
dissaient les escaliers.

— Oh! que j'aime les porches bien chauffés, et dont
les tapis sont riches!... répondit Raphaël. Le luxe dès
le péristyle est rare en France... Ici, je me sens renaître...

— Et là haut nous allons boire et rire encore une
fois, mon pauvre Raphaël...

— Ah çà! reprit-il, j'espère que nous serons les vainqueurs et que nous marcherons sur toutes ces têtes-là!...

Et, d'un geste moqueur, il lui montra les convives, en entrant dans un salon resplendissant de luxe et de lumière.

Ils furent aussitôt accueillis par les jeunes gens les plus remarquables de Paris.

L'un venait de révéler un talent neuf, et de rivaliser, par son premier tableau, avec les gloires de la peinture impériale.

L'autre avait hasardé, la veille, un livre plein de verdeur, empreint d'une sorte de dédain littéraire et qui découvrait de nouvelles routes à l'école moderne.

Plus loin, un statuaire dont la figure pleine de rudesse accusait quelque vigoureux génie, causait avec un de ces froids railleurs qui, tantôt ne veulent voir de supériorités nulle part, et tantôt en reconnaissent partout.

Ici, le plus spirituel de nos caricaturistes à l'œil malin, à la bouche mordante, guettait les épigrammes pour les traduire à coups de crayon.

Là, ce jeune et audacieux écrivain, qui, mieux que personne, distillait la quintessence des pensées politiques, ou, dans un article, condensait, en se jouant, l'esprit d'un écrivain fécond, s'entretenait avec ce poète dont les écrits écraseraient toutes les œuvres du temps présent, si son talent avait la puissance de sa haine. Tous deux essayaient de ne pas dire la vérité, de ne pas mentir, en s'adressant de douces flatteries.

Un musicien célèbre consolait en *si bémol* et d'une voix moqueuse un jeune homme politique récemment tombé de la tribune sans se faire aucun mal.

De jeunes auteurs sans style étaient auprès de jeunes auteurs sans idées, des prosateurs pleins de poésie près de poètes prosaïques; et, voyant ces êtres incomplets, un pauvre saint-simonien, assez naïf pour croire à sa doctrine, les accouplait avec charité, voulant sans doute les transformer en religieux de son ordre.

Enfin, il y avait deux ou trois de ces savans, destinés à mettre de l'azote dans la conversation, et plusieurs vaudevillistes prêts à y jeter des lueurs éphémères, semblables aux étincelles du diamant qui ne donne ni chaleur ni lumière...

Quelques hommes à paradoxe, riant sous cape des gens qui épousaient leurs admirations ou leurs mépris pour les hommes et les choses, faisaient déjà de cette politique à double tranchant, avec laquelle ils conspirent contre tous les systèmes, sans prendre parti pour aucun.

Le *jugeur,* qui ne s'étonne de rien, qui se mouche au milieu d'une cavatine aux Bouffons, y chante *brava!*... avant tout le monde, et contredit ceux qui prédisent son avis, était là, cherchant à s'attribuer les mots des gens d'esprit.

Parmi ces convives, cinq avaient de l'avenir; une dizaine devait obtenir quelque gloire viagère; et, quant aux autres, ils pouvaient se dire, comme toutes les médiocrités, le fameux mot de Louis XVIII : *Union et Oubli*...

L'amphitryon avait la gaieté soucieuse d'un homme qui dépense deux mille écus; et, comme de temps à autre ses yeux se dirigeaient avec impatience vers la porte du salon, il était facile de voir que tous les convives se trouvaient réunis, moins un... Alors apparut un gros petit homme vêtu de noir, accueilli soudain par une flatteuse rumeur. C'était le notaire qui, le matin même, avait achevé de créer le journal.

Un domestique en grande livrée vint ouvrir les portes d'une vaste salle à manger où chacun alla, sans cérémonie, reconnaître sa place autour d'une table immense.

Avant de quitter les salons, Raphaël y jeta un dernier coup d'œil. Son souhait était, certes, bien complètement réalisé. La soie et l'or tapissaient les appartemens. De riches candélabres supportant d'innombrables bougies faisaient briller les moindres frises dorées, les cise-

lures délicates des bronzes, et les somptueuses couleurs
de l'ameublement. Des fleurs rares, contenues dans quelques jardinières artistement construites avec des bam-
bous, répandaient de doux parfums. Les draperies respiraient une élégance sans prétention, et il y avait en
tout je ne sais quelle grâce poétique, dont le prestige
devait agir sur l'imagination d'un homme dénué d'argent.

— Cent mille livres de rente sont un bien joli com-
mentaire du catéchisme, et nous aident merveilleusement
à mettre *la morale en action!*... dit-il en soupirant. Oh!
oui, ma vertu ne va guère à pied... Pour moi le vice...
c'est une mansarde, un habit rapé, un chapeau gris
en hiver et des dettes chez le portier... Ah! je veux vivre
au sein de ce luxe un an, six mois, n'importe... et puis
après... mourir. J'aurai du moins épuisé, connu, dévoré
mille existences.

— Oh! oh!... lui dit Émile, qui l'écoutait, tu prends
le coupé d'un agent de change pour le bonheur... Va, tu
serais bientôt ennuyé de la fortune en t'apercevant
qu'elle te ravirait la chance d'être un homme supérieur...
Entre les pauvretés de la richesse et les richesses de la
pauvreté, l'artiste a-t-il jamais hésité... Il nous faut des
luttes, à nous autres... Aussi, prépare ton estomac!...
Vois!...

Et il lui montra, par un geste héroïque, le majestueux,
le trois fois saint, évangélique et rassurant aspect que
présentait la salle à manger du benoit capitaliste.

— Cet homme-là, reprit-il, ne s'est vraiment donné la
peine d'amasser son argent que pour nous... N'est-ce
pas une espèce d'éponge oubliée par les naturalistes
dans l'ordre des *polypiers,* qu'il s'agit de presser avec
délicatesse, avant de la laisser sucer par des héritiers?
Ne trouves-tu pas du style aux bas-reliefs qui décorent
les murs? Et les lustres, et les tableaux, quel luxe bien
entendu! S'il faut croire les envieux et ceux qui tiennent

à voir les ressorts de la vie, cet homme aurait tué, pendant la révolution, je ne sais quelle vieille dame asthmatique, un petit orphelin scrofuleux et quelque autre personne. Peux-tu donner place à des crimes sous les cheveux grisonnans de notre vénérable amphitryon?... Il a l'air d'un bien bon homme... Vois donc comme l'argenterie étincelle?... Chacun de ces rayons brillans serait un coup de poignard... Allons donc! autant vaudrait croire en Mahomet. Si le public avait raison, voici trente hommes de cœur et de talent qui s'apprêteraient à manger les entrailles, à boire le sang d'une famille!... Et nous deux, jeunes gens pleins de candeur et d'enthousiasme, nous serions complices du forfait!... J'ai envie de demander à notre capitaliste s'il est honnête homme...

— Non, pas maintenant! s'écria Raphaël. Quand il sera ivre-mort, — nous aurons dîné.

Et les deux amis s'assirent en riant.

XII

D'ABORD, chaque personne contempla, pendant un temps encore plus court que la parole destinée à l'exprimer, le coup d'œil offert par une longue table, blanche comme une couche de neige fraîchement tombée, et sur laquelle s'élevaient symétriquement les couverts couronnés de petits pains blonds. Les cristaux répétaient les couleurs de l'iris dans leurs reflets étoilés; les bougies traçaient des feux croisés à l'infini; et, les mets placés sous des dômes d'argent, aiguisaient l'appétit et la curiosité. Les paroles furent assez rares. Les voisins se regardèrent. Le vin de Madère circula. Les verres se remplirent. Les assiettes vides disparurent.

Puis, le premier service apparut dans toute sa gloire. Il aurait fait honneur à feu Cambacérès, et Brillat-Savarin l'eût célébré. Les vins de Bordeaux, de Bourgogne, blancs, rouges, furent servis avec une profusion royale. Cette première partie du festin était comparable, en tout point, à l'exposition d'une tragédie classique.

Le second acte devint quelque peu bavard. Chaque convive avait bu deux ou trois bouteilles en changeant de crus suivant ses caprices, de sorte qu'au moment où l'on emporta les restes de ce magnifique service, de tempestueuses discussions s'étaient établies. Quelques fronts pâles rougissaient, plusieurs nez commençaient à s'empourprer, les visages s'allumaient, les yeux pétillaient. C'était l'aurore de l'ivresse. Le discours ne sortait pas encore des bornes de la civilité; mais les railleries, les bons mots s'échappaient insensiblement de toutes les bouches, et la calomnie élevait même tout doucement sa petite tête et parlait d'une voix flûtée. Çà et là, quelques sournois écoutaient attentivement, espérant garder leur raison.

Le second service trouva donc les esprits tout-à-fait échauffés. Chacun mangea en parlant, parla en mangeant, but sans prendre garde à l'affluence des liquides, tant ils étaient lampans et parfumés, tant l'exemple était contagieux... L'amphitryon, se piquant d'animer ses convives, fit avancer les vins du Rhône, de vieux Roussillons capiteux; et, alors, déchaînés comme les chevaux d'une malle-poste partant d'un relais, ces hommes fouettés par les piquantes flèches du vin de Champagne impatiemment attendu, mais abondamment versé, laissèrent galoper leur esprit dans le vide des raisonnemens que personne n'écoute, se mirent à raconter ces histoires qui n'ont pas d'auditeur, recommencèrent cent fois ces interpellations qui restent sans réponse... L'orgie, seule, déploya sa grande voix, sa voix composée de cent clameurs confuses, qui grossissent comme les crescendo de Rossini... Puis arrivèrent les toasts insidieux, les forfanteries, les défis. Tous renonçaient à se glorifier de leur capacité intellectuelle pour revendiquer celle des tonneaux, des foudres, des cuves. Il semblait que chacun eût deux voix...

Un moment vint, où les valets sourirent; car alors, les maîtres parlaient tous à la fois...

Mais cette mêlée de paroles, où les paradoxes douteusement lumineux, les vérités grotesquement habillées se heurtèrent à travers les cris; les jugemens, les niaiseries, comme au milieu d'un combat se croisent les boulets, les balles et les fragmens de mitraille, eût sans doute intéressé quelque philosophe par la singularité des pensées, ou surpris un politique par la bizarrerie des systèmes. C'était tout à la fois un livre et un tableau.

Les philosophies, les religions, les morales, si différentes d'une latitude à l'autre, les gouvernemens, enfin
tous les grands actes de l'intelligence humaine, tombèrent sous une faulx aussi longue que celle du Temps;
et, peut-être, eussiez-vous pu difficilement décider si elle
était maniée par la Sagesse ivre, ou par l'Ivresse devenue
sage et clairvoyante.

Ces esprits emportés par une espèce de tempête,
semblaient vouloir, comme la mer irritée contre ses
falaises, ébranler toutes les lois entre lesquelles flottent
les civilisations, satisfaisant ainsi, sans le savoir, à l'arrêt
dès long-temps porté par Dieu, qui laissa dans la nature
le bien et le mal, sans cesse en présence, en gardant
pour lui le secret de leur lutte perpétuelle. Furieuse et
burlesque, la discussion fut en quelque sorte un sabbat
des intelligences. Mais entre les tristes plaisanteries,
dites par ces enfans de la révolution, et les propos
des buveurs tenus à la naissance de Pantagruel, il y avait
tout l'abime qui sépare le dix-neuvième siècle du sei-
zième. Celui-ci apprêtait une destruction en riant, et le
nôtre riait au milieu des ruines...

— Comment appelez-vous le jeune homme qui se
trouve là bas?... dit le notaire en montrant Raphaël;
j'ai cru l'entendre nommer *Valentin?*...

— Que chantez-vous avec votre Valentin tout court!...
s'écria Émile en riant. Raphaël *de* Valentin!... s'il vous
plaît. Nous ne sommes pas un enfant trouvé; mais le
descendant de l'empereur *Valens,* souche des *Valentinois,*
fondateur des villes de Valence en Espagne et en France,
héritier légitime de l'empire d'Orient... Si nous laissons
trôner Mahmoud à Constantinople, c'est par pure bonne
volonté, faute d'argent ou de soldats...

Et il décrivit en l'air, avec sa fourchette, une cou-
ronne au-dessus de la tête de Raphaël.

Le notaire se recueillit pendant un moment; puis il se
remit à boire en laissant échapper un geste authentique,

par lequel il semblait avouer qu'il lui était impossible
de rattacher à sa clientèle les villes de Valence, de Constantinople, Mahmoud, l'empereur *Valens* et la famille des
Valentinois.

— La destruction de ces fourmillières nommées Baby-
lone, Tyr, Carthage ou Venise, toujours écrasées sous
les pieds d'un géant qui passe, n'est-elle pas un avertissement donné à l'homme par une puissance moqueuse?...
dit un journaliste, espèce d'esclave acheté pour faire du
Bossuet à dix sous la ligne.

— Moïse, Sylla, Louis XI, Richelieu, Robespierre et
Napoléon sont peut-être un même homme qui reparait
à travers les civilisations comme les comètes dans le ciel!...
répondit Raphaël.

— Pourquoi sonder la providence?... dit un fabricant
de ballades.

— Allons, voilà la providence!... s'écria le *jugeur* en
l'interrompant; je ne connais rien au monde de plus
élastique.

— Oh! et le budget!... repliqua l'amphitryon.

— Et la conscience d'un sénateur?... demanda Émile...

— Mais, Monsieur, Louis XIV a fait périr plus
d'hommes pour creuser les aquéducs de Maintenon que
la Convention pour asseoir justement l'impôt, pour
mettre de l'unité dans la loi, nationaliser la France et
faire également partager les héritages!... disait un jeune
homme devenu républicain faute d'une syllabe devant
son nom.

— Monsieur, lui répondit un propriétaire, vous qui
prenez le sang pour du vin, cette fois-ci, laisserez-vous
à chacun sa tête sur ses épaules?

— A quoi bon, Monsieur?... Les principes de l'ordre
social ne valent-ils donc pas quelque chose?...

— Quelle horreur!... Vous n'auriez nul chagrin de tuer
vos amis pour un *si*...

— Hé! Monsieur, l'homme qui a des remords est le

vrai scélérat, car il a quelque idée de la vertu; tandis
que Pierre-le-Grand, Pizarre, le duc d'Albe étaient
des systèmes, et le corsaire Monbar, une organisation...

— Mais la société ne peut-elle pas se priver de vos
systèmes et de vos organisations?...

— Oh! d'accord... s'écria le républicain...

— Eh! votre stupide république me donne des nau-
sées!... Nous ne saurions découper tranquillement un
chapon sans y trouver la loi agraire!...

— Tes principes sont excellens, mon petit Brutus farci
de truffes!... Mais tu ressembles à mon valet de chambre!
Le drôle est si cruellement possédé par la manie de la
propreté, que si je lui laissais brosser mes habits à sa
fantaisie, j'irais tout nu...

— Vous êtes des brutes!... Vous voulez nettoyer une
nation avec des curedents!... répliqua l'homme à la
république. Selon vous la justice serait plus dangereuse
que les voleurs...

— Hé! hé!... dit un avoué.

— Sont-ils ennuyeux avec leur politique! — Fermez
la porte. — Il n'y a pas de sciences ou de vertus qui
vaillent une goutte de sang. Si nous voulions faire la
liquidation de la vérité, nous la verrions peut-être en
faillite!

— Ah! il en aurait sans doute moins coûté de nous
amuser dans le mal que de nous disputer dans le bien...
Aussi, je donnerais tous les discours prononcés à la
tribune depuis quarante ans pour une truite, pour un
conte de Perrault ou une croquade de Charlet...

— Vous avez bien raison... — Passez-moi les asperges...
— Car après tout, la liberté enfante l'anarchie, l'anarchie
conduit au despotisme et le despotisme ramène à la
liberté. Des millions d'êtres ont péri sans avoir pu faire
triompher l'une ou l'autre!... N'est-ce pas le cercle vicieux dans lequel tournera toujours le monde moral?

Quand l'homme croit avoir perfectionné, il n'a fait que déplacer les choses!

— Oh! oh!... s'écria un vaudevilliste, alors, Messieurs, je porte un toast à — Charles X, père de la liberté!...

— Pourquoi pas?... dit un journaliste. Quand le despotisme est dans les lois, la liberté se trouve dans les mœurs et *vice versâ*... Buvons donc à l'imbécillité du pouvoir qui nous donne tant de pouvoir sur les imbéciles!...

Hé! mon cher, au moins Napoléon nous a-t-il laissé de la gloire! criait un officier de marine qui n'était pas sorti de Brest.

Ah! la gloire!... Triste denrée!... Elle se paie cher et ne se garde pas!... Ne serait-elle point l'égoïsme des grands hommes, comme le bonheur est celui des sots?...

— Monsieur, vous êtes bien heureux!...

— Le premier qui inventa les fossés était sans doute un homme faible, car la société ne profite qu'aux gens chétifs... Placés aux deux extrémités du monde moral, le sauvage et le penseur ont également horreur de la *propriété*.

— Joli!... s'écria le notaire, s'il n'y avait pas de propriétés, comment pourrions-nous faire des actes?...

— Voilà des petits pois délicieusement fantastiques!...

— ... Et le curé fut trouvé mort dans son lit, le lendemain.

— Qui parle de mort?... Ne badinez pas! J'ai un oncle...

— Vous vous résigneriez sans doute à le perdre...

— Ce n'est pas une question...

— Écoutez-moi!... Messieurs! *Manière de tuer son oncle* : Chut!... (Écoutez! Écoutez!) Ayez d'abord un oncle gros et gras, septuagénaire au moins, ce sont les meilleurs oncles... Faites-lui manger, sous un prétexte quelconque, un pâté de foie gras...

— Hé! mon oncle est un grand homme sec, avare et sobre....

— Ah! ces oncles-là sont des monstres qui abusent de la vie...

— La voix de la Malibran a perdu deux notes!...

— Non, Monsieur...

— Si, Monsieur.

— Oh! oh! — Oui et non. — N'est-ce pas l'histoire de toutes les dissertations religieuses, politiques et litté-raires... L'homme est un bouffon qui danse sur un pré-cipice!

— A vous entendre je suis un sot...

— Au contraire, c'est parce que vous ne m'entendez pas!...

— L'instruction!... Belle niaiserie! M. Heineffettermach porte le nombre des volumes imprimés à plus d'un mil-liard, et la vie d'un homme ne permet pas d'en lire cent cinquante mille!... Alors expliquez-moi ce que signifie le mot *instruction*? Pour les uns, elle consiste à savoir le nom du cheval d'Alexandre, du dogue *Bérécillo,* de Ta-bourot, seigneurs des Accords, et d'ignorer celui de l'homme auquel nous devons le flottage des bois, ou la porcelaine. Pour les autres, être instruit... c'est savoir brûler un testament et vivre en honnêtes gens, aimés, considérés, au lieu de voler une montre en récidive, avec les circonstances aggravantes, et d'aller mourir en place de Grève.

— Lamartine restera!...

— Ah! Scribe, Monsieur, a bien de l'esprit...

— Et Victor Hugo?...

— C'est un grand homme!.... n'en parlons plus!...

— Vous êtes ivres!...

— La conséquence immédiate d'une constitution est l'aplatissement des intelligences... Arts, sciences, monu-mens, tout est dévoré par un effroyable sentiment d'égoïsme, notre lèpre actuelle... Vos trois cents bour-geois, assis sur des banquettes, ne pensent qu'à planter des peupliers... Le despotisme fait illégalement de gran-

des choses, et la liberté ne se donne même pas la peine
d'en faire légalement de très-petites!...

— Votre enseignement mutuel fabrique des pièces de
cent sous en chair humaine! dit un absolutiste en interrompant. Les individualités disparaissent chez un peuple
nivelé par l'instruction!...

— Cependant le but de la société n'est-il pas de procurer à chacun le bien-être?... demanda le saint-simonien.

— Si vous aviez cinquante mille livres de rente, vous
ne penseriez guère au peuple!... Etes-vous, vous, épris
de belle passion pour l'humanité?... Allez à Madagascar,
vous y trouverez un joli petit peuple tout neuf, à saint-
simoniser!... Ah! ah!

— Vous êtes un carliste!...

— Pourquoi pas?... J'aime le despotisme, il annonce
un certain mépris pour la race humaine. Je ne hais pas
les rois... Ils sont si amusans!..... Trôner dans une chambre, à trente millions de lieues du soleil!... N'est-ce donc
rien?...

— Mais résumons cette large vue de la civilisation!...
disait le savant qui, pour l'instruction du sculpteur inat-
tentif, avait entrepris une discussion sur le commencement des sociétés et sur les peuples autochtones. A l'origine des nations la force fut en quelque sorte matérielle,
une, grossière... Puis, avec l'accroissement des aggréga-
tions, les gouvernemens ont procédé par des décompo-
sitions plus ou moins habiles du pouvoir primitif.
Ainsi, dans la haute antiquité, la force était dans la
théocratie. Le prêtre tenait le glaive et l'encensoir. Plus
tard, il y eut deux sacerdoces, le pontife et le roi. Aujourd'hui, notre société, dernier terme de la civilisation,
a distribué la puissance suivant le nombre des combinaisons; et nous sommes arrivés aux forces nommées :
industrie, pensée, argent, parole... Alors le pouvoir
n'ayant plus d'unité, marche sans cesse vers une disso-

lution sociale qui n'a plus d'autre barrière que l'intérêt.
Aussi, nous ne nous appuyons ni sur la religion, ni sur
la force matérielle, mais sur l'intelligence... Le livre
vaut-il le glaive, la discussion vaut-elle l'action?.. Voilà
le problème...

— L'intelligence a tout tué!... s'écria le carliste. Allez!
la liberté absolue mène les nations au suicide. — Elles
s'ennuient dans le triomphe, comme un Anglais millionnaire. — Que nous direz-vous de neuf?... Aujourd'hui
vous avez ridiculisé tous les pouvoirs, et c'est même
chose vulgaire que de nier Dieu! Vous n'avez plus de
croyance. Aussi le siècle est-il comme un vieux sultan
perdu de débauche! Enfin, votre lord Byron, en dernier
désespoir de poésie, a chanté les passions du crime!...

— Savez-vous, lui répondit un médecin complètement
ivre, qu'à peine y a-t-il une membrane de différence
entre un homme de génie et un grand criminel?...

— Peut-on traiter ainsi la vertu! s'écria le vaudevilliste.
La vertu, sujet de toutes les pièces de théâtre, dénouement de tous les drames, base de tous les tribunaux!...

— Hé! tais-toi donc, animal!... Ta vertu, c'est Achille
sans talon!...

— A boire!...

— Veux-tu parier que je bois une bouteille de vin de
Champagne d'un seul trait.

— Quel trait d'esprit!... s'écria le caricaturiste.

— Ils sont gris comme des charretiers!... dit un jeune
homme qui donnait sérieusement à boire à son gilet.

— Oui, Monsieur, le gouvernement actuel est l'art de
faire régner l'opinion publique?...

— L'opinion, mais c'est la plus vicieuse de toutes les
prostituées... A vous entendre, hommes de morale et de
politique, il faudrait sans cesse préférer vos lois à la
nature, l'opinion à la conscience... Allez, tout est vrai,
tout est faux! Si la société nous a donné le duvet des
oreillers, elle a certes compensé le bienfait par la goutte,

comme elle a mis la procédure pour tempérer la justice,
et les rhumes à la suite des cachemires...

— Monstre!... dit Émile en interrompant le misanthrope, comment peux-tu médire de la civilisation en présence de tant de vins, de mets, et à table jusqu'au menton!... Mords ce chevreuil aux pieds et aux cornes dorés;
mais ne mords pas ta mère!...

— Est-ce ma faute, à moi, si le catholicisme arrive à
mettre un million de dieux dans un sac de farine, si la
république aboutit toujours à quelque Robespierre, si
la royauté se trouve entre l'assassinat de Henri IV et le
jugement de Louis XVI... et si le libéralisme devient
Lafayette?...

— L'avez-vous embrassé?

— Non.

— Alors taisez-vous, sceptique!...

— Les sceptiques sont les hommes les plus consciencieux...

— Ils n'ont pas de conscience.

— Que dites-vous?... Ils en ont au moins deux!...

— Escompter le ciel!... Monsieur, voilà une idée vraiment commerciale. Les religions antiques n'étaient qu'un
heureux développement du plaisir physique; mais nous
autres nous avons développé l'ame et l'espérance. Il y a
eu progrès...

— Hé, mes bons amis, que pouvez-vous attendre d'un
siècle repu de politique?... Quel a été le sort de Smarra-
ra?... La plus ravissante conception...

— Smarra!... cria le *jugeur* d'un bout de la table à
l'autre. — Ce sont des phrases tirées au hasard dans un
chapeau!... Véritable ouvrage écrit pour Charenton!...

— Vous êtes un sot!...

— Vous êtes un drôle...

— Oh! oh!...

— Ah! ah!...

— A demain... monsieur!...

— A l'instant!... répondit le poète...

— Allons!... allons vous êtes deux braves...

— Ils ne peuvent seulement pas se mettre debout!...

— Ah! je ne me tiens pas droit peut-être? reprit le belliqueux auteur en se dressant comme un cerf-volant indécis...

Il jeta sur la table un regard hébété. Puis comme exténué par cet effort, il retomba sur sa chaise, pencha la tête et resta muet.

— Ne serait-il pas plaisant!... dit le *jugeur* à son voisin, de me battre pour un ouvrage que je n'ai jamais vu ni lu?...

— Eugène, prends garde à ton habit! Ton voisin pâlit...

— Kant!... Encore un ballon lancé pour amuser les niais! Le matérialisme et le spiritualisme sont deux jolies raquettes avec lesquelles des charlatans en robe font aller le même volant. Que Dieu soit en tout, selon Spinosa, ou que tout vienne de Dieu, selon saint Paul... Imbéciles!... Ouvrir ou fermer une porte... Est-ce pas le même mouvement? L'œuf vient-il de la poule ou la poule de l'œuf?... — Passez-moi du canard! — Voilà toute la science!...

— Nigaud!... lui cria le savant, la question que tu poses est tranchée par un fait.

— Et lequel?

— Les chaires de professeurs n'ont pas été faites pour la philosophie, mais bien la philosophie pour les chaires?... Mets des lunettes et lis le budget...

— Voleurs!...

— Imbéciles!...

— Fripons!...

— Dupes!...

— Où trouverez-vous ailleurs qu'à Paris un échange aussi vif, aussi rapide entre les pensées?... s'écria le plus spirituel des artistes en prenant une voix de basse-taille.

— Allons, Henri!... quelque farce classique!... Voyons, une charge!...

— Voulez-vous que je vous fasse le dix-neuvième siècle?...

— Écoutez!...

— Silence!...

— Mettez des sourdines à vos muffles!...

— Te tairas-tu, chinois!...

— Donnez-lui du vin et qu'il se taise, cet enfant!...

— A toi, Henri!...

L'artiste boutonna son habit noir jusqu'au col, mit ses gants jaunes et se grima de manière à singer *le Globe;* mais, le bruit couvrant sa voix, il fut impossible de saisir un seul mot de sa spirituelle moquerie; et alors, s'il ne représenta pas le siècle, au moins représenta-t-il le journal... car — il ne s'entendit pas lui-même.

Le dessert se trouva servi comme par enchantement. La table était couverte d'un admirable surtout en bronze doré sorti des ateliers de Thomire. De ravissantes figures, douées par un célèbre artiste des formes prestigieuses de la beauté idéale, soutenaient et portaient des buissons de fraises, des ananas, des dattes fraîches, des raisins jaunes, de blondes pêches, des oranges arrivées de Sétubal par un paquebot, des grenades, des fruits de la Chine, enfin toutes les surprises du luxe, les miracles du petit four, les délicatesses les plus friandes, les friandises les plus séductrices. Les couleurs de ces tableaux gastronomiques étaient rehaussées par l'éclat de la porcelaine, par des lignes étincelantes d'or, par les découpures des vases. Gracieuse comme les liquides franges de l'océan, verte et légère, la mousse couronnait les paysages du Poussin, copiés à Sèvres... Le budget d'un prince allemand n'aurait pas payé cette richesse insolente.

L'argent, la nacre, l'or, les cristaux, étaient de nouveau prodigués sous de nouvelles formes; mais les yeux engourdis et la verbeuse fièvre de l'ivresse permirent à

peine aux convives d'avoir une intuition vague de cette
féerie digne d'un conte oriental.

Les vins de dessert apportèrent leurs parfums et
leurs flammes, philtres puissans, vapeurs enchanteresses, qui engendrent une espèce de mirage intellec-
tuel, et dont les liens puissans enchaînent les pieds,
alourdissent les mains...

Les pyramides de fruits furent pillées, les voix gros-
sirent, le tumulte grandit. Alors il n'y eut plus de paroles
distinctes. Les verres volaient en éclats, et des rires
atroces partaient comme des fusées.

Un vaudevilliste saisit un cor et se mit à sonner une
fanfare. Ce fut comme un signal donné par le diable.
Cette assemblée en délire hurla, siffla, chanta, cria,
rugit, gronda.

Vous eussiez souri de voir les gens naturellement
gais devenir sombres comme les dénouemens de Cré-
billon, ou rêveurs comme des marins en voiture. Les
hommes fins disaient leurs secrets à des curieux, qui
n'écoutaient pas. Les mélancoliques souriaient comme
des danseuses qui achèvent leurs pirouettes. Un journaliste se dandinait à la manière des ours en cage... Des
amis intimes se battaient. Les ressemblances animales
inscrites sur les figures humaines et si curieusement
démontrées par les physiologistes, reparaissaient vaguement dans les gestes, dans les habitudes du corps...
Il y avait un livre tout fait pour quelque Bichat qui
se serait trouvé là, froid et à jeun.

Le maître du logis se sentant ivre et n'osant se lever,
approuvait les extravagances de ses convives par une
grimace fixe, et tâchait de conserver un air décent et
hospitalier. Sa large figure, devenue rouge et bleue,
presque violacée, terrible à voir, s'associait au mouvement général par des efforts semblables au roulis et au
tangage d'un brick.

— Les avez-vous assassinés?... lui demanda Émile.

— La confiscation et la peine de mort sont abolies...
répondit le banquier.

Puis il se prit à rire en haussant les sourcils d'un air
tout à la fois plein de finesse et de bêtise.

— Mais ne les voyez-vous pas quelquefois en songe?...
reprit Raphaël.

— Il y a prescription!... dit le meurtrier plein d'or.

— Et sur sa tombe!... s'écria Émile d'un ton sardonique, l'entrepreneur du cimetière gravera :

Passans, accordez une larme à sa mémoire!...

— Oh! reprit-il, je donnerais bien cent sous au mathématicien qui me démontrerait par une équation algé-
brique l'existence de l'enfer!...

Il jeta une pièce en l'air.

— Face pour Dieu!...

— Ne regarde pas!... cria Raphaël en saisissant la
pièce. Que sait-on? le hasard est si plaisant!

— Hélas!... reprit Émile d'un air tristement bouffon,
je ne vois pas où poser les pieds entre la géométrie de
l'incrédule et le *pater noster* du pape. — Buvons!...
Trinc! est, je crois, l'oracle de la dive bouteille et sert
de conclusion au Pantagruel!...

— Nous devons au *pater noster,* répondit Raphaël, nos
arts, nos monumens, nos sciences peut-être; et, bienfait plus grand encore, nos gouvernemens modernes,
dans lesquels une société vaste et féconde est merveilleusement représentée par cinq cents intelligences, où les
forces opposées les unes aux autres, se neutralisent, en
laissant tout pouvoir à la CIVILISATION, reine gigantesque
qui remplace le ROI... cette ancienne et terrible figure,
espèce de *faux destin* créé par l'homme entre le ciel et
lui... En présence de tant d'œuvres accomplies, l'athéisme
apparaît comme un squelette qui n'engendre pas!...
Qu'en dis-tu?...

— Je songe aux flots de sang répandus par le catholicisme!... dit froidement Émile. Il a pris nos veines et

nos cœurs pour faire une contrefaçon du déluge. — Mais n'importe!... Tout homme qui pense doit marcher sous la bannière de Christ!... Lui seul a consacré le triomphe de l'esprit sur la matière; lui seul nous a puissamment révélé le monde intermédiaire qui nous sépare de Dieu!...

— Bah! reprit-il, en jettant à Raphaël un indéfinissable sourire d'ivresse, pour ne pas nous compromettre, portons le fameux toast :

— *Diis ignotis!*...

Et ils vidèrent leurs calices de science, de gaz carbonique, de parfums, de poésie et d'incrédulité.

XIII

— Si ces Messieurs veulent passer dans le salon, le café les y attend!...

Et les portes s'ouvrirent.

En ce moment, presque tous les convives se roulaient au sein de ces limbes délicieuses, où les lumières de l'esprit s'éteignent, où le corps, délivré de son tyran, s'abandonne aux joies délirantes de la liberté.

Les uns, arrivés à l'apogée de l'ivresse, restaient mornes et péniblement occupés à saisir une pensée qui leur attestât leur propre existence; les autres, plongés dans le marasme produit par une digestion alourdissante, niaient le mouvement; d'intrépides orateurs disaient encore de vagues paroles dont ils ne comprenaient pas, eux-mêmes, le sens; puis, quelques refrains retentissaient comme le bruit d'une mécanique obligée d'accomplir sa vie factice et sans ame. Le silence et le tumulte s'étaient bizarrement accouplés.

Néanmoins, en entendant la voix sonore du valet qui, à défaut d'un maître, leur annonçait des joies nouvelles, ils se levèrent entraînés, soutenus ou portés, les uns par les autres.

Mais la troupe entière resta, pendant un moment, sur le seuil de la porte, immobile et charmée. Les jouissances excessives du festin pâlirent devant le chatouillant spectacle que l'amphitryon offrait au plus voluptueux de leurs sens.

Sous les étincelantes bougies d'un lustre d'or, autour

d'une table chargée de vermeil, un groupe de femmes se présenta soudain aux convives hébétés, dont les yeux s'allumèrent comme autant de diamans.

Riches étaient les parures, mais plus riches encore étaient ces beautés éblouissantes devant lesquelles disparaissaient toutes les merveilles de ce palais. Les yeux passionnés de ces créatures, prestigieuses comme des fées, avaient encore plus de vivacité que les torrens de lumière qui faisaient resplendir les reflets satinés des tentures, la blancheur des marbres, les saillies délicates des bronzes et la grâce des draperies joyeuses. Rien ne pouvait effacer l'éclat de ses figures, les couleurs agaçantes des robes faciles et la vigoureuse mollesse des formes entrelacées avec coquetterie. Le cœur brûlait, à voir les contrastes de leurs coiffures mouvantes et de leurs attitudes, toutes diverses d'attraits et de caractère. C'était une haie de fleurs mêlées de rubis, de saphirs et de corail; une ceinture de colliers noirs, sur des cous de neige; des écharpes légères flottant comme les flammes d'un phare; des turbans orgueilleux; des tuniques modestement provoquantes. Elles offraient des séductions pour tous les yeux, des voluptés pour tous les caprices.

Posée à ravir, une danseuse semblait être sans voile sous les plis onduleux du cachemire. Là une gaze diaphane, ici la soie chatoyante cachaient ou révélaient des perfections mystérieuses. De petits pieds étroits parlaient d'amour, des bouches fraîches et rouges se taisaient. Il y avait des jeunes filles frêles et décentes, vierges d'hier, dont les jolies chevelures respiraient une religieuse innocence. Puis, des beautés aristocratiques au regard fier, mais indolentes, mais fluettes, maigres, gracieuses, penchaient la tête comme si elles avaient de royales protections à faire acheter.

Une Anglaise, blanche et chaste, figure aérienne, descendue des nuages d'Ossian, ressemblait à un ange de mélancolie, à un remords fuyant le crime.

La Parisienne, dont toute la beauté gît dans une grâce indescriptible, vaine de sa toilette et de son esprit, armée de sa toute-puissante faiblesse, souple et rieuse, syrène sans cœur et sans passion, mais qui sait artificieusement créer les trésors de la passion et contrefaire les accens du cœur, ne manquait pas à cet escadron périlleux, où brillaient encore des Italiennes tranquilles en apparence et consciencieuses dans leur félicité; de riches Normandes, aux formes magnifiques; des femmes méridionales, aux cheveux noirs, aux yeux bien fendus.

Vous eussiez dit les beautés de Versailles convoquées par Lebel, ayant, dès le matin, dressé tous leurs piéges, arrivant, comme une troupe d'esclaves orientales, réveillées par la voie du marchand, pour partir à l'aurore.

Elles restaient interdites, honteuses, et s'empressaient autour de la table comme des abeilles bourdonnant à l'entrée d'une ruche. Cet embarras craintif, reproche et coquetterie tout ensemble, accusait et séduisait. C'était pudeur involontaire. Un sentiment que la femme ne dépouille jamais complètement leur ordonnait de s'envelopper dans le manteau de la vertu pour donner plus de charmes et de piquant aux prodigalités du vice.

Aussi, la conspiration ourdie par le maître du logis échoua-t-elle. Ces hommes sans frein furent subjugués tout d'abord par la puissance majestueuse dont la femme est investie. Un murmure d'admiration résonna comme la plus douce musique. L'amour n'ayant pas voyagé de compagnie avec l'ivresse, au lieu d'un ouragan de passions, les convives, surpris dans un moment de faiblesse, s'abandonnèrent aux délices d'une douce extase.

Obéissant à la poésie qui les domine toujours, les artistes étudièrent avec bonheur les nuances délicates qui distinguaient ces beautés choisies.

Réveillé par une pensée, due peut-être à quelque émanation d'acide carbonique qui se dégageait du vin de

Champagne, un philosophe frissonnait en songeant aux
malheurs qui amenaient là ces femmes dignes autrefois
des plus purs hommages... Chacune d'elles avait, sans
doute, un drame sanglant à raconter; presque toutes
apportaient d'infernales tortures, et traînaient après
elles des hommes sans foi, des promesses trahies, des
joies rançonnées par le malheur...

Les convives s'approchèrent d'elles avec politesse, et
des conversations aussi diverses que les caractères s'établirent. Des groupes se formèrent. Bientôt, vous eussiez
dit d'un salon où les jeunes filles et les femmes vont
offrant aux convives, après le dîner, les secours que le
café, les liqueurs et le sucre prêtent aux gourmands
embarrassés dans les travaux d'une digestion récalci-
trante. Puis quelques rires éclatèrent... Le murmure augmenta. Les voix s'élevèrent. L'orgie, domptée pendant
un moment, menaçait par intervalles de se réveiller. Ces
alternatives de silence et de bruit avaient une vague ressemblance avec une harmonie de Beethoven.

Assis sur un moelleux divan, les deux amis virent
d'abord arriver près d'eux une grande fille admirablement bien proportionnée, superbe en son maintien, de
physionomie assez irrégulière, mais perçante, mais
impétueuse, et qui saisissait l'âme par de vigoureux
contrastes. Sa chevelure noire, artistement mise en désordre semblait avoir déjà subi les combats de l'amour et
retombait en boucles capricieuses sur ses puissantes
épaules, qui offraient des perspectives attrayantes à voir.
De longs rouleaux bruns enveloppaient à demi un cou
majestueux, sur lequel la lumière glissait par intervalles, en révélant la finesse des plus jolis contours.
Sa peau, d'un blanc mat, faisait ressortir les tons chauds
et animés de ses vives couleurs. L'œil armé de longs cils
lançait des flammes hardies, étincelles d'amour; et la
bouche, humide, entr'ouverte, appelait le baiser. Elle
avait une taille forte, mais lascive. Son sein, ses bras

étaient largement développés, comme ceux des belles figures du Carrache; néanmoins elle paraissait leste, souple, et sa vigueur supposait l'agilité d'une panthère, comme la mâle élégance de ses formes en promettait les voluptés dévorantes.

Quoiqu'elle dût savoir rire et folâtrer, ses yeux effrayaient la pensée. Semblable à ces prophétesses agitées par un démon, elle étonnait plutôt qu'elle ne plaisait. Toutes les expressions passaient par masses et comme des éclairs sur sa figure mobile. Peut-être eût-elle ravi des gens blasés, mais un jeune homme l'eût redoutée. C'était une statue colossale, tombée du haut de quelque temple grec, sublime à distance; vue de près, grossière; et, cependant sa foudroyante beauté devait réveiller les impuissans, sa voix charmer les sourds, ses regards ranimer de vieux ossemens.

Émile la comparait vaguement à une tragédie de Shakespeare, espèce d'arabesque admirable, où la passion éclate, où la joie hurle! où l'amour a je ne sais quoi de sauvage, où la magie de la grâce et du bonheur succède aux sanglans tumultes de la colère; monstre qui sait mordre et caresser, rire comme un démon, pleurer comme les anges, improviser dans une seule étreinte toutes les séductions de la femme, excepté les soupirs de la mélancolie et les enchanteresses modesties d'une vierge, puis, en un moment, rugir, se déchirer les flancs, briser sa passion, son amant; enfin se détruire elle-même comme fait un peuple insurgé.

Vêtue d'une robe en velours rouge, elle foulait d'un pied insouciant quelques fleurs déjà tombées de la tête de ses compagnes; et, d'une main dédaigneuse, elle tendait aux deux amis un plateau d'argent. Fière de sa beauté, fière de ses vices peut-être, elle montrait un bras éblouissant, d'une admirable rondeur, et qui se détachait vivement sur le velours. Elle était là comme la reine du plaisir, comme une image de la joie humaine, de cette

joie qui dissipe les trésors amassés par trois générations,
qui rit sur les cadavres, se moque des aïeux, broie des
trônes, transforme les jeunes gens en vieillards, et souvent les vieillards en jeunes gens; de cette joie, permise
seulement aux géans fatigués du pouvoir, éprouvés par
la pensée, ou pour lesquels la guerre est devenue comme
un jouet.

— Comment te nommes-tu?... lui dit Raphaël.

— Aquilina!

— Oh! oh! tu viens de *Venise sauvée!...* s'écria Émile.

— Oui! répondit-elle. De même que les papes se donnent de nouveaux noms, en montant au dessus des hommes, j'en ai pris un autre en m'élevant au dessus de
toutes les femmes.

— As-tu donc, comme ta patronne, un noble et terrible conspirateur qui t'aime et sache mourir pour
toi?... dit vivement Émile, réveillé par cette apparence
de poésie.

— Je l'ai eu!... répondit-elle, mais la guillotine était
ma rivale. Aussi, je mets toujours quelques chiffons rouges dans ma parure, pour que ma joie n'aille jamais trop
loin...

— Oh! si vous lui laissez raconter l'histoire des quatre
jeunes gens de La Rochelle, elle n'en finira pas!.. Tais-toi
donc, Aquilina!.. Les femmes n'ont-elles pas toutes un
amant à pleurer? mais toutes n'ont pas, comme toi, le
bonheur de l'avoir perdu sur un échafaud!... Ah! j'ai-
merais bien mieux savoir le mien couché dans une fosse
à Clamart que près d'une rivale...

Ces phrases si cruellement logiques furent prononcées
d'une voix douce et mélodieuse, par la plus innocente,
la plus jolie et la plus gentille petite créature qui, suivant l'expression d'Horace Walpole, fût jamais sortie
d'un œuf enchanté...

Elle était venue à pas muets, et montrait une figure
délicate, une taille grêle, des yeux bleus ravissans de mo-

destie, des tempes fraîches et pures. Une naïade ingénue,
s'échappant de sa source, n'est pas plus timide, plus
blanche, ni plus naïve...

Elle paraissait avoir seize ans, ignorer le mal, ignorer
l'amour, ne pas connaître les orages de la vie, et venir
d'une église où elle aurait prié les anges d'obtenir avant
le temps son rappel dans les cieux...

A Paris seulement, se rencontrent ces créatures au
visage candide, qui cachent sous un front aussi doux,
aussi tendre que la fleur d'une marguerite, la déprava-
tion la plus profonde, les vices les plus raffinés...

Trompés d'abord par les célestes promesses écrites
dans les suaves attraits de cette jeune fille, Émile et
Raphaël, acceptant le café qu'elle leur versa dans les
tasses présentées par Aquilina, se mirent à la ques-
tionner.

Alors elle acheva de transfigurer aux yeux des deux
poètes, par une sinistre allégorie, je ne sais quelle face
de la vie humaine, en opposant, à l'expression rude et
passionnée de son imposante compagne, le portrait de
cette corruption froide, voluptueusement cruelle, assez
étourdie pour commettre un crime, assez forte pour en
rire; espèce de monstre sans cœur, qui punit les ames
riches et tendres de ressentir les émotions dont il est
privé, qui trouve toujours une grimace d'amour à vendre, les larmes pour le convoi de sa victime, et de la joie,
le soir, pour en lire le testament...

Un poète eût admiré la belle Aquilina, le monde
entier devait fuir la touchante Euphrasie. L'une était
l'ame du vice, l'autre le vice sans ame.

— Je voudrais bien savoir, dit Émile à cette jolie créature, si parfois tu songes à l'avenir...

— L'avenir!... répondit-elle en riant. Qu'appelez-vous
l'avenir?... Pourquoi penserais-je à ce qui n'existe pas
encore? Je ne regarde jamais ni en arrière ni en avant de
moi! N'est-ce pas déjà trop que de m'occuper d'une

journée à la fois? D'ailleurs l'avenir, nous le connaissons!... C'est l'hôpital!...

— Comment peux-tu voir d'ici l'hôpital et ne pas éviter d'y aller?... s'écria Raphaël.

— Qu'a donc l'hôpital de si effrayant?... demanda la
terrible Aquilina. Quand nous ne sommes ni mères ni
épouses; quand la vieillesse nous met des bas noirs aux
jambes et des rides au front, flétrit tout ce qu'il y a de
femme en nous, et sèche la joie dans les regards de nos
amis, de quoi pouvons-nous manquer?... Alors, vous ne
voyez plus en nous, de notre nature, que sa fange primitive... Elle marche sur deux pattes, froide, sèche, dé-
composée; elle va, produisant un bruissement de feuilles mortes... Les plus jolis chiffons nous deviennent
des haillons... L'ambre qui réjouissait le boudoir prend
une odeur de mort et sent le squelette; puis, s'il se
trouve un cœur dans cette boue, vous y insultez tous...
Vous ne nous permettez même pas un souvenir!... Alors,
que nous soyons dans un riche hôtel à soigner des
chiens, ou dans un hôpital à trier des guenilles, notre
existence n'est-elle pas exactement la même?... Cacher
nos cheveux blancs sous un mouchoir à carreaux rouges
et bleus, ou sous des dentelles... est-ce pas toute la différence? Au lieu d'un foyer doré nous nous chauffons
à des cendres, dans un pot de terre rouge; et, au lieu
d'aller à l'Opéra, nous allons à la Grève...

— *Aquilina mia!...* jamais tu n'as eu tant de raison au
milieu de tes désespoirs! reprit Euphrasie. Oui, les
cachemires, les vélins, les parfums, l'or, la soie, le luxe,
tout ce qui brille, tout ce qui plaît, ne va bien qu'à la
jeunesse. Le temps seul pourrait avoir raison contre nos
folies!... mais le bonheur nous absout! Ah! ah! j'aime
mieux mourir de plaisir que de maladie... Je n'ai ni la
manie de la perpétuité, ni grand respect pour l'espèce
humaine, à voir ce que Dieu en fait... Aussi, donnez-moi
des millions, je les mangerai... Je ne voudrais pas garder

un centime pour l'année prochaine... Vivre pour plaire
et régner, tel est l'arrêt que prononce chaque battement
de mon cœur!... La nature m'approuve... Ne fournit-elle
pas sans cesse à mes dissipations? Pourquoi le bon Dieu
me fait-il tous les matins la rente de ce que je dépense
tous les soirs?... Et comme il ne nous a pas mis entre le
bien et le mal pour choisir ce qui nous blesse ou nous
ennuie... Allez donc, je serais bien sotte de ne pas m'a-
muser!...

— Et les autres?... dit Émile.

— Les autres? eh! bien... qu'ils s'arrangent!... J'aime
mieux rire de leurs souffrances que d'avoir à pleurer sur
les miennes... Je défie un homme de me causer la
moindre peine.

— Qu'as-tu donc souffert pour être devenue ainsi?...
demanda Raphaël.

— J'ai été quittée pour un héritage!... Moi!... dit-elle,
en prenant une pose admirable qui fit ressortir toutes
ses séductions. Et cependant j'avais passé les nuits et les
jours à travailler pour nourrir mon amant... Ah! je ne
veux plus être la dupe d'aucun sourire, d'aucune promesse... et je prétends faire de mon existence une longue
partie de plaisir...

— Mais, s'écria Raphaël, le bonheur ne vient-il donc
pas de l'ame?...

— Eh bien!... reprit Aquilina, n'est-ce rien que de se
voir admirée, flattée, de triompher même des femmes
vertueuses en les écrasant par notre beauté, par notre
richesse?... D'ailleurs, nous vivons plus en un jour
qu'une bonne bourgeoise en dix ans, et alors — tout est
jugé...

— Une femme sans vertu n'est-elle pas odieuse?.. dit
Émile à Raphaël.

Euphrasie, leur lançant un regard de vipère, répondit
avec un inimitable accent d'ironie :

— La vertu!... Nous la laissons aux laides et aux

bossues... Que seraient-elles sans cela les pauvres femmes?...

— Allons, tais-toi!... s'écria Émile, ne parle point de ce que tu ne connais pas!...

— Ah! je ne la connais pas!... reprit Euphrasie. Se donner pendant toute sa vie à un être détesté, savoir élever des enfans qui vous abandonnent, et leur dire : — Merci! quand ils vous frappent au cœur... Voilà les vertus que vous ordonnez à la femme!... Encore pour la récompenser de son abnégation, venez-vous lui imposer des souffrances en cherchant à la séduire... Si elle résiste, vous la compromettez... Jolie vie... Autant rester libre, aimer ceux qui nous plaisent, et mourir jeunes...

— Ne crains-tu pas de payer tout cela un jour?

— Eh bien!... répondit-elle, au lieu d'entremêler mes plaisirs de chagrins, ma vie sera coupée en deux parts... Une jeunesse certainement joyeuse, et je sais quelle vieillesse incertaine où je souffrirai tout à mon aise...

— Elle n'a pas aimé!... dit Aquilina d'un son de voix profond. Elle n'a jamais fait cent lieues pour aller dévorer, avec mille délices, un regard et un refus... Elle n'a point attaché sa vie à un cheveu, ni essayé de poignarder sept hommes pour sauver son souverain; son seigneur, son Dieu. Pour elle, l'amour était un joli colonel...

— Hé, hé, *La Rochelle!*... répondit Euphrasie... L'amour est comme le vent, nous ne savons pas d'où il vient. D'ailleurs, si tu avais été bien aimée par une bête, tu prendrais les gens d'esprit en horreur...

— Le Code nous défend d'aimer les bêtes!... répliqua la grande Aquilina, d'un accent ironique.

— Je te croyais plus indulgente pour les militaires... s'écria Euphrasie en riant.

— Sont-elles heureuses, de pouvoir abdiquer leur raison!... s'écria Raphaël.

— Heureuses!... dit Aquilina, souriant de pitié, de ter-

reur, et jetant aux deux amis un horrible regard. Ah!
vous ne savez pas ce que c'est que d'être condamnée au
plaisir avec un mort dans le cœur.

En ce moment, des cris étranges s'élevaient de toutes
parts. Contempler les salons, c'était avoir une vue antici-
pée du Pandémonium de Milton. Il y avait des danses folles, animées par une sauvage énergie. Les flammes bleues
du punch coloraient les visages d'une teinte infernale. Les
rires éclataient comme des détonations d'un feu d'artifice.
Les champs de bataille, jonchés de morts et de mourans,
avaient aussi leur image. L'atmosphère était chaude.
L'ivresse ayant jeté sur tous les regards de légers voiles,
chacun croyait voir un nuage rougeâtre et des vapeurs
enivrantes en l'air. Il s'était élevé, comme dans les bandes
lumineuses tracées par un rayon de soleil, une poussière
brillante, à travers laquelle se jouaient les formes les
plus capricieuses, les luttes les plus grotesques, et des
groupes merveilleux se confondaient avec les marbres
blancs, admirables chefs-d'œuvre de la sculpture dont les
appartemens étaient ornés.

Quoique les deux amis conservassent encore une sorte
de lucidité trompeuse dans les idées, et, dans leurs organes, un dernier frémissement, simulacre imparfait de la
vie, il leur était impossible de reconnaître ce qu'il y avait
de réel dans les fantaisies bizarres, de possible dans les
tableaux impossibles qui passaient incessamment devant
leurs yeux lassés. Le ciel étouffant de nos rêves; le fini, la
suavité que contractent les formes et les objets dans nos
songes, et surtout cette agilité chargée de lourdes chaînes;
enfin, tous les phénomènes du sommeil les assaillaient si
vivement qu'ils prirent les jeux de cette débauche pour
les caprices d'un cauchemar. Il y avait du mouvement
sans bruit, des cris perdus pour l'oreille, des corps intan-
gibles; puis, l'ivresse, l'amour, le délire, l'oubli du monde
étaient dans les cœurs, sur les visages, dans l'air, écrits sur
les tapis, exprimés par le désordre...

Alors le valet de chambre de confiance, ayant réussi, non sans peine, à faire venir son maître dans l'antichambre, lui dit à l'oreille :

— Monsieur, tous les voisins sont aux fenêtres et se plaignent du tapage...

— S'ils ont peur du bruit, ne peuvent-ils pas faire mettre de la paille devant leurs portes !... s'écria l'amphitryon.

XIV

Raphaël laissa échapper un éclat de rire si burlesquement intempestif que son ami lui demanda compte d'une joie aussi brutale.

— Tu me comprendrais difficilement!... répondit-il. D'abord, il faudrait t'avouer que vous m'avez arrêté sur le quai Voltaire au moment où j'allais me jeter dans la Seine, et tu voudrais, sans doute, connaître les motifs de ma mort... Mais quand j'ajouterais que, par un hasard presque fabuleux, les ruines les plus poétiques du monde matériel venaient alors de se résumer à mes yeux, par une traduction symbolique de la sagesse humaine; tandis qu'en ce moment les débris de tous les trésors intellectuels dont nous avons fait à table un si cruel pillage, aboutissent à ces deux femmes, images vives et originales de la folie, et que notre profonde insouciance des hommes et des choses a servi de transition aux tableaux fortement colorés de deux systèmes d'existence si diamétralement opposés, en seras-tu plus instruit?.. Si tu n'étais pas ivre, tu y verrais peut-être un traité de philosophie...

— Si tu n'avais pas les deux pieds sur cette ravissante Aquilina, dont les ronflemens ont je ne sais quelle analogie avec le rugissement d'un orage près d'éclater, reprit Émile, qui, lui-même, s'amusait à rouler et à dérouler les cheveux d'Euphrasie sans trop avoir la conscience de cette innocente occupation, tu rougirais de ton ivresse et de ton bavardage. Tes deux systèmes peuvent entrer dans une seule phrase, et se réduisent à une pensée.

La vie simple et mécanique conduit à quelque sagesse insensée, en étouffant notre intelligence par le travail; et la vie passée dans le vide des abstractions, ou dans les abîmes du monde moral mène à quelque folle sagesse.

En un mot, tuer les sentimens pour vivre vieux ou mourir jeune en acceptant le martyre des passions, voilà notre arrêt. Encore, cette sentence lutte-t-elle avec les tempéramens que nous a donnés le rude goguenard, auquel nous devons les patrons de toutes les créatures.

— Imbécile!... s'écria Raphaël en l'interrompant. Continue à te résumer ainsi, tu feras des volumes!... Si j'avais eu la prétention de formuler proprement ces deux idées, je t'aurais dit que l'homme se corrompt par l'exercice de la raison et se purifie par l'ignorance. C'est faire le procès aux sociétés! Mais, que nous vivions avec les sages ou que nous périssions avec les fous, le résultat n'est-il pas, tôt ou tard, le même?... Aussi, le grand abstracteur de quintessence a-t-il jadis exprimé ces deux systèmes en deux mots : — Carymary, Carymara...

— Tu me fais douter de la puissance de Dieu, car tu es plus bête qu'il n'est puissant!... répliqua Émile. Notre cher Rabelais a résolu cette philosophie par un mot plus bref que — *carymary! carymara.* C'est — peut-être!... d'où Montaigne a pris son — *que sais-je?...* et Charles Nodier le — *qu'est-ce que cela me fait?...* de Breloque........ Encore, ces derniers mots de la science morale ne sont-ils guère que l'exclamation de Pyrrhon restant entre le bien et le mal, comme l'âne de Buridan entre deux mesures d'avoine...

Mais laissons là cette éternelle discussion, qui aboutit aujourd'hui à un — *oui et non!...* Quelle expérience voulais-tu donc faire en te jetant dans la Seine?... Étais-tu jaloux de la machine hydraulique du pont Notre-Dame?...

— Ah! si tu connaissais ma vie!...

— Ah! ah!... s'écria Émile, je ne te croyais pas si vulgaire!... la phrase est usée. Ne sais-tu pas que nous avons tous la prétention de souffrir beaucoup plus que les autres?...

— Ah! s'écria Raphaël.

— Mais tu es bouffon avec ton.... *ah!*.... Voyons?...

As-tu, comme cet étudiant de Padoue, disséqué, sans le savoir, une mère que tu adorais?...

Une maladie d'ame ou de corps t'oblige-t-elle de ramener tous les matins, par une contraction de tes muscles, les chevaux qui, le soir, doivent t'écarteler, comme, jadis, le fit Damien?

As-tu mangé ton chien tout cru, sans sel, dans ta mansarde?...

Tes enfans t'ont-ils jamais dit : — Père, j'ai faim?...

As-tu vendu les cheveux de ta maîtresse, pour aller au jeu?...

As-tu été payer à un faux domicile une fausse lettre de change, tirée sur un faux oncle?...

Voyons, j'écoute...

Si tu te jetais à l'eau pour une femme, pour un protêt, ou par ennui, je te renie... Confesse-toi, ne mens pas, je ne te demande point de mémoires historiques... Surtout, sois aussi bref que ton ivresse te le permettra; car je suis exigeant comme un lecteur, et prêt à dormir comme une femme qui dit ses vêpres en latin...

— Pauvre sot!... dit Raphaël. Depuis quand les douleurs ne sont-elles plus en raison de la sensibilité? Lorsque nous arriverons au degré de science qui nous permettra de faire une histoire naturelle des cœurs, de les nommer, de les classer en genres, en sous-genres, en familles, en crustacés, en fossiles, en sauriens, en microscopiques, en... que sais-je?... Alors, mon bon ami, ce sera chose prouvée qu'il en existe de tendres, de délicats, comme des fleurs, et qui doivent se

briser, comme elles, par de légers froissemens auxquels certains cœurs minéraux ne sont même pas
sensibles!...

— Oh! de grâce, épargne-moi ta préface!..... dit
Émile d'un air moitié rïant moitié piteux, en prenant
la main de Raphaël.

DEUXIÈME PARTIE

LA FEMME SANS CŒUR

XV

Après être resté silencieux pendant un moment Raphaël dit en laissant échapper un geste d'insouciance :

— Je ne sais, en vérité, s'il ne faut pas attribuer aux fumées du vin et du punch, l'espèce de lucidité qui me permet d'embrasser en cet instant toute ma vie comme un seul et même tableau, où les figures, les couleurs, les ombres, les jours, les demi-teintes, sont fidèlement rendus... Ce jeu poétique de mon imagination ne m'étonnerait pas, s'il n'était accompagné d'une sorte de dédain pour mes souffrances et pour mes joies passées.... Vue à distance, toute ma vie est comme rétrécie par un phénomène moral; et je juge, au lieu de sentir! Cette longue et lente douleur qui a duré dix ans, peut aujourd'hui se reproduire par quelques phrases, dans lesquelles la douleur ne sera plus qu'une pensée, et le plaisir, une réflexion philoso-phique...

— Tu es ennuyeux comme un amendement!.... s'écria Émile.

— Cela est possible! reprit Raphaël sans murmurer. Aussi, pour ne pas abuser de tes oreilles, je te ferai grâce des dix-sept premières années de ma vie. Jusque là, j'ai vécu comme toi, comme mille autres, de cette vie de collège ou de lycée, dont, maintenant, nous nous rappelons tous avec tant de délices, les malheurs fictifs et les joies réelles; à laquelle notre gastronomie blasée redemande les pois rouges du vendredi, tant que nous ne les avons pas goûtés de nouveau... Cette belle vie

dont nous méprisons les travaux qui, cependant, nous
ont appris le travail...

— Arrive au drame!... dit Émile d'un air moitié
comique et moitié plaintif.

— Quand je sortis du collège, reprit Raphaël en
réclamant, par un geste, le droit de continuer, mon
père m'astreignit à une sévère discipline. Il me logea
dans une chambre contiguë à son cabinet. Je me cou-
chais dès neuf heures du soir et me levais à cinq heures
du matin. Il voulait que je fisse mon Droit en conscience.
J'allais en même temps à l'École et chez un avoué.
Mais les lois du temps et de l'espace étaient si sévè-
rement appliquées à mes courses, à mes travaux, et
mon père me demandait en dînant un compte si rigou-
reux de...

— Qu'est-ce que cela me fait?... dit Émile.

— Eh! que le diable t'emporte!... répondit Raphaël.
Comment pourrais-tu concevoir mes sentimens si je ne
te raconte les faits imperceptibles qui influèrent sur mon
ame, la façonnèrent à la crainte, et me firent long-temps
rester dans la naïveté primitive du jeune homme...

Ainsi, jusqu'à vingt-et-un ans j'ai été courbé sous un
despotisme aussi froid que celui d'une règle monacale.
Pour te révéler les tristesses de ma vie, il suffira peut-être
de te dépeindre mon père. C'était un grand homme sec
et mince, le visage en lame de couteau, le teint pâle,
à parole brève, taquin comme une vieille fille, méticuleux comme un chef de bureau... Sa paternité planait
au dessus de mes lutines et joyeuses pensées, de manière
à les enfermer sous un dôme de plomb... Quand je voulais manifester un sentiment doux et tendre, il semblait
que j'allais lui dire une sottise. Je le redoutais bien plus
que nous ne craignions naguère nos maîtres d'étude...
J'avais toujours huit ans pour lui... Je crois encore le
voir devant moi... Il se tenait droit comme un cierge
pascal; et, dans sa redingote marron, il avait l'air d'un

hareng saur enveloppé dans la couverture rougeâtre
d'un pamphlet...

Et cependant j'aimais mon père!... Au fond, il était
juste. Mais peut-être ne haïssons-nous pas la sévérité
quand elle est justifiée par un grand caractère, par des
mœurs pures, et qu'elle est adroitement entremêlée de
bonté.

Si mon père ne me quitta jamais, si, jusqu'à l'âge de
vingt ans, il ne laissa pas dix francs à ma disposition;
oui, dix coquins, dix libertins de francs, trésor immense
dont la possession si souvent enviée me faisait rêver
d'ineffables délices; en revanche, il me promettait de
m'introduire dans le monde; et, après m'avoir fait
attendre une fête pendant des mois entiers, il me conduisait aux Bouffons, à un concert, à un bal, où j'espérais
rencontrer une maîtresse... Une maîtresse!... c'était,
pour moi, l'indépendance.

Mais honteux et timide, ne sachant point l'idiôme des
salons et n'y connaissant personne, j'en revenais le cœur
toujours aussi neuf, et gonflé de désirs... Puis, le lendemain, bridé comme un cheval d'escadron par mon père,
il me fallait, dès le matin, retourner chez mon Avoué,
au Droit, au Palais.

Vouloir m'écarter de la route uniforme qu'il m'avait
tracée, c'eût été m'exposer à sa colère; or, comme une
fois pour toutes, il m'avait menacé de m'embarquer en
qualité de mousse pour les Antilles, il me prenait un
horrible frisson quand, par hasard, j'osais m'aventurer,
pendant une heure ou deux, dans quelque partie de
plaisir.

Figure-toi l'imagination la plus vagabonde, le cœur
le plus amoureux, l'âme la plus tendre, l'esprit le plus
poétique sans cesse en présence de l'homme le plus
cailloux, le plus atrabilaire, le plus froid du monde?...
Marie une jeune fille à un squelette, et tu comprendras
l'existence dont tu m'interdis de te développer les scènes

curieuses : projets de fuite évanouis à l'aspect de mon
père, désespoirs calmés par le sommeil, désirs compri-
més, sombres mélancolies dissipées par la musique.
Assez fort sur le piano, j'exhalais mon malheur en mé-
lodies; et, souvent, Beethoven ou Mozart furent mes
discrets confidens.

Aujourd'hui, je souris en me souvenant de tous les
préjugés qui agitèrent ma conscience à cette époque
d'innocence et de vertu.

Si j'avais mis le pied chez un restaurateur, je me serais
cru ruiné. Mon imagination me faisait considérer un
café comme un lieu de débauche où les hommes se per-
daient d'honneur et engageaient leur fortune. Quant à
risquer de l'argent au jeu, il aurait fallu en avoir...

Oh! quand je devrais t'endormir, je veux te raconter
l'une des plus terribles joies de ma vie, une de ces joies
armées de griffes et qui s'enfoncent dans notre cœur
comme un fer chaud sur l'épaule d'un forçat...

J'étais au bal chez le duc de N***, cousin de mon
père... Mais, pour que tu puisses parfaitement comprendre ma position, il faut tout t'avouer. J'avais un
habit râpé, des souliers mal faits, une cravate de cocher
et des gants déjà portés... Je me mis dans un coin, d'où
je dévorais de l'œil les plus jolies femmes en prenant
des glaces..... Mon père m'aperçut; et, par une raison
que je n'ai jamais devinée, tant cet acte de confiance
m'abasourdit, il me donna sa bourse et son passe-
partout à garder... A dix pas de moi, quelques hommes
jouaient, et j'entendais frétiller l'or.

J'avais vingt ans, et je souhaitais passer une journée
entière, plongé dans les crimes de mon âge. C'était un
libertinage d'esprit dont nous ne trouverions l'analogue
ni dans les caprices de courtisane, ni dans les songes
de jeune fille. Depuis un an, je me rêvais, bien mis, en
voiture, ayant une belle femme à mes côtés, tranchant
du seigneur, dînant chez Véry, allant le soir au spec-

tacle, et décidé à ne revenir que le lendemain chez mon
père; mais armé, contre lui, d'une aventure romanesque,
plus intriguée que le Mariage de Figaro, et dont il lui
aurait été impossible de se dépêtrer. J'avais estimé toute
cette joie cinquante écus... N'étais-je pas encore sous le
charme naïf de *l'école buissonnière*...

J'allai donc dans un boudoir; et, là, seul, les yeux
cuisans, les doigts tremblans, je comptai l'argent de mon
père..... Il y avait cent écus dans la bourse.

Tout à coup, les joies de mon escapade apparurent
devant moi visibles, dansant comme les sorcières de
Macbeth autour de leur chaudière; mais alléchantes,
frémissantes et délicieuses. Je devins un coquin déterminé.
Sans écouter les tintemens de mon oreille ou les battemens précipités de mon cœur, je pris deux pièces de
vingt francs que je vois encore!..... Les millésimes en
étaient effacés, et, toute usée, la figure de Bonaparte y
grimaçait... Ayant mis la bourse dans ma poche, et les
deux pièces d'or dans la paume humide de ma main
droite, je revins vers une table de jeu, rôdant autour
des joueurs comme un émouchet au dessus d'un pou-
lailler. En proie à des angoisses inexprimables, je jetai
soudain un regard translucide autour de moi; puis, sûr
de n'être aperçu par personne de connaissance, je pariai
pour un petit homme gras et réjoui, sur la tête duquel
j'accumulai plus de prières et de vœux qu'il ne s'en fait
en mer pendant trois tempêtes. Mais, avec un instinct de
scélératesse et de machiavélisme dont Sixte-Quint eût été
surpris, j'allai me planter près d'une porte, regardant
à travers les salons sans y rien voir, car mon ame volti-
geait autour du fatal tapis vert...

De cette soirée date la première observation physiologique à laquelle j'ai dû, depuis, la pénétration qui m'a
permis de saisir quelques mystères de notre double
nature.

En effet, je tournais le dos à la table où se disputait

mon futur bonheur, bonheur d'autant plus profond
peut-être qu'il était criminel!... Il y avait, entre les deux
joueurs et moi, toute une haie d'hommes, épaisse de
quatre ou cinq rangées de causeurs... Il s'élevait un
bourdonnement de voix, qui empêchait même de dis-
tinguer les sons de l'orchestre... Eh bien, par un privilège accordé à toutes les passions et qui leur donne le
pouvoir d'anéantir l'espace ou le temps, j'entendais distinctement les paroles des deux joueurs, je savais leurs
points; et celui des deux qui retournait le roi... A dix pas
des cartes, je pâlissais de leurs caprices comme si je les
eusse vues.

Mon père passa devant moi tout à coup; et je compris
alors cette parole de l'Écriture : — L'esprit de Dieu
passa devant sa face!...

Mais j'avais gagné!... A travers le tourbillon d'hommes
qui gravitait autour des joueurs, j'accourus à la table
en me glissant avec la dextérité d'une anguille qui
s'échappe par la maille rompue d'un filet. De douloureuses, toutes mes fibres devinrent joyeuses. J'étais
comme un condamné qui, marchant au supplice, rencontre le roi...

Le hasard fit qu'un homme décoré réclama quarante
francs. Ils manquaient au jeu. Tous les regards tombèrent sur moi. Je pâlis, et des gouttes de sueur sillon-
nèrent mon front jeune. Alors, le crime d'avoir volé mon
père me parut bien vengé; mais le bon, gros, petit
homme dit d'une voix certainement angélique :

— Tous ces messieurs avaient mis!... Je suis respon-
sable du jeu!...

Il paya les quarante francs. Alors je relevai mon front
et jetai des regards triomphans sur les joueurs. Puis, je
laissai mon gain à ce digne et honnête monsieur après
avoir réintégré l'or dans la bourse de mon père. Aussitôt que je me vis possesseur de cent soixante francs,
je les enveloppai dans mon mouchoir de manière à ce

qu'ils ne pussent ni remuer ni sonner pendant notre retour au logis, et je ne jouai plus.

— Que faisiez-vous au jeu?... me dit mon père en entrant dans le fiacre.

— Je regardais... répondis-je en tremblant.

— Mais, reprit mon père, il n'y aurait eu rien d'extra-ordinaire à ce que vous eussiez été forcé par amour-propre à mettre quelque chose au jeu... Aux yeux des gens du monde, vous paraissez assez âgé pour avoir le droit de faire des sottises... Ainsi, je vous excuserais, Raphaël, si vous vous étiez servi de ma bourse...

Je ne répondis rien.

Quand nous fûmes de retour, je rendis à mon père le passe-partout et l'argent. En rentrant dans sa chambre, il vida sa bourse sur sa cheminée et compta l'or; puis, se tournant vers moi d'un air assez gracieux, il me dit en séparant chaque phrase par une pause plus ou moins longue et significative :

— Mon fils, vous avez bientôt vingt ans. — Je suis content de vous. — Il vous faut une pension, — quand ce ne serait que pour vous apprendre à économiser, — à connaître les choses de la vie. — Dès ce soir, je vous don-nerai — cent francs — par mois. Vous disposerez de votre argent comme il vous plaira!...

— Voici le premier trimestre de cette année.... ajouta-t-il en caressant une pile d'or comme pour vérifier la somme.

J'avoue que je fus prêt à me jeter à ses pieds, à lui déclarer que j'étais un brigand, un infâme, et... pis que cela, — un menteur!... Mais la honte me retint. J'allais l'embrasser, il me repoussa faiblement.

— Maintenant tu es un homme, *mon enfant!*... me dit-il. Ce que je fais est une chose toute simple et juste dont tu ne dois pas me remercier...

— Si j'ai droit à votre reconnaissance, Raphaël, reprit-il d'un ton doux, mais plein de dignité, c'est pour avoir sauvé votre jeunesse des malheurs qui dévorent tous les jeunes gens, à Paris. — Désormais nous serons comme deux amis. — Vous deviendrez dans un an, docteur en droit. — Vous avez, non sans quelques déplaisirs et certaines privations, acquis les connaissances solides et l'amour du travail si essentiel aux hommes appelés à manier les affaires.... Apprends, Raphaël, à me connaître. — Je ne veux faire de toi, ni un avocat, ni un notaire; mais un homme d'état qui puisse devenir la gloire de notre pauvre maison...

— A demain!... ajouta-t-il en me renvoyant par un geste mystérieux.

Dès ce jour, mon père m'initia franchement à ses projets.

XVI

J'ÉTAIS fils unique et j'avais perdu ma mère depuis dix ans.

Autrefois, peu flatté d'avoir le droit de labourer la terre l'épée au côté, mon père, chef d'une maison historique, à peu près oubliée en Auvergne, vint à Paris pour y tenter le diable.

Doué de cette finesse, qui rend les hommes du midi de la France si supérieurs, quand elle se trouve accompagnée d'énergie, il était parvenu, sans grand appui, à prendre position au cœur même du pouvoir. La révolution renversa bientôt sa fortune; mais ayant épousé l'héritière d'une riche maison, il s'était vu, sous l'empire, au moment de restituer à notre famille son ancienne splendeur.

La restauration, qui rendit à ma mère des biens considérables, ruina mon père.

Il avait jadis acheté plusieurs terres données par l'empereur à ses généraux, en pays étranger; et, depuis dix ans, il luttait avec des liquidateurs et des diplomates, avec les tribunaux prussiens et bavarois pour se maintenir dans la possession contestée de ces malheureuses dotations. Aussitôt mon père me jeta dans le labyrinthe inextricable de ce vaste procès d'où dépendait tout notre avenir. Nous pouvions être condamnés à restituer les revenus par lui perçus, ainsi que le prix de certaines coupes de bois faites de 1814 à 1817; or, dans ce cas, le bien de ma mère suffisait à peine pour sauver l'honneur de notre nom. Ainsi, le jour où mon père paraissait en quelque sorte m'émanciper, je tombais sous le joug le plus odieux. Il fallut combattre comme sur un champ de bataille, travailler nuit et jour, aller voir des hommes d'état, tâcher de surprendre leur religion, tenter de les intéresser à notre affaire, les séduire, eux, leurs femmes, leurs valets, leurs chiens, et déguiser cet horrible métier sous des formes élégantes, sous d'agréables plaisanteries.

Alors je compris la figure fatiguée de mon père.

Pendant une année environ, je menai en apparence la vie d'un homme du monde; mais cette dissipation et mon empressement à me lier avec des parens en faveur ou avec les gens qui pouvaient nous être utiles, cachèrent d'immenses travaux. Mes divertissemens étaient encore des plaidoiries, et mes conversations, des mémoires...

Jusque là j'avais été vertueux par l'impossibilité de me livrer à mes goûts de jeune homme; puis, faute de temps et d'argent; mais craignant de causer la ruine de mon père ou la mienne par une négligence, je fus mon propre despote : je n'osais me permettre ni un plaisir ni une dépense. Enfin, quand nous sommes jeunes, quand, à force de froissemens, les hommes et les choses ne nous ont point encore enlevé cette fleur de sentiment si délicate, cette vierge verdeur de pensée, cette noble et pure conscience qui ne nous laisse jamais transiger avec le mauvais, nous sentons vivement nos devoirs, nous avons un honneur, nous sommes francs et sans détours. Alors, j'étais ainsi, je voulais donc justifier la confiance de mon père.

Naguère, je lui aurais dérobé délicieusement une chétive somme; mais, portant avec lui le fardeau de ses affaires, de son nom, de sa maison, je lui eusse donné secrètement mes biens, mes espérances, comme je lui sacrifiais mes plaisirs... Heureux même de mon sacrifice!... Aussi, quand M. de Villèle exhuma, tout exprès pour nous, un décret impérial sur les déchéances, et qu'il nous eut ruinés, je signai la vente de mes propriétés, n'en gardant qu'une île sans valeur, située au milieu de la Loire et où se trouvait le tombeau de ma mère.

Aujourd'hui, peut-être, les argumens, les détours, les discussions philosophiques, philantropiques et politiques ne me manqueraient pas pour me dispenser de faire ce que mon avoué nommait une — *bêtise*.... Mais à vingt-et-un ans, nous sommes, je le répète, toute générosité, toute chaleur, tout amour... Les larmes que je vis dans les yeux de mon père furent alors, pour moi, la plus belle des fortunes; et le souvenir de ces larmes fait souvent ma consolation.

Dix mois après avoir payé ses créanciers, mon père mourut de chagrin. Il m'adorait et m'avait ruiné. Cette idée le tua.

En 1826, à l'âge de vingt-deux ans, vers la fin de l'automne, je suivis tout seul le convoi de mon premier ami, de mon père... Peu de jeunes gens se sont trouvés, seuls avec leurs pensées derrière un corbillard, perdus dans Paris, sans avenir, sans fortune. Les orphelins recueillis par la charité publique ont toujours un père, un avenir, une fortune. Leur fortune est le champ de bataille; leur père, le procureur du roi, le gouvernement ou l'hospice... Moi, je n'avais rien! — Rien!...

Trois mois après, un commissaire-priseur me remit onze cent douze francs, produit net et liquide de la succession paternelle. Des créanciers m'avaient obligé de faire la vente de notre mobilier.

Accoutumé dès ma jeunesse à donner une grande valeur à tous les objets de luxe dont j'étais entouré, je ne pus m'empêcher de marquer une sorte d'étonnement à l'aspect de ce reliquat exigu.

— Oh! me dit le commissaire-priseur, tout cela était bien *rococo*!...

Quel mot épouvantable!... Il flétrissait toutes les religions de mon enfance, et me dépouillait de mes premières illusions les plus chères de toutes...

Ma fortune se résumait par un bordereau de vente.

Mon avenir gisait dans un sac de toile, à peine gonflé par onze cent douze francs.

La société m'apparaissait en la personne d'un huissier priseur qui me parlait le chapeau sur la tête.

Enfin, un valet de chambre qui me chérissait, et auquel ma mère avait jadis constitué quatre cents francs de rente viagère, me dit en quittant la maison d'où j'étais si souvent sorti joyeusement en voiture, pendant mon enfance :

— Soyez bien économe! monsieur Raphaël!...

Il pleurait le bon homme.

XVII

Tels sont, mon cher Émile, les événemens qui maîtrisèrent ma destinée, modifièrent mon ame, et me placèrent, jeune encore, dans la plus fausse de toutes les situations sociales.

Des liens de famille, mais faibles, m'attachaient à quelques maisons riches dont ma fierté m'aurait interdit l'accès, si le mépris et l'indifférence ne m'en avaient déjà fermé les portes. Ainsi, quoique parent de personnes très-influentes qui protégeaient des étrangers, je n'avais ni parens ni protecteurs.

Mon ame, sans cesse arrêtée dans ses expansions, s'était repliée sur elle-même; et, plein de franchise, de naturel, je devais paraître froid, dissimulé. Le despotisme de mon père m'ayant ôté toute confiance en moi, j'étais timide et gauche; je ne croyais pas que ma voix pût exercer le moindre empire; je me déplaisais; je me trouvais laid, et j'avais honte de mon regard.

Malgré la voix intérieure qui doit soutenir tous les hommes de talent dans leurs luttes et qui me criait : — Courage!... marche!... Malgré les révélations soudaines de ma puissance dans la solitude; et malgré l'espoir dont j'étais animé en comparant les ouvrages nouveaux admirés du public, à ceux qui voltigeaient dans ma pensée, je doutais de moi, comme un enfant sans mère. J'étais la proie d'une excessive ambition, je me croyais destiné à de grandes choses et me sentais dans le néant.

Puis, j'avais besoin des hommes, et je me trouvais

sans amis; je devais me frayer une route dans le monde,
et je restais seul parce que j'y étais honteux.

Pendant l'année où je fus jeté par mon père dans le
tourbillon de la haute société, j'y vins avec un cœur
neuf, avec une ame fraîche; et, comme tous les enfans,
j'aspirais à de belles amours; mais je rencontrai,
parmi les jeunes gens de mon âge, une secte de fanfarons
qui allaient tête levée, disant des riens, s'asséyant sans
trembler près des femmes qui me semblaient les plus
imposantes, leur débitant des impertinences, mâchant
le bout de leurs cannes, minaudant et se prostituant à
eux-mêmes les plus jolies personnes, mettant ou prétendant avoir mis leurs têtes sur tous les oreillers, ayant
l'air d'être au refus du plaisir, considérant les plus vertueuses, les plus prudes comme de prise facile et pouvant être conquises à la simple parole, au moindre
geste hardi, par le premier regard insolent!... Moi,
je te déclare, en mon ame et conscience que la conquête
du pouvoir ou d'une grande renommée littéraire, me
paraissait un triomphe moins difficile à obtenir qu'un
succès auprès d'une femme de haut rang, jeune, spirituelle
et gracieuse. Ainsi, je trouvai les troubles de mon cœur,
mes sentimens, mes cultes en désaccord avec les maximes
de la société. J'avais de la hardiesse, mais dans l'ame
seulement, et non dans les manières. Plus tard, j'ai su
que les femmes ne voulaient pas être mendiées...

J'en ai beaucoup vu, que j'adorais de loin, auxquelles je livrais un cœur à toute épreuve, une ame à
déchirer, une énergie qui ne s'effrayait ni des sacrifices,
ni des tortures...

Elles appartenaient à des sots dont je n'aurais pas
voulu pour portiers.

Ah! que de fois j'ai, muet, immobile, admiré la femme
de mes rêves, surgissant dans un bal!... Dévouant alors
en pensée mon existence entière à des caresses éter-
nelles, j'imprimais toutes mes espérances dans un regard;

et je lui offrais, en extase, un amour croissant parce qu'il était vrai, profond, un amour de jeune homme qui ne demande qu'à être abusé. J'aurais, en certains momens, donné ma vie pour une seule nuit...

Eh bien! n'ayant jamais trouvé d'oreille à qui confier mes propos passionnés, de regards où reposer les miens, de cœur pour mon cœur, j'ai vécu dans tous les tourmens d'une impuissante énergie qui se dévorait elle-même, soit faute de hardiesse ou d'occasions, soit inexpérience. Peut-être ai-je désespéré de me faire comprendre ou tremblé d'être trop compris... Et, cependant, j'avais un orage tout prêt à chaque regard poli qui m'était adressé! Mais, malgré ma promptitude à prendre ce regard ou des mots, en apparence affectueux, comme de tendres engagemens, je n'ai jamais osé ni parler ni me taire. A force de sentiment, ma parole était insignifiante, et mon silence, stupide. J'avais sans doute trop de naïveté pour une société factice qui ne vit qu'aux lumières, et rend toutes ses pensées avec des phrases convenues, avec des mots dictés par la mode; puis, je ne savais point parler en me taisant ni me taire en parlant.

Enfin, gardant en moi comme une torche qui me brûlait, ayant une ame semblable à celle que les femmes paraissent jalouses de rencontrer, en proie à cette exaltation dont elles sont avides, possédant l'énergie dont se vantent les sots, je n'ai connu que des femmes traîtreusement cruelles. Aussi, j'admirais naïvement les héros de coterie, quand ils célébraient leurs triomphes, ne les soupçonnant point de mensonge. J'avais sans doute le tort de souhaiter un amour sur parole, de vouloir trouver grande et forte, dans un cœur de femme frivole et légère, affamée de luxe, ivre de vanité, cette passion large, cet océan qui battait tempestueusement dans mon cœur.

Oh! se sentir né pour aimer, pour rendre une femme

bien heureuse, et ne pas avoir eu même une vieille marquise, une courageuse et noble Marceline... Porter des
trésors dans une besace, et ne pouvoir rencontrer, même
une enfant, quelque jeune fille curieuse, pour les lui
faire admirer... J'ai souvent voulu me tuer de désespoir...

— Joliment tragique, ce soir!... s'écria Émile.

— Eh! laisse-moi   condamner ma vie!... répondit
Raphaël, et plaider pour mon divorce avec elle! Si ton
amitié ne te donne pas la force d'écouter mes élégies, si
tu ne peux pas me faire crédit d'une demi-heure d'ennui,
dors!... Mais ne me demande plus compte de mon suicide qui gronde, qui se dresse, qui m'appelle et que je
salue. Pour juger un homme, au moins faut-il être dans
le secret de sa pensée, de ses malheurs, de ses émotions.
Ne vouloir connaître que l'homme et les évènemens,
c'est faire de la chronologie!...

Le ton amer avec lequel ces paroles furent prononcées
frappa si vivement Émile que, de ce moment, il prêta
toute son attention à Raphaël, en le regardant d'un air
presque hébété.

— Mais, reprit le narrateur, maintenant, la lueur qui
colore ces accidens leur prête un nouvel aspect. Chaque
ordre de choses que je considérais jadis comme un
malheur a dû engendrer les facultés, les forces dont,
plus tard, je me suis enorgueilli.

La cusiosité philosophique, les travaux excessifs,
l'amour de la lecture, qui, depuis l'âge de sept ans jusqu'à mon entrée dans le monde, ont constamment
occupé ma vie, ne m'auraient-ils pas doué de la facile
puissance avec laquelle, s'il faut vous en croire, je sais
rendre mes idées et aller en avant dans le vaste champ
des connaissances humaines? L'abandon auquel j'étais
condamné, l'habitude de refouler mes sentimens et de
vivre dans mon cœur, ne m'ont-ils pas investi du pouvoir de comparer, de méditer? Ma sensibilité ne s'étant
pas dissipée au service de ces irritations mondaines, qui,

de la plus belle ame, en font une petite, la réduisant à l'état de guenille, ne s'est-elle pas concentrée pour devenir l'organe perfectionné d'une volonté plus haute que celle de la passion?...

Méconnu par les femmes, je me souviens de les avoir observées avec toute la sagacité de l'amour dédaigné. Maintenant, j'en suis certain, la sincérité de mon caractère a dû leur déplaire! Peut-être veulent-elles un peu d'hypocrisie?..... Mais, moi, qui suis, tour-à-tour, dans la même heure : enfant, homme, savant, futile, penseur, sans préjugés et plein de superstitions, femme comme elles; n'ont-elles pas dû prendre ma naïveté pour du cynisme, la pureté même de la pensée, pour du libertinage? La science leur était ennui, la langueur féminine, faiblesse. Puis, cette excessive mobilité d'imagination, le malheur des poètes, me faisait sans doute juger comme un être incapable d'amour, sans constance dans les idées, sans énergie.... Idiot quand je me taisais, je les effarouchais peut-être quand j'essayais de leur plaire.

Ainsi, toutes les femmes m'ont condamné. J'ai accepté, dans les larmes et le chagrin, l'arrêt porté par le monde. Puis, cette peine a produit son fruit. Je voulus me venger de la société; je voulus posséder l'ame de toutes les femmes en me soumettant les intelligences, voir tous les regards fixés sur moi quand mon nom serait prononcé par un valet à la porte d'un salon. Je m'instituai grand homme. Dès mon enfance, je m'étais frappé le front en me disant comme André de Chénier : « Il y a quelque chose là!... » Je croyais sentir en moi une pensée à exprimer, un système à établir, une science à expliquer.

O mon cher Émile! aujourd'hui que j'ai vingt-six ans à peine, que je suis sûr de mourir inconnu, sans avoir jamais été l'amant d'aucune femme, laisse-moi te conter toutes mes folies? n'avons-nous pas tous, plus ou moins, pris nos désirs pour des réalités?... Ah! je ne voudrais pas, pour ami, d'un jeune homme qui ne se serait pas, dix fois dans ses rêves, tressé de couronnes, construit de piédestal ou dessiné de ravissantes maîtresses.....

Moi! j'ai souvent été général, empereur; j'ai été Byron, puis..... rien. Après avoir joué sur le faîte des choses humaines, je m'apercevais que j'avais encore toutes les montagnes, toutes les difficultés à gravir....

Cet immense amour-propre qui bouillonnait en moi, cette croyance sublime à une destinée, et qui devient du génie, peut-être, quand un homme ne se laisse pas déchiqueter l'ame par le contact des affaires comme un mouton dont la laine s'accroche aux épines des halliers, tout cela me sauva.

Je voulus me couvrir de gloire et travailler dans le silence pour la maîtresse que j'aurais un jour. Toutes les femmes se résumaient par une seule; et, cette femme, je croyais la rencontrer dans la première qui s'offrait à mes regards. Mais, faisant une reine de toutes et de chacune, elles devaient, comme les reines qui sont obligées de faire des avances à leurs amans, venir un peu au devant de moi, souffreteux, pauvre et timide.

Ah! pour celle-là, j'avais dans le cœur tant de reconnaissance, outre l'amour, que je l'eusse adorée pendant toute sa vie.

Plus tard, mes observations m'ont appris de cruelles vérités. Ainsi, mon cher Émile, je risquais de vivre éternellement seul. Les femmes sont habituées, par je ne sais quelle pente de leur esprit, à ne voir d'un homme de talent, que les défauts; et, d'un sot, que les qualités; alors, elles éprouvent de grandes sympathies pour les qualités du sot, qui sont une flatterie perpétuelle de leurs propres défauts; tandis que, chez les gens supérieurs, les imperfections ne peuvent jamais être compensées par les avantages. Le talent est une fièvre intermittente, et nulle femme n'est bien jalouse d'en partager seulement les malaises. Toutes veulent trouver dans leurs amans des motifs de satisfaire leur vanité : ce sont elles encore qu'elles aiment en nous; or, un homme pauvre, fier, artiste, doué du pouvoir de créer, n'est-il pas armé d'une espèce d'égoïsme? Il existe autour de lui un tourbillon de pensées dans lequel tombe même sa maîtresse, elle en doit suivre le mouvement.

Une femme adulée peut-elle croire à l'amour d'un tel homme? Ira-t-elle le chercher? Cet amant n'a pas le loisir de venir faire, autour d'un divan, ces petites singeries de sensibilité auxquelles les femmes tiennent tant, qui sont le triomphe des gens faux et insensibles.... A peine trouve-t-il assez de temps pour ses travaux : comment en dépenserait-il à se rapetisser, à se chamarrer? J'aurais donné ma vie, mais je ne l'aurais pas détaillée...

Enfin, il y a dans le manège d'un agent de change qui fait les commissions d'une femme pâle et minaudière, je ne sais quoi de mesquin dont l'artiste a horreur. Il faut plus que de l'amour à un homme pauvre et grand, il a besoin de dévouement; et les petites créatures qui vivent de cachemires, ou se font les porte-manteaux de la mode, n'ont pas de dévouement; elles en exigent, voyant dans l'amour un moyen de commander et non pas d'obéir. La véritable épouse en cœur, en chair et en os se laisse traîner là où va celui en qui résident sa vie, sa force, sa gloire, son bonheur. Aux hommes supérieurs, il faut des femmes dignes d'eux, qui les comprennent..... Tous leurs malheurs viennent d'un désaccord entre eux et ce qui les entoure. Moi, qui me croyais homme de génie, j'aimais précisément ces petites maîtresses.

Avec des idées si contraires aux idées reçues, avec la prétention d'escalader le ciel sans échelle, avec des trésors qui n'avaient pas cours, armé de connaissances étendues dont ma mémoire était surchargée et que je n'avais pas encore classées, que je ne m'étais point assimilées pour ainsi dire; me trouvant sans parens, sans amis, seul au milieu du plus affreux désert, un désert pavé, un désert animé, pensant, vivant, où tout vous est bien plus qu'ennemi... indifférent, la résolution que je pris était naturelle! quoique folle. Elle comportait je ne sais quoi d'impossible qui me donna du courage.

Ce fut comme un pari fait avec moi-même : j'étais le joueur et l'enjeu. Voici mon plan.

XVIII

Mes onze cents francs devaient suffire à ma vie pendant trois ans, et je m'accordais ces trois années pour mettre au jour un ouvrage qui pût attirer l'attention publique sur moi, me faire une fortune, un nom.

Je me réjouissais en pensant que j'allais vivre de pain et de lait, comme un solitaire de la Thébaïde; restant dans le monde des livres et des idées, dans une sphère inaccessible, au milieu de ce Paris si tumultueux, sphère de travail et de silence, où je me bâtissais, comme les chrysalides, une tombe, pour renaître brillant et glorieux... J'allais risquer de mourir pour vivre...

En réduisant l'existence à ses vrais besoins, au strict nécessaire, je trouvai que trois cent soixante-cinq francs par an devaient suffire à mon luxe de pauvreté. En effet cette maigre somme a satisfait à ma vie, tant que j'ai voulu subir ma propre discipline claustrale...

— Cela est impossible! s'écria Émile.

— J'ai vécu près de trois ans ainsi!... répondit Raphaël avec une sorte de fierté.

— Comptons!... reprit-il. Trois sous de pain, deux sous de lait, trois sous de charcuterie m'empêchaient de mourir de faim et tenaient mon esprit dans un état de lucidité singulière. J'ai observé, comme tu sais, de merveilleux effets produits par la diète sur l'imagination.

Puis, mon logement me coûtait trois sous par jour; je brûlais pour trois sous d'huile par nuit; je faisais moi-même ma chambre; je portais des chemises de fla-

nelle pour ne dépenser que deux sous de blanchissage
par jour; je me chauffais avec du charbon de terre, dont
le prix divisé par les jours de l'année, n'a jamais donné
plus de deux sous pour chacun; enfin, j'avais des habits,
du linge, des chaussures pour trois années; c'était assez,
ne voulant m'habiller que pour aller à certains cours
publics et aux bibliothèques.

Toutes ces dépenses réunies font dix-huit sous; il m'en
restait deux pour les choses imprévues. Mais, je ne me
souviens pas d'avoir, pendant cette longue période de
travail, passé le pont des Arts, ni d'avoir jamais acheté
d'eau; j'allais en chercher le matin, à la fontaine de la
place Saint-Michel, au coin de la rue des Grès. Oh! je
portais ma pauvreté fièrement. Un homme qui pressent
un bel avenir, marche dans sa vie de misère comme un
innocent conduit au supplice, il n'a point honte...

Je n'avais pas voulu prévoir la maladie; mais comme
Aquilina, j'envisageais l'hôpital sans terreur. Je n'ai pas
douté un moment de ma bonne santé. Le pauvre ne se
couche que pour mourir.

Je me coupai moi-même les cheveux jusqu'à ce qu'un
ange d'amour et de bonté... Mais je ne veux pas anti-
ciper sur la situation à laquelle j'arrive...

Apprends seulement, mon cher ami, qu'à défaut de
maîtresse, je vécus avec une grande pensée, un rêve, un
mensonge auquel nous commençons tous par croire,
plus ou moins. Aujourd'hui, je ris de moi, de ce *moi*
peut-être saint et sublime qui n'existe plus...

La société, le monde, nos usages, nos mœurs, vus de
près, m'ont révélé le danger de ma croyance innocente
et la superfluité de mes fervens travaux. Tout cela est
inutile à l'ambitieux. Il faut peu de bagage quand on
poursuit la Fortune; et, la faute des hommes supérieurs
est de dépenser leurs jeunes années à se rendre dignes
d'elle. Pendant qu'ils thésaurisent leurs forces et la
science pour porter, un jour sans effort, le poids d'une

puissance future qui les fuit, les intrigants, riches de
mots et dépourvus d'idées, vont et viennent, surprennent
les sots, se logent dans la confiance des demi-niais. Ainsi,
les uns étudient, les autres marchent; les uns sont
modestes, les autres hardis; l'homme de génie tait son
orgueil et l'intrigant met le sien tout en dehors; celui-ci
doit arriver nécessairement. Les hommes du pouvoir
ont si fort besoin de croire au mérite tout fait, au talent
effronté, qu'il y a, chez le vrai savant, de l'enfantillage
à espérer des récompenses humaines. Je ne cherche
certes pas à paraphraser les lieux communs de la vertu,
le cantique des cantiques des gens qui ne parviennent
à rien; mais à déduire logiquement la raison des fré-
quens succès obtenus par les hommes médiocres.

Mais l'étude est si maternellement bonne, qu'il y a
peut-être un crime à chercher d'autres récompenses que
les pures et douces joies dont elle nourrit ses enfans.
Je me souviens d'avoir souvent mangé délicieusement
et gaiement mon pain, mon lait, assis auprès de ma
fenêtre, en respirant l'air du ciel, en laissant planer mes
yeux sur un paysage de toits bruns, grisâtres, rouges,
en ardoises, en tuiles, couverts de mousses jaunes ou
vertes.

Si, d'abord, cette vue me parut monotone, bientôt
j'y découvris de singulières beautés. Tantôt, le soir, des
raies lumineuses, parties des volets mal fermés, nuan-
çaient et animaient les noires profondeurs de ce pays
original. Tantôt les lueurs pâles des réverbères pro-
jetaient d'en bas des reflets jaunâtres à travers le brouillard, et accusaient faiblement les rues dans les ondula-
tions de ces toits pressés, océan de vagues immobiles.
Puis, parfois de rares figures se dessinaient au milieu
de ce morne désert : c'était, parmi les fleurs de quelque
jardin aérien, le profil anguleux et crochu d'une vieille
femme arrosant des capucines; ou, dans le cadre d'une
lucarne pourrie, quelque jeune fille faisant sa toilette,

se croyant seule, et dont je n'apercevais que la jolie tête
et les longs cheveux élevés en l'air par un bras éblouissant de blancheur. J'admirais les végétations éphémères
qui croissaient dans les gouttières, pauvres herbes empor-
tées par un orage! J'étudiais les mousses, leurs couleurs
ravivées par la pluie, et qui, sous le soleil, se changeaient en un velours sec et brun à reflets capricieux...
Enfin, les poétiques et changeants effets du jour, les
tristesses du brouillard, les soudains pétillemens du
soleil, le silence, les magies de la nuit, les mystères de
l'aurore, les fumées de chaque cheminée, tous les accidens de cette singulière nature m'étaient devenus fami-
liers et me divertissaient. J'aimais ma prison, peut-être
parce qu'elle était volontaire... Ces savanes de Paris for-
mées par des toits nivelés comme une plaine, mais qui
couvraient des abîmes peuplés, allaient à mon ame et
s'harmoniaient avec mes pensées. — Il est fatiguant de
retrouver brusquement le monde quand nous descen-
dons des hauteurs célestes où nous entraînent les méditations scientifiques : aussi, ai-je alors merveilleusement
conçu la nudité des monastères...

XIX

Quand ma résolution de vivre ainsi fut prise, je cherchai
mon logis dans les quartiers les plus déserts de Paris.
Un soir, je revenais de l'Estrapade; et, pour retourner
chez moi, je passais par la rue des Cordiers.

A l'angle de la rue de Cluny, j'aperçus une petite fille
d'environ quatorze ans, qui jouait au volant avec une
camarade. Leurs rires et leurs espiégleries amusaient
les voisins. Il faisait beau, la soirée était chaude, le mois
de septembre durait encore. Devant chaque porte, il y
avait des femmes assises et devisant comme dans une
ville de province par un jour de fête. Je remarquai
d'abord la jeune fille dont la physionomie était d'une
admirable expression; et le corps, tout posé pour un
peintre; c'était une scène ravissante. Puis, cherchant la
cause de cette bonhomie au milieu de Paris, je remarquai que la rue n'aboutissant à rien, ne devait pas être
très-passagère. Je me souvins du séjour de J.-J. Rousseau dans cette rue, je la regardai, j'aperçus l'hôtel Saint-
Quentin; et l'état de délabrement dans lequel il se trouvait, me faisant espérer d'y rencontrer le gîte peu coûteux
que je désirais, je voulus le visiter.

En entrant dans une salle basse, je vis les classiques
flambeaux de cuivre garnis de leurs chandelles et métho-
diquement rangés au-dessus de chaque clef. En cherchant la maîtresse de l'hôtel, je fus frappé de la propreté qui régnait dans cette salle, ordinairement assez
mal tenue partout. Elle était peignée comme un tableau

de genre, et les ustensiles, les meubles, le lit bleu avaient la coquetterie d'une nature de convention. Une femme de quarante ans environ se leva. Il y avait des malheurs écrits dans ses traits, et son regard était comme terni par des pleurs. Je lui soumis humblement le tarif de mon loyer. Elle n'en parut point étonnée, et chercha seulement une clef parmi toutes les autres.

Alors, elle me conduisit dans les mansardes de sa maison et m'y montra une chambre, qui avait vue sur les toits, sur les cours obscures des hôtels garnis du voisinage, et par les fenêtres desquelles passaient de longues perches chargées de linge... Rien n'était plus horrible.

Cette mansarde aux murs jaunes et sales sentait la misère et appelait un savant. La toiture s'en abaissait irrégulièrement et les tuiles disjointes y laissaient voir le ciel... Il y avait place pour un lit, une table, quelques chaises; et, sous l'angle obtus du toit, je pouvais loger mon piano. N'étant pas assez riche pour meubler cette cage digne des *plombs* de Venise, la pauvre femme n'avait jamais pu la louer. Or, ayant précisément excepté, de la vente mobilière que je venais de faire, les objets qui m'étaient en quelque sorte personnels, je fus bientôt d'accord avec mon hôtesse, et le lendemain je m'installai chez elle.

Je vécus dans ce sépulcre aérien pendant près de trois ans, travaillant nuit et jour sans relâche, avec tant de plaisir que l'étude me semblait être le plus beau thème, la plus heureuse solution d'une vie humaine...

Le calme et le silence nécessaires au savant, ont je ne sais quoi de doux, d'enivrant comme l'amour. L'exercice de la pensée, la recherche des idées, les contemplations tranquilles de l'esprit donnent d'ineffables délices, indescriptibles comme tout ce qui participe de l'intelligence dont les phénomènes sont invisibles à nos sens extérieurs; aussi, sommes-nous toujours forcés, en parlant de l'esprit, de nous adresser au corps. Ainsi, le plaisir de nager dans un lac d'eau pure, au milieu des rochers, des bois, des fleurs, seul, caressé par une brise tiède, donnerait aux ignorans une bien faible image du bonheur que j'éprouvais quand mon ame était baignée dans les lueurs de je ne sais quelle lumière, quand j'écoutais les voix terribles et confuses de l'inspiration, quand les images ruisselaient d'une source inconnue dans mon cerveau palpitant. Oh! voir une idée pointant dans le vide des abstractions humaines comme le lever du soleil au matin, s'élevant comme lui, jetant des rayons; ou mieux encore, enfant, adulte, homme et bien exprimée, bien vivante... est une joie égale aux autres joies terrestres ou plutôt un divin plaisir. Puis, l'étude revêt de sa magie tout ce qui nous environne.

Le bureau chétif sur lequel j'écrivais et la basane brune dont il était couvert, mon piano, mon lit, mon fauteuil, les bizarreries de mon papier de tenture, mes meubles, tous devinrent pour moi d'humbles amis, les complices silencieux de mon avenir... Que de fois, en les regardant, je leur ai communiqué mon ame!... Souvent, en laissant voyager mes yeux sur une moulure déjetée, je rencontrais des développemens nouveaux, une preuve frappante de mon système ou des mots que je croyais heureux pour rendre des pensées presque intraduisibles... A force de contempler ces objets, je leur trouvais une physionomie, un caractère, et ils me parlaient souvent. Si, par dessus les toits, le soleil couchant me jetait à travers mon étroite fenêtre une lueur furtive, ils se coloraient, ils avaient des caprices, ils pâlissaient, brillaient, s'attristaient ou s'égayaient, me surprenant toujours par une multitude d'effets originaux...

Ces menus accidens de la vie solitaire échappent aux préoccupations du monde, mais ils sont la consolation des prisonniers. Or, j'étais emprisonné par une idée, captivé par un système, mais soutenu par la perspective d'une vie glorieuse.

Aussi, à chaque difficulté vaincue, je baisais les mains douces et polies de la femme aux beaux yeux, élégante, riche, qui devait un jour caresser mes cheveux en me disant avec attendrissement.

— Tu as bien souffert, pauvre ange!...

J'avais entrepris deux grandes œuvres. D'abord, une comédie. Elle devait me donner, en peu de jours, une renommée, une fortune, et l'entrée de ce monde où je voulais reparaître en homme remarquable.

Vous avez tous trouvé mon chef-d'œuvre, une véritable niaiserie d'enfant, la première erreur d'un jeune homme qui sort du collège... Vos plaisanteries ont détruit de fécondes illusions, qui, depuis, ne se sont plus réveillées.

Mais, toi seul, mon cher Émile, as calmé la plaie profonde que d'autres firent à mon cœur. Tu admiras ma *Théorie de la volonté*... ce long ouvrage, pour lequel j'avais appris les langues orientales, l'anatomie, et auquel j'avais consacré la plus grande partie de mon temps, œuvre qui, si je ne me trompe, doit compléter les travaux de Lavater, de Gall, de Bichat, en ouvrant une nouvelle route à la science humaine...

Là s'arrête ma vie, cette vie secrète, ce sacrifice de tous les jours, ce travail de ver-à-soie inconnu au monde, et dont la seule récompense est peut-être dans le travail même.

Depuis l'âge de raison jusqu'au jour où j'eus terminé ma *Théorie,* j'ai observé, appris, écrit, lu sans relâche, et ma vie fut comme un long *pensum.*

Amant efféminé de la paresse orientale, amoureux de mes rêves, sensuel, j'ai toujours travaillé, me refusant à toutes les jouissances de la vie. Gourmand, j'ai été sobre. Aimant et la marche et les voyages maritimes, désirant visiter plusieurs pays, trouvant encore du plaisir à faire, comme un enfant, ricocher des cailloux sur l'eau, je suis resté constamment assis, une plume à la main. Bavard, j'allais écouter en silence les professeurs aux Cours publics de la Bibliothèque et du Muséum. J'ai dormi sur mon grabat solitaire comme un religieux de l'ordre de Saint-Maur, et la femme était la seule chimère, une chimère que je caressais et qui me fuyait toujours.

Enfin ma vie a été une cruelle antithèse, un perpétuel mensonge. Jugez donc les hommes!..

Parfois tous mes goûts naturels se réveillaient comme un incendie long-temps couvé. Alors, par une sorte de mirage ou de calenture, je me voyais, moi, veuf, dénué de tout et dans une mansarde d'artiste, entouré de femmes ravissantes; je courais à travers les rues de Paris, couché sur les moelleux coussins d'un brillant équipage, j'étais rongé de vices, plongé dans la débauche, voulant tout, ayant tout. J'étais ivre, à jeun... C'était la tentation de saint Antoine. Puis le sommeil engloutissait heureusement toutes ces visions dévorantes. Le lendemain la Science m'appelait en souriant, et je lui étais fidèle.

J'imagine que les femmes dites vertueuses doivent être souvent la proie de ces tourbillons de folie, de désirs et de passions qui s'élèvent en nous, malgré nous. Ces rêves ne sont pas sans charmes. Ils ressemblent à ces causeries du soir, en hiver, quand on part du foyer pour la Chine. Mais qu'est-ce que devient la vertu?...

XX

PENDANT les dix premiers mois de ma réclusion, je menai la vie pauvre et solitaire que je t'ai dépeinte : allant chercher moi-même, dès le matin et sans être vu, mes provisions pour tout le jour; faisant ma chambre; étant le maître, le serviteur, diogénisant avec une incroyable fierté.

Mais après ce temps, pendant lequel l'hôtesse et sa fille espionnèrent mes mœurs et mes habitudes, examinèrent ma personne et comprirent ma misère peut-être, parce qu'elles étaient elles-mêmes fort malheureuses, il s'établit quelques liens entre elles et moi.

La petite Pauline, cette charmante créature, dont les grâces naïves et secrètes m'avaient en quelque sorte amené là, me rendit quelques services qu'il me fut impossible de refuser. Toutes les infortunes sont sœurs, elles ont le même langage, la même générosité, la générosité de ceux qui, ne possédant rien, sont prodigues de sentiment, paient de leur temps et de leur personne.

Insensiblement Pauline s'impatronisa chez moi. Elle voulut me servir, et sa mère ne s'y opposa point. Je vis la mère elle-même raccommodant mon linge et rougissant d'être surprise à cette charitable occupation. Malgré moi, je devins leur protégé, j'acceptai leurs services.

Pour comprendre cette singulière amitié, il faut connaître l'emportement du travail, la tyrannie des idées et cette répugnance instinctive dont l'homme qui vit de la pensée est saisi pour tous les détails de la vie mécanique.

Pouvais-je résister à la délicate attention avec laquelle Pauline m'apportait, à pas muets, mon repas frugal, quand elle s'apercevait que, depuis sept ou huit heures, je n'avais rien pris?...

Avec les grâces de la femme et de l'enfance, elle me souriait, me faisait de la main un signe pour me dire que je ne devais pas la voir. C'était Ariel se glissant comme un sylphe sous mon toit, et prévoyant mes besoins.

Un soir, Pauline me raconta son histoire avec une ravissante ingénuité. Son père était chef d'escadron dans les grenadiers à cheval de la garde impériale. Au passage de la Bérésina, il avait été fait prisonnier par les Russes. Plus tard, quand Napoléon proposa de l'échanger, les autorités russes le firent vainement chercher en Sibérie. Au dire des autres prisonniers, il s'était échappé avec le projet d'aller aux Indes.

Depuis ce temps, madame Gaudin, mon hôtesse, n'avait pu obtenir aucune nouvelle de son mari. Les désastres de 1814 et 1815 étant arrivés, se trouvant seule, sans ressources et sans secours, alors, elle avait pris le parti de tenir un hôtel garni, pour faire vivre sa fille. Elle espérait toujours revoir son mari.

Son plus cruel chagrin était de laisser Pauline sans éducation, sa Pauline, filleule de la princesse Borghèse, et qui n'aurait pas dû mentir aux belles destinées promises par sa protectrice.

Quand madame Gaudin me confia cette amère douleur qui la tuait et qu'elle me dit avec un accent déchirant :

— Je donnerais bien le chiffon de papier qui a créé Gaudin baron de l'empire, et le droit que nous avons à la dotation de Wistchnau, pour savoir Pauline élevée à Saint-Denis. Ah! si l'empereur vivait!...

Tout à coup, je tressaillis et j'eus l'idée, pour reconnaître tous les soins dont j'étais devenu l'objet, de

m'offrir à faire l'éducation de Pauline. La candeur avec
laquelle on accepta ma proposition fut égale à la naïveté
qui me la dictait.

J'eus ainsi des heures de récréation. Pauline avait les
plus heureuses dispositions. Apprenant avec facilité, elle
devint bientôt plus forte que moi sur le piano. Elle était
toute grâce, toute gentillesse. Elle m'écoutait avec recueillement, arrêtant sur moi ses yeux noirs et veloutés qui
semblaient sourire. Elle répétait ses leçons d'un accent
doux et caressant, en témoignant une joie enfantine si
j'étais content. Sa mère, chaque jour plus inquiète
d'avoir à préserver de tout danger une jeune fille, qui
développait, en croissant, toutes les promesses faites par
ses grâces d'enfance, la vit avec plaisir, s'enfermer pendant toute la journée, pour lire et apprendre des leçons.
Mon piano étant le seul dont elle pût se servir, elle profitait de mes absences pour étudier.

Quand je rentrais, je la trouvais chez moi, dans la
toilette la plus modeste, mais au moindre mouvement
qu'elle faisait, sa taille élégante et souple, les attraits de
sa personne se révélaient sous l'étoffe grossière dont elle
était vêtue. Elle avait un pied mignon dans d'ignobles
souliers. C'était l'héroïne du conte de Peau-d'Ane, une
reine en esclavage.

Mais ses jolis trésors, sa richesse de jeune fille, tout
ce luxe de beauté fut comme perdu pour moi. Je m'étais
ordonné à moi-même de voir en Pauline, une sœur.
J'aurais eu horreur de tromper la confiance de sa mère.

Ainsi, j'admirais cette charmante fille comme un
tableau, comme le portrait d'une maîtresse morte. C'était
mon enfant, ma statue; et, Pygmalion nouveau, je voulais faire, d'une vierge vivante et colorée, sensible et
parlante, — un marbre. J'étais très-sévère avec elle; mais
plus je lui faisais éprouver les effets de mon despotisme
magistral, plus elle devenait douce et soumise.

Si je fus encouragé dans ma retenue et dans ma conti-

nence par des sentimens nobles, les raisons de procureur ne me manquèrent pas. Je ne comprends point
la probité des écus, sans la probité de la pensée. Tromper une femme ou faire faillite, a toujours été même
chose pour moi. Aimer une jeune fille ou se laisser
aimer par elle, constitue un vrai contrat, dont les conditions doivent être bien entendues. Nous sommes maîtres
d'abandonner la femme qui se vend, mais non pas la
jeune fille qui se donne, car elle ignore l'étendue de
son sacrifice... Ainsi, j'aurais épousé Pauline, et ç'eût
été une folie. C'était livrer une ame douce et vierge à
d'effroyables malheurs. Mon indigence parlait d'une
voix puissante, et mettait sa main de fer entre cette
chère créature et moi...

Puis, j'avoue à ma honte que je ne conçois pas
l'amour dans la misère. Peut-être est-ce, en moi, dépra-
vation due à cette maladie humaine que nous nommons
la Civilisation, mais une femme, fût-elle aussi ravissante
que la belle Hélène, la Galathée d'Homère, n'a plus
aucun pouvoir sur mes sens, si peu qu'elle soit crottée.
Ah! vive l'amour dans la soie, sur le cachemire, entouré
des merveilles du luxe, qui le parent merveilleusement
bien, parce que lui-même est un luxe peut-être. J'aime
à froisser, sous mes désirs, de pimpantes toilettes, à
briser des fleurs, à porter une main dévastatrice dans
les élégans édifices d'une coiffure embaumée... Des yeux
brûlans cachés par un voile de dentelle que les regards
déchirent comme la flamme perce la fumée du canon,
m'offrent de fantastiques attraits. A mon amour, il faut
des échelles de soie, montées en silence, par une nuit
d'hiver. Quel plaisir d'arriver couvert de neige, dans
une chambre éclairée par des parfums, tapissée d'or,
de soies peintes... Et la femme aussi secoue de la neige...
ces voiles de voluptueuses mousselines à travers lesquelles elle se dessine vaguement comme un ange dans
son nuage... Et il me faut encore un craintif bonheur,

une audacieuse sécurité... Puis je veux revoir cette
femme mystérieuse; mais éclatante, mais au milieu du
monde, vertueuse, environnée d'hommages, vêtue de
dentelles et de diamans, donnant ses ordres à la ville,
si haut placée, si imposante que nul n'ose lui adresser
de vœux... Et puis, elle me jette un regard à la dérobée,
un regard qui dément tout cela, un regard qui me sacri-
fie le monde et les hommes!...

Certes, je me suis vingt fois trouvé ridicule d'aimer
quelques aunes de blonde, du velours, de fines batistes;
les tours de force d'un coiffeur, des bougies, un car-
rosse, un titre, d'héraldiques couronnes peintes par des
vitriers ou fabriquées par un orfèvre, enfin tout ce qu'il
y a de factice et de moins *femme* dans la femme. Je me
suis moqué de moi, je me suis raisonné. Tout a été vain.
Une femme aristocratique avec son sourire fin, la dis-
tinction de ses manières, et son respect d'elle-même
m'enchante. Quand elle met une barrière entre elle et le
monde, elle flatte en moi toutes les vanités qui sont la
moitié de l'amour. Enviée par tous, une félicité me
paraît avoir plus de saveur, plus de goût. En ne faisant
rien de ce que font les autres femmes; en ne marchant
pas, ne vivant pas comme elles; en s'enveloppant dans
un manteau qu'elles ne peuvent avoir; en respirant des
parfums à elle; ma maîtresse me semble être bien mieux
à moi. Plus elle s'éloigne de la terre, même dans ce que
l'amour a de terrestre, et plus elle s'embellit à mes yeux.
En France, heureusement pour moi, nous sommes
depuis vingt ans sans reine, car j'eusse aimé la reine.

Pour avoir les façons d'une princesse, une femme doit
être riche. Or, en présence de mes romanesques fantaisies, qu'était Pauline?... Pouvait-elle me vendre des nuits
qui coûtent la vie, un amour qui tue, et met en jeu
toutes les facultés humaines... Nous ne nous tuons guère
pour de pauvres filles qui se donnent...

Je n'ai jamais pu détruire ces sentimens ni ces rêve-

ries de poète... J'étais né pour l'amour impossible; et
le hasard a voulu que je fusse servi par de là mes souhaits.

Aussi, que de fois j'ai vêtu de satin les pieds mignons
de Pauline; emprisonné sa taille, svelte comme un jeune
peuplier, dans une robe de gaze; jeté sur son sein une
légère écharpe; lui faisant fouler les tapis de son hôtel,
et la conduisant à une voiture élégante... Je l'eusse adorée
ainsi. Je lui donnais une fierté qu'elle n'avait pas; je la
dépouillais de toutes ses vertus, de ses grâces naïves,
de son délicieux naturel, de son sourire ingénu, pour
la plonger dans le Styx de nos vices et lui rendre le
cœur invulnérable, pour la farder de nos crimes, pour
en faire la poupée fantasque de nos salons, une femme
fluette qui se couche au matin pour renaître le soir, à
l'aurore des bougies... Elle était tout sentiment, toute
fraîcheur, je la voulais sèche et froide.

Dans les derniers jours de ma vie le souvenir m'a
montré Pauline, comme il nous peint les scènes de notre
enfance; et, plus d'une fois, je suis resté attendri, songeant à de délicieux momens : soit que je la revisse,
assise près de ma table, occupée à coudre, paisible, silencieuse, recueillie et faiblement éclairée par le jour qui,
descendant de ma lucarne, dessinait de légers reflets
argentés sur sa belle chevelure noire; soit que j'enten-
disse son rire jeune, sa voix d'un timbre riche quand
elle chantait les gracieux cantilènes qu'elle composait
sans efforts. Souvent elle s'exaltait en faisant de la
musique; et alors, sa figure ressemblait d'une manière
frappante à la noble tête par laquelle Carlo Dolci a
voulu représenter la Poésie ou l'Italie...

Ma cruelle mémoire me jetait cette jeune fille à travers les folies de mon existence comme un remords,
comme une image de la vertu! mais laissons la pauvre
enfant à sa destinée! Si malheureuse qu'elle puisse être,
au moins l'aurai-je mise à l'abri d'un effroyable orage,
en évitant de la traîner dans mon enfer.

XXI

Jusqu'a l'hiver dernier, ma vie fut la vie tranquille et studieuse dont j'ai tâché de te donner une faible image. Dans les premiers jours du mois de décembre 1829, je rencontrai Rastignac.

Malgré le misérable état de mes vêtemens, il me donna le bras et s'enquit de ma fortune avec un intérêt vraiment fraternel....

Alors, je lui racontai brièvement et ma vie et mes espérances.

Il se mit à rire, me traita d'homme de génie, de sot, d'enfant. Sa voix gasconne, son expérience du monde, l'opulence qu'il devait à son savoir-faire agirent sur moi d'une manière irrésistible.

Il me fit mourir à l'hôpital, méconnu comme un niais, conduisit mon propre convoi, me jetant dans le trou des pauvres. Il me parla de charlatanisme. Avec cette verve aimable qui le rend si séduisant, si entraînant, il me montra tous les hommes de génie comme des charlatans, et me déclara que j'avais un sens de moins, une cause de mort, si je restais, seul, rue des Cordiers. Je devais aller dans le monde, égoïser adroitement, habituer les gens à prononcer mon nom et me dépouiller moi-même de l'humble *monsieur* qui messeyait à un grand homme de son vivant.

— Les imbéciles, s'écria-t-il, nomment ce métier-là, *intrigue,* les gens à morale le proscrivent sous le mot de *vie dissipée.* Ne nous arrêtons pas aux hommes, inter-

rogeons les choses et les résultats? Tu travailles, toi?...
tu ne feras rien!

La dissipation, mon cher, est un système politique.
La vie d'un homme occupé à manger sa fortune devient
souvent une spéculation. Il place ses capitaux, en amis,
en plaisirs, en protecteurs, en connaissances... Un négociant risque-t-il un million?... pendant vingt ans, il ne
dort, ni ne boit, ni ne s'amuse, il couve son million, il
le fait trotter par toute l'Europe; il s'ennuie, se donne à
tous les démons que l'homme a inventés; puis, une faillite le laisse sans un sou, sans un nom, sans un ami. Le
dissipateur lui, s'amuse à vivre, à faire courir ses chevaux; et si, par hasard, il perd ses capitaux, il a la
chance d'être nommé receveur général, de se marier,
d'être attaché à un ministre, à un ambassadeur... Il a
encore des amis, une réputation, et toujours de l'argent.... Connaissant les ressorts du monde, il les fait
jouer à son profit. Est-ce logique, ou suis-je fou?....
N'est-ce pas la moralité de la comédie qui se voit tous
les jours dans le monde?...

— Ton ouvrage est achevé, reprit-il après une pause.
Tu as un talent immense!... Eh bien! ce n'est rien. Voilà
le point de départ. Il faut maintenant faire ton succès
toi-même, cela est plus sûr. Tu iras conclure des
alliances avec les coteries, conquérir des prôneurs... Moi,
je veux me mettre de moitié dans ta gloire, être le bijou-
tier qui aura monté ton diamant.

— Pour commencer, dit-il, sois ici demain soir. Je te
présenterai dans une maison où va tout Paris, notre
Paris à nous : les beaux, les gens à millions, les célébrités, enfin les hommes qui parlent d'or comme Chry-
sostome. Quand ils ont adopté un livre, le livre devient
à la mode; et, s'il est réellement bon, ils ont donné
quelque brevet de génie sans le savoir. Si tu as de l'esprit, mon cher enfant, tu feras toi-même la fortune de ta
Théorie, en comprenant mieux la théorie de la fortune...

En un mot, demain soir, tu verras Fœdora! La belle
comtesse Fœdora, la femme à la mode.

— Je n'en ai jamais entendu parler.

— Tu es un Caffre!... dit Rastignac en riant. Ne pas
connaître Fœdora!... Une femme à marier qui possède
près de quatre-vingt mille livres de rentes et qui ne veut
de personne ou dont personne ne veut!... Espèce de
problème féminin, une Parisienne à moitié Russe, une
Russe à moitié Parisienne!... Une femme chez laquelle
s'éditent toutes les productions romantiques qui ne
paraissent pas... La plus belle femme de Paris, la plus gracieuse... Tu n'es même pas un Caffre, tu es la bête intermédiaire qui sépare le Caffre de l'animal. Adieu, à demain...

Il fit une pirouette et disparut sans attendre ma
réponse, n'admettant pas qu'un homme raisonnable pût
refuser d'être présenté à Fœdora.

Comment expliquer la fascination d'un nom!...

FŒDORA!...

Ce nom me poursuivit comme une mauvaise pensée,
avec laquelle on cherche à transiger!... Une voix me
disait :

— Tu iras chez Fœdora!

Et j'avais beau me débattre avec cette voix et lui crier
qu'elle mentait, elle écrasait tous mes raisonnemens
avec ce nom :

— Fœdora.

Mais ce nom, cette femme étaient le symbole de tous
mes désirs et le thème de ma vie. Le nom réveillait les
poésies artificielles du monde, en faisait briller les fêtes,
la vanité, les clinquans; la femme m'apparaissait avec
tous les problèmes de passion dont je m'étais affolé. Ce
n'était peut-être ni la femme ni le nom, mais tous mes
vices qui se dressaient debout dans mon ame pour me
tenter de nouveau.

La comtesse Fœdora, riche et sans amant, résistant à
des séductions parisiennes!..... C'était l'incarnation de

mes espérances, de mes visions. Je me créai une femme, je la dessinai dans ma pensée, je la rêvai.

Pendant la nuit, je ne dormis pas, je devins son amant, je fis tenir une vie entière, une vie d'amour en peu d'heures, j'en savourai les fécondes et pures délices.

Le lendemain, incapable de soutenir le supplice d'attendre longuement la soirée, j'allai louer un roman, et je passai la journée à le lire, me mettant ainsi dans l'impossibilité de penser, de mesurer le temps. Pendant ma lecture, le nom de Fœdora retentissait en moi, comme un son que l'on entend dans le lointain, qui ne vous trouble pas, mais qui se fait écouter...

Je possédais heureusement encore, un habit noir et un gilet blanc assez honorables; puis, de toute ma fortune, il me restait environ trente francs que j'avais semés dans mes hardes, dans mes tiroirs, afin de mettre entre une pièce de cent sous et mes fantaisies, la barrière imposante d'une recherche et les hasards d'une *circumnavigation* dans ma chambre.

Au moment de m'habiller, je poursuivis mon trésor à travers un océan de papiers. La rareté du numéraire peut te faire concevoir tout ce que mes gants et mon fiacre emportèrent de richesses : ils mangèrent le pain de tout un mois. Mais nous ne manquons jamais d'argent pour nos caprices; nous ne discutons que le prix des choses utiles ou nécessaires. Nous jetons l'or avec insouciance à des danseuses, et nous marchandons un ouvrier dont la famille affamée attend le paiement d'un mémoire. Il semble que nous n'achetions jamais le plaisir assez chèrement.

Je trouvai Rastignac fidèle au rendez-vous. Il sourit de ma métamorphose, m'en plaisanta; puis, tout en allant chez la comtesse, il me donna de charitables conseils sur la manière de me conduire avec elle. Il me la peignit avare, vaine et défiante; mais avare avec faste, vaine avec simplicité, défiante avec bonhomie.

— Tu connais mes engagemens, me dit-il. Tu sais combien je perdrais à changer d'amour. En observant Fœdora, j'étais désinterressé, de sang-froid, mes remarques doivent être justes. Or, en pensant à te présenter chez elle, je songeais à ta fortune : ainsi, prends garde à tout ce que tu diras. Elle a une mémoire cruelle. Elle est d'une adresse à désespérer un diplomate, à deviner le moment où il dit vrai. Entre nous, je crois qu'elle n'a jamais été mariée. L'ambassadeur de Russie s'est mis à rire lorsque je lui ai parlé d'elle; il ne la reçoit pas et la salue fort légèrement quand il la rencontre au bois. Cependant, elle est de la société de madame de F..., va chez mesdames de N...., de V..... En France, sa réputation est intacte. La maréchale de ***, la plus *collet-monté* de toute la coterie bonapartiste, l'invite à passer la saison à sa terre. Beaucoup de jeunes fats et même le fils d'un pair de France, lui ont offert un nom en échange de sa fortune, elle les a tous poliment éconduits. Peut-être sa sensibilité ne commence-t-elle qu'au titre de comte! N'es-tu pas marquis?... Ainsi, marche en avant si elle te plaît! Voilà ce que j'appelle *donner mes instructions*.

Cette plaisanterie me fit croire que Rastignac voulait rire et piquer ma curiosité, de sorte que ma passion improvisée était arrivée à son paroxisme quand nous nous arrêtâmes devant un péristyle orné de fleurs. En montant un vaste escalier tapissé, où je remarquai toutes les recherches du confortable anglais, le cœur me battit; et j'en rougissais; car je démentais mon origine, mes sentimens, ma fierté. J'étais sottement bourgeois. Mais je sortais d'une mansarde, après trois années de pauvreté, ne sachant pas encore mettre au-dessus des bagatelles de la vie, les trésors acquis, les immenses capitaux intellectuels qui vous font riche en un moment, quand le pouvoir tombe entre vos mains, sans vous écraser parce que l'étude vous a formé d'avance aux luttes politiques.

XXII

J'aperçus une femme d'environ vingt-deux ans, de moyenne taille, vêtue de blanc, entourée d'un cercle d'hommes, mollement couchée sur une ottomane, et tenant à la main un écran de plumes.

En voyant entrer Rastignac, elle se leva, vint à nous; et, souriant avec grâce, elle me fit, d'une voix singulièrement mélodieuse, un compliment sans doute apprêté. Notre ami m'avait annoncé comme un homme de talent en employant son adresse et son emphase gasconne à me procurer un accueil flatteur. Je fus l'objet d'une attention particulière dont je devins confus; mais Rastignac avait heureusement parlé de ma modestie. Je rencontrai là des savans, des gens de lettres, d'anciens ministres, des pairs de France.

La conversation reprit son cours quelque temps après mon arrivée; et, sentant que j'avais une réputation à soutenir, je me rassurai; puis, je tâchai, sans abuser de la parole quand elle m'était accordée, de résumer les discussions par des mots plus ou moins incisifs, tantôt profonds, tantôt spirituels. Je produisis quelque sensation; et, pour la première fois de sa vie, Rastignac fut prophète.

Quand il y eut assez de monde pour que chacun retrouvât sa liberté, mon introducteur me donna le bras et nous nous promenâmes dans les appartemens.

— N'aie pas l'air d'être trop émerveillé de la princesse, me dit-il; elle pourrait deviner le motif de ta visite...

Les salons étaient meublés avec un goût exquis. J'y vis des tableaux de choix. Chaque pièce avait, comme chez les Anglais les plus opulens, son caractère particulier; et, alors, la tenture de soie, les agrémens, la forme des meubles, le moindre décor s'harmoniait avec la pensée première. Ainsi, dans un boudoir gothique, dont les portes étaient cachées par des rideaux en tapisserie, les encadremens de l'étoffe, la pendule, les dessins du tapis étaient gothiques; le plafond, formé de solives brunes sculptées, présentait à l'œil des caissons pleins de grâce et d'originalité; les boiseries en étaient artistement travaillées; et rien ne détruisait l'ensemble de cette jolie décoration, pas même les croisées, dont les vitraux étaient coloriés et précieux.

Je fus surpris à l'aspect d'un petit salon moderne, où je ne sais quel artiste avait épuisé la science de notre décor si léger, si frais, si suave, sans éclat, sobre de dorures. C'était amoureux et vague comme une ballade allemande, un petit réduit taillé pour une passion de 1827, embaumé par des jardinières pleines de fleurs rares, et à la suite duquel j'aperçus en enfilade, une pièce dorée, où revivait le goût du siècle de Louis XIV, et qui, opposé à nos peintures actuelles, produisait un bizarre mais agréable contraste.

— Ici, tu seras assez bien logé!... me dit Rastignac avec un sourire où perçait une légère ironie. N'est-ce pas séduisant?... ajouta-t-il en s'asseyant.

Mais, il se leva brusquement, me prit par la main, me conduisit à la chambre à coucher; puis, me montrant, sous un dais de mousseline et de moire blanches, un lit voluptueux, doucement éclairé, le vrai lit d'une jeune fée fiancée à un génie :

— N'y a-t-il pas, s'écria-t-il à voix basse, de l'impudeur, de l'insolence, de la coquetterie outre mesure à nous laisser contempler ce trône de l'amour?... Ne se donner à personne et permettre à tout le monde de mettre là sa

carte!... Ah! si j'étais libre, je voudrais voir cette femme
soumise et pleurant à ma porte...

— Es-tu donc si certain de sa vertu?...

— Les plus audacieux de nos maîtres, les plus habiles
ont échoué, l'ont avoué, lui sont restés fidèles, l'aiment
encore et sont ses amis dévoués... Cette femme n'est-elle
pas une énigme?

Ces paroles excitèrent une sorte d'ivresse en moi.
Ma jalousie craignait déjà le passé. Tressaillant d'aise,
je revins précipitamment dans le salon où j'avais laissé
la comtesse. Je la rencontrai dans le boudoir gothique.
Elle m'arrêta par un sourire; et, me faisant asseoir près
d'elle, me questionna sur mes travaux, et parut s'y intéresser vivement quand, au lieu de vanter gravement en
langage de professeur l'importance de ma découverte,
je traduisis mon système en plaisanteries.

Elle rit beaucoup en m'entendant lui dire que la
volonté humaine était une force matérielle, semblable
à la vapeur; et que, dans le monde moral, rien ne
résistait à cette puissance quand un homme s'habituait
à la concentrer, à en manier la somme, à diriger constamment, sur les autres âmes, la projection de cette
masse fluide; et qu'il pouvait, à son gré, tout modifier
relativement à l'homme, même certaines lois de la
nature....

Elle me fit des objections qui me révélèrent une
incroyable finesse d'esprit. Je m'amusai malicieusement
à lui donner raison pendant quelques momens pour la
flatter; mais je détruisis ses raisonnemens de femme
par un mot ou en attirant son attention sur un fait jou-
nalier dans la vie, vulgaire en apparence, mais au fond
plein de problèmes insolubles pour le savant.

Je piquai sa curiosité. Elle resta même un instant
silencieuse quand je lui dis que nos idées étaient des
êtres organisés, complets, vivant dans un monde invisible
à nos regards, mais qui influaient sur nos destinées, lui

donnant pour preuve les pensées de Descartes, de
Napoléon, de Diderot, qui avait conduit, qui condui-
saient encore tout un siècle...

J'eus l'honneur de l'amuser. Elle me quitta, en m'in-
vitant à la venir revoir. En style de cour, elle me donna
mes entrées.

Soit que je prisse, selon ma louable habitude, des
formules polies pour des paroles de cœur, soit qu'elle
me crût destiné à quelque célébrité prochaine; ou que,
réellement, elle voulût augmenter sa ménagerie de
savans, je me flattai d'avoir su lui plaire.

Appelant à mon secours toutes mes connaissances
physiologiques et mes études antérieures sur la femme,
je consacrai le reste de la soirée à l'examen le plus minutieux de sa personne et de ses manières.

Caché dans l'embrasure d'une fenêtre, je la vis allant
et venant, s'asseyant et causant, ou appelant un homme,
l'interrogeant et s'appuyant, pour l'écouter, sur un
chambranle de porte. Je reconnus dans sa démarche un
mouvement brisé si doux, une ondulation de robe si
gracieuse, elle excitait si puissamment le désir, que je
devins alors très incrédule sur sa vertu. Si Fœdora
méconnaissait aujourd'hui l'amour, elle avait dû jadis
être fort passionnée... Il y avait de la volupté jusque dans
la manière dont elle se posait devant son interlocuteur.
Se soutenant sur la boiserie avec coquetterie, comme une
femme prête à tomber ou à s'enfuir, mais restant là, les
bras mollement croisés, en paraissant respirer les
paroles, en les écoutant même du regard et avec bienveillance, elle exhalait le sentiment.

Puis, ses lèvres fraiches, rouges tranchaient sur un
teint d'une vive blancheur. Ses cheveux noirs allaient
admirablement bien à la couleur orangée de ses yeux
mêlés de veines comme une pierre de Florence, et qui
semblaient ajouter de la finesse à ses paroles. Son corsage était paré des grâces les plus attrayantes. Une

rivale aurait peut-être accusé de dureté ses épais sourcils
qui paraissaient se rejoindre, et remarqué je ne sais quel
duvet imperceptible dont les contours de son visage
étaient ornés.

Enfin je trouvai la passion empreinte en tout, l'amour
écrit sur ces paupières italiennes, sur ces belles épaules
dignes de la Venus de Milo, dans ses traits, sur sa lèvre
supérieure un peu forte et légèrement ombragée. Il y
avait certes tout un roman dans cette femme!...

Ces richesses féminines, cet ensemble harmonieux des
lignes, les promesses faites à l'amour que je lisais dans
cette structure étaient tempérées, il est vrai, par une
réserve constante, par une modestie extraordinaire qui
contrastaient avec l'expression de toute la personne : il
fallait une observation aussi sagace que la mienne pour
découvrir dans cette nature les signes d'une destinée de
volupté. Pour expliquer plus clairement ma pensée, il y
avait en elle deux femmes séparées, par le buste peut-
être : l'une était froide, tandis que la tête seule semblait
être passionnée. Avant d'arrêter ses yeux sur une personne, elle préparait son regard comme s'il se passait
je ne sais quoi de mystérieux en elle-même; vous eussiez dit une convulsion; mais ses yeux étaient brillans
et beaux. Enfin, ou ma science était imparfaite, et j'avais
encore à découvrir de nouveaux secrets; ou la comtesse
possédait une belle ame, dont les sentimens et les émanations communiquaient à sa physionomie ce charme
qui nous subjugue et nous fascine, ascendant tout moral
et d'autant plus puissant qu'il s'accorde avec les
sympathies du désir...

Je sortis ravi; séduit par la femme, enivré par le luxe,
chatouillé dans tout ce que mon cœur avait de noble, de
vicieux, de bon, de mauvais. Alors, en me sentant si
ému, si vivant, si exalté, je crus comprendre l'attrait qui
amenait, chez cette femme, tous ces artistes, ces diplomates, ces agioteurs doublés de tôle comme leurs caisses,

ces hommes de pouvoir. Sans doute, ils venaient chercher près d'elle l'émotion délirante qui faisait vibrer en
moi toutes les forces de mon être, fouettait mon sang
dans la moindre veine, agaçait le plus petit nerf et tressaillait dans mon cerveau!... Elle ne s'était donnée à
aucun pour les garder tous. Une femme est coquette
tant qu'elle n'aime personne...

— Puis, dis-je à Rastignac, elle a peut-être été mariée
ou vendue à quelque vieillard, et le souvenir de ses
premières noces lui donne de l'horreur pour l'amour...

Je revins à pied du faubourg Saint-Honoré où Fœdora
demeure. Entre son hôtel et la rue des Cordiers il y a
presque tout Paris; mais le chemin me parut court, et
cependant il faisait froid. Entreprendre la conquête de
Fœdora, dans l'hiver, un rude hiver, quand je n'avais pas
trente francs en ma possession, quand la distance qui
nous séparait était si grande!... Un jeune homme pauvre
sait, seul, ce qu'une passion coûte en voitures, en gants,
habits, linge, etc.!... Et, si l'amour reste un peu trop de
temps platonique, il devient ruineux.... Vraiment, il y a
des Lauzun de l'École de Droit auxquels il est impossible
d'approcher d'une passion logée à un premier étage!......

Et comment pouvais-je lutter, moi, faible, grêle, mis
simplement, pâle et have comme un artiste en convalescence d'un ouvrage, avec ces jeunes gens si bien frisés,
si jolis, pimpans, cravatés à désespérer la Croatie tout
entière, riches; armés de tilburys et d'impertinence...

— Bah! Fœdora ou la mort!... criais-je au détour d'un
pont. Fœdora, c'est la fortune!...

Et le beau boudoir gothique et le salon à la Louis XIV,
passèrent devant mes yeux, et je la voyais, elle, la
comtesse, avec sa robe blanche, ses grandes manches
gracieuses, et sa séduisante démarche et son corsage
tentateur....

Quand j'arrivai dans ma mansarde nue, froide, aussi
mal peignée que la perruque d'un naturaliste, j'étais

encore environné par toutes les images du luxe prodigieux de Fœdora... Ce contraste était un mauvais conseiller. Les crimes ne doivent pas naître autrement. Alors je maudis, en frissonnant de rage, ma décente et honnête misère, ma mansarde féconde où tant de pensées avaient surgi.... Je demandai compte à Dieu, au diable, à l'état social, à mon père, à l'univers entier de ma destinée de malheur, et je me couchai tout affamé, grommelant de risibles imprécations, mais bien résolu de séduire Fœdora.

Ce cœur de femme était un dernier billet de loterie chargé de ma fortune...

XXIII

Je te ferai grâce de mes premières visites à Fœdora,
pour arriver promptement au drame.

Tout en tâchant de m'adresser à son ame, j'essayai de
gagner son esprit, d'avoir sa vanité pour moi. Afin d'être
sûrement aimé, je lui donnai mille raisons de mieux s'aimer elle-même. Jamais je ne la laissai dans un état d'indifférence; car les femmes veulent des émotions à tout
prix, et je les lui prodiguais. Je l'eusse mise en colère
plutôt que de la voir insouciante près de moi.

Si d'abord, animé d'une volonté ferme et du désir de
me faire aimer, je pris un peu d'ascendant sur elle,
bientôt ma passion grandit, je ne fus plus maître de moi,
je tombai dans le vrai; je me perdis. Je devins éper-
dument amoureux.

Je ne sais pas bien ce que nous appelons en poésie
ou dans la conversation *l'amour;* mais, le sentiment qui
se développa tout à coup dans ma double nature, je ne
l'ai trouvé peint nulle part : ni dans les phrases rhétori-
ciennes et apprêtées de J.-J. Rousseau, dont j'occupais
peut-être le logis; ni dans les froides conceptions de nos
deux siècles littéraires, ni dans les tableaux de l'Italie....
Quelques motifs de Rossini, la Madone du Murillo que
possède le maréchal Soult, les lettres de la Lescombat,
certains mots épars dans les recueils d'anecdotes, mais
surtout les prières des extatiques et quelques passages
de nos fabliaux naïfs, ont pu seuls me transporter dans
les divines régions de mon amour....

Rien dans les langages humains, aucune traduction de la pensée, faite à l'aide des couleurs, des marbres, des mots ou des sons, ne saurait rendre le nerf, la vanité, le fini, la soudaineté du sentiment dans l'ame! Oui! qui dit art, dit mensonge.

L'amour passe par des transformations infinies avant de se mêler pour toujours à notre vie et de la teindre à jamais. Le secret de cette infusion imperceptible échappe à l'analyse de l'artiste. La vraie passion s'exprime par des cris, par des soupirs, ennuyeux à l'homme froid. Il faut lire un livre d'amour, *Clarisse Harlowe,* au moment où l'on aime, pour rugir avec Lovelace... L'amour est une source naïve, partie de son lit de cresson, de fleurs, de gravier, qui, rivière, fleuve, change de nature et d'aspect à chaque flot; puis, se jette dans un océan incommensurable, où les esprits incomplets voient de la monotonie, où les grandes ames s'abîment en de perpétuelles contemplations... Comment oser décrire ces teintes transitoires du sentiment, ces riens qui ont tant de prix, ces mots dont l'accent épuise tous les trésors du langage, ces regards plus féconds en pensées et plus beaux que des poèmes... Dans chacune des scènes mystiques par lesquelles nous nous éprenons insensiblement d'une femme, il y a un abîme à engloutir toutes les poésies humaines.

Eh! comment pourrions-nous reproduire, avec des gloses, les vives et mystérieuses agitations de l'ame, quand les paroles nous manquent pour peindre, même les mystères visibles de la beauté? Quelles fascinations!..... Combien d'heures ne suis-je pas resté, plongé dans une extase ineffable, occupé de la voir. Heureux... de quoi?... Je ne sais.

Dans ces momens, si son visage était inondé de lumière, il s'y opérait je ne sais quel phénomène qui le faisait resplendir. L'imperceptible duvet dont sa peau délicate et fine est couverte en dessinait mollement les contours avec la grâce que nous admirons dans les lignes

lointaines de l'horizon quand elles se perdent dans le
soleil. Il semblait que le jour la caressât en s'unissant à
elle ou qu'il s'échappât de sa rayonnante figure une
lumière plus vive que la lumière même.

Puis, une ombre passant sur cette douce figure y produisait une sorte de couleur; alors, les teintes se nuan-
çaient : une pensée semblait se peindre sur son front de
marbre; ou bien son œil paraissait rougir; sa paupière
vacillait, et ses traits ondulaient, poussés par un sourire;
le corail intelligent de ses lèvres s'animait, se pliait; ses
couleurs tremblaient ou ses cheveux jetaient des tons
bruns sur ses tempes fraîches et veinées; eh bien..... à
chaque accident, elle avait parlé. C'étaient des fêtes
nouvelles pour mes yeux, ou des grâces inconnues qui se
révélaient à mon cœur. Je voulais lire un sentiment, un
espoir dans toutes ces phases du visage, et ces discours
muets pénétraient d'ame à ame comme un son dans
l'écho, me prodiguant des joies passagères qui me laissaient des impressions profondes.... Sa voix me causait
un délire que j'avais peine, à comprendre. Imitant je
ne sais quel prince de Lorraine, j'aurais pu ne pas sentir
un charbon ardent au creux de ma main pendant qu'elle
aurait passé dans ma chevelure ses doigts chatouilleux.
Ce n'était plus une admiration, un désir, mais un
charme, une fatalité...

Souvent, rentré sous mon toit, je voyais indistinctement Fœdora chez elle, et je participais vaguement à sa vie.
Si elle souffrait, je souffrais, et je lui disais le lendemain :

— Vous avez souffert.

Que de fois n'est-elle pas venue au milieu de la nuit
silencieuse, évoquée par la puissance de mon extase!...
alors, tantôt soudaine, comme une lumière qui jaillit, elle
me faisait quitter la plume, elle effarouchait la Science
et l'Étude qui s'enfuyaient désolées. Me forçant à l'admirer, elle se mettait dans la pose attrayante où je l'avais vue
naguère... tantôt, moi-même, j'allais au devant d'elle,

dans le monde des apparitions, et je la saluais comme
une espérance, je lui demandais de me faire entendre
sa voix argentine... et je me réveillais... pleurant.

Un jour, après m'avoir promis de venir au spectacle
avec moi; tout à coup, elle refusa capricièusement de
sortir, et me pria de la laisser seule. Désespéré d'une
contradiction qui me coûtait une journée de travail; et —
le dirais-je?... mon dernier écu!... je me rendis là, où elle
aurait dû être, voulant voir la pièce qu'elle avait désiré
voir.

A peine placé, je reçus un coup électrique dans le
cœur. Une voix me dit :

— Elle est là!...

Je me retourne, j'aperçois la comtesse au fond de sa
loge, et cachée dans l'ombre, au rez-de-chaussée!... Ah!
mon regard n'hésita pas. Mes yeux la trouvèrent tout
d'abord avec une sécurité, une lucidité fabuleuse. Mon
ame avait volé vers sa sphère, vers sa vie, comme un
insecte d'azur vole à sa fleur. — Par quoi mes sens
avaient-ils été avertis? — Il y a de ces tressaillemens
intimes qui peuvent surprendre les gens superficiels;
cependant, ce sont des effets de notre nature intérieure
aussi simples que les phénomènes habituels de notre
vision extérieure. Aussi, ne fus-je pas étonné, mais
fâché. Mes études sur la puissance morale dont nous
méconnaissons les jeux, servaient au moins à me faire
rencontrer dans ma passion quelques preuves vivantes de
mon système... Cette alliance du savant et de l'amoureux,
d'une idolâtrie cordiale et d'un amour scientifique, avait je
ne sais quoi de bizarre. La science était souvent contente
de ce qui désespérait l'amant, et l'amant chassait, loin
de lui, la science avec bonheur quand il croyait triompher.

Fœdora me vit, et, alors, elle devint sérieuse. Je la
gênais. Au premier entr'acte, j'allai lui faire une visite. —
Elle était seule. — Je restai. Quoique nous n'eussions
jamais parlé d'amour, je pressentis une explication. Je

ne lui avais point encore dit mon secret, et cependant
il existait entre nous une sorte d'entente. Elle me confiait
ses projets d'amusement, et me demandait la veille, avec
une sorte d'inquiétude amicale, si je viendrais le lendemain; elle me consultait par un regard quand elle disait
un mot spirituel, comme si elle eût voulu me plaire
exclusivement. Si je boudais, elle devenait caressante; si
elle faisait la fâchée, j'avais en quelque sorte le droit de
l'interroger, et si j'étais coupable d'une faute, elle se
laissait long-temps supplier avant de me pardonner. Il
y avait de l'amour dans ces querelles et nous y prenions
goût. Elle y déployait tant de grâce et de coquetterie; et,
moi, j'y trouvais tant de bonheur!...

En ce moment, notre intimité fut tout-à-fait suspendue, et nous restâmes, l'un devant l'autre, comme
deux étrangers. La comtesse était glaciale, et, moi, dans
l'appréhension d'un malheur.

— Vous allez m'accompagner!..... me dit-elle quand
la pièce fut finie.

Le temps avait changé subitement. Lorsque nous
sortîmes, il tombait une neige mêlée de pluie. La voiture de Fœdora ne pouvant pas arriver à la porte du
théâtre, un commissionnaire étendit son parapluie au
dessus de nos têtes en voyant une femme bien mise obligée de traverser le boulevard. Quand nous fûmes mon-
tés, il réclama le prix de son bon office. — Je n'avais
rien!... J'eusse alors vendu dix ans de ma vie pour deux
sous... Tout ce qui fait l'homme et ses mille vanités
furent écrasés en moi par une douleur infernale.

Ces mots : — Je n'ai pas de monnaie, mon cher!...
furent dits d'un ton dur qui parut venir de ma passion
contrariée, dits par moi, frère de cet homme, moi qui
connaissais si bien le malheur!... Moi qui, naguère,
avais donné sept cent mille francs avec tant de facilité!...

Le valet repoussa le commissionnaire et les chevaux
fendirent l'air.

En revenant à son hôtel, Fœdora, distraite, ou affectant d'être préoccupée, répondit par de dédaigneux monosyllabes à mes demandes ou à mes remarques; alors, je gardai le silence. — Ce fut un horrible moment. — Arrivés chez elle, nous nous assîmes devant le feu; puis, quand le valet de chambre se fut retiré après avoir allumé les bougies, la comtesse, se tournant vers moi d'un air indéfinissable, me dit avec une sorte de solennité :

— Depuis mon retour en France, ma fortune a tenté quelques jeunes gens. J'ai reçu des déclarations d'amour qui auraient pu satisfaire ma vanité. J'ai même rencontré, je veux le croire, des hommes dont l'affection était sincère et profonde. Autrefois, je fus une pauvre fille, sans argent; s'ils n'avaient dû trouver en moi que cette jeune fille, peut-être m'eussent-ils encore épousée. Enfin, sachez, monsieur de Valentin, que de nouvelles richesses et des titres nouveaux m'ont été offerts... Mais, apprenez aussi, que je n'ai jamais revu les personnes assez mal inspirées pour m'avoir parlé d'amour. Si mon affection pour vous était légère, je ne vous donnerais pas un avertissement dans lequel il entre plus d'amitié que d'orgueil. Une femme s'expose à recevoir un mauvais compliment lorsque, se supposant aimée, elle se refuse, par avance, à un sentiment toujours flatteur... Je connais les scènes d'Arsinoë, d'Araminte; ainsi, je me suis familiarisée avec les réponses que je puis entendre en pareille circonstance, mais j'espère ne pas être mal jugée par un homme supérieur pour lui avoir montré franchement un coin de mon ame.

Elle s'exprimait avec le sang-froid d'un avoué, d'un notaire, expliquant à leurs cliens les moyens d'un procès ou les articles d'un contrat. Le timbre clair et séducteur de sa voix n'accusait pas la moindre émotion. Seulement, sa figure et son maintien, toujours nobles et décens, me semblèrent avoir une froideur, une séche-

resse diplomatiques. Elle avait sans doute médité ses
paroles et fait le programme de cette scène. Oh! mon
cher ami, quand les femmes trouvent du plaisir à nous
déchirer le cœur; quand elles se sont promis d'y enfon-
cer un poignard et de le retourner dans la plaie... Alors,
elles sont adorables!... Elles aiment ou veulent être
aimées. Un jour, elles nous récompenseront de nos
douleurs... comme Dieu doit, dit-on, rémunérer nos
bonnes œuvres : elles nous rendront en plaisirs le cen-
tuple du mal dont elles ont apprécié la violence... Il y a
de la passion dans leur méchanceté. Mais être torturé
par une femme qui ne croit pas nous faire souffrir, par
une femme qui nous tue avec indifférence... Oh! c'est
un supplice atroce!... En ce moment, Fœdora marchait,
sans le savoir, sur toutes mes espérances, brisait ma vie
et détruisait mon avenir, avec la froide insouciance et
l'innocente cruauté d'un enfant qui, par curiosité,
déchire les ailes d'un papillon.

— Plus tard, ajouta Fœdora, vous reconnaîtrez, je
l'espère, la solidité de l'affection que j'offre à mes amis...
Pour eux, vous me trouverez toujours bonne et
dévouée.... Je saurais leur donner ma vie; mais vous me
mépriseriez, si je subissais l'amour sans le partager...
Je m'arrête!... Vous êtes le seul homme auquel j'aie
encore dit ces derniers mots...

D'abord les paroles me manquèrent et j'eus peine à
maîtriser l'ouragan qui s'élevait en moi; mais bientôt,
refoulant mes sensations au fond de mon ame, je me mis
à sourire.

— Si je vous dis que je vous aime, répondis-je, vous
me bannissez; si je m'accuse d'indifférence, vous m'en
punirez; car les prêtres, les magistrats et les femmes ne
dépouillent jamais entièrement leur robe. Le silence ne
préjugeant rien, trouvez bon, Madame, que je me taise.
Pour m'avoir adressé de si fraternels avertissemens vous
devez avoir craint de me perdre, et cette pensée pour-

rait satisfaire à mon orgueil... Mais laissons la personnalité loin de nous. Vous êtes, peut-être, la seule femme
avec laquelle je puisse discuter en philosophie une résolution si contraire aux lois de la nature. Relativement
aux autres sujets de votre espèce, vous êtes un phénomène. Eh bien! cherchons, ensemble, de bonne foi, les
causes de cette anomalie psycologique...

Y a-t-il, en vous, comme chez beaucoup de femmes,
fières d'elles-mêmes, amoureuses de leurs perfections,
un sentiment d'égoïsme raffiné qui vous fasse prendre en
horreur l'idée d'appartenir à un homme, d'abdiquer
votre vouloir, et d'être soumise à une supériorité de
convention qui vous offense.... Alors, vous me semble-
riez mille fois plus belle?...

Auriez-vous été maltraitée une première fois par
l'amour?

Peut-être ne voulez-vous pas laisser gâter votre taille
délicieuse et vos adorables beautés par les soins de la
maternité?... Ne serait-ce pas une de vos raisons
secrètes pour vous refuser à être trop bien aimée?...

Avez-vous des imperfections qui vous rendent vertueuse malgré vous? Ne vous fâchez pas. Je discute,
j'étudie, je suis à mille lieues de la passion. La nature
fait des aveugles de naissance, elle peut bien créer des
femmes sourdes, muettes et aveugles en amour.... Vraiment vous êtes un sujet précieux pour l'observation
médicale! Vous ne savez pas tout ce que vous valez...

Vous pouvez avoir un dégoût fort légitime pour les
hommes, et je vous approuve; ils me paraissent tous laids
et odieux.

Mais vous avez raison, ajoutai-je en sentant mon
cœur se gonfler, vous devez nous mépriser... Il n'existe
pas d'homme qui soit digne de vous!...

Je ne te dirai pas tous les sarcasmes que je lui débi-
tai, mais en riant... Eh bien! la parole la plus acérée,
l'ironie la plus aiguë, ne lui arrachèrent pas même un

mouvement, un geste de dépit. Elle m'écoutait en gardant sur les lèvres, dans les yeux, son sourire d'habitude,
ce sourire qu'elle prenait comme un vêtement et toujours le même pour ses amis, pour ses simples connaissances, pour les étrangers.

— Ne suis-je pas bien bonne de me laisser mettre
ainsi sur un amphitéâtre?... dit-elle en saisissant un
moment pendant lequel je la regardais en silence.

— Vous voyez, continua-t-elle en riant, que je n'ai pas
de sottes susceptibilités en amitié!.. Beaucoup de femmes
puniraient votre impertinence en vous faisant fermer
leur porte...

— Vous pouvez me bannir de chez vous sans même
être tenue de donner la raison de vos sévérités...

En disant cela, je me sentais prêt à la tuer si elle
m'avait congédié.

— Vous êtes fou!... s'écria-t-elle en souriant.

— Avez-vous jamais songé, repris-je, aux effets d'un
violent amour? Un homme au désespoir a souvent
assassiné sa maîtresse.

— Il vaut mieux être morte que malheureuse, répondit-elle froidement. Un homme aussi passionné doit, un
jour, abandonner sa femme et la laisser sur la paille,
après lui avoir mangé sa fortune....

Cette arithmétique m'abasourdit. Je vis clairement un
abîme entre cette femme et moi. Nous ne pouvions
jamais nous comprendre.

— Adieu, lui dis-je froidement.

— Adieu, répondit-elle, en inclinant la tête d'un air
amical. A demain.

Je la regardai pendant un moment, en lui dardant
tout l'amour auquel je renonçais. Elle était debout, me
jetant son sourire banal, le détestable sourire d'une
statue de marbre, sec et poli, paraissant exprimer
l'amour, mais froid.

XXIV

Aн!... mon cher ami, concevras-tu bien toutes les douleurs dont je fus assailli, en revenant chez moi, par la
pluie et la neige, en marchant sur le verglas des quais,
pendant une lieue, ayant tout perdu!... Oh! savoir
qu'elle ne pensait seulement pas à ma misère et me
croyait, comme elle, riche et doucement voituré... Que
de ruines et de déceptions!... Il ne s'agissait plus
d'argent, mais de toutes les fortunes de mon ame...

J'allais au hasard, discutant avec moi-même, les mots
de cette étrange conversation, et je m'égarais si bien
dans mille commentaires que je finissais par douter de la
valeur nominale des paroles, des idées!... Et j'aimais toujours, j'aimais cette femme froide dont le cœur voulait
être conquis à chaque heure; et qui, effaçant les promesses de la veille, se produisait le lendemain comme
une nouvelle maîtresse.

En tournant sous les guichets de l'Institut, un mouvement fiévreux me saisit. Je me souvins alors que j'étais
à jeun. Je ne possédais pas un denier. Pour comble de
malheur, la pluie déformait mon chapeau, le détruisait...
Comment pouvoir aborder désormais une femme élégante, et me présenter dans un salon sans un chapeau
mettable!...

Grâce à des soins extrêmes, et tout en maudissant la
mode niaise et sotte qui nous condamne à exhiber la
coiffe de nos chapeaux en les gardant constamment à la
main, j'avais maintenu le mien dans un état douteux. —

Sans être curieusement neuf, ou sèchement vieux, dénué
de barbe, ou très-soyeux, il pouvait passer pour un chapeau problématique; c'était le chapeau d'un homme
soigneux; mais son existence artificielle arrivait à son
dernier période : il était blessé, déjeté, fini, — véritable
haillon, digne représentant de son maître...

Faute de trente sous, je perdais mes derniers vêtemens...

Ah! que de sacrifices ignorés j'avais faits à Fœdora
depuis trois mois! Souvent, je consacrais l'argent nécessaire au pain d'une semaine pour aller la voir un moment. Quitter mes travaux et jeûner... ce n'était rien!...
— mais, traverser les rues de Paris sans se laisser écla-
bousser, courir pour éviter la pluie, arriver chez elle
aussi élégant que les fats dont elle était entourée... Ah!
pour un poète amoureux et distrait, cette tâche avait
d'innombrables difficultés... Mon bonheur, mon amour
dépendre d'une moucheture de boue sur mon seul
gilet blanc!... Renoncer à la voir, si je me crottais, si je
me mouillais... Ne pas posséder cinq sous pour faire
effacer, par un décrotteur, une légère empreinte de fange
sur ma botte!... Ma passion s'était augmentée de tous
ces petits supplices inconnus, mais immenses, chez un
homme irritable.

Les malheureux ont des dévouemens dont il ne leur
est point permis de parler aux femmes vivant dans une
sphère de luxe et d'élégance. Elles voient le monde à
travers un prisme qui teint en or les hommes et les
choses. Optimistes par égoïsme, cruelles par bon ton,
elles s'exemptent de réfléchir, au nom de leurs jouissances, et s'absolvent, de leur indifférence au malheur, par
l'entraînement du plaisir. Pour elle, un denier n'est
jamais un million, c'est le million qui leur semble un
denier... Si l'amour doit plaider sa cause par de grands
sacrifices, il doit aussi les couvrir délicatement d'un
voile, les ensevelir dans le silence; mais en prodiguant

leur fortune, leur vie, en se dévouant, les hommes riches profitent des préjugés mondains qui donnent toujours un certain éclat à leurs amoureuses folies; alors, pour eux, le silence parle, et le voile est une grâce; tandis que mon affreuse détresse me condamnait à d'épouvantables souffrances sans qu'il me fût permis de dire : — J'aime! — ou — je meurs!... Était-ce du dévouement après tout? N'étais-je pas richement récompensé par le plaisir que j'éprouvais à tout immoler pour elle... La comtesse avait donné d'extrêmes valeurs, attaché d'excessives jouissances aux accidens les plus vulgaires de ma vie... Naguère insouciant en fait de toilette, je respectais maintenant mon habit comme moi-même. Entre une blessure à recevoir et la déchirure de mon frac, je n'aurais pas hésité!...

Tu dois alors épouser ma situation et comprendre les rages de pensée, la frénésie croissante dont je fus la proie en marchant, et que peut-être la marche animait encore. J'éprouvais je ne sais quelle joie infernale à me trouver au faîte du malheur. Je voulais voir un présage de fortune dans cette dernière crise; mais le mal a des trésors sans fonds!...

La porte de mon hôtel était entr'ouverte; et, à travers les découpures en forme de cœur pratiquées dans le volet, j'aperçus une lumière projetée dans la rue. Pauline et sa mère causaient en m'attendant. J'entendis prononcer mon nom. J'écoutai.

— Monsieur Raphaël, disait Pauline, est bien mieux que l'étudiant du numéro *sept!*... Ses cheveux blonds sont d'une si jolie couleur... Ne trouves-tu pas quelque chose dans sa voix... — je ne sais pas, moi... — quelque chose qui vous remue le cœur... Et puis, quoiqu'il ait l'air un peu fier, il est si bon, il a des manières si distinguées. — Oh! il est vraiment très-bien... Je suis sûre que toutes les femmes doivent être folles de lui...

— Tu en parles... reprit madame Gaudin, comme si tu l'aimais.

— Oh! je l'aime comme un frère... répondit-elle en riant. Ah! je serais joliment ingrate si je n'avais pas de l'amitié pour lui?... Ne m'a-t-il pas appris la musique, le dessin, la grammaire... Enfin, tout ce que je sais!... Tu ne fais pas grande attention à mes progrès, ma chère mère; mais je deviens très-instruite... Dans quelque temps, je serai assez forte pour donner des leçons; et, alors, nous pourrons avoir une domestique...

Je me retirai doucement; puis, après avoir fait quelque bruit, j'entrai dans la salle pour y prendre ma lampe que Pauline voulut allumer. La pauvre enfant venait de jeter un baume délicieux sur mes plaies. Ce naïf éloge de ma personne me rendit un peu de courage. J'avais besoin de croire en moi-même et de recueillir un jugement impartial sur la véritable valeur de mes avantages.

Mes espérances ainsi ranimées se reflétèrent peut-être sur les choses dont j'étais entouré; peut-être aussi, n'avais-je point encore bien sérieusement examiné la scène assez souvent offerte à mes regards par ces deux femmes au milieu de cette salle; mais alors j'admirai, dans sa réalité, le plus délicieux tableau de cette nature modeste et douce si naïvement reproduite par les peintres flamands.

La mère, assise au coin d'un foyer à demi éteint, tricotait des bas, et laissait errer sur ses lèvres un bon sourire. Pauline coloriait des écrans. Ses couleurs, ses pinceaux étalés sur une petite table, parlaient aux yeux par de piquans effets. Mais ayant quitté sa place et se tenant debout pour allumer ma lampe, sa blanche figure recevait toute la lumière. Ah! il fallait être subjugué par une bien terrible passion pour ne pas admirer ses mains transparentes et roses, sa virginale attitude et l'idéal de sa tête. La nuit, le silence prêtaient leur charme à cette laborieuse veillée, à ce paisible intérieur. Il y avait de la résignation dans ces travaux; mais une résignation religieuse et pleine de sentimens élevés. Puis, une indéfinissable harmonie existait entre les choses et les personnes.

Chez Fœdora, le luxe était sec et réveillait en moi de mauvaises pensées; là, cette humble misère, ce naturel exquis me rafraîchissaient l'ame. Peut-être étais-je humilié en présence du luxe; et, près de ces deux femmes, au milieu de cette salle brune où la vie simplifiée semblait se réfugier dans les émotions du cœur, sans doute, je me réconciliais avec moi-même en trouvant à exercer la protection que l'homme est si jaloux de faire sentir.

Quand je fus près de Pauline, elle me jeta un regard presque maternel, et s'écria, les mains tremblantes, en posant vivement la lampe.

— Dieu! comme vous êtes pâle... Ah! il est tout mouillé!... Ma mère va vous essuyer!... Oh! monsieur Raphaël!... vous êtes friand de lait!... Nous avons eu ce soir de la crème... Tenez... Voulez-vous y goûter...

Elle sauta, comme un petit chat, sur un bol de porcelaine plein de lait, et me le présenta si vivement, me le mit sous le nez d'une si gentille façon, que j'hésitai.

— Vous me refuseriez! dit-elle d'une voix altérée.

Nos deux fiertés se comprenaient : Pauline paraissait souffrir de sa pauvreté, et me reprocher ma hauteur... Je fus attendri. Cette crème était peut-être son déjeuner du lendemain. J'acceptai. La pauvre fille essaya de cacher sa joie, mais elle pétillait dans ses yeux.

— J'en avais besoin!... lui dis-je en m'asseyant.

Alors une expression soucieuse passa sur son front.

— Vous souvenez-vous, Pauline, de ce passage où Bossuet nous peint Dieu, récompensant un verre d'eau plus richement qu'une victoire...

— Oui... dit-elle.

Et son sein battait comme celui d'une jeune fauvette serrée entre les mains d'un enfant.

— Eh bien! comme nous nous quitterons bientôt, ajoutai-je d'une voix mal assurée, laissez-moi vous témoi-

gner ma reconnaissance pour tous les soins que vous et
votre mère avez eus de moi.

— Oh! ne comptons pas!... dit-elle en riant; mais
son rire cachait une émotion qui me fit mal.

— Mon piano, repris-je, sans paraître avoir entendu
ses paroles, est un des meilleurs instruments d'Érard...
acceptez-le... Prenez-le sans scrupule... Je ne saurais
vraiment l'emporter dans le voyage que je compte
faire...

Éclairées peut-être par l'accent de mélancolie avec
lequel je prononçai ces mots, les deux femmes semblèrent m'avoir compris et me regardèrent avec une
curiosité mêlée d'effroi. L'affection que je cherchais au
milieu des froides régions du grand monde, elle était
là, vraie, sans faste, mais onctueuse et durable peut-être.

— Il ne faut pas prendre tant de souci, me dit la mère.
Bah! restez ici!... Mon mari est en route, à cette heure...
reprit-elle. Ce soir, j'ai lu l'Évangile de saint Jean pendant que Pauline tenait, suspendue entre ses doigts,
notre clef attachée dans une Bible, et la clef a tourné...
Cela annonce que Gaudin se porte bien et prospère...
Pauline a recommencé pour vous et pour le jeune
homme du numéro sept; mais la clef n'a tombé que
pour vous... Allez, nous serons tous riches! Gaudin
reviendra millionnaire. Je l'ai vu en rêve sur un vaisseau
plein de serpens; mais heureusement l'eau était trouble,
ce qui signifie or et pierreries d'outre mer...

Ces paroles amicales et vides, semblables aux vagues
chansons avec lesquelles une mère endort les douleurs de
son enfant, me rendirent une sorte de calme. Il y avait
dans l'accent, dans le regard de la bonne femme,
cette douce cordialité qui n'efface pas le chagrin, mais
qui l'apaise, qui le berce et l'émousse.

Pauline, plus perspicace que sa mère, m'examinait
avec inquiétude, ses yeux intelligens semblaient deviner
ma vie et mon avenir. Je remerciai par une inclination de

tête, la mère et la fille, puis je me sauvai, craignant de m'attendrir.

Quand je me trouvai seul, sous mon toit, je me couchai dans mon malheur. Ma fatale imagination me dessina mille projets sans base, me dicta des résolutions impossibles. Quand un homme se traîne dans les décombres de sa fortune, il rencontre encore quelques ressources ; mais moi, j'étais dans le néant... Ah ! mon cher ! nous accusons trop facilement la misère... Elle est le plus actif de tous les dissolvans. Avec elle, il n'existe plus ni pudeur, ni crimes, ni vertus, ni esprit. J'étais sans idées, sans force, comme une jeune fille qui tombe à genoux devant un tigre... Un homme sans passion et sans argent reste maître de sa personne ; mais un malheureux qui aime, ne s'appartient plus ! Il ne peut pas se tuer. L'amour nous donne une sorte de religion pour nous-même ; nous respectons en nous une autre vie... C'est le plus horrible des malheurs, le malheur avec une espérance, une espérance qui vous fait accepter des tortures.

Je m'endormis avec l'idée d'aller le lendemain confier à Rastignac la singulière détermination de Fœdora.

XXV

— Ah! ah! me dit Rastignac, en me voyant entrer chez lui dès neuf heures du matin. — Je sais ce qui t'amène. Tu dois être congédié par Fœdora. Quelques bonnes ames, jalouses de ton empire sur la comtesse, ont annoncé votre mariage; et, Dieu sait, les folies que tes rivaux t'ont fait dire, les calomnies dont tu as été l'objet!...

— Alors, tout s'explique!... m'écriai-je.

En ce moment, me souvenant de toutes mes impertinences, je trouvai la comtesse sublime!... A mon gré, j'étais un infâme, et n'avais pas encore assez souffert!... Je ne vis plus, dans son indulgence, que la patiente charité de l'amour...

— N'allons pas si vite, me dit le prudent gascon, Fœdora possède la pénétration naturelle aux femmes profondément égoïstes. Elle t'aura deviné, jugé peut-être au moment où tu ne voyais encore en elle que sa fortune et son luxe. — En dépit de ton adresse, elle aura lu dans ton ame. Elle est assez dissimulée pour qu'aucune dissimulation ne trouve grâce devant elle.

— Je crois, ajouta-t-il, t'avoir mis dans une mauvaise voie... Malgré la finesse de son esprit et de ses manières, cette créature-là me semble impérieuse comme toutes les femmes qui n'ont de plaisir que dans la tête. Pour elle, le bonheur gît tout entier dans le bien-être de la vie, dans les jouissances sociales; et, chez elle, le sentiment est un rôle. Elle te rendrait malheureux, et ferait de toi, son premier domestique...

Rastignac parlait à un sourd. Je l'interrompis en lui exposant, avec une apparente gaîté, ma situation financière.

— Hier au soir, me répondit-il, une veine contraire m'a emporté tout mon argent. Sans cette vulgaire infortune, j'eusse partagé volontiers ma bourse avec toi. — Mais, allons déjeuner au cabaret, les huîtres nous donneront peut-être un bon conseil.

Il s'habilla, fit atteler son tilbury; puis, semblables à deux millionnaires, nous arrivâmes au Café de Paris avec l'impertinence de ces audacieux spéculateurs qui vivent sur des capitaux imaginaires. Ce diable de Gascon me confondait par l'aisance de ses manières, et par son aplomb imperturbable.

Au moment où, finissant un repas fort délicat et très-bien entendu, nous prenions le café, Rastignac, qui distribuait des coups de tête à une foule de jeunes gens également recommandables par les grâces de leur personne et par l'élégance de leur mise, me dit, en voyant entrer un de ces *dandys* :

— Voici ton affaire!...

Et il fit signe à un gentilhomme cravaté merveilleusement bien et qui semblait chercher une table à sa convenance, de venir lui parler.

— Ce gaillard-là, me dit Rastignac à l'oreille, est décoré pour avoir publié des ouvrages qu'il ne comprend pas... Il est chimiste, historien, romancier, publiciste; il a des quarts, des tiers, des moitiés, dans je ne sais combien de pièces de théâtre, et il est ignorant comme la mule de don Miguel!... Ce n'est pas un homme, c'est un nom, une étiquette familière au public. Aussi, se garderait-il bien d'entrer dans ces cabinets, sur lesquels il y a cette inscription : *Ici, l'on peut écrire soi-même*. Il est fin à jouer tout un congrès; en deux mots, c'est un métis en morale, ni tout-à-fait probe ni complètement fripon. Mais... chut! il s'est déjà battu... Le monde n'en demande pas davantage et dit de lui : *C'est un homme honorable*.

— Eh bien, mon excellent ami, mon honorable ami, comment se porte Votre Intelligence? lui dit Rastignac, au moment où l'inconnu s'assit à la table voisine.

— Mais ni bien ni mal... Je suis accablé de travail!... J'ai entre les mains tous les matériaux nécessaires, pour faire des mémoires historiques, très-curieux, et je ne sais à qui les attribuer. Cela me tourmente, parce que, vraiment, les mémoires vont passer de mode...

— Sont-ce des mémoires contemporains, anciens, sur la cour?...

— Sur l'affaire du collier...

— N'est-ce pas un miracle?... me dit Rastignac, en riant. Et, se retournant vers le spéculateur :

— M. de Valentin, reprit-il en me désignant, est un de mes amis que je vous présente comme l'une de nos futures célébrités littéraires les plus éminentes. Or, il avait, jadis, une tante fort bien en cour, marquise de plus; et, depuis deux ans, il travaille à une histoire royaliste de la révolution...

Puis, se penchant à l'oreille de ce singulier négociant, il lui dit :

— C'est un homme de talent, mais un niais... Il peut vous faire vos mémoires, au nom de sa tante, pour cent écus par volume.

— Le marché me va!... répondit l'autre en haussant sa cravate. — Garçon, mes huîtres?... donc!...

— Oui, mais vous me donnerez vingt-cinq louis de commission et vous lui paierez un volume d'avance, reprit Rastignac.

— Non, non. Je n'avancerai que cinquante écus pour être plus sûr d'avoir promptement *mon* manuscrit...

Rastignac me répéta cette conversation mercantile à voix basse; et, sans me consulter :

— Nous sommes d'accord, lui répondit-il. — Quand

pouvons-nous aller vous voir pour terminer cette affaire?...

— Eh bien, venez dîner ici, demain soir, à sept heures!...

Nous nous levâmes, Rastignac jeta de la monnaie au garçon, mit la carte à payer dans sa poche, et nous sortîmes. J'étais stupéfait de la légèreté, de l'insouciance avec laquelle il avait vendu ma respectable tante, la marquise de Monbauron...

— Je préfère m'embarquer pour le Brésil, et y enseigner aux Indiens, l'algèbre dont je ne sais pas un mot, plutôt que de salir le nom de ma...

Rastignac m'interrompit par un éclat de rire.

— Es-tu bête?... Prends d'abord les cinquante écus et fais les mémoires... puis, quand ils seront achevés, tu refuseras de les mettre sous le nom de ta tante, — imbécile!... Madame de Monbauron, morte sur l'échafaud, ses paniers, sa considération, sa beauté, son fard, ses mules, valent bien plus de six cents francs... Si le libraire ne veut pas alors payer ta tante ce qu'elle vaut, il trouvera quelque vieux chevalier de Saint-Louis, ou je ne sais quelle fangeuse comtesse pour signer les mémoires.

— Oh! m'écriai-je, pourquoi suis-je sorti de ma vertueuse mansarde?... Le monde a un envers bien salement ignoble!...

— Bon, répondit Rastignac, voilà de la poésie, et il s'agit d'affaires... Tu es un enfant!... Quant aux mémoires, le public les jugera. Quant à mon Proxenète littéraire, n'a-t-il pas dépensé huit ans de sa vie, et payé par de cruelles expériences, ses relations avec la librairie?... En partageant inégalement avec lui le travail du livre, ta part d'argent n'est-elle pas aussi la plus belle?... Vingt-cinq louis sont une bien plus grande somme pour toi, que mille francs pour lui. — Tu peux bien écrire des mémoires historiques, œuvres d'art si jamais il en fut, lorsque Diderot a fait six sermons pour cent écus...

— Enfin, lui dis-je tout ému, ne le faut-il pas ? Mon pauvre ami, je te dois des remerciements. Vingt-cinq louis me rendront bien riche.

— Et plus riche que tu ne penses, alors !... reprit-il en riant. Si Marivault me donne une commission dans l'affaire, ne devines-tu pas qu'elle sera pour toi ?

Je lui serrai la main.

— Allons au Bois de Boulogne, dit-il, nous y verrons ta comtesse ; et je te montrerai la jolie petite veuve que je dois épouser : une charmante personne, alsacienne, un peu grasse. Elle lit Kant, Schiller, Jean Paul, et une foule de livres hydrauliques... Elle a la manie de toujours me demander mon opinion. Je suis obligé d'avoir l'air de comprendre toute cette sensiblerie allemande, et de connaître un tas de ballades ! Je n'ai pas encore pu la déshabituer de son enthousiasme littéraire... Elle pleure des averses à la lecture de Goëthe, et je suis obligé de pleurer un peu, par complaisance... Vingt-cinq mille livres de rentes, mon cher, et le plus joli pied, la plus jolie main de la terre !... Ah ! si elle ne disait pas *mon anche* et *prouiller* pour mon *ange* et *brouiller,* ce serait une femme accomplie.

Nous vîmes la comtesse. Elle était brillante dans un brillant équipage ; et, la coquette nous salua fort affectueusement en me jetant un sourire qui, alors, me parut divin et plein d'amour.

Ah ! j'étais bien heureux !... Je me croyais aimé ; j'avais de l'argent, des trésors de passion et plus de misère... Léger, gai, content de tout je trouvai la maîtresse de mon ami, charmante. Les arbres, l'air, le ciel, toute la nature semblait me répéter le sourire de Fœdora.

En revenant des Champs-Élysées, nous allâmes chez le chapelier, chez le tailleur de Rastignac ; en sorte que ma toilette me permit de quitter mon misérable pied de paix, pour passer à un formidable pied de guerre... Désormais, je pouvais sans crainte lutter de grâce et

d'élégance avec les jeunes gens qui tourbillonnaient autour de Fœdora.

Je revins chez moi; je m'y enfermai, restant tranquille
en apparence, près de ma lucarne; mais disant d'éternels
adieux à mes toits, vivant dans l'avenir, dramatisant ma
vie, escomptant l'amour et ses joies... Ah! comme une
existence peut devenir orageuse entre les quatre murs
d'une mansarde!... L'ame humaine est une fée; elle métamorphose une paille en diamans; et, sous sa baguette,
les palais enchantés éclosent comme des fleurs sous les
chaudes inspirations du soleil.

XXVI

Le lendemain, vers midi, Pauline frappa doucement à ma porte, et m'apporta... devine quoi?...

Une lettre de Fœdora!

La comtesse me priait de venir la prendre au Luxembourg, pour aller, de là, voir ensemble le Muséum et le Jardin des Plantes...

— Un commissionnaire attend la réponse... me dit-elle après un moment de silence.

Je griffonnai promptement une lettre de remerciement qu'elle emporta.

Je m'habillai; mais, au moment où j'achevais ma toilette, assez content de moi-même, un frisson glacial me saisit en pensant tout à coup qu'il faudrait une voiture à Fœdora. Je ne devais avoir de l'argent que le soir. Oh! comme dans ces crises de notre jeunesse, un poète paie cher la puissance cérébrale dont le hasard l'a investi!... En un instant, mille pensées vives et douloureuses me piquèrent comme autant de dards!... Je pouvais bien prendre une voiture pour la journée; mais aussi, ne tremblerais-je pas à tout moment, au milieu de mon bonheur, de ne pas rencontrer, le soir, M. de Marivault?... Je ne me sentis pas assez fort pour supporter tant de craintes au sein de ma joie. Alors, avec la certitude de ne rien trouver, j'entrepris une grande exploration à travers ma chambre. Cherchant des écus imaginaires jusque dans les profondeurs de ma paillasse, je fouillai tout; je secouai même de vieilles boîtes; et, en proie à une fièvre ner-

veuse, je regardais mes meubles d'un œil hagard. Aussi,
toi seul, peut-être, pourras comprendre le délire, dont je
fus animé lorsqu'en ouvrant le tiroir de ma table à écrire
que je visitais avec cette espèce d'indolence dans laquelle
nous plonge le désespoir, — j'aperçus, — collée contre
une planche latérale, — tapie sournoisement, — mais
propre, brillante, lucide, comme une étoile à son lever, —
une belle et noble pièce de cent sous!... Ne lui demandant
pas compte de son silence, de la cruauté dont elle était
coupable en se tenant ainsi cachée, je la baisai comme
un ami fidèle au malheur, exact à nous consoler, et je la
saluai par un cri...

Ce cri trouva de l'écho; surpris, je me retournai brusquement et vis Pauline toute pâle...

— J'ai cru, dit-elle d'une voix émue, que vous vous
faisiez mal!... Le commissionnaire...

Elle s'interrompit, comme si elle étouffait :

— Mais ma mère l'a payé!... ajouta-t-elle.

Puis elle s'enfuit, enfantine et follette comme un
caprice. Pauvre petite!... Je lui souhaitai mon bonheur.
En ce moment, j'avais, dans l'ame, tout le plaisir
de la terre, et je voulais restituer aux malheureux la part
que je croyais leur voler.

Voir Fœdora, la faire monter dans ma voiture, causer
avec elle en comprimant un secret délire qui, sans
doute, se formulait sur mon visage, par quelque sourire
niais et arrêté... Arriver au Jardin des Plantes, en par-
courir les allées bocagères et sentir son bras appuyé sur
le mien... Il y eut dans tout cela je ne sais quoi de fantastique : c'était un rêve en plein jour.

Cependant, ses mouvemens, soit en marchant, soit en
nous arrêtant, n'avaient rien de doux, ni d'amoureux,
malgré leur apparente volupté. Quand je cherchais à
m'associer en quelque sorte à l'action de sa vie, je rencontrais en elle une intime et secrète vivacité, je ne sais
quoi de saccadé, d'excentrique. Les femmes sans ame

n'ont rien de moelleux dans leurs gestes. Aussi, nous n'étions unis, ni par une même volonté, ni par un même pas. Il n'existe point de mots pour rendre ce désaccord matériel de deux êtres, car nous ne sommes pas encore habitués à reconnaître une pensée dans le mouvement; et ce phénomène de notre nature se sent instinctivement, il ne s'exprime pas.

Pendant ces violens paroxismes de ma passion, reprit Raphaël après un moment de silence, et comme s'il répondait à une objection qu'il se fût faite à lui-même, je n'ai pas disséqué mes sensations, analysé mes plaisirs, ni supputé les battemens de mon cœur, comme un avare examine et pèse ses pièces d'or... Oh! non, l'expérience jette aujourd'hui toutes ces tristes lumières sur les évé- nemens passés, et le souvenir m'apporte ces images, comme les flots de la mer restituent capricieusement à la grève, par un beau temps, les débris d'un naufrage.

— Vous pouvez me rendre un service assez important, me dit-elle en me regardant d'un air confus; et, après vous avoir confié mon antipathie pour l'amour, je me sens plus libre, en réclamant de vous un bon office au nom de l'amitié... N'aurez-vous pas, reprit-elle en riant, beaucoup plus de mérite à m'obliger aujourd'hui...

Je la regardais avec douleur. N'éprouvant rien près de moi, elle était pateline et non pas affectueuse; elle me paraissait jouer un rôle en actrice consommée; puis, tout à coup son accent, un regard, un mot réveillaient mes espérances... Mais si mon amour ranimé se peignait, alors, dans mes yeux, elle en soutenait les rayons sans que la clarté des siens s'en altérât. Ils semblaient comme ceux des tigres avoir été doublés par une feuille de métal. En ces momens-là, je la détestais...

— La protection du duc de N***, dit-elle, en conti- nuant avec des inflexions de voix pleines de câlinerie, me serait très-utile auprès d'une personne toute-puissante en Russie et dont l'intervention est nécessaire pour me

faire rendre justice dans une affaire qui, tout à la fois,
concerne ma fortune et mon état dans le monde. Le duc
de N*** n'est-il pas votre cousin?... Une lettre de lui
décidera tout...

— Je vous appartiens, lui répondis-je. — Ordonnez...

— Êtes-vous aimable!... reprit-elle en me serrant la
main. Venez dîner avec moi, je vous dirai tout comme
à un confesseur....

Cette femme si méfiante, si discrète et à laquelle personne n'avait entendu dire un mot sur ses intérêts, allait
me consulter!...

— Oh! maintenant que j'aime le silence que vous
m'avez imposé!.... m'écriai-je. Mais j'aurais voulu
quelque épreuve plus rude encore!...

En ce moment, elle accueillit l'ivresse de mes regards,
et ne se refusa point à mon admiration!

Nous arrivâmes chez elle et, fort heureusement, le
fond de ma bourse put satisfaire le cocher. Je passai
délicieusement la journée, seul avec elle. C'était la première fois que je pouvais la voir ainsi. Jusqu'à ce jour,
le monde et sa gênante politesse, et ses façons froides
nous avaient toujours séparés, même pendant ses somptueux dîners. Mais alors, j'étais chez elle, comme si
j'eusse vécu sous son toit; je la possédais pour ainsi
dire; et ma vagabonde imagination, brisant les entraves,
arrangeant les évènements à sa guise, me plongeait dans
les délices d'un amour heureux. Me croyant son époux,
je l'admirais occupée de petits détails, éprouvant du
bonheur, même à lui voir ôter son schall, son chapeau.
Elle me laissa seul un moment, et revint, les cheveux
arrangés, charmante... Enfin, sa jolie toilette avait été
faite pour moi!... Pendant le dîner, elle me prodigua
ses attentions... Oh! comme elle était femme!... Elle
déployait des grâces infinies dans mille choses qui
semblent des riens et qui, cependant, sont la moitié de
la vie.

Quand nous fûmes tous deux devant un foyer pétillant, assis sur la soie, environnés des plus désirables
créations d'un luxe oriental, et que je vis, là, si près de
moi, cette femme dont la beauté célèbre faisait palpiter
tant de cœurs, cette femme si difficile à conquérir, me
parlant, me rendant l'objet de toute ses coquetteries, ma
voluptueuse félicité devint presque de la souffrance. Me
souvenant, pour mon malheur, de l'importante affaire
que je devais conclure, je voulus aller au rendez-vous qui
m'avait été donné la veille.

— Quoi, déjà?... dit-elle en me voyant prendre mon
chapeau.

Elle m'aimait!... Je le crus, du moins, en l'entendant
prononcer ces deux mots d'une voix caressante. Alors,
pour prolonger mon extase, j'aurais perdu deux années
de ma vie par chaque instant de plus que son caprice
m'accorderait. Ah! mon bonheur s'augmenta de tout
l'argent que je perdais!...

Il était minuit quand elle me renvoya.

XXVII

NÉANMOINS, le lendemain, mon héroïsme me coûta bien des remords. Craignant d'avoir manqué l'affaire des mémoires, devenue si capitale pour moi, je courus chez Rastignac, et nous allâmes surprendre à son lever le titulaire de mes travaux futurs.

M. Marivault me lut un petit acte après la signature duquel il me compta cinquante écus. Il ne fut point question de ma tante, et nous déjeunâmes tous les trois.

Quand j'eus payé mon nouveau chapeau, soixante cachets de dîners à trente sous et mes dettes, il ne me resta plus que trente francs. Mais toutes les difficultés de la vie s'étaient aplanies pour quelques jours; et si j'avais voulu écouter Rastignac, je pouvais avoir des trésors en adoptant avec franchise le *système anglais*. Il voulait absolument m'établir un crédit et me faire faire des emprunts, prétendant que les emprunts soutiendraient le crédit. Selon lui, l'avenir était, de tous les capitaux du monde, le plus considérable et le plus solide.

En hypothéquant ainsi mes dettes, sur de futurs contingens, il donna ma pratique à son tailleur, artiste, qui, comprenant *le jeune homme,* dut me laisser tranquille jusqu'à mon mariage...

De ce jour, je rompis avec la vie monastique et religieuse que j'avais menée pendant trois ans. J'allai fort assidûment chez Fœdora, tâchant de surpasser en imper-

tinence, les impertinens ou les héros de coterie qui s'y
trouvaient; et, croyant avoir échappé pour toujours à la
misère, je recouvrai ma liberté d'esprit, j'écrasai mes
rivaux, je passai pour un homme plein de séductions,
prestigieux, irrésistible.

Cependant les gens habiles disaient en parlant de
moi :

— Un garçon aussi spirituel ne doit avoir de passions
que dans la tête!...

Ils vantaient charitablement mon esprit aux dépens
de ma sensibilité.

— Est-il heureux de ne pas aimer! s'écriaient-ils. S'il
aimait, aurait-il autant de gaieté, de verve!...

Ah! j'étais cependant bien amoureusement stupide en
présence de Fœdora! Seul avec elle, je ne savais rien
dire; ou, si je parlais, je médisais de l'amour, j'étais
tristement gai comme un courtisan qui veut cacher un
cruel dépit...

Enfin, j'essayai de me rendre indispensable à sa vie,
à son bonheur, à sa vanité. J'étais tous les jours près
d'elle, son esclave, son jouet, sans cesse à ses ordres; et
je revenais chez moi pour y travailler pendant toutes les
nuits, ne dormant guère que deux ou trois heures de
la matinée.

Mais n'ayant pas, comme Rastignac, l'habitude du
système anglais, je me vis bientôt sans un sou. Alors,
mon cher ami, fat sans bonnes fortunes, élégant sans
argent, amoureux anonyme, je retombai dans cette vie
précaire, dans ce froid, ce profond malheur soigneusement caché sous les trompeuses apparences du luxe, et
je ressentis mes souffrances premières, mais moins
aiguës; je m'étais familiarisé sans doute avec leurs terribles crises... Souvent, les gâteaux et le thé, si parcimo-
nieusement offerts dans les salons, étaient ma seule
nourriture; et, quelquefois, les somptueux dîners de la
comtesse me substentaient pendant deux jours.

J'employai tout mon temps, mes efforts et ma science d'observation à pénétrer plus avant dans l'impénétrable caractère de Fœdora.

Jusqu'alors, l'espérance ou le désespoir avait influencé mon opinion, et je voyais tour à tour en elle, la femme la plus aimante ou la plus insensible de son sexe; mais ces alternatives de joie et de tristesse devinrent intolérables, et je voulus chercher un dénouement à cette lutte affreuse, en tuant mon amour. De sinistres lueurs brillaient parfois et me faisaient entrevoir des abîmes. La comtesse justifiait toutes mes craintes. Je n'avais pas encore surpris de larmes dans ses yeux. Au théâtre, une scène attendrissante la trouvait froide et rieuse. Elle réservait toute sa finesse pour elle et ne devinait ni le malheur ni le bonheur d'autrui. Enfin elle m'avait joué!... Heureux de lui faire un sacrifice, je m'étais presque avili pour elle en allant voir le duc de N***. Mon cousin rougissait de ma misère, et il avait trop de torts envers moi pour ne pas me haïr... Il me reçut donc avec cette froide politesse qui donne aux gestes et aux paroles l'apparence de l'insulte. Son regard inquiet excita ma pitié. J'eus honte pour lui de sa petitesse au milieu de tant de grandeur, de sa pauvreté au milieu de tant de luxe... Il me parla des pertes considérables que lui occasionait le trois pour cent. Alors, je lui dis quel était l'objet de ma visite. Le changement de ses manières qui, de glaciales, devinrent insensiblement affectueuses, me dégoûta. — Hé bien, mon ami, il vint chez la comtesse!... il m'y écrasa. Elle trouva pour lui des enchantemens, des prestiges inconnus, elle le séduisit, traita sans moi cette affaire mystérieuse dont je ne sus pas un mot. Enfin, j'avais été, pour elle, un moyen... Elle ne m'apercevait seulement pas quand mon cousin était chez elle; et m'acceptait alors avec moins de plaisir peut-être que le jour où je lui fus présenté. Un soir, elle m'humilia devant mon cousin, par un de ces

gestes, par un de ces regards qu'aucune parole ne
saurait peindre... Je sortis pleurant, formant mille projets de vengeance, combinant d'épouvantables viols!...

Souvent je l'accompagnais aux Bouffons. Là, près
d'elle, tout entier à mon amour, je la contemplais en
me livrant au charme d'écouter la musique, épuisant
mon âme dans la double jouissance d'aimer et de
retrouver les mouvemens de mon cœur admirablement
bien rendus par les sons. Ma passion était dans l'air, sur
la scène, elle triomphait partout, excepté chez Fœdora!

Alors, cherchant sa main, j'étudiais ses traits et ses
yeux, sollicitant une fusion de nos sentimens, une de
ces soudaines harmonies qui, réveillées par la musique,
font vibrer les âmes à l'unisson... Mais sa main était
muette et ses yeux ne disaient rien. Quand le feu de
mon cœur, s'émanant de tous mes traits, la frappait
trop fortement au visage, elle me jetait ce sourire cherché, convenu, qui, phrase classique, se reproduit au
salon, dans tous les portraits. Elle n'écoutait pas la
musique!... Les divines phrases de Rossini, de Cimarosa,
de Zingarelli, ne lui rappelaient aucun sentiment, ne lui
traduisaient aucune poésie; et, son ame était aride. Elle
se produisait là comme un spectacle dans le spectacle.
Sa lorgnette voyageait incessamment de loge en loge.
Elle était inquiète quoique tranquille; et, victime de la
mode, sa loge, son bonnet, sa voiture, sa personne, pour
elle, étaient tout. Vous rencontrez souvent des gens de
colossale apparence dont le cœur est tendre, délicat sous
un corps de bronze; mais elle, elle avait peut-être un
cœur de bronze sous son enveloppe grêle et gracieuse.

Enfin, ma fatale science me déchirait bien des voiles...
Malgré toute sa finesse, Fœdora laissait voir quelques
vestiges de sa plébéienne origine et percer la froideur
de son ame. Pour avoir ce qu'on nomme bon ton dans
le monde, ne faut-il pas savoir s'oublier pour les autres;
mettre dans sa voix et dans ses gestes une ineffable dou-

cœur; eh bien! chez elle, l'oubli d'elle-même était fausseté; la politesse, servitude; et, ses manières manquaient de cette aisance qui procède du cœur et que l'éducation première peut seule suppléer.

Ses paroles emmiellées étaient, pour les autres, de la bienfaisance, de la bonté; son exagération, de la chaleur, de l'enthousiasme; mais, ayant étudié ses grimaces et dépouillé l'être intérieur de cette frêle écorce dont se contente le monde, je n'étais plus dupe de ses singeries; je connaissais bien son ame de chatte; et quand un niais la complimentait, la vantait, j'avais honte pour elle... Et je l'aimais toujours!... Et rien de tout cela ne m'épouvantait!... J'espérais fondre ces glaces sous les ailes d'un amour de poète; et, si je pouvais, une fois, ouvrir son cœur aux tendresses de la femme, si je lui faisais comprendre la sublimité des dévouemens, alors je la voyais parfaite... Elle devenait un ange... Je l'aimais en homme, en amant, en artiste, quand il fallait ne pas l'aimer pour l'obtenir. Un fat bien gourmé, calculateur, aurait triomphé, peut-être!... Vaine, artificieuse, elle eût sans doute entendu le langage de la vanité, se serait laissé entortiller dans les piéges d'une intrigue; elle eût été dominée par un homme sec et froid.

Des douleurs acérées entraient jusqu'au vif dans mon ame, quand elle me révélait naïvement son effroyable égoïsme. Je la voyais avec douleur un jour seule dans la vie et ne sachant à qui tendre la main, ne rencontrant pas de regards amis où reposer les siens...

Un soir, j'eus le courage de lui peindre, sous des couleurs chaudes et animées, sa vieillesse déserte, vide et triste. A l'aspect de cette épouvantable vengeance de la nature trompée, elle me répondit par un mot atroce :

— J'aurai toujours de la fortune!... Eh bien, avec de l'or nous pouvons toujours créer autour de nous les sentimens qui sont nécessaires à notre bien-être.

Je me levai, je sortis foudroyé par la logique de ce
luxe, de ces femmes, de ce monde dont j'étais si sottement idolâtre. Je n'aimais pas Pauline pauvre; Fœdora,
riche, n'avait-elle pas le droit de repousser Raphaël?...
Notre conscience est un juge infaillible, quand nous ne
l'avons pas encore assassinée!...

— Fœdora, me criait une autre voix sophistique,
n'aime ni ne repousse personne. Elle est libre; mais elle
s'est donnée pour de l'or. Amant ou époux, le comte
russe l'a possédée. Elle aura bien une tentation dans sa
vie!... — Attends-la!...

Elle n'était ni vertueuse ni fautive, elle vivait loin de
l'humanité, dans une sphère à elle : enfer ou paradis...
Mystère femelle, vêtu de cachemire et de broderies, la
comtesse mettait en jeu tous les sentimens humains dans
mon cœur : orgueil, fortune, amour, curiosité.

XXVIII

Un caprice de la mode ou l'envie de paraître original qui nous poursuit tous, avait amené la manie de vanter un petit spectacle du boulevard; et, la comtesse ayant témoigné le désir de voir la figure enfarinée d'un acteur qui faisait les délices de quelques gens d'esprit, j'avais obtenu l'honneur de la conduire à la première représentation de je ne sais quelle mauvaise farce.

La loge ne coûtait guère que cent sous; mais, je ne possédais pas un traître liard. Ayant encore un demi-volume de mes mémoires à écrire, je n'osais pas aller mendier un secours à M. Marivault; et Rastignac, ma providence, était absent.

Cette gêne constante maléficiait toute ma vie.

Une fois déjà, au sortir des Bouffons, Fœdora m'avait, par une horrible pluie, fait avancer une voiture, sans que je pusse me soustraire à son obligeance de parade. Elle n'admit aucune de mes excuses, ni mon goût pour la pluie, ni mon envie d'aller au jeu. Elle ne devinait pas mon indigence dans l'embarras de mon maintien, dans mes paroles tristement plaisantes. Mes yeux rougissaient, mais comprenait-elle un regard?... Ah! la vie des jeunes gens est soumise à de singuliers caprices!...

Pendant le voyage, chaque tour de roue réveilla dans mon âme des pensées chaudes qui me brûlèrent le cœur; j'essayai de détacher une planche au fond de la voiture, espérant rester sur le pavé; puis, je me mis à

rire convulsivement, et demeurai dans un calme morne,
hébété comme un homme au carcan.

Heureusement à mon arrivée au logis, Pauline, aux
premiers mots que je balbutiai, m'interrompit en me
disant :

— Si vous n'avez pas de monnaie...

Ah! la musique de Rossini n'était rien auprès des
paroles prononcées en ce moment par cette jeune fille.

Pour pouvoir conduire la comtesse aux Funambules,
je pensai à mettre en gage le cercle d'or dont le portrait
de ma mère était environné. Le Mont-de-Piété s'était
toujours dessiné dans ma pensée comme une des portes
du bagne; mais il valait encore mieux y vendre mon lit
moi-même que de solliciter une aumône. Le regard d'un
homme auquel vous demandez de l'argent fait tant de
mal!... Et il y a des emprunts qui nous coûtent notre
honneur, comme il y a des refus, qui, dans une bouche
amie, nous enlèvent une dernière illusion!...

Je trouvai Pauline travaillant toute seule. Sa mère
était couchée. Jetant un regard furtif sur le rideau légèrement relevé, je crus madame Gaudin profondément
endormie en voyant au milieu de l'ombre, son profil
calme et jaune imprimé sur l'oreiller.

— Vous avez du souci?... me dit Pauline en quittant
son pinceau.

— Écoutez, ma pauvre enfant, lui répondis-je en
m'asseyant près d'elle, vous pouvez me rendre un grand
service.

Elle me regarda d'un air si heureux que je tressaillis...

— M'aimerait-elle?... me dis-je en la contemplant.

— Pauline?...

Elle leva la tête et baissa les yeux. Alors je l'examinai,
pensant pouvoir lire dans son cœur comme dans le mien,
tant sa physionomie était naïve et pure.

— Vous m'aimez?... lui dis-je.

— Ah! je crois bien!... s'écria-t-elle en riant.

Elle ne m'aimait pas.

Son accent moqueur et la gentillesse ... échappa peignaient seulement une folâtre ... fille.

Alors, je lui avouai ma détresse et l'emban... ... lequel je me trouvais en la priant de m'aider à en s... tir.

— Comment, monsieur Raphaël! dit-elle, vous ne voulez pas aller au Mont-de-Piété, et vous m'y envoyez!...

Je rougis, confondu par la logique d'un enfant.

Oh! j'irais bien!... dit-elle en me prenant la main comme si elle eût voulu compenser par une caresse la sévérité de son exclamation; mais la course est inutile. Ce matin, en faisant votre chambre, j'ai trouvé derrière le piano, deux pièces de cent sous qui s'étaient glissées à votre insu, entre le mur et la barre, et je les ai mises sur votre table.

— Puisque vous devez bientôt recevoir de l'argent, M. Raphaël, me dit la bonne mère en montrant sa tête entre les rideaux, je puis bien vous prêter quelques écus en attendant.

— Oh! Pauline!... m'écriai-je en lui serrant la main, je voudrais être riche!...

— Bah! pourquoi faire?... dit-elle en secouant la tête par un geste mutin.

Sa main, tremblante dans la mienne, répondait à tous les battemens de mon cœur.

Elle retira vivement ses doigts; puis, examinant les miens :

— Vous épouserez une femme riche!... dit-elle. Mais elle vous donnera bien du chagrin... — Ah! Dieu! elle vous tuera... J'en suis sûre.

Il y avait dans son cri, une sorte de croyance aux folles superstitions qu'elle tenait de sa mère.

— Êtes-vous crédule! Pauline...

— Non! dit-elle en me regardant avec terreur. La femme que vous aimez vous tuera...

Ayant dit, elle reprit son pinceau, le trempa dans la couleur en laissant paraître une vive émotion, et ne me regarda plus. Ah! j'aurais bien voulu croire à des chimères!... Un homme n'est pas tout-à-fait misérable quand il est superstitieux; une superstition est espérance.

Retiré dans ma chambre, je vis en effet deux nobles écus dont la présence me parut inexplicable.

Au sein des pensées confuses du premier sommeil, je tâchai de vérifier mes dépenses pour me justifier cette trouvaille inespérée, mais je m'endormis perdu en d'inutiles calculs!...

Le lendemain, Pauline vint me voir, au moment où je sortais pour aller louer la loge.

— Vous n'avez peut-être pas assez de dix francs, M. Raphaël, me dit en rougissant cette bonne et aimable fille; ma mère m'a chargée de vous offrir cet argent.
— Prenez, prenez!... ajouta-t-elle en jetant trois écus sur ma table et se sauvant.

Je la retins; puis, séchant les larmes qui roulaient dans mes yeux :

— Pauline, lui dis-je, vous êtes un ange... L'argent me touche bien moins que l'admirable pudeur de sentiment avec laquelle vous me l'offrez... Ah! je désirais une femme riche, élégante, titrée... Eh bien, maintenant, je voudrais posséder des millions et rencontrer une jeune fille pauvre comme vous, et comme vous riche de cœur; je renoncerais à une passion fatale qui me tuera!... Vous aurez peut-être raison!...

— Assez! dit-elle.

Puis, elle s'enfuit en chantant, et sa voix de rossignol, ses roulades fraîches retentirent dans l'escalier.

— Est-elle heureuse de ne pas aimer encore!... me dis-je en pensant aux tortures que je souffrais depuis quelques mois.

Les quinze francs de Pauline me furent bien précieux.

En partant, Fœdora, songeant aux émanations popula-
cières de la salle où nous devions rester pendant quelques heures, regretta de ne pas avoir un bouquet. J'allai
lui chercher des fleurs; et je lui apportai ma vie, toute
ma fortune!... J'eus à la fois des remords et des plaisirs,
en lui donnant un bouquet dont le prix me révéla tout
ce que la galanterie superficielle en usage dans le monde
avait de dispendieux.

— Merci! dit-elle.

Bientôt elle se plaignit de l'odeur un peu trop forte
d'un jasmin du Mexique; puis, elle éprouva un intolérable dégoût en voyant la salle, en se trouvant assise
sur de dures banquettes. Elle se plaignit d'être là... Et
cependant elle était près de moi... Elle voulut s'en aller;
elle s'en alla.

M'imposer des nuits sans sommeil, avoir dissipé deux
mois de mon existence et ne pas lui plaire!... Ah!
jamais ce démon ne fut plus gracieux et plus insensible.
Pendant la route, assis près d'elle, dans un étroit coupé,
je respirais son souffle, je pouvais toucher son gant
parfumé, je voyais distinctement les trésors de sa
beauté; je sentais une vapeur douce comme l'iris : toute
la femme et point de femme.

En ce moment, un trait de lumière illumina cette vie
de femme. Je pensai tout à coup à la princesse Brambilla
d'Hoffmann, à Fragoletta, capricieuses conceptions
d'artiste, dignes de la statue de Polyclès. Je croyais voir
ce monstre qui, tantôt officier, dompte un cheval fou-
gueux; tantôt jeune fille, se met à sa toilette et désespère
ses amans; puis, amant, désespère une vierge douce
et modeste. Ne pouvant plus résoudre autrement Fœdora, je lui racontai cette histoire fantastique; mais, en
elle, rien ne décela sa ressemblance avec cette poésie de
l'impossible.

Elle s'en amusa de bonne foi, comme un enfant écoutant une fable des *Mille et une Nuits*.

— Alors, me disais-je en revenant, pour résister à
l'amour d'un homme de mon âge, à la chaleur commu-
nicative de ce puissant fanatisme, à cette belle contagion
de l'ame, Fœdora doit être gardée par quelque mystère. Peut-être, semblable à lady Delacour, est-elle dévo-
rée par un cancer? Sa vie est sans doute une vie artificielle!

A cette pensée, j'eus froid. Mais bientôt, je formai
le projet le plus extravagant et le plus raisonnable en
même temps auquel un amant puisse jamais songer.
Pour examiner cette femme corporellement comme je
l'avais étudiée intellectuellement, pour la connaître enfin
tout entière, je résolus de passer une nuit chez elle,
dans sa chambre, à son insu.

Voici comment j'exécutai cette entreprise qui me dévorait l'ame et la pensée comme un désir de vengeance
mord le cœur d'un moine corse.

XXIX

Fœdora réunissait, chez elle, aux jours de réception, une assemblée trop nombreuse pour qu'il fût possible au portier d'établir une balance exacte entre les sorties et les entrées. Assuré par cette réflexion de pouvoir rester dans la maison sans y causer de scandale, j'attends impatiemment, pour accomplir mon dessein, la prochaine soirée de la comtesse.

En m'habillant, je mis dans la poche de mon gilet, un petit canif anglais, à défaut de poignard. Trouvé sur moi, cet instrument littéraire n'avait rien de suspect ; et, ne sachant pas où pouvait me conduire ma résolution romanesque, je voulais être armé : une lame de canif doit aller jusqu'au cœur.

Lorsque les salons commencèrent à se remplir, j'allai dans la chambre à coucher, pour y examiner les localités. Les persiennes et les volets en étaient fermés. C'était un premier bonheur. Présumant que la femme de chambre viendrait peut-être détacher les rideaux drapés aux fenêtres, je les fis tomber en lâchant les embrasses. Je risquais beaucoup en me hasardant à faire ainsi le ménage par avance ; mais je m'étais soumis à tous les périls de ma situation, et les avais froidement calculés.

Vers minuit, je vins me cacher dans l'embrasure d'une fenêtre et je m'y tapis dans le coin le plus obscur. Pour ne pas laisser voir mes pieds, j'essayai de les poser sur la plinthe de la boiserie, et de me tenir en l'air le dos

appuyé contre le mur en me cramponnant à l'espagno-
lette. Après une étude approfondie de mes points
d'appui, de l'espace qui me séparait des rideaux et de
mon équilibre, je parvins à me familiariser avec les
difficultés de ma position. J'étais sûr de pouvoir demeurer là sans être découvert, si les crampes, la toux et les
éternuements me laissaient tranquille. Alors, pour ne
pas me fatiguer inutilement, je me tins debout en attendant le moment critique pendant lequel je devais rester
suspendu comme une araignée dans sa toile. La moire
blanche et la mousseline des rideaux, formant devant
moi de gros plis semblables à des tuyaux d'orgue, j'y
pratiquai des trous avec mon canif et les disposai de
manière à tout voir par ces espèces de meurtrières.

Enfin la comtesse n'ayant plus autour d'elle, dans le
J'entendis vaguement le murmure des salons, les rires
des causeurs, leurs éclats de voix. Ce tumulte vaporeux,
cette sourde agitation diminua par degrés; puis, quelques
hommes vinrent prendre leurs chapeaux, placés, près de
moi, sur la commode de la comtesse. Quand ils frois-
saient les rideaux, je frissonnais en pensant aux distractions, aux hasards de ces recherches faites par des gens
oublieux et pressés de partir... J'eus bon espoir pour
le succès de mon entreprise en n'éprouvant aucun
malheur. Le dernier chapeau fut emporté par un vieil
amoureux de Fœdora, qui se croyant seul, regarda le
lit et poussa un gros soupir, suivi d'une exclamation
assez énergique.

Enfin la comtesse n'ayant plus autour d'elle, dans le
boudoir voisin de sa chambre, que cinq ou six personnes
intimes, leur proposa d'y prendre le thé.

Alors, les calomnies pour lesquelles la société actuelle
a réservé le peu de croyance qui lui reste, se mêlèrent
à des épigrammes, à des jugemens spirituels, au bruit
des tasses et des cuillers. Rastignac était sans pitié pour
mes rivaux; et, souvent il excitait un rire franc par ses
saillies.

— M. de Rastignac est un homme avec lequel il ne faut pas se brouiller!... dit en riant la comtesse.

— Je le crois... répondit-il naïvement. — J'ai toujours raison dans mes haines!... — et dans mes amitiés, ajouta-t-il. — Mes ennemis me servent autant que mes amis peut-être!... Puis, j'ai fait une étude assez spéciale de l'idiome moderne et des artifices naturels dont on se sert pour tout attaquer ou tout défendre. L'éloquence ministérielle est un perfectionnement social. Un de vos amis est-il sans esprit, vous parlez de sa probité, de sa franchise; son ouvrage est-il lourd, c'est un travail consciencieux; si le livre est mal écrit, vous en vantez les idées; tel homme est sans foi, sans constance, vous échappe à tout moment, bah!... il est séduisant, prestigieux, il charme... S'agit-il de vos ennemis, vous leur jetez à la tête les morts et les vivans, vous renversez les termes de votre langage; et vous êtes aussi perspicace à découvrir leurs défauts que vous êtes habile à mettre en relief les vertus de vos amis. Cette application des lois de l'optique à la vue morale est tout le secret de nos conversations, et l'art du courtisan. — N'en pas user c'est vouloir combattre sans armes des gens bardés de fer comme des chevaliers bannerets. — Et — j'en use... j'en abuse même quelquefois. — Aussi l'on me respecte, moi et mes amis...

Là dessus, un des plus fervens admirateurs de Fœdora, jeune homme dont l'impertinence était célèbre et qui s'en faisait un moyen de parvenir, releva le gant si dédaigneusement jeté par Rastignac; et, parlant de moi, se mit à vanter outre mesure mes talens et ma personne. Rastignac avait oublié ce genre de médisance.

Cet éloge sardonique trompa la comtesse. Elle m'immola sans pitié, abusant même de mes secrets pour faire rire ses amis de mes prétentions et de mes espérances.

— Il a de l'avenir!... dit Rastignac. Peut-être sera-t-il

un jour homme à prendre de cruelles revanches... Ses talens égalent au moins son courage.

Le profond silence qui régna parut déplaire à la comtesse :

— Du courage!... oh! beaucoup!... reprit-elle. Il m'est fidèle...

Il me prit une vive tentation de me montrer soudain aux rieurs comme l'ombre de Banquo dans Macbeth... Je perdais une maîtresse, mais j'avais un ami!...

Cependant l'amour me souffla tout à coup un de ces lâches et subtils paradoxes avec lesquels il endort toutes nos douleurs.

— Si Fœdora m'aime, pensai-je, ne doit-elle pas dissimuler son affection sous une plaisanterie malicieuse? et que de fois le cœur n'a-t-il pas démenti les mensonges de la bouche...

Enfin, bientôt mon impertinent rival, resté seul avec la comtesse, voulut partir.

— Eh quoi! déjà!... lui dit-elle avec un son de voix plein de câlineries et qui me fit palpiter. Vous ne me donnerez pas encore un moment... N'avez-vous donc plus rien à me dire, et ne me sacrifierez-vous pas quelques-uns de vos plaisirs?...

Il s'en alla.

— Ah! s'écria-t-elle en bâillant, ils sont tous bien ennuyeux!...

Et tirant avec force un cordon, le bruit d'une sonnette retentit dans les appartemens.

La comtesse entra dans sa chambre en fredonnant une phrase du *Pria che spunti*. Jamais personne ne l'avait entendue chanter, et ce mutisme donnait lieu à de bizarres interprétations. Elle avait, dit-on, promis à son premier amant, charmé de ses talens, et jaloux d'elle, par delà le tombeau, de ne donner à personne un bonheur qu'il voulait avoir goûté seul.

Alors je tendis les forces de mon ame pour aspirer les sons.

De note en note, la voix s'éleva. Puis, Fœdora sembla s'animer, les richesses de son gosier se déployèrent; et, alors cette mélodie eut quelque chose de divin. La comtesse avait dans l'organe, une clarté vive, une justesse de ton, je ne sais quoi d'harmonique et de vibrant qui pénétrait, remuait et chatouillait le cœur. Les musiciennes sont presque toujours amoureuses... Ah! une femme qui chantait ainsi devait aimer... La beauté de la voix fut donc un mystère de plus dans cette femme déjà si mystérieuse. — Je la voyais alors comme je te vois. Elle paraissait s'écouter elle-même et ressentir une volupté qui lui fût particulière. Elle éprouvait comme une jouissance d'amour!... Elle vint devant la cheminée en achevant le principal motif de ce *rondo;* mais quand elle se tut, sa physionomie changea : ses traits se décomposèrent et sa figure exprima la fatigue. Elle venait d'ôter un masque. Actrice, son rôle était fini. Cependant l'espèce de flétrissure imprimée à sa beauté, soit par son travail d'artiste, soit par la lassitude de la soirée, n'était pas sans charme.

— La voilà vraie!... me dis-je.

Elle mit, comme pour se chauffer, un pied sur la barre de bronze qui surmontait le garde-cendre, ôta ses gants, détacha ses bracelets, et enleva par dessus sa tête une chaîne d'or au bout de laquelle était suspendue sa cassolette ornée de pierres précieuses... J'éprouvais un plaisir indicible à voir tous ses mouvemens empreints de cette gentillesse dont les chattes font preuve en se toilettant au soleil. Elle se regarda dans la glace et dit tout haut d'un air de mauvaise humeur :

— Je n'étais pas jolie, ce soir!... Mon teint se fane avec une effrayante rapidité! Il faudrait peut-être me coucher plus tôt, renoncer à cette vie dissipée... Mais Justine se moque-t-elle de moi?...

Elle sonna de nouveau. La femme de chambre accourut. Où logeait-elle? je ne sais. Elle arriva par un escalier dérobé. J'étais curieux de la voir; car mon imagination de poète avait souvent incriminé cette invisible servante... C'était une fille brune, grande et bien faite.

— Madame a sonné?...

— Deux fois!... répondit Fœdora. Tu vas donc maintenant devenir sourde?

— J'étais à faire le lait d'amandes de Madame...

Justine s'agenouilla, défit les cothurnes des souliers, déchaussa sa maîtresse, qui, nonchalamment étendue sur un fauteuil à ressorts, au coin du feu, bâillait, ou se grattait la tête... Il n'y avait rien que de très-naturel dans tous ses mouvemens, et nul symptôme ne me révéla les souffrances secrètes que j'avais supposées.

— George est amoureux! dit-elle, je le renverrai... N'a-t-il pas encore défait les rideaux ce soir?... A quoi pense-t-il!

A cette observation, tout mon sang reflua vers mon cœur. Heureusement il ne fut plus question des rideaux.

— Que la vie est vide!... reprit la comtesse. Ah ça! prends garde de m'égratigner comme tu l'as fait hier. Tiens, vois-tu, dit-elle en lui montrant un petit genou poli, satiné, je porte encore la marque de tes griffes.

Elle mit ses pieds nus dans des pantoufles de velours fourrées de cygne, et détacha sa robe pendant que Justine prit un peigne pour lui arranger les cheveux.

— Il faut vous marier, Madame, avoir des enfans...

— Des enfans!... Il ne me manquerait plus que cela pour m'achever!... s'écria-t-elle. Un mari!... Quel est l'homme auquel je pourrais me... — Étais-je bien coiffée ce soir?

— Mais... pas très-bien...

— Tu es une sotte.

— Rien ne vous va plus mal que de trop crêper vos

cheveux... reprit Justine. Les grosses boucles bien lissées vous sont plus avantageuses!...

— Vraiment!...

— Mais oui, Madame, les cheveux crêpés clair ne vont bien qu'aux blondes...

— Me marier!... oh non, non!... Le mariage est un manége pour lequel je ne suis pas née...

Quelle épouvantable scène pour un amant! Cette femme solitaire, sans parens, sans amis, athée en amour, ne croyant à aucun sentiment, et, si faible que fût en elle ce besoin d'épanchement cordial, si naturel à toute créature humaine, réduite pour le satisfaire à causer avec sa servante, à dire des phrases sèches, ou des riens!... J'en eus pitié.

Bientôt Justine la délaça. Je la contemplai curieusement au moment où le dernier voile s'enleva. Elle avait le corsage d'une vierge... Je fus comme ébloui. Je manquai tomber. La comtesse était adorablement belle. A travers sa chemise de batiste et à la lueur des bougies, son corps blanc et rose étincelait comme une statue d'argent qui brille sous la gaze dont un ouvrier l'a revêtue... Ah! nulle imperfection ne devait lui faire redouter les yeux furtifs de l'amour...

— Dépêche-toi donc!... dit-elle, j'ai froid.

Justine apporta un peignoir de batiste que Fœdora mit par dessus sa chemise; puis, elle s'assit devant le feu, muette et pensive, pendant que sa femme de chambre allumait la bougie de la lampe d'albâtre suspendue devant le lit. Justine alla chercher une bassinoire, prépara le lit, aida sa maîtresse à se coucher; et, après un temps assez long, mais employé par de minutieux services dont les détails multipliés accusaient la profonde vénération de Fœdora pour elle-même, cette fille partit enfin et je restai seul avec la comtesse.

Alors je l'entendis se tourner à droite, à gauche et bâiller. Elle était agitée, soupirait, et ses lèvres laissaient

échapper un léger bruit qui, perceptible à l'ouïe, dans
le silence de la nuit, peignait des mouvemens d'impatience. Avançant la main vers sa table, elle y prit une
fiole, versa dans son lait quelques gouttes d'une liqueur
dont je ne distinguai pas l'espèce; puis, elle but; et,
après quelques soupirs pénibles :

— Ah! mon Dieu!... s'écria-t-elle.

Cette exclamation et surtout l'accent qu'elle y mit,
me brisa le cœur...

Insensiblement elle resta sans mouvement. J'eus peur;
mais bientôt j'entendis retentir la respiration égale et
forte d'une personne endormie. Alors, mettant loin de
moi la soie criarde des rideaux, je quittai ma position
et vins me placer au pied de son lit, en la regardant avec
un sentiment indéfinissable. Elle était ravissante ainsi.
Elle avait la tête sous le bras, comme un enfant, et ce joli
visage enveloppé de dentelles, tranquille, possédait une
suavité qui m'enflamma. Présumant trop de moi-même,
je n'avais pas compris mon supplice : être si près et si
loin d'elle!... je fus obligé de subir les tortures que je
m'étais préparées.

— *Ah! mon Dieu!...*

Cette phrase avait tout à coup changé mes idées sur
Fœdora, et je devais remporter pour toute lumière, ce
lambeau d'une pensée inconnue.

Ce mot insignifiant ou profond, sans substance ou
plein de mystères, pouvait s'interpréter également par le
bonheur et la souffrance, par une douleur de corps, ou
par des peines... Était-ce imprécation ou prière, souvenir
ou avenir, regret ou crainte? Il y avait toute une vie dans
cette parole! vie d'indigence ou de richesse... enfin, il
y tenait même un crime!... La sachant adorablement
belle, l'énigme cachée dans ce beau semblant de femme
renaissait par ce mot, mais elle pouvait maintenant être
expliquée de tant de manières que la comtesse était inexplicable peut-être!

Les fantaisies du souffle qui passait entre ses dents, tantôt faible, tantôt accentué, grave ou léger, formaient une sorte de langage auquel j'attribuais des pensées, des sentimens; je rêvais avec elle; j'espérais m'initier à ses secrets d'ame en pénétrant dans son sommeil. Je flottais entre mille partis contraires, entre mille jugemens. Enfin à voir ce beau visage, calme et pur, il me fut impossible de refuser un cœur à cette femme!... Je résolus de faire encore une tentative en lui racontant ma vie, mon amour, mes sacrifices; de réveiller en elle la pitié; de lui arracher une larme à elle qui ne pleurait pas!...

Quand le tapage de la rue m'annonça le jour, j'avais placé toutes mes espérances dans cette dernière épreuve.

Il y eut un moment où je me représentai Fœdora se réveillant dans mes bras... Je pouvais me mettre tout doucement à ses côtés, m'y glisser...

Cette idée me tyrannisa si cruellement que, pour y résister, je me sauvai dans le salon, sans prendre aucune précaution pour éviter le bruit; mais j'arrivai heureusement à une porte dérobée qui donnait sur un petit escalier.

Ainsi que je l'avais présumé, la clef se trouvait en dedans, à la serrure; alors, tirant la porte avec force, je descendis hardiment dans la cour; et, sans regarder si j'étais vu, je sautai vers la rue en trois bonds.

XXX

Deux jours après, un auteur devant lire une comédie chez la comtesse, j'y allai dans l'intention d'y rester le dernier pour lui présenter une requête assez singulière. Je voulais la prier de m'accorder la soirée du lendemain, et de me la consacrer toute entière, en faisant fermer sa porte.

Quand je me trouvai seul avec elle, le cœur me faillit. Chaque battement de la pendule m'épouvantait. Il était minuit moins un quart.

— Si je ne lui parle pas, me dis-je, il faut me briser le crâne sur l'angle de la cheminée...

Je m'accordai trois minutes de délai. Les trois minutes se passèrent et je ne me brisai pas le crâne sur le marbre; mais mon cœur se gonflait, s'alourdissait comme une éponge dans l'eau.

— Vous êtes extrêmement aimable?... me dit-elle.

— Ah! Madame!... répondis-je, si vous pouviez me comprendre!

— Qu'avez-vous? reprit-elle, vous pâlissez...

— J'hésite à réclamer de vous une grâce...

Alors, je lui demandai le rendez-vous.

— Volontiers... dit-elle; mais pourquoi ne me parleriez-vous pas en ce moment?

— Pour ne pas vous tromper, je dois, Madame, vous faire apercevoir l'étendue de votre engagement. Je désire passer cette soirée près de vous comme si nous étions frère et sœur. Je connais vos antipathies; mais vous avez pu m'apprécier assez pour être certaine que je ne veux rien de vous qui puisse vous déplaire. D'ailleurs, les audacieux ne procèdent pas ainsi. Vous m'avez témoigné de l'amitié, vous êtes bonne, pleine d'indulgence...

— Eh bien! sachez que je dois vous dire adieu, — demain...

— Ne vous rétractez pas! m'écriai-je en la voyant prête à parler.

Je disparus.

Le deux mai dernier, vers huit heures du soir, je me trouvai seul avec Fœdora, dans son boudoir gothique. Alors je ne tremblai pas; j'étais sûr d'être heureux : ma maîtresse devait m'appartenir, ou sinon, je m'étais promis de me refugier dans les bras de la mort. J'avais condamné mon lâche amour; et, un homme est bien fort quand il s'avoue sa faiblesse.

Vêtue d'une robe de cachemire bleu, la comtesse était étendue sur un divan, les pieds soutenus par un coussin. Portant un béret oriental, coiffure que les peintres attribuent aux premiers Hébreux, elle avait ajouté je ne sais quel piquant attrait d'étrangeté à ses séductions... Sa figure était empreinte d'un charme fugitif qui semblait prouver que nous sommes à chaque instant des êtres nouveaux, uniques, sans aucune similitude avec le *nous* de l'avenir et du passé. Je ne l'avais jamais vue aussi éclatante de beauté.

— Savez-vous, dit-elle en riant, que vous avez piqué ma curiosité?...

— Je ne la tromperai point!... répondis-je froidement.

Je m'assis près d'elle; et, lui prenant une main qu'elle m'abandonna très-amicalement :

— Vous avez une bien belle voix!... lui dis-je.

Elle pâlit.

— Vous ne m'avez jamais entendue!.. s'écria-t-elle.

— Je vous prouverai le contraire quand cela sera

nécessaire. — Votre chant délicieux est-il encore un
mystère?... Rassurez-vous! Je ne veux pas le pénétrer...

Nous restâmes environ une heure à causer familière-
ment. Si je pris le ton, les manières et les gestes d'un
homme auquel Fœdora ne devait rien refuser, j'eus aussi
tout le respect d'un amant. En jouant ainsi, j'obtins la
faveur de lui baiser la main, elle se déganta par un mouvement mignon, et j'étais alors si voluptueusement
enfoncé dans l'illusion à laquelle je voulais croire que
mon ame se fondit, s'épancha tout entière dans ce baiser. Fœdora se laissa flatter, caresser avec un incroyable
abandon; mais — ne m'accuse pas de niaiserie!... Si
j'avais voulu faire un pas au delà de cette câlinerie fra-
ternelle, j'eusse senti les griffes du chat.

Nous restâmes dix minutes environ, plongés dans un
profond silence. Je l'admirais, lui prêtant des charmes
auxquels elle mentait. En ce moment, elle était à moi, à
moi seul. Alors, je possédai cette ravissante créature,
comme il était permis de la posséder — intuitivement.
Je l'enveloppais dans mon désir, je la tenais, je la ser-
rais, et mon imagination l'épousa. Certes alors, je vain-
quis la comtesse par la puissance d'une fascination
magnétique; et j'ai toujours regretté de ne pas m'être
entièrement soumis cette femme. En ce moment, je n'en
voulais pas à son corps!... Il me fallait une ame!... une
vie! ce bonheur idéal et complet, ce beau rêve auquel
nous ne croyons pas long-temps!...

Cependant la soirée s'avançait.

— Fœdora, lui dis-je enfin, en sentant que la dernière
heure de mon ivresse était arrivée. Écoutez-moi!...

Je vous aime, vous le savez, je vous l'ai dit mille fois!
— Vous auriez dû m'entendre; — mais, ne voulant devoir
votre amour ni à des grâces de fat, ni à des flatteries de
coiffeur ou à des importunités, vous ne m'avez pas
compris. — Que de maux j'ai souffert pour vous et dont,

cependant, vous êtes innocente! — mais dans quelques
momens vous me jugerez...

Il y a deux misères, Madame!... — Celle qui va effron-
tément par les rues, en haillons; qui recommence
Diogène, sans le savoir; se nourrissant de peu, réduisant la vie au simple; heureuse... plus que la richesse
peut-être, insouciante du moins; et prenant le monde, là
où les puissans n'en veulent plus... Puis la misère du
luxe, — une misère espagnole qui cache la mendicité sous
un titre. Elle est fière, emplumée, elle a des carrosses.
C'est la misère en gilet blanc, en gants jaunes, et qui
perd une fortune, faute d'un centime. L'une est la
misère du peuple, l'autre celle des escrocs, des rois et
des gens de talent. Je ne suis ni peuple, ni roi, ni escroc,
et peut-être n'ai-je pas de talent!... Ainsi je suis une
exception. Mon nom m'ordonne peut-être de mourir
plutôt que de mendier.

Rassurez-vous, Madame... Je suis riche aujourd'hui!...
Je possède de la terre, tout ce qu'il m'en faut, lui dis-je
en voyant sa physionomie prendre la froide expression
qui se peint dans nos traits quand nous sommes surpris
par des quêteuses de bonne compagnie.

Vous souvenez-vous du jour où vous avez voulu venir
au Gymnase sans moi, croyant que je ne m'y trouverais
pas?...

Elle fit un signe de tête affirmatif.

— J'avais employé mon dernier écu pour aller vous
y voir. — Vous rappelez-vous du jour où nous fîmes
une promenade au Jardin-des-Plantes?.. — Votre voiture me coûta toute ma fortune!

Là, je lui racontai mes sacrifices, je lui peignis ma vie,
non pas comme je te la récite aujourd'hui dans l'ivresse
du vin; mais dans une noble ivresse de cœur. Ma passion
déborda par des mots flamboyans, par des traits de sentiment que, depuis, j'ai oubliés; et qu'aucun art, que le
souvenir lui-même ne saurait reproduire. Ce ne fut pas

la narration sans chaleur d'un amour détesté; non, mon
amour dans sa force et dans la beauté de son espérance,
mon amour exalté m'inspirait ces paroles qui projettent
toute une vie, ces cris d'une ame déchirée; et mon accent
fut celui des dernières prières faites par un mourant sur
le champ de bataille.

Elle pleura!... je m'arrêtai.

Grand Dieu!... ses larmes étaient le fruit de cette
émotion factice, achetée cent sous à la porte d'un
théâtre.

— Si j'avais su... dit-elle.

— N'achevez pas, m'écriai-je. Je vous aime encore
assez en ce moment pour vous tuer...

Elle voulut saisir le cordon de la sonnette.

J'éclatai de rire.

— N'appelez pas, repris-je. Je vous laisserai paisi-
blement achever votre vie; car ce serait mal entendre la
haine que de vous tuer!... Non, non, ne craignez pas
de violence. — J'ai passé toute une nuit au pied de
votre lit.

— Monsieur!... dit-elle en rougissant.

Après ce premier mouvement donné au peu de
pudeur que peut avoir une femme insensible, elle me
jeta un regard fauve et me dit :

— Vous avez dû avoir bien froid?...

— Croyez-vous, Fœdora, que votre beauté me soit si
précieuse!... lui répondis-je en devinant toutes les
pensées qui l'agitaient. Elle était, pour moi, la promesse d'une ame plus belle encore que vous n'êtes
belle!... — Eh! Madame, les hommes qui ne voient que la
femme dans une femme, peuvent acheter des odalisques
dignes du sérail et se rendre heureux à bas prix! Ah!
j'étais ambitieux, je voulais vivre de cœur à cœur avec
vous, mais vous n'avez pas de cœur... Oh! je le sais
maintenant. — Si vous deviez être à un homme je
l'assassinerais... Mais non, vous l'aimeriez!... et sa mort

vous ferait trop de peine! — Oh! que je souffre!...
m'écriai-je...

— Si cela peut vous consoler... dit-elle en riant, je
puis assurer que jamais personne...

— Alors, repris-je en l'interrompant, vous insultez à
Dieu même, et vous en serez punie!..... Un jour, couchée
peut-être, sur un divan, ne pouvant supporter ni le
bruit, ni la lumière, condamnée à vivre dans une sorte
de tombe, vous souffrirez des maux inouïs... Quand vous
chercherez la cause de vos lentes et vengeresses douleurs,
alors, souvenez-vous des malheurs que vous avez si largement jetés sur votre passage! Ayant semé partout des
imprécations, vous trouverez la haine au retour... Nous
sommes les propres juges, les bourreaux d'une Justice
qui règne ici-bas, et marche au-dessus de celle des
hommes, et au-dessous de Dieu...

— Ah! ah! dit-elle en riant. Je suis sans doute bien
criminelle de ne pas vous aimer... Est-ce ma faute?...
Eh bien non, je ne vous aime pas! Vous êtes un homme,
cela suffit... Je me trouve heureuse d'être seule... pourquoi changerais-je ma vie... — égoïste si vous voulez... —
contre les caprices d'un maître?... Le mariage est un
sacrement en vertu duquel nous ne nous communiquons
que des chagrins... Puis, les enfans m'ennuieraient... —
Ah! ah! je vous ai loyalement prévenue de mon caractère... Pourquoi ne vous êtes-vous pas contenté de mon
amitié? Je voudrais pouvoir vous consoler des peines
que je vous ai causées en ne devinant pas le compte de
vos petits écus... J'apprécie l'étendue de vos sacrifices...
Il n'y a que l'amour qui puisse payer votre dévouement,
votre délicatesse... mais je ne vous aime pas, et toute
cette scène m'affecte désagréablement.

— Je sens combien je suis ridicule... lui dis-je avec
douceur... Pardonnez-moi.

Je ne pus retenir mes larmes...

— Je vous aime assez pour écouter avec délices les

cruelles paroles que vous prononcez... Oh! je voudrais
pouvoir signer mon amour, de tout mon sang...

— Tous les hommes nous disent plus ou moins bien
ces phrases classiques!..... reprit-elle en riant. Mais il
paraît qu'il est très-difficile de mourir à nos pieds, car
je rencontre de ces morts-là partout... Il est minuit, je
vous prie de me laisser coucher...

— Et dans deux heures vous direz : — *Ah! mon Dieu!*...
Elle se prit à rire.

— Avant-hier!... — Oui... — Je pensais à mon agent de
change. J'avais oublié de lui faire convertir mes rentes de
cinq en *trois*... Et, dans la journée, le *trois* avait baissé...

Je la contemplais d'un œil étincelant de rage.

Ah! quelquefois un crime peut être tout un
poème!... Alors, je l'ai compris.

Elle riait.

Familiarisée sans doute avec les déclarations les plus
passionnées, elle avait déjà oublié mes larmes et mes
paroles.

— Épouseriez-vous un pair de France?... lui deman-
dai-je froidement.

— Peut-être, s'il était duc!...

Je pris mon chapeau, je la saluai.

— Permettez-moi, dit-elle, de vous accompagner
jusqu'à la porte de mon appartement...

Il y avait une ironie perçante dans son geste, dans la
pose de sa tête, dans son accent.

— Fœdora...

— Monsieur...

— Je ne vous verrai plus!...

— Je l'espère... répondit-elle en inclinant la tête avec
une impertinente expression.

— Vous voulez être duchesse?.. repris-je, animé
par une sorte de frénésie que son geste alluma dans
mon cœur. Vous êtes folle de titres et d'honneurs? eh
bien! laissez-vous seulement aimer par moi? Permettez

à ma plume de ne parler, à ma voix de ne retentir que
pour vous?... Soyez le principe secret de ma vie, soyez
mon étoile!... Puis, ne m'acceptez pour époux que
ministre, pair de France, duc... Je me ferai tout ce que
vous voudrez que je sois!...

— Vous avez, dit-elle en souriant, assez bien employé
votre temps chez l'avoué!... Vos plaidoyers ont de la
chaleur...

— Tu as le présent!... m'écriai-je, et moi l'avenir!...
Je ne perds qu'une femme et tu perds un nom, une
famille. — Le temps est gros de ma vengeance. — Tu ren-
contreras la laideur, là où je trouverai la gloire!...

— Merci de la péroraison!... dit-elle en retenant un
bâillement et témoignant par son attitude le désir de ne
plus me voir.

Ce mot m'imposa silence. — Je lui jetai ma haine
dans un regard et je m'enfuis, aimant toujours cette
horrible femme.

XXXI

Il fallait oublier Fœdora, me guérir de ma folie, reprendre ma studieuse solitude, ou mourir. Alors je m'imposai des travaux exorbitans, je voulus achever mes ouvrages; et, pendant quinze jours je ne sortis pas de ma mansarde, consumant les nuits en de pâles et tristes études... Mais, malgré mon courage et les inspirations de mon désespoir, je travaillais difficilement et par saccades : la muse avait fui. Je ne pouvais chasser le fantôme brillant et moqueur de Fœdora. Chacune de mes pensées couvait une autre pensée maladive, un désir, terrible comme un remords. — Aussi, j'imitai les anachorètes de la Thébaïde : je mangeais peu; sans prier comme eux, comme eux je vivais dans un désert, creusant mon ame au lieu de creuser un rocher; enfin! je me serais au besoin serré les reins avec une ceinture armée de pointes, afin de dompter la douleur morale par une douleur physique.

Un soir, Pauline pénétra dans ma chambre; et, d'une voix suppliante :

— Vous vous tuez, me dit-elle, vous devriez sortir, aller voir vos amis...

— Ah! Pauline! votre prédiction était vraie!... la comtesse Fœdora me tue... je veux mourir... la vie m'est insupportable...

— Il n'y a donc qu'une femme dans le monde?... dit-elle en souriant. — Pourquoi mettez-vous des peines infinies dans une vie si courte?...

Je regardais Pauline avec stupeur... Elle me laissa seule... Je ne m'étais pas aperçu de sa retraite... J'avais entendu sa voix, sans comprendre le sens de ses paroles.

Cependant je fus obligé de porter le manuscrit de mes mémoires à mon entrepreneur de littérature. Préoccupé par ma passion, j'ignorais comment j'avais pu vivre sans argent, je savais seulement que les quatre cent cinquante francs qui m'étaient dus suffiraient à payer mes dettes... j'allai donc les chercher.

Ce jour-là, je rencontrai Rastignac.

Il me trouva changé, maigri.

— De quel hôpital sors-tu?... me dit-il.

— Cette femme me tue... répondis-je, je ne puis ni la mépriser, ni l'oublier.

— Il vaut mieux la tuer... Ty n'y songeras peut-être plus!.... s'écria-t-il en riant.

— J'y ai bien pensé! répondis-je. Mais si parfois, je rafraîchis mon ame par l'idée d'un crime, viol ou assassinat, et les deux ensemble même... je me trouve incapable de le commettre en réalité... La comtesse est un admirable monstre. — Puis, elle demanderait grâce!...

— Elle est comme toutes les femmes que nous ne pouvons pas avoir!... dit Rastignac en m'interrompant.

— Je suis fou! m'écriai-je. Je sens la folie à la porte de mon cerveau. Elle rugit par momens. Alors, mes idées sont comme des êtres, elles dansent, et je ne puis les saisir... Je préfère la mort à cette vie, et je cherche avec conscience le meilleur moyen de terminer cette lutte. Il ne s'agit plus de la Fœdora vivante, de la Fœdora du faubourg Saint-Honoré, mais de ma Fœdora, de celle qui est là!... dis-je en me frappant le front. Que penses-tu de l'opium?...

— Bah! des souffrances atroces!... répondit Rastignac.

— L'asphyxie?...
— Canaille...
— La Seine?...
— Les filets et la Morgue sont sales et hideux.
— Un coup de pistolet?
— Et si tu te manques?

Écoute! J'ai, comme tous les jeunes gens, médité
sur les suicides. Qui de nous ne s'est pas, dans sa vie,
tué deux ou trois fois!... Je n'ai rien trouvé de mieux
que d'user l'existence par le plaisir... Plonge-toi dans
une dissolution profonde!... ta passion, ou toi, vous y
périrez. L'intempérance, mon cher, est la reine de toutes
les morts!... Ne commande-t-elle pas à l'apoplexie foudroyante?... Or, l'apoplexie est un coup de pistolet qui
ne nous manque pas! Les orgies nous prodiguent tous
les plaisirs physiques... N'est-ce pas l'opium en petite
monnaie, l'opium matérialisé?... En nous forçant de
boire à outrance, la débauche porte de mortels défis au
vin. Or, le tonneau de Malvoisie du duc de Clarence a
meilleur goût que les bourbes de la Seine. Enfin, quand
nous tombons noblement sous la table, n'est-ce pas une
petite asphyxie périodique?... Puis, si la patrouille nous
ramasse, en restant étendus sur les lits froids des corps-
de-garde, ne jouissons-nous pas des plaisirs de la
Morgue, moins les ventres enflés, turgides, bleus et
verts?...

Ah! ah! reprit-il, ce long suicide n'est pas une mort
d'épicier en faillite... Les négocians ont déshonoré la
rivière!... Maintenant ils se jettent à l'eau par spéculation et pour attendrir leurs créanciers... Moi, je tâcherais
de mourir avec élégance. — Si tu veux créer un nouveau
genre de mort en te débattant ainsi contre la vie, je suis
ton second. Je m'ennuie : je suis désappointé... Ma veuve
me fait, du plaisir, un vrai bagne. D'ailleurs, j'ai découvert qu'elle a six doigts au pied gauche. Je ne puis pas
vivre avec une femme qui a six doigts... Cela se saurait

et je deviendrais ridicule!... Puis, elle n'a que dix-huit mille livres de rente : sa fortune diminue et ses doigts augmentent!... Au diable!... En menant cette vie enragée, nous trouverons peut-être le bonheur par hasard.

Rastignac m'entraîna. Ce projet faisait briller de trop fortes séductions et peut-être aussi quelques dernières espérances; il avait une couleur trop poétique pour ne pas plaire à un poète.

— Et de l'argent!... lui dis-je.

— N'as-tu pas quatre cent cinquante francs?...

— Oui, mais je dois à mon tailleur, à mon hôtesse.

— Tu paies ton tailleur!... Tu ne seras jamais rien, — pas même ministre.

— Mais que pouvons-nous faire avec vingt louis?...

— Aller au jeu.

Je frissonnai.

— Ah! reprit-il en s'apercevant de ma pruderie, tu veux te lancer dans ce que je nomme le *Mauvais-sujétisme,* et tu as peur d'un tapis vert!...

— Écoute, lui répondis-je, j'ai promis à mon père de ne jamais mettre le pied dans une maison de jeu. — Non-seulement cette promesse est sacrée, mais j'éprouve même une sorte d'horreur invincible en passant devant un tripot... Vas-y seul!... Voilà cent écus. Pendant que tu risqueras toute notre fortune, j'irai mettre mes affaires en ordre, et je reviendrai t'attendre chez toi...

Voilà, mon cher, comment je me perdis. Il suffit à un jeune homme de rencontrer une femme qui ne l'aime pas, ou une femme qui l'aime trop pour que toute sa vie soit dérangée!... Le bonheur engloutit toutes nos forces, comme le malheur fait taire nos vertus!

Revenu à mon hôtel Saint-Quentin, je contemplai long-temps la mansarde où j'avais mené la vie chaste d'un savant, une vie qui aurait été peut-être honorable, longue, et que je n'aurais pas dû quitter pour la vie passionnée qui m'entraînait dans un gouffre.

Pauline me surprit dans une attitude mélancolique, et cette douce fille, ce génie familier, cet ange gardien me regarda silencieusement.

— Eh bien! dit-elle. Qu'avez-vous?...

Je me levai froidement, je comptai l'argent que je devais à sa mère en y ajoutant le prix de mon loyer pour six mois...

Elle m'examinait avec une sorte de terreur.

— Je vous quitte, ma pauvre Pauline...

— Je l'ai deviné! s'écria-t-elle.

— Écoutez, ma chère enfant, je ne renonce pas à revenir ici... Gardez-moi ma cellule pendant une demi-année... Si je ne suis pas de retour vers le 15 novembre, alors, Pauline, vous hériterez de moi. Ce manuscrit cacheté, dis-je en lui montrant un paquet de papiers, est la copie de mon grand ouvrage sur la *Volonté*. Vous le déposerez à la Bibliothèque du Roi. Quant à tout ce que je laisse ici... vous en ferez ce que vous voudrez.

Elle me jettait des regards qui pesaient sur mon cœur. Pauline était là comme une conscience vivante...

— Je n'aurai plus de leçons!... dit-elle en me montrant le piano.

Je ne répondis pas.

— M'écrirez-vous?...

— Adieu, Pauline...

Je l'attirai doucement à moi; puis, sur son front d'amour, et vierge comme la neige qui n'a pas touché terre, je mis un baiser de frère, un baiser de vieillard.

Elle se sauva.

Je ne voulus pas voir madame Gaudin. Je mis ma clef à sa place habituelle, et je partis.

En quittant la rue de Cluny, j'entendis derrière moi le pas léger d'une femme.

— Tenez, me dit Pauline, je vous avais brodé cette bourse; la refuserez-vous aussi?...

Croyant apercevoir à la lueur du réverbère, une larme dans les yeux de Pauline, je soupirai.

Alors, poussés tous deux par la même pensée peut-être, nous nous séparâmes avec l'empressement de gens qui auraient voulu fuir la peste....

XXXII

La vie de dissipation à laquelle je me vouais apparaissait devant moi bizarrement exprimée par la chambre où
j'attendais, avec une noble insouciance, le retour de Rastignac.

Au milieu de la cheminée s'élevait une pendule surmontée d'une admirable Vénus accroupie sur sa tortue;
mais elle tenait entre ses bras un cigare à demi consumé.
Des meubles élégans, présens de l'amour, étaient épars,
sans ordre. De vieilles chaussettes traînaient sur un
voluptueux divan. Le délicieux fauteuil à ressorts dans
lequel j'étais plongé portait des cicatrices comme un
vieux soldat, offrant aux regards ses bras déchirés, et
montrant incrustées sur son dossier la pomade, l'huile
antique de toutes les têtes d'amis... L'opulence et la
misère s'accouplaient naïvement dans le lit, sur les murs,
partout. Vous eussiez dit les palais de Naples bordés
de lazzaroni.

C'était une chambre de joueur ou de mauvais sujet,
dont le luxe est tout personnel, vivant de sensations, et
qui, des incohérences ne se soucie guère... Il y avait de
la poésie dans ce tableau. La vie s'y dressait avec ses
paillettes et ses haillons... toute soudaine, incomplète,
comme elle est réellement, mais vive, mais fantasque,
espèce de halte où le maraudeur a pillé sa joie.

Là, un Byron auquel manquaient des pages avait
allumé la falourde du jeune homme, qui risque au jeu
cent francs et n'a pas une bûche, qui court en tilbury

sans posséder une chemise saine et valide... Puis, le lendemain, une comtesse, une actrice ou l'écarté lui donnent
un trousseau de roi. Ici, la bougie était fichée dans le
fourreau vert d'un briquet phosphorique... Vie riche
d'oppositions, et à laquelle il est peut-être difficile de
renoncer, parce qu'elle a d'irrésistibles attraits : c'est la
guerre en temps de paix...

J'étais presque assoupi quand, d'un coup de pied,
Rastignac, enfonçant la porte de sa chambre, s'écria :

— Victoire!... victoire! nous pourrons mourir à notre
aise!

Il me montra son chapeau plein d'or!... Il le mit sur
sa table, et nous dansâmes comme deux Cannibales,
hurlant, trépignant, sautant, nous donnant des coups de
poing à tuer un rhinocéros, et chantant à l'aspect de
tous les plaisirs du monde contenus — dans un chapeau!...

— Douze mille francs!... répétait Rastignac en ajoutant
quelques billets de banque à notre tas d'or; à d'autres,
cet argent suffirait pour vivre; mais nous suffira-t-il
pour mourir!... Oh! oui! nous expirerons dans un bain
d'or!... Hourra!...

Et nous cabriolâmes derechef. Enfin nous parta-
geâmes en frères, pièce à pièce, en commençant par les
doubles napoléons, allant des grosses pièces aux petites,
et distillant notre joie, en disant long-temps :

— A toi... — A moi...

— Oh! nous ne dormirons pas!... s'écria Rastignac.
Joseph, du punch!

Et jetant de l'or à son fidèle domestique :

— Voilà ta part!... dit-il.

Le lendemain, j'achetai des meubles chez Lesage, je
louai l'appartement où tu m'as connu, rue Taitbout, et
je chargeai le meilleur tapissier de le décorer. J'eus une
voiture et des chevaux. Alors je me lançai dans un tourbillon de plaisirs creux et réels tout à la fois... Je jouais,

je gagnais et perdais, mais au bal, chez nos amis, jamais
dans les maisons de jeu, pour lesquelles je conservai ma
sainte et primitive horreur.

Insensiblement je me fis des amis. Je dus leur atta-
chement soit à des querelles, soit à cette facilité confiante avec laquelle nous nous livrons nos secrets en
nous avilissant ensemble : peut-être aussi, ne nous accro-
chons-nous bien que par nos vices! Puis je hasardai
quelques compositions littéraires. Elles me valurent des
complimens, parce que les grands hommes de la littérature marchande, ne voyant point en moi de rival à
craindre, me vantèrent, moins sans doute pour mon
mérite personnel que pour chagriner celui de leurs
camarades.

Enfin je devins un *viveur,* pour me servir de l'expression pittoresque consacrée par votre langage d'orgie.
Je mettais de l'amour-propre à me tuer promptement, à
écraser les plus gais compagnons par ma verve et par
ma puissance. J'étais toujours frais, élégant. Je passais,
dit-on, pour spirituel, et rien ne trahissait en moi cette
épouvantable existence, qui fait, d'un homme, un
entonnoir, un appareil à chyle, un cheval de luxe.

Bientôt la débauche m'apparut dans toute la majesté
de son horreur, et je la compris...

Certes, les hommes sages et rangés qui étiquettent
des bouteilles pour leurs héritiers ne peuvent guère
concevoir ni la théorie de cette large vie, ni son état
normal. En ferez-vous adopter la poésie aux gens de province, pour lesquels l'opium et le thé, si prodigues de
délices, ne sont encore que deux médicamens? A Paris
même, capitale de la pensée, ne se rencontre-t-il pas des
sybarites incomplets? Inhabiles à supporter l'excès du
plaisir, ne s'en vont-ils pas fatigués, après avoir entendu
un nouvel opéra de Rossini, condamnant la musique, et
semblables à un homme sobre, qui ne veut plus manger
de pâtés de Ruffec, parce que le premier lui a donné une

indigestion? Mais la débauche est certainement un art comme la poésie; elle veut des âmes fortes; et, pour en saisir les mystères, pour en savourer les beautés, un homme doit, en quelque sorte, faire de consciencieuses études.

Comme toutes les sciences, elle est d'abord repoussante, épineuse; car d'immenses obstacles environnent les grands plaisirs de l'homme, non ses jouissances de détail, mais les systèmes qui érigent toutes ses sensations rares en habitude, les résument, les lui fertilisent, lui créant une vie dramatique dans sa vie, et nécessitant une exorbitante, une prompte dissipation de ses forces.

La Guerre, le Pouvoir, les Arts, sont des corruptions mises aussi loin de la portée humaine, aussi profondes que la débauche, et toutes sont de difficile accès. Mais quand une fois l'homme est monté à l'assaut de ces grands mystères, il doit marcher dans un monde nouveau. Les généraux, les ministres, les artistes sont tous plus ou moins portés vers la dissolution par le besoin d'opposer de violentes distractions à leur existence si fort en dehors de la vie commune. Après tout, la guerre est la débauche du sang; la politique, celle des intérêts : tous les excès sont frères... Ces monstruosités sociales possèdent la puissance des abîmes; elles nous attirent comme Moscou appelait Napoléon; elles donnent des vertiges; elles fascinent; et nous voulons aller au fond sans savoir pourquoi.

Il y a peut-être la pensée de l'infini dans ces précipices, ou quelque plus vaste flatterie pour l'homme : alors n'intéresse-t-il pas tout à lui-même? En guerre, il est un ange exterminateur, le bourreau, mais un bourreau gigantesque... Artiste, il crée, et il lui faut le repos du dimanche ou un enfer, pour contraster avec le paradis de ses heures studieuses, avec les délices de la conception. Le délassement de lord Byron ne pouvait pas être le boston babillard, qui charme un rentier; poète, il voulait la Grèce à jouer contre Mahmoud.

Eh! ne faut-il pas des enchantemens bien extraordinaires pour nous faire accepter ces atroces douleurs, ennemies de notre frêle enveloppe, qui entourent les passions comme d'une enceinte?... S'il se roule convulsivement et souffre une sorte d'agonie, après avoir abusé du tabac, le fumeur n'a-t-il pas assisté, je ne sais en quelles régions, à de délicieuses fêtes? Sans se donner le temps d'essuyer ses pieds, qui trempent dans le sang jusqu'à la cheville, l'Europe n'a-t-elle pas sans cesse recommencé la guerre?... L'homme en masse a-t-il donc aussi son ivresse, comme la nature a des accès d'amour!...

Or, pour l'homme privé, pour le Mirabeau inutile, ou qui, végétant par un règne paisible, aspire encore à des tempêtes, la débauche comprend tout. Elle est une perpétuelle étreinte de toute la vie, ou un duel avec une puissance inconnue, avec un monstre. D'abord, le monstre épouvante. Il faut l'attaquer par les cornes. Ce sont des fatigues inouies. La nature vous a donné je ne sais quel estomac étroit ou paresseux... Vous le domptez, vous l'élargissez!... Vous apprenez à porter le vin; vous apprivoisez l'ivresse; vous passez les nuits sans sommeil, vous vous faites enfin un tempérament de colonel de cuirassiers, vous créant vous-même une seconde fois.

Quand l'homme est ainsi métamorphosé; quand, vieux soldat, le néophyte a façonné son âme à l'artillerie, ses jambes à la marche; alors, sans appartenir encore au monstre, mais sans savoir, entre eux, quel est le maître, ils se roulent l'un l'autre, tantôt vainqueurs, tantôt vaincus, dans une sphère où tout est merveilleux, où s'endorment les douleurs de l'ame, où revivent seulement des formes; et déjà cette lutte atroce est devenue nécessaire.

Réalisant ces fabuleux personnages qui, selon les

légendes, ont vendu leur ame au diable pour la puissance de mal faire, le dissipateur a troqué sa mort contre
toutes les jouissances de la vie; mais abondantes, mais
fécondes!... Au lieu de couler long-temps entre deux
rives monotones, au fond d'un comptoir ou d'une étude,
l'existence bouillonne et fuit comme un torrent...

Enfin la débauche est sans doute au corps ce que sont
à l'ame les plaisirs mystiques. L'ivresse vous plonge en
des rêves dont les fantasmagories sont aussi curieuses
que celles de l'opium. Vous avez des heures ravissantes
comme les caprices d'une jeune fille : ce sont des causeries délicieuses avec des amis; puis, des mots qui peignent
toute une vie, des joies franches et sans arrière-pensée,
des voyages sans fatigue, des poèmes déroulés en quelques
phrases... La brutale satisfaction de la bête, au fond de
laquelle la science a été chercher une ame, est suivie de
torpeurs enchanteresses après lesquelles soupirent les
hommes d'intelligence, car ils sentent tous la nécessité
d'un repos absolu, complet, et la débauche est comme
un impôt que leur génie paie au Mal. Vois-les tous!
S'ils ne sont pas voluptueux, la nature les fait chétifs.
Moqueuse ou jalouse, une puissance leur vicie l'âme
ou le corps pour neutraliser les efforts de leurs talens.

Pendant ces heures avinées, les hommes et les choses
comparaissent devant vous, vêtus de vos livrées. Roi de
la création, vous la transformez à vos souhaits. Puis à
travers ce délire perpétuel, le jeu vous verse, à votre
gré, son plomb fondu dans les veines... Enfin, un jour,
vous appartenez au monstre; et vous avez, comme je
l'eus, un réveil enragé : l'Impuissance assise à votre chevet. Vieux guerrier, une phtisie vous dévore; diplomate,
un anévrisme suspend dans votre cœur la mort à un fil;
moi, c'était peut-être une pulmonie qui était venue me
dire : « Partons! » et l'artiste, Raphaël d'Urbin, sera tué
par quelque excès d'amour.

Voilà comme j'ai vécu!... J'arrivais ou trop tôt ou

trop tard dans la vie du monde; ma force y eût été dangereuse si je ne l'avais pas amortie ainsi. L'univers n'a-t-il pas été guéri d'Alexandre par la coupe d'Hercule, à la fin d'une orgie? Enfin à certaines destinées trompées, il faut le ciel ou l'enfer, la débauche ou l'hospice du mont Saint-Bernard.

Tout-à-l'heure je n'avais pas le courage de moraliser ces deux créatures, dit-il en montrant Euphrasie et Aquilina; n'étaient-elles pas mon histoire personnifiée, une image de ma vie? Je ne pouvais guère les accuser, elles m'apparaissaient comme des juges!...

XXXIII

Au milieu de ce poème vivant, au sein de cette étour-
dissante maladie, j'eus cependant deux crises bien fer-
tiles en âcres douleurs.

D'abord, quelques jours après m'être jeté, comme
Sardanapale, dans mon bûcher, je rencontrai Fœdora
sous le péristyle des Bouffons. Nous attendions nos
voitures...

— Ah! ah! je vous retrouve encore en vie!...

Ce mot était la traduction de son sourire, des mali-
cieuses et sourdes paroles qu'elle dit à son *cavalier-
servant*. Elle lui racontait sans doute mon histoire, en
jugeant mon amour comme un amour vulgaire. Elle
applaudissait à sa fausse perspicacité. Oh! mourir pour
elle, l'adorer encore, la voir dans mes excès, dans mes
ivresses, dans le lit des courtisanes; et me sentir victime
de sa plaisanterie quand je périssais sa victime! Ne pas
pouvoir déchirer ma poitrine et y fouiller mon amour,
pour le jeter à ses pieds.

Ensuite j'épuisai facilement mon trésor; mais comme
trois années de régime m'avaient constitué la plus
robuste de toutes les santés, le jour où je me trouvai
sans argent, je me portais à merveille. Alors, pour continuer de mourir, je signai des lettres de change à courte
échéance... Puis le jour du paiement arriva.

Cruelles émotions!... et comme elles font vivre de
jeunes cœurs! Ah! je n'étais pas fait pour vieillir
encore! Mon ame était jeune, vivace et verte... Ma

première dette ranima toutes mes vertus. Elles vinrent
à pas lents et m'apparurent tristes et désolées, mais je
sus transiger avec elles comme avec ces vieilles tantes qui
commencent par nous gronder, et finissent en nous
consolant, en nous donnant des larmes et de l'argent.

Plus sévère, mon imagination me montrait mon nom
voyageant dans les places de l'Europe, de ville en ville.
Or, *notre nom, c'est nous-même!*... a dit M. Eusèbe
Salverte.

Après des courses vagabondes, j'allais, comme le
double d'un Allemand, revenir à mon logis, d'où je
n'étais pas sorti, me réveillant moi-même en sursaut.

Ces hommes de la banque, ces remords commerciaux,
vêtus de gris, portant la livrée de leur maître, — une
plaque d'argent! — jadis, ils ne me disaient rien; mais
aujourd'hui... je les haïssais. Un matin, l'un d'eux ne
viendrait-il pas me demander raison des onze lettres que
j'avais griffonnées!... Ma signature valait 3,000 fr., et je
ne les valais pas moi-même!...

Les huissiers, aux faces insouciantes à tous les
désespoirs, même à la mort, se levaient devant moi,
comme les bourreaux qui disent à un condamné :

— Voici trois heures et demie qui sonnent...

Leurs clercs avaient le droit de s'emparer de moi, de
griffonner mon nom, de le salir, de s'en moquer...

JE DEVAIS!...

Devoir, n'est-ce point ne plus s'appartenir?...
D'autres hommes pouvaient me demander compte de
ma vie. Pourquoi j'avais mangé des puddings à la
chipolata, pourquoi je buvais à la glace? Pourquoi je
dormais, je marchais, je pensais, je m'amusais, — sans
les payer?

Au milieu d'une poésie, au sein d'une idée, ou à
déjeuner, entouré d'amis, de joie, d'amour, de douces
railleries, je pouvais voir entrer un monsieur en habit
marron, tenant à la main un chapeau râpé. Ce sera ma

dette, ce sera ma lettre de change, un spectre qui flétrira tout...

Il faudra quitter la table pour aller lui parler...

Enfin, il m'enlèvera ma gaîté, ma maîtresse, tout, jusqu'à mon lit... Le remords est plus tolérable : il ne nous met ni dans la rue ni à Sainte-Pélagie; il ne nous plonge pas dans cette sentine de vice et d'infamie; il ne nous jette qu'à l'échafaud, et le bourreau ennoblit! Au moment de notre supplice tout le monde croit à notre innocence; tandis qu'on ne laisse pas une vertu au débauché sans argent!...

Puis ces dettes à deux pattes, habillées de drap vert, portant des lunettes bleues ou des parapluies chinés, ces dettes incarnées avec lesquelles nous nous trouvons face à face au coin d'une rue, au moment où nous sourions, ces gens allaient avoir l'horrible privilège de dire :

— M. de Valentin me doit et ne me paie pas. Je le tiens. Ah! ah! qu'il n'ait pas l'air de me faire mauvaise mine!...

Il faut saluer nos créanciers, nous sommes leurs vassaux.

— Quand me paierez-vous?

Et nous voilà dans l'obligation de mentir, d'implorer un autre homme — pour de l'argent!... de nous courber devant un sot assis sur sa caisse; de recevoir son froid regard, son regard de sangsue, aussi odieux qu'un soufflet; de subir sa morale de Barême, sa crasse ignorance. Une dette est une œuvre d'imagination. Ils ne la comprennent pas... Il faut être entraîné, subjugué, pour s'endetter; eux, rien ne les subjugue, rien de généreux ne les entraîne. Ils vivent dans l'argent, ne connaissent que l'argent. J'avais horreur de l'argent.

Enfin la lettre de change peut se métamorphoser en vieillard chargé de famille, flanqué de vertus; je devrai peut-être à un vivant tableau de Greuze, à un paraly-

tique environné d'enfans, à la veuve d'un soldat, qui me
tendront des mains suppliantes. Ce sont de terribles
créanciers! Ne faut-il pas pleurer avec eux; et, quand
nous les avons payés, nous devons les secourir?

La veille de l'échéance, je m'étais couché dans ce
calme faux des gens qui dorment avant leur exécution,
avant un duel : il y a toujours une espérance qui les
berce... Mais en me réveillant, quand je fus de sang-
froid, que je sentis mon ame emprisonnée dans le porte-
feuille d'un banquier, couchée sur des états, écrite à
l'encre rouge, mes dettes jaillirent partout comme des
sauterelles. Elles étaient dans ma pendule, sur mes
fauteuils, incrustées dans les meubles dont je me ser-
vais avec le plus de plaisir. Ces esclaves matériels seraient
donc la proie des harpies du Châtelet!... Ils me quitte-
raient enlevés par des recors, brutalement jetés sur la
place!... Ah! ma dépouille, c'était encore moi-même...
La sonnette de mon appartement retentissait dans mon
cœur; elle me frappait où l'on doit frapper les rois,
à la tête. C'était un martyre, — sans le ciel pour
récompense.

Oui, pour un homme libre, généreux, une dette... c'est
l'enfer... mais l'enfer avec des huissiers et des agens
d'affaires; une dette impayée, c'est la bassesse, un
commencement de friponnerie, et pis que tout cela, —
un mensonge!... Elle ébauche des crimes, elle engendre
l'échafaud!

XXXIV

MES lettres de change furent protestées; mais trois jours après je les payai; voici comment. Un spéculateur vint me proposer de lui vendre l'île que je possédais dans la Loire, et où était le tombeau de ma mère; j'acceptai. En signant le contrat chez le notaire de mon acquéreur, je sentis au fond de l'étude obscure, une fraîcheur semblable à celle d'une cave dont on aurait ouvert la porte. Je frissonnai en reconnaissant le même froid humide dont je fus saisi sur le bord de la fosse où j'avais enseveli mon père. J'acceptai ce hasard comme un funeste présage. Il me semblait entendre la voix de ma mère et voir son ombre; puis, je ne sais quelle puissance fit retentir vaguement mon propre nom dans mon oreille, au milieu d'un bruit de cloches!...

Le prix de mon île me laissa, toutes dettes payées, deux mille francs.

Certes, j'eusse pu revenir à la paisible existence du savant; retourner à ma mansarde, après avoir expérimenté la vie, la tête pleine d'observations immenses, et jouissant déjà d'une espèce de réputation. — Mais Fœdora n'avait pas lâché sa proie, et nous nous étions souvent trouvés en présence, moi, l'écrasant par mon luxe, lui faisant corner mon nom aux oreilles par ses amans étonnés de mon esprit, de mes chevaux, de mes succès, de mes équipages; elle, toujours froide et insensible, même à cette horrible parole :

— Il se tue pour vous!... dite par Rastignac.

Je chargeais le monde entier de ma vengeance; mais je n'étais pas heureux! En creusant ainsi la vie jusqu'à la fange, j'avais toujours senti davantage les délices d'un amour partagé. — J'en poursuivais le fantôme à travers les hasards de mes dissipations, au sein des orgies; et, pour mon malheur, j'étais trompé dans mes belles croyances, puni de mes bienfaits et récompensé de mes fautes, par mille plaisirs. Sinistre philosophie, mais vraie pour le débauché!...

Puis, Fœdora m'avait communiqué la lèpre de sa vanité. — En sondant mon ame, je la trouvai gangrenée, pourrie. Le démon m'avait imprimé son ergot sur le front. Je sentais qu'il m'était désormais impossible de me ranger, de me passer de ces tressaillemens continuels et des exécrables raffinemens de la richesse. Riche à millions, j'aurais toujours joué, mangé, couru; je ne voulais jamais me trouver seul avec moi-même; j'avais besoin de courtisanes, de faux amis, de vin, de bonne chère pour m'étourdir... Tous les liens qui attachent un homme à la famille étaient brisés en moi pour toujours... Galérien du plaisir, je devais accomplir ma destinée de suicide...

Pendant les derniers jours de ma fortune, je fis des excès incroyables, mais chaque matin, la mort me rejetait dans la vie. Semblable à un rentier viager, j'aurais pu passer tranquillement dans un incendie... Enfin, je me trouvai seul avec une pièce de vingt francs... Alors, je me souvins du bonheur de Rastignac...

— Hé! hé!... s'écria Raphaël pensant tout à coup à son talisman et tirant la *peau de chagrin* de sa poche.

Soit que, fatigué des luttes de cette longue journée, il n'eût plus la force de gouverner son intelligence dans les flots de vin et de punch; ou, soit qu'exaspéré par l'image de sa vie, il se fût insensiblement enivré par le torrent de ses paroles, Raphaël s'anima, s'exalta comme un homme complètement privé de raison.

— Au diable la mort!... cria-t-il en brandissant *la peau*. Je veux vivre maintenant! — Je suis riche. — J'ai toutes les vertus. — Rien ne me résiste. — Qui ne serait pas bon quand on peut tout?... Hé! hé!... — Ohé!... J'ai souhaité deux cent mille livres de rentes!... Je les aurai... Saluez-moi, pourceaux qui vous vautrez sur les tapis comme sur du fumier!... Vous m'appartenez!... fameuse propriété!... Je suis riche, je peux vous ache-ter tous... même le député... Allons, canaille de la haute société!... bénissez-moi! — Je suis pape!

En ce moment, les exclamations de Raphaël, jusque là couvertes par la basse-taille de tous les ronflemens, furent entendues; et, presque tous les dormeurs se réveillèrent en criant; mais, le voyant mal assuré sur ses jambes, ils maudirent par un concert de juremens, une ivresse aussi bruyante.

— Taisez-vous!... reprit Raphaël. — Chiens!... à vos niches!... Émile, j'ai des trésors, je te donnerai des ciga-res de la Havane.

— Je t'entends... répondit le poète, *Fœdora ou la mort!...* Va ton train... Cette sucrée de Fœdora t'a trompé... Toutes les femmes sont filles d'Ève... Ton histoire n'est pas du tout dramatique.

— Ah! tu dormais, sournois?...

— Non! — Fœdora ou la mort, j'y suis!...

— Réveille-toi!... s'écria Raphaël en frappant Émile avec la *peau de chagrin*, comme s'il voulait en tirer du fluide électrique.

— Tonnerre!... dit Émile en se levant et en saisissant Raphaël à bras-le-corps, mon ami, tu es impoli... Songe donc que tu es avec des femmes...

— Je suis millionnaire!...

— Si tu n'es pas millionnaire, tu es bien certainement ivre.

— Ivre du pouvoir. — Je peux te tuer! — Silence, je suis *Néron!...* Nabuchodonosor!...

— Mais, Raphaël, nous sommes en mauvaise compagnie, et tu devrais, par dignité, rester silencieux.

— Ma vie a été un trop long silence... Maintenant, je vais me venger du monde entier!... Je ne m'amuserai pas à dissiper de vils écus, je consommerai des vies humaines et des intelligences... des ames. Voilà un luxe qui n'est pas mesquin, c'est l'opulence de la peste! Je lutterai de pouvoir avec la fièvre jaune, bleue, verte, — avec les armées, — les échafauds!... Aussi je puis avoir Fœdora!... — Mais, non, je n'en veux pas de Fœdora, — c'est ma maladie, Fœdora, — je meurs de Fœdora!... Au diable, Fœdora!...

— Si tu continues à crier, je t'emporte dans la salle à manger...

— Vois-tu cette peau?... c'est le testament de Salomon! — Il est à moi Salomon, ce petit cuistre de roi!... J'ai l'Arabie, — Pétrée encore, — à moi! — L'univers?... — à moi... Tu es à moi, si je veux!... — Ah! si je veux!... Prends garde!... Je peux acheter toute la boutique de poésie, tes hémistiches... Tu seras mon valet... Tu me feras des couplets et tu régleras mon papier!... Valet! *valet,* cela veut dire : Il se porte bien!

A ce mot, Émile emporta Raphaël dans la salle à manger.

— Eh bien oui, mon ami, lui dit-il, je suis ton valet. Mais, comme tu vas être rédacteur en chef, tais-toi, sois décent... par considération pour moi?... M'aimes-tu?...

— Si je t'aime?... — Tu auras des cigares de la Havane!... avec cette peau! — Toujours la peau!... mon ami, — la peau souveraine!... — Excellent topique, je peux guérir les cors. — As-tu des cors?... je te les ôte!...

— Jamais je ne l'ai vu si stupide...

— Stupide... mon ami? Non. — Cette peau se rétrécit quand j'ai un désir... C'est une antiphrase. — Le

brachmane, — car il y a un brachmane là-dessous! —
le brachmane donc, était un goguenard, parce que les
désirs, vois-tu?...

— Eh bien oui!...

— Je te dis...

— Oui, cela est poétique et vrai, je pense comme toi...

— Je te dis...

— Oui...

— Tu ne me crois pas!... — Je te connais, mon
ami!... — Tu es menteur comme un roi...

— Comment veux-tu que j'adopte les divagations de
ton ivresse?

— Je te parie... puisque je peux te le prouver...
Prenons la mesure.

— Allons, il ne s'endormira pas!... s'écria Émile en
voyant Raphaël chercher dans la salle à manger une
écritoire et une serviette qu'il découvrit, animé d'une
adresse de singe, et grâce à cette singulière lucidité
dont les phénomènes contrastent parfois, chez les
ivrognes, avec les obtuses visions de l'ivresse.

Il s'en allait, disant toujours :

— Prenons la mesure!... Prenons la mesure!...

— Hé bien, oui! reprit Émile, prenons la mesure,
nous verrons bien.

Les deux amis étendirent la serviette, sur laquelle ils
superposèrent la peau de chagrin. Émile, ayant la main
plus assurée que celle de Raphaël, décrivit à la plume,
par une ligne d'encre, les contours du talisman, pendant que son ami lui disait :

— J'ai souhaité deux cent mille livres de rente, pas
vrai?... — Eh bien, quand je les aurai, tu verras la
diminution de tout mon chagrin!...

— Oui, maintenant dors. Veux-tu que je t'arrange
sur ce canapé?... Allons, es-tu bien?...

— Oui, mon nourrisson des muses. Tu m'amuseras,
tu chasseras mes mouches! Tu as été l'ami du malheur,

tu as le droit d'être l'ami du pouvoir. Aussi, je te
donnerai des ci... ga... res de la Hav...

— Allons, cuve ton or, millionnaire.

— Toi, cuve tes hémistiches. — Bonsoir... Dis donc
bonsoir à Nabuchodonosor!... Amour! — A boire! —
France... gloire et riche... Riche...

Bientôt les deux amis s'endormirent, unissant leurs
ronflemens à la musique dont les salons retentissaient.
Les bougies s'éteignirent, une à une, en faisant éclater
leurs bobèches de cristal. Puis, la nuit enveloppa d'un
crêpe cette longue orgie, dans laquelle le récit de
Raphaël avait été comme une orgie de paroles, de mots
sans idées, et d'idées auxquelles les expressions avaient
souvent manqué.

XXXV

Le lendemain, vers midi, la belle Aquilina se leva, bâillant, fatiguée, et les joues marbrées par les empreintes du tabouret en velours peint sur lequel sa tête avait reposé.

Euphrasie, réveillée par le mouvement de sa compagne, se dressa tout à coup en jetant un cri rauque. Sa jolie figure, si blanche, si fraîche, la veille, était jaune et pâle comme celle d'une fille allant à l'hôpital.

Insensiblement les convives se remuèrent en poussant des gémissemens sinistres, en trouvant leurs jambes et leurs bras raidis, et mille fatigues diverses à leur réveil.

Un valet vint ouvrir les persiennes et les fenêtres des salons. Alors, l'assemblée se trouva bientôt tout entière sur pied, rappelée à la vie par les chauds rayons du soleil qui semblaient avoir l'éclat d'une trompette, en pétillant sur les têtes des dormeurs.

Ayant brisé, par les mouvemens du sommeil, l'élégant édifice de leurs coiffures ou frippé leurs toilettes, les femmes, frappées par l'éclat du jour, présentaient un hideux spectacle. Leurs cheveux pendaient sans grâce, leurs physionomies avaient changé d'expression, leurs yeux si brillans étaient ternis par la fatigue. Puis, les teints bilieux qui jettent tant d'éclat aux lumières faisaient horreur; et les figures lymphatiques, si blanches, si molles quand elles sont reposées, étaient devenues vertes. Toutes les bouches naguère délicieuses et rouges,

maintenant sèches et blanches, portaient les honteux
stigmates de l'ivresse.

Les hommes reniaient leurs maîtresses nocturnes à les
voir ainsi décolorées, cadavéreuses comme des fleurs
écrasées dans une rue après le passage d'une proces-
sion.

Mais ces hommes dédaigneux étaient plus horribles
encore. Vous eussiez frémi de voir ces faces humaines,
aux yeux caves et cernés qui semblaient ne rien voir,
engourdies par le vin, hébétées par un sommeil gêné,
plutôt fatigant que réparateur. Ces visages hâves, où
paraissaient à nu tous les appétits physiques sans la
poésie dont notre ame les décore, avaient je ne sais quoi
de féroce et de froidement bestial.

Ce réveil du vice sans vêtemens et sans fard, ce squelette du Mal, tout déguenillé, froid, vide et privé des
sophismes de l'esprit, ou des enchantemens du luxe,
épouvanta ces intrépides athlètes, tout habitués qu'ils
fussent à lutter avec la Débauche. Artistes et courtisanes
gardèrent le silence, examinant d'un œil hagard le
désordre de l'appartement où tout avait été dévasté,
ravagé par le feu des passions.

Puis, un rire satanique s'éleva tout à coup lorsque
le banquier, entendant le râle sourd de ses hôtes, essaya
de les saluer par une grimace. Son visage en sueur et
sanguinolent fit planer sur cette scène infernale l'image
du crime sans remords. Le tableau fut complet.

C'était la vie fangeuse, au sein du luxe; un horrible
mélange des pompes et des misères humaines; le réveil
de la Débauche quand, de ses mains fortes, elle a pressé
tous les fruits de la vie pour ne laisser autour d'elle
que d'ignobles débris ou des mensonges auxquels elle
ne croit plus. Vous eussiez dit la Mort souriant au milieu d'une famille pestiférée... Plus de parfums, plus de
lumières étourdissantes, plus de gaieté, plus de désirs...
Mais le dégoût avec ses odeurs nauséabondes et sa poi-

gnante philosophie; puis, le soleil, éclatant comme la
vérité, puis, un air pur comme la vertu, qui contrastaient avec une atmosphère chaude, chargée de miasmes,
– les miasmes d'une orgie!...

Malgré leur habitude du vice, quelques-unes de ces
jeunes filles pensèrent à leur réveil d'autrefois, quand,
innocentes et pures, elles entrevoyaient, par leurs croisées champêtres ornées de chèvrefeuilles et de roses, un
frais paysage, enchanté par les joyeuses roulades de
l'alouette, vaporeusement illuminé par les lueurs de
l'aurore et par des fantaisies de la rosée...

D'autres se peignirent le déjeuner de la famille, la
table autour de laquelle riaient innocemment les enfans
et le père, où tout respirait un charme indéfinissable,
où les mets étaient simples, comme les cœurs.

Un artiste songeait à la paix de son atelier, à sa chaste
statue et au gracieux modèle qui l'attendait. Un jeune
homme se souvenant du procès d'où dépendait le sort
d'une famille, pensait à la transaction importante qui
réclamait sa présence. Le savant regrettait son cabinet
où l'appelait un noble ouvrage... Presque tous se plai-
gnaient d'eux-mêmes.

En ce moment, Émile frais et rose comme le plus joli
des commis-marchands d'une boutique en vogue, apparut en riant.

– Vous êtes plus laids que des recors!.... s'écria-t-il.
Vous ne pourrez rien faire aujourd'hui. La journée est
perdue... M'est avis de déjeuner....

A ces mots, le banquier sortit pour donner des ordres.
Les femmes allèrent, languissamment, rétablir le désordre
de leurs toilettes devant les glaces. Chacun se secoua.
Les plus vicieux prêchèrent les plus sages. Les courtisanes se moquèrent de ceux qui paraissaient ne pas se
trouver de force à continuer ce rude festin. En un moment, ces spectres s'animèrent, formèrent des groupes,
s'interrogeant, souriant.

Quelques valets habiles et lestes remirent promptement les meubles et chaque chose en place.

Un déjeuner splendide fut servi.

Les convives se ruèrent dans la salle à manger, et si
tout y portait l'empreinte ineffaçable des excès de la
veille, au moins, y eut-il trace d'existence et de pensée
comme dans les dernières convulsions d'un mourant?
C'était le convoi du Mardi gras, espèce de saturnale
enterrée par des masques fatigués de leurs danses, ivres
de l'ivresse, et voulant convaincre le plaisir d'impuissance au lieu d'avouer la leur.

Au moment où cette intrépide assemblée borda la
table du capitaliste, le notaire, qui, la veille, avait disparu prudemment après le dîner, montra sa figure offi-
cieuse sur laquelle errait un doux sourire. Il semblait
avoir deviné quelque succession à déguster, à partager,
à inventorier, à grossoyer, toute pleine d'actes à faire,
grosse d'honoraires, aussi juteuse que le filet tremblant dans lequel l'amphitryon plongeait alors son
couteau.

— Oh! oh! nous allons déjeuner par-devant notaire!...
s'écria le vaudevilliste.

— Vous arrivez à propos pour coter et parapher toutes
ces pièces!... lui dit le banquier en lui montrant le festin.

— Il n'y a pas de testament à faire, mais pour des
contrats de mariage, peut-être...

— Oh! oh!...

— Ah! ah!...

— Un instant!... répliqua le notaire, assourdi par un
chœur de mauvaises plaisanteries, je viens ici pour affaire
sérieuse... J'apporte six millions à l'un de vous!...

Silence profond.

— Monsieur, dit-il en s'adressant à Raphaël, qui, dans
ce moment, s'occupait, sans cérémonie, à s'essuyer les
yeux avec un coin de sa serviette, madame votre mère
n'était-elle pas une demoiselle O'Flaharty?

— Oui, répondit Raphaël assez machinalement. — *Barbe-Marie-Charlotte,* née à Tours.

— Avez-vous ici, reprit le notaire, votre acte de naissance et celui de madame de Valentin?...

— Je le crois...

— Hé bien, Monsieur, vous êtes seul et unique héritier du major Martin O'Flaharty, décédé en août 1828, à Calcutta... Le major ayant disposé, par son testament, de plusieurs sommes en faveur de quelques établissemens publics, sa succession a été réclamée à la Compagnie des Indes par le gouvernement français... Or, elle est en ce moment claire, palpable, liquide; et depuis quinze jours, je cherchais infructueusement les ayant-cause de la demoiselle Barbe-Marie-Charlotte O'Flaharty, lorsque — hier — à table...

En ce moment, Raphaël se leva, soudain, laissant échapper le mouvement brusque d'un homme qui reçoit une blessure. Il y eut comme une acclamation silencieuse, car le premier sentiment des convives fut une sourde et cruelle envie. Tous les yeux se tournèrent vers lui comme autant de flammes. Puis, un murmure, semblable à celui d'un parterre qui se courrouce, une rumeur commença, grossit, et chacun dit un mot pour saluer cette fortune immense apportée par le notaire.

Rendu à toute sa raison par la brusque obéissance du Sort, Raphaël étendit promptement sur la table la serviette avec laquelle il avait naguère mesuré la peau de chagrin. Sans rien écouter, il y superposa le talisman et frissonna violemment en voyant une assez grande distance entre le contour tracé sur le linge et celui de la peau.

— Hé bien! qu'a-t-il donc?... s'écria le banquier.

— *Soutiens-le, Châtillon!...* dit un peintre à Émile, la joie va le tuer!...

Une horrible pâleur dessina tous les muscles de la figure flétrie de cet héritier; ses traits se contractèrent;

les saillies de son visage blanchirent; les creux en devinrent sombres, le masque livide, et les yeux fixes.

Il voyait la MORT.

Ce banquet splendide, entouré de courtisanes fanées,
de visages rassasiés, cette agonie de la joie, était une
vivante image de sa vie... Il regarda trois fois le talisman,
se jouant à l'aise dans les lignes impitoyables et capricieuses imprimées sur la serviette; il essayait de douter;
mais un pressentiment anéantissait son incrédulité. Le
monde lui appartenait, il pouvait tout et ne voulait plus
rien.

Comme un voyageur au milieu du désert, il avait un
peu d'eau pour sa soif et mesurait sa vie au nombre des
gorgées. Il voyait clairement ce que chaque désir devait
lui coûter de jours. Puis, il croyait à la *peau de chagrin.*
S'écoutant respirer, il se sentait déjà malade. Il se demandait :

— Ne suis-je pas pulmonique?... Ma mère n'est-elle
pas morte de la poitrine?...

— Ah! ah! Raphaël, vous allez bien vous amuser!...
Que me donnerez-vous?... disait Aquilina.

— Buvons à la mort de son oncle, le major Martin
O'Flaharty!...

— Il sera pair de France!...

— Auras-tu ta loge aux Bouffons?...

— J'espère que vous nous régalerez tous!...

— Un *viveur* comme lui sait faire grandement les
choses!...

Le hourra de cette assemblée rieuse résonnait à ses
oreilles sans qu'il pût saisir le sens d'un seul mot. Il
pensait vaguement à l'existence mécanique et *sans désirs*
d'un paysan de Bretagne, chargé d'enfants, labourant
son champ, mangeant du sarrasin, buvant du cidre à
même son *piché,* croyant à la Vierge et au roi, commu-
niant à Pâques, dansant le dimanche sur une pelouse
verte et ne comprenant pas le sermon de son *recteur.*

Tout ce qui s'offrait en ce moment à ses regards, ces lambris dorés, ces courtisanes, ces repas, ce luxe le prenaient à la gorge et le faisaient tousser...

— Désirez-vous des asperges?... lui cria le banquier.

— *Je ne désire rien!...* lui répondit Raphaël d'une voix tonnante.

— Bravo!... répliqua l'amphitryon. Vous comprenez la fortune. Elle doit être un brevet d'impertinence. — Vous êtes des nôtres!... Messieurs, buvons à la puissance de l'or. M. de Valentin devenu six fois millionnaire arrive au pouvoir... Il est Roi! Il peut tout, il est au dessus de tout comme tous les riches... Il n'obéira pas aux lois, les lois lui obéiront. Il n'y a pas d'échafaud, pas de bourreaux pour les millionnaires!...

— Oui, répliqua Raphaël, car ils sont eux-mêmes leurs bourreaux!

— Oh! oh!... cria le banquier. Buvons!...

— Buvons!... répéta Raphaël en mettant le talisman dans sa poche.

— Que fais-tu là?... dit Émile en lui arrêtant la main...

— Messieurs, ajouta-t-il en s'adressant à l'assemblée assez surprise des manières de Raphaël, apprenez que notre ami de Valentin, que dis-je? le marquis de Valentin!... possède un secret pour faire fortune. Ses souhaits sont accomplis au moment même où il les forme! Or, à moins de passer pour un ladre, pour un homme sans cœur, il va nous enrichir tous...

— Ah! Raphaël, je veux une parure de perles!... s'écria Euphrasie.

— S'il est reconnaissant, il me donnera voiture et de beaux chevaux qui aillent vite! dit Aquilina.

— Souhaitez-moi cent mille livres de rente!

— Des cachemires!...

— Payez mes dettes!...

— Envoie une apoplexie à mon oncle, le grand sec!...

— Raphaël?... je te tiens quitte à dix mille livres de rente.

— Que de donations!... s'écria le notaire.

— Il devrait bien me guérir de la goutte.

— Faites baisser les rentes! s'écria le banquier.

Toutes ces phrases partirent comme les gerbes du bouquet qui termine un feu d'artifice, et, ces furieux désirs étaient peut-être plus sérieux que plaisans.

— Mon cher ami, dit Émile d'un air grave, je me contenterai de deux cent mille francs de rente... Allons... exécute-toi de bonne grâce... Allons!...

— Émile!... dit Raphaël, tu ne sais donc pas à quel prix?...

— Belle excuse!... s'écria le poète; ne devons-nous pas nous sacrifier pour nos amis...

— Alors j'ai presque envie de souhaiter votre mort à tous!... répondit Valentin en jetant un regard sombre et profond sur les convives.

— Les mourans sont furieusement cruels!... dit Émile en riant.

— Te voilà riche!... ajouta-t-il sérieusement. Eh bien! je ne te donne pas deux mois pour devenir fangeusement égoïste! — Tu es déjà stupide! — Tu ne comprends pas une plaisanterie... Il ne te manque plus que de croire à ta peau de chagrin!...

Raphaël, craignant les moqueries de cette assemblée, garda le silence, mais il but outre mesure et s'enivra pour oublier un moment sa funeste puissance.

TROISIÈME PARTIE

L'AGONIE

XXXVI

Dans les premiers jours du mois de décembre, un vieillard, septuagénaire au moins, allait, malgré la pluie, par la rue de Varenne, levant le nez à la porte de chaque hôtel et cherchant l'adresse de M. le marquis Raphaël de Valentin, avec la naïveté d'un enfant et l'air absorbé du philosophe. Il y avait sur cette figure, accompagnée de longs cheveux gris en désordre et desséchée comme un vieux parchemin qui se tord dans le feu, l'empreinte d'un violent chagrin, aux prises avec un caractère despotique.

Si quelque peintre eût rencontré ce singulier personnage, vêtu de noir, maigre et ossu; sans doute, il l'aurait, de retour à l'atelier, transfiguré sur son album, en inscrivant au dessous du portrait :

Poète classique en quête d'une rime.

Cette vivante *palingénésie* de Rollin, ayant vérifié le numéro qui lui avait été indiqué, frappa doucement à la porte d'un magnifique hôtel.

— Monsieur Raphaël y est-il?... demanda le bonhomme à un suisse en livrée.

— M. le marquis ne reçoit personne!... répondit le valet en avalant une énorme mouillette qu'il retirait d'un large bol de café.

— Sa voiture est là!... répondit le vieil inconnu en montrant un brillant équipage arrêté sous le dais de bois représentant une tente de coutil qui abritait les marches du perron. Il va sortir, je l'attendrai.

— Ah! ah! mon ancien, vous pourriez bien rester ici jusqu'à demain matin... reprit le suisse. Il y a toujours une voiture toute prête pour Monsieur... Mais sortez, je vous prie. Je perdrais six cents francs de rente viagère, si je laissais, une seule fois, entrer, sans ordre, une personne étrangère à l'hôtel...

En ce moment, un grand vieillard, habillé en noir, et dont le costume ressemblait assez à celui d'un huissier ministériel, sortit du vestibule et descendit précipitamment quelques marches en examinant le vieux solliciteur qui restait tout ébahi.

— Au surplus, voici monsieur Jonathas!... dit le suisse, parlez-lui...

Alors les deux vieillards, attirés l'un vers l'autre par une sympathie ou par une curiosité mutuelle, se rencontrèrent au milieu de la vaste cour d'honneur, à un rond point où croissaient quelques touffes d'herbes entre les pavés. Un silence effrayant régnait dans cet hôtel; et, en voyant Jonathas, vous eussiez voulu pénétrer le mystère qui planait sur sa figure, et dont tout parlait dans cette maison morne.

Le premier soin de Raphaël, en recueillant l'immense succession de son oncle, avait été de découvrir où vivait le vieux serviteur dévoué, dont il s'était séparé après l'enterrement de son père, et sur l'affection duquel il pouvait compter. Jonathas pleura de joie en revoyant son jeune maître, auquel il croyait avoir dit un éternel adieu. Mais rien n'égala son bonheur quand le marquis le promut aux éminentes fonctions d'intendant.

Le vieux Jonathas était une puissance intermédiaire placée entre Raphaël et le monde entier. Ordonnateur suprême de la fortune de son maître et l'exécuteur aveugle d'une pensée inconnue, il était comme un sixième sens à travers lequel les émotions de la vie arrivaient à Raphaël.

— Monsieur, dit le vieillard à Jonathas en montant

quelques marches du perron pour se mettre à l'abri de la pluie, je désirerais parler à monsieur Raphaël.

— Parler à monsieur le marquis!... s'écria l'intendant.

— A peine m'adresse-t-il la parole à moi, son père nourricier.

— Mais je suis aussi son père nourricier!... s'écria le vieil homme. Si votre femme l'a jadis allaité, je lui ai fait sucer moi-même le sein des muses!... Il est mon nourrisson, mon enfant, mon élève, *carus alumnus!* J'ai façonné sa cervelle, son entendement, développé son génie, et, j'ose le dire, à mon honneur et gloire!... N'est-il pas un des hommes les plus remarquables de notre époque?... Je l'ai eu, sous moi, en sixième, en troisième et en rhétorique. Je suis son professeur...

— Ah! monsieur est monsieur Porriquet...

— Précisément... — Mais, Monsieur...

— Chut... chut... fit Jonathas à deux marmitons dont les voix, s'élevant un peu trop, rompaient le silence claustral dans lequel la maison était ensevelie.

— Mais, Monsieur... reprit le professeur, M. le marquis serait-il malade?...

— Mon cher Monsieur, répondit Jonathas, Dieu seul sait ce qu'a mon maître!... — Voyez-vous. — Il n'y a pas à Paris deux maisons semblables à la nôtre... — Entendez-vous?... Deux maisons?... ma foi, non!... — M. le marquis a fait acheter cet hôtel. — Il appartenait précédemment à un duc et pair. — Il a dépensé trois cent mille francs pour le meubler. — Voyez-vous! — C'est une somme, trois cent mille francs! — Mais chaque pièce de notre maison est un vrai miracle.

— Bon! me suis-je dit, en voyant toute cette magnificence; c'est comme chez défunt M. son père! M. le marquis va recevoir la ville et la cour!... Point. Monsieur n'a voulu voir personne. — Il mène une drôle de vie, monsieur Porriquet, entendez-vous?... — Une vie inconciliable.

— Ainsi, Monsieur se lève tous les jours à la même
heure. Il n'y a que moi, — moi seul, — voyez-vous! — qui
puisse entrer dans sa chambre. J'ouvre à sept heures, été
comme hiver. — Cela est convenu singulièrement. — Et
alors, — étant entré, — je lui dis :

— Monsieur le marquis, il faut vous réveiller et vous
habiller...

Alors il se réveille et s'habille... Je dois lui donner sa
robe de chambre, toujours la même. — Je suis obligé de
la remplacer, — voyez-vous, — quand elle ne pourra plus
servir, rien que pour lui éviter la peine d'en demander
une neuve. — C'te imagination!... Au fait, il a mille
francs à manger par jour. — Je fais ce qu'il veut, ce cher
enfant. — Je l'ai vu tout petit. — Il me dirait de faire
autre chose plus difficile, je le ferais encore, entendez-
vous... Au reste, il m'a chargé d'un tas de vétilles, — il
y en a bien assez!... — Il lit les journaux, pas vrai? —
Ordre de les mettre au même endroit, sur la même
table. — Je viens aussi, à la même heure, lui faire moi-
même la barbe. — Le cuisinier perdrait mille écus de
rente viagère si le déjeuner ne se trouvait pas inconci-
liablement servi devant monsieur, à dix heures tous les
matins, et le dîner à cinq heures précises. Le menu
a été dressé pour l'année entière, jour par jour. — M. le
marquis n'a rien à souhaiter. Il a des fraises quand il y a
des fraises; et le premier maquereau, qui arrive à Paris,
il le mange. — Le programme est imprimé, il sait le
matin son dîner par cœur. — Pour lors, il s'habille à la
même heure avec les mêmes habits, le même linge, posés
— toujours par moi, entendez-vous? — sur le même fauteuil. — Je dois encore veiller à ce qu'il ait toujours le
même drap, et, en cas de besoin, si sa redingote s'abîme,
une supposition, la remplacer par une autre.

S'il fait beau, j'entre et je dis à mon maître :

— Vous devriez sortir, Monsieur?...

Il me répond — oui! — ou — non!...

S'il a idée de se promener, il n'attend pas ses chevaux. Ils sont toujours attelés, et le cocher reste inconci-
liablement, fouet en main, comme vous le voyez là.

Le soir, après le dîner, Monsieur va un jour à
l'Opéra... Il n'a pas encore été aux Italiens, parce que je
n'ai pu me procurer une loge qu'hier... Il rentre à onze
heures précises pour se coucher.

Pendant les intervalles de la journée où il ne fait
rien, il lit, — il lit toujours, voyez-vous?... — C'est une
idée qu'il a...

J'ai ordre de lire avant lui le journal de la littérature
et des livres, afin d'acheter tous les ouvrages nouveaux
qui paraissent pour qu'il puisse les trouver, le jour
même de leur vente, sur sa cheminée.

J'ai la consigne d'entrer d'heure en heure chez lui,
pour veiller au feu, à tout — et pour voir à ce que rien
ne lui manque.

Il m'a donné, Monsieur, un petit livre à apprendre
par cœur et où sont écrits tous mes devoirs, un vrai
catéchisme... En été, je dois, avec des tas de glace, maintenir la température au même degré de fraîcheur, et
mettre en tout temps des fleurs nouvelles partout. — Il
est riche! — Il a mille francs à manger par jour. — Il peut
faire ses fantaisies. — Il a été privé assez long-temps du
nécessaire, le pauvre enfant!... — Il ne tourmente personne; il est bon comme le bon pain; jamais ne dit mot;
mais, par exemple, silence complet à l'hôtel, dans le
jardin!... Enfin, M. le marquis n'a pas un seul désir à
former, — voyez-vous? — Tout marche au doigt et à
l'œil, — et *recta!*...

C'est moi qui lui dis tout ce qu'il doit faire, et il
m'écoute... Vous ne sauriez croire à quel point il a
poussé la chose... — Ses appartemens sont... en quoi?...
ah! en enfilade! — Eh bien, il ouvre, — une supposition,
— la porte de sa chambre ou de son cabinet... crac!... —
toutes les portes s'ouvrent d'elles-mêmes pas un méca-

nisme... Pour lors, il peut aller d'un bout à l'autre de sa maison sans trouver une seule porte fermée... C'est gentil... et commode!... et agréable pour nous autres!... ça nous a coûté gros, par exemple...

Enfin, finalement, monsieur Porriquet, il m'a dit :

— Jonathas, tu auras soin de moi comme d'un enfant au maillot... — Au maillot... oui, Monsieur, au maillot qu'il a dit... Tu penseras à mes besoins, pour moi...

Je suis le maître, — entendez-vous... et il est quasiment le domestique. — Le pourquoi?... Ah! par exemple!... voilà ce que personne au monde ne sait que lui et le bon Dieu. — C'est inconciliable!...

— Il fait un poème! s'écria le vieux professeur.

— Vous croyez, Monsieur, qu'il fait un poème... C'est donc bien assujettissant, ça!... Mais, voyez-vous, je ne crois pas. Il me répète souvent qu'il veut vivre comme une vergétation, en vergétant... Et pas plus tard qu'hier, — Monsieur Porriquet — il regardait une tulipe et il disait en s'habillant :

— Voilà ma vie. Je vergète, mon pauvre Jonathas... A cette heure, d'autres prétendent qu'il est *monomane*... — C'est inconciliable...

— Tout me prouve, Jonathas... reprit le professeur avec une gravité magistrale qui imprima un profond respect au vieux valet de chambre, que monsieur Raphaël s'occupe d'un grand ouvrage... Il est plongé dans de vastes méditations et ne veut pas en être distrait par les préoccupations de la vie vulgaire... Au milieu de ses travaux intellectuels, un homme de génie oublie tout — un jour le célèbre Newton...

— Ah! Nowton!... bien! dit Jonathas. Je ne le connais pas.

— Newton, un grand géomètre, reprit Porriquet, passa vingt-quatre heures, le coude appuyé sur une table, et quand il sortit de sa rêverie, il croyait le lendemain être encore à la veille, comme s'il eût dormi... Je vais aller le voir ce cher enfant, je peux lui être utile.

— Minute!... s'écria Jonathas; vous seriez le roi de France, le nouveau, — s'entend! — que vous n'entreriez pas à moins de forcer les portes et de me marcher sur le corps... Mais, monsieur Porriquet, je cours lui dire que vous êtes là... et je lui demanderai :

— Faut-il le faire monter?...

Il répondra *oui* ou *non*. — Jamais je ne lui dis :

— *Souhaitez-vous? voulez-vous? désirez-vous?*

Ces mots-là!... rayé de la conversation. — Une fois il m'en est échappé un :

— Veux-tu me faire mourir?... m'a-t-il dit, tout en colère...

Et Jonathas laissa sans cérémonie, sous le vestibule, le professeur tout étonné.

XXXVII

JONATHAS revint assez promptement avec une réponse
favorable, et conduisit le vieil émérite à travers de
somptueux appartemens dont toutes les portes étaient
ouvertes.

M. Porriquet aperçut, de loin, son élève, au coin d'une
cheminée. Raphaël, enveloppé d'une robe de chambre à
grands dessins, et plongé dans un fauteuil à ressorts,
lisait le journal. Son attitude maladive, l'affaissement
de ses traits et de son corps peignaient une extrême
mélancolie, encore plus énergiquement peut-être que la
pâleur de feuille étiolée, imprimée sur son front et sur
son visage. Ses mains, semblables à celles d'une jolie
femme, avaient une blancheur molle et délicate. Ses
cheveux blonds, devenus rares, se bouclaient autour de
ses tempes avec une coquetterie naturelle. Il y avait
dans toute sa personne cette grâce efféminée et ces bizarreries particulières aux malades. Sa riche calotte à la
grecque, entraînée par un gland trop lourd pour le léger
cachemire, pendait sur un côté de sa tête. La faiblesse
générale de son jeune corps était démentie par ses yeux
bleus où toute la vie semblait s'être retirée, où brillait un
sentiment extraordinaire et dont l'expression saisissait
tout d'abord. Ce regard faisait mal à voir.

Les uns pouvaient y lire du désespoir; d'autres, y deviner un combat intérieur, aussi terrible qu'un remords...

C'était le coup d'œil profond de l'impuissant refoulant ses désirs au fond de son cœur, ou de l'avare

jouissant par la pensée de tous les plaisirs que son argent lui procurerait, mais s'y refusant pour ne pas amoindrir son trésor.

Ou, le regard de Prométhée enchaîné; de Napoléon déchu, apprenant à l'Élysée, en 1815, la faute stratégique commise par ses ennemis, et demandant, sans succès, le commandement pour vingt-quatre heures... Véritable regard de conquérant et de damné !...

Et, mieux encore, c'était le regard que, vingt jours auparavant, Raphaël avait jeté sur la Seine ou sur sa dernière pièce d'or mise au jeu !...

Soumettant sa volonté, son intelligence au grossier bon sens d'un vieux paysan, à peine civilisé par une domesticité de cinquante années, il avait abdiqué la vie pour vivre, dépouillant son âme de toutes les poésies du désir, et presque joyeux de devenir une sorte d'automate. Il voulait braver la mort; et, pour lutter avec la cruelle puissance dont il avait accepté le défi, il s'était fait chaste à la manière d'Origène, en châtrant son imagination.

Le lendemain du jour où, soudainement enrichi par un testament, il avait vu décroître la peau de chagrin, il s'était trouvé chez son notaire, à table; et là, un médecin assez en vogue avait raconté, sérieusement, au dessert, la manière dont un Suisse attaqué d'une pulmonie s'en était guéri. Cet homme n'avait pas dit un mot pendant dix ans et s'était soumis à ne respirer que vingt fois par minute dans l'air épais d'une vacherie, en suivant un régime alimentaire extrêmement doux.

— Je serai cet homme !... se dit en lui-même Raphaël qui voulait vivre à tout prix...

Et, au sein du luxe, il reprit une vie studieuse, la vie d'une machine à vapeur.

Quand le vieux professeur envisagea ce jeune cadavre, il tressaillit. Tout lui semblait artificiel dans ce corps fluet et débile.

En voyant le marquis à l'œil dévorant, au front chargé de pensées, il ne put reconnaître l'élève au teint frais et rose, aux membres juvéniles, dont il avait gardé le souvenir... Si le classique bon homme, critique sagace et conservateur du bon goût, avait lu lord Byron, il aurait cru voir Manfred, là où il eût voulu trouver Childe-Harold.

— Bonjour, mon bon père Porriquet!... dit Raphaël à son professeur en pressant les doigts glacés du vieillard dans une main brûlante et moite. — Comment vous portez-vous?

— Mais, moi, je vais bien... répondit le vieillard, effrayé par le contact de cette main fiévreuse. — Et vous?...

— Oh! j'espère me maintenir en bonne santé...

— Vous travaillez sans doute à quelque bel ouvrage?...

— Non, répondit Raphaël... *Exegi monumentum*... père Porriquet. — J'ai achevé une grande page et j'ai dit adieu pour toujours à la Science. — Je sais même à peine où se trouve mon manuscrit...

— Le style en est pur, sans doute?... demanda le professeur. Vous n'aurez pas, j'espère, adopté le langage barbare de cette nouvelle école qui croit faire merveille en inventant Ronsard...

— Mon ouvrage est une œuvre purement physiologique...

— Oh!... tout est dit, reprit le professeur. Dans les sciences, la grammaire doit se prêter aux exigences des découvertes. Néanmoins, mon enfant, un style clair, harmonieux, la langue de Fenélon, de M. de Buffon, de Racine, un style classique enfin! ne gâte jamais rien...

Mais, mon bon ami, reprit le professeur en s'interrompant, j'oubliais l'objet de ma visite. — C'est une visite intéressée!...

Raphaël, se rappelant trop tard la verbeuse élégance et les éloquentes périphrases auxquelles un long professorat avait habitué son maître, se repentit presque de l'avoir reçu; mais, au moment où il allait souhaiter de le voir dehors, il comprima promptement son secret désir en jetant un furtif coup d'œil à la peau de chagrin, suspendue devant lui et appliquée sur une étoffe blanche où ses contours capricieux étaient soigneusement dessinés par une ligne rouge qui l'encadrait exactement.

Depuis la fatale orgie, Raphaël, étouffant le plus léger de ses caprices, avait vécu de manière à ne pas causer le moindre tressaillement à ce terrible talisman. La peau de chagrin était comme un tigre avec lequel il fallait vivre, sans en réveiller la férocité...

Alors, il écouta patiemment les amplifications du vieux professeur. Le père Porriquet mit une heure à lui raconter les persécutions dont il était devenu l'objet depuis la révolution de juillet.

Le bonhomme, voulant un gouvernement fort, avait émis le vœu patriotique de laisser les épiciers à leurs comptoirs; les hommes d'état, au maniement des affaires publiques; les avocats, au Palais; les pairs de France, au Luxembourg; et, alors un des ministres populaires du Roi-citoyen l'avait banni de sa chaire, en l'accusant de carlisme. Chose assez étrange!...

Le vieillard se trouvait sans place, sans retraite et sans pain.

Étant la providence d'un pauvre neveu dont il payait la pension au séminaire de Saint-Sulpice, il venait, moins pour lui-même que pour son enfant adoptif, prier son ancien élève de réclamer auprès du nouveau ministre, non sa réintégration, mais l'emploi de proviseur dans quelque collège de province...

Raphaël était en proie à une somnolence invincible, lorsque la voix monotone du bonhomme cessa de retentir à ses oreilles. Obligé, par politesse, de regarder les yeux blancs et presque immobiles de ce vieillard au débit lent et lourd, il avait été stupéfié, magnétisé par une inexplicable force d'inertie.

— Hé bien, mon bon père Porriquet, répliqua-t-il sans savoir précisément à quelle interrogation il répondait, je n'y puis rien... rien du tout. — Je *souhaite seulement bien vivement* que vous réussissiez!... Je suis tout à vous.

En ce moment, sans s'apercevoir de l'effet que produisirent sur le front jaune et ridé du vieillard ces banales paroles, pleines d'égoïsme et d'insouciance, Raphaël se dressa comme un jeune chevreuil; puis, voyant une légère ligne blanche entre le bord de la peau noire et le dessin rouge, il poussa un cri si terrible que le pauvre professeur en fut épouvanté.

— Allez, vieille bête!... s'écria-t-il, vous serez nommé proviseur!... Ne pouviez-vous pas me demander une rente viagère de dix mille écus plutôt que ma protection?... Alors votre visite ne m'aurait rien coûté!... Il y a cent mille emplois en France, et je n'ai qu'une vie!... — Une vie d'homme vaut plus que tous les emplois du monde!... — Jonathas!... Jonathas!...

Jonathas parut.

— Voilà de tes œuvres, triple sot!... Pourquoi m'as-tu proposé de recevoir Monsieur?... dit-il en lui montrant le vieillard pétrifié. T'ai-je remis mon ame entre les mains pour la déchirer?... Tu m'arraches en ce moment dix années d'existence!... Encore une faute comme celle-ci et tu me conduiras où j'ai conduit mon père!... N'aurais-je pas mieux aimé posséder la belle lady Branston que d'obliger cette vieille carcasse, espèce de haillon humain... J'ai de l'or pour lui!... Et, d'ailleurs quand tous les Porriquet du monde mourraient de faim, qu'est-ce que cela me ferait!...

La colère avait blanchi le visage de Raphaël, une légère écume sillonnait ses lèvres tremblantes, et l'expression de ses yeux était épouvantable. A cet aspect, les deux vieillards furent saisis d'un tressaillement convulsif, comme deux enfans en présence d'un serpent.

Le jeune homme tomba sur son fauteuil. Alors il se fit une sorte de réaction dans son âme. Des larmes coulèrent abondamment de ses yeux flamboyans.

— Oh! ma vie!... ma belle vie!... dit-il. Plus de bienfaisantes pensées!... — Plus d'amour!... — plus rien.

Il se tourna vers le professeur.

— Le mal est fait, mon vieil ami... reprit-il d'une voix douce... Je vous aurai largement récompensé de vos soins... — Et mon malheur aura, du moins, produit le bien d'un bon et digne homme!...

Il y avait tant d'âme dans l'accent qui accompagnait ces paroles presque inintelligibles que les deux vieillards pleurèrent, comme on pleure en entendant un air attendrissant chanté dans une langue étrangère.

— Il est épileptique!... dit M. Porriquet à voix basse.

— Je vous reconnais, mon ami!... reprit doucement Raphaël. Vous voulez m'excuser : la maladie est un accident, tandis que l'inhumanité serait un vice... un crime... Laissez-moi, maintenant, ajouta-t-il. Vous recevrez demain ou après demain, peut-être même ce soir, votre nomination. Adieu.

Le vieillard se retira, pénétré d'horreur et en proie à de vives inquiétudes sur la santé morale de Valentin. Cette scène avait eu pour lui quelque chose de surnaturel. Il doutait de lui-même et s'interrogeait comme s'il se fut réveillé après un songe pénible.

— Écoute, Jonathas!... reprit le jeune homme en s'adressant à son vieux serviteur. Tâche de comprendre ta mission!

— Oui, monsieur le marquis.

— Je suis comme un homme mis hors la loi commune...

— Oui, monsieur le marquis.

— Toutes les jouissances de la vie se jouent autour de

mon lit de mort, et dansent comme de belles femmes devant moi : si je les appelle?... je meurs. Toujours la mort!... Tu dois être une barrière entre le monde et moi.

— Oui, monsieur le marquis, dit le vieux valet en s'essuyant les gouttes de sueur qui chargeaient son front ridé. Mais, si vous ne voulez pas voir de belles femmes, comment ferez-vous ce soir aux Italiens?... — Une famille anglaise qui repart pour Londres m'a cédé le reste de son abonnement, et vous avez une belle loge. Oh! une loge superbe!... Aux premières.

Raphaël, tombé dans une profonde rêverie, n'écoutait plus...

XXXVIII

Voyez-vous cette fastueuse voiture?... ce coupé simple en dehors; de couleur brune, mais sur les panneaux duquel brille l'écusson d'une antique et noble famille? Quand ce coupé passe rapidement, les grisettes l'admirent, en convoitent le satin jaune, la soie onduleuse, le tapis de la Savonnerie, la passementerie fraîche comme une paille de riz tressée par des mains blanches et vierges, les moelleux coussins, et les glaces muettes... Un jeune et joli jockey mène en postillon deux chevaux de prix, et deux laquais en livrée se tiennent debout, derrière cette voiture aristocratique; — mais au fond, sur la soie, gît une tête brûlante aux yeux cernés, Raphaël, triste et pensif : — fatale image de la richesse!... Il court à travers Paris comme une fusée, arrive au péristyle du théâtre Favart, le marche-pied se déploie, ses deux valets le soutiennent, une foule envieuse le regarde.

— Qu'a-t-il fait celui-là pour être si riche!... dit un pauvre étudiant en droit qui, faute d'un écu, ne pouvait entendre les magiques accords de Rossini.

Raphaël marcha lentement dans les corridors de la salle, ne se promettant aucune jouissance de ces plaisirs si fort enviés jadis. En attendant le second acte de la *Semiramide,* il se promena au foyer, errant à travers les galeries, insouciant de sa loge, dans laquelle il n'était pas encore entré. Le sentiment de la propriété n'existait plus au fond de son cœur. Semblable à tous les malades, il ne songeait qu'à son mal.

Appuyé sur le manteau de la cheminée, autour de laquelle abondaient, au milieu du foyer, les élégans, jeunes et vieux, d'anciens et de nouveaux ministres, puis des pairs sans pairie, et des pairies sans pair telles que les a faites la révolution de Juillet, enfin tout un monde de spéculateurs et de journalistes, Raphaël vit à quelques pas de lui, parmi toutes les têtes, une figure étrange et surnaturelle. Il s'avança en clignant les yeux fort insolemment vers cet être bizarre, afin de le contempler de plus près.

— Quelle admirable peinture !... se dit-il.

Les sourcils, les cheveux et la virgule *à la Mazarin* dont l'inconnu semblait faire parade, étaient teints en noir; mais, appliqué sur une chevelure sans doute trop blanche, le cosmétique avait produit une couleur violâtre et fausse dont les teintes changeaient suivant les reflets plus ou moins vifs des lumières. Son visage étroit et plat, dont les rides étaient comblées par d'épaisses couches de rouge et de blanc, exprimait à la fois la ruse et l'inquiétude. Cette enluminure, manquant à quelques endroits de la face, en faisait singulièrement ressortir la décrépitude et le teint plombé.

Aussi, était-il impossible de ne pas rire en voyant cette tête au menton pointu, au front proéminent, assez semblable à ces grotesques figures de bois, sculptées en Allemagne, par les bergers pendant leurs loisirs.

En examinant tour à tour ce vieil Adonis et Raphaël, un observateur aurait cru reconnaître, dans le marquis, les yeux d'un jeune homme sous le masque d'un vieillard; et dans l'inconnu, les yeux ternes d'un vieillard sous le masque d'un jeune homme.

Valentin cherchait à se rappeler en quelle circonstance il avait jadis vu ce petit vieillard sec, bien cravaté, botté, qui marchait en faisant sonner ses éperons et se croisait les bras comme s'il avait toutes les forces d'un pétulante jeunesse à dissiper. Sa démarche n'accusait rien de gêné, d'artificiel. Son élégant habit, soigneusement boutonné, déguisait une vieille et forte charpente, en lui donnant la tournure d'un vieux fat qui suit les modes.

Cette espèce de poupée pleine de vie, vrai prodige, avait pour Raphaël tous les charmes d'une apparition. Il le contemplait comme un vieux Rembrandt enfumé, récemment restauré, verni, mis dans un cadre neuf.

Cette comparaison lui fit retrouver la trace de la vérité dans ses confus souvenirs; et, alors, il reconnut le marchand de curiosités,- l'homme auquel il devait son malheur !...

En ce moment, un rire satanique échappait à ce fantastique personnage, et se dessinait sur ses lèvres froides, tendues par un faux ratelier. A ce rire, la vive imagination de Raphaël lui montra dans cet homme, de frappantes ressemblances avec la tête idéale que les peintres ont donnée au Méphistophélès de Goëthe.

Mille superstitions s'emparèrent de l'ame forte de Raphaël; et, dans ce moment, il crut à la puissance du démon, à tous les sortiléges rapportés dans les fabuleuses légendes du moyen âge, et mises en œuvre par les poètes. Se refusant avec horreur au sort de Faust, il invoqua soudain le ciel; il eut, comme les mourans, une foi fervente en Dieu, en la vierge Marie... Radieuse et fraîche, une mystérieuse lumière lui permit d'apercevoir le ciel; mais c'était le ciel de Michel-Ange et de Sanzio d'Urbin : des nuages, un vieillard à barbe blanche, des têtes ailées, et une belle femme assise dans une auréole... Maintenant il comprenait, il adoptait ces admirables créations dont les fantaisies presque humaines lui expliquaient son aventure et lui permettaient encore un espoir.

Mais quand ses yeux retombèrent sur le foyer des Italiens, au lieu de la Vierge, il vit une ravissante fille d'Opéra, la détestable Euphrasie, danseuse au corps souple et léger, qui, vêtue d'une robe éclatante, couverte de perles orientales, arrivait impatiente de son vieillard impatient, et venait se montrer, insolente, le front hardi, les yeux pétillans, à ce monde envieux et spéculateur, pour témoigner de la richesse sans bornes du marchand dont elle dissipait les trésors.

Raphaël se souvenant du souhait goguenard par lequel il avait accueilli le fatal présent du vieux homme, savoura tous les plaisirs de la vengeance en contemplant l'humiliation profonde de cette sagesse sublime, dont naguère la chute semblait impossible.

Le funèbre sourire du centenaire s'adressait à Euphrasie, dont la bouche rose répondit par un mot d'amour; puis, lui offrant un bras desséché, le petit juif fit deux ou trois fois le tour du foyer, recueillant, avec délices, les regards de passion et les complimens jetés par la foule à sa maîtresse, sans voir les rires dédaigneux, sans entendre les railleries mordantes dont il était l'objet.

— Dans quel cimetière, cette jeune goule a-t-elle déterré ce cadavre?... s'écria le plus élégant de tous les romantiques.

Euphrasie se prit à sourire; car c'était un jeune homme aux cheveux blonds, aux yeux bleus et brillans, svelte, portant moustache et cravache, — tout le bagage du genre, — ayant un frac écourté, le chapeau sur l'oreille, et la repartie vive...

— Que de vieillards, se dit Raphaël en lui-même, couronnent une vie de probité, de travail, de vertu, par une folie!... Celui-ci a les pieds froids, et il fait l'amour.

— Hé bien! Monsieur, s'écria Valentin, en arrêtant le juif et en lançant une œillade à Euphrasie. Ne vous souvenez-vous plus des sévères maximes de votre philosophie?

— Ah! ah!... répondit le marchand d'une voix déjà cassée. Je suis heureux comme un jeune homme!... J'avais pris l'existence au rebours... Il y a toute une vie dans une heure d'amour.

En ce moment, les spectateurs, entendant le prélude de l'orchestre, quittèrent le foyer pour se rendre à leurs places; et le vieillard ayant salué Raphaël, ils se séparèrent.

En entrant dans sa loge, le marquis aperçut Fœdora, divinement mise, et placée à l'autre côté de la salle précisément en face de lui.

Sans doute arrivée depuis peu, elle rejetait son écharpe en arrière, se découvrait le cou, faisant les mille petits mouvemens indescriptibles d'une coquette occupée à se poser. Tous les regards étaient concentrés sur elle.

Un jeune pair de France l'accompagnait. La comtesse lui demanda la lorgnette qu'elle lui avait donnée à porter; et, au geste qu'elle fit, à la manière dont elle regarda ce nouveau *partner,* Raphaël devina la tyrannie à laquelle son successeur était soumis.

Fasciné sans doute comme il l'avait été jadis; dupé comme lui; comme lui, luttant avec toute la puissance d'un amour vrai contre les froids calculs de cette femme, il devait souffrir les tourmens auxquels Valentin avait heureusement renoncé.

Une joie inexprimable anima la figure de Fœdora, quand, après avoir braqué sa lorgnette sur toutes les loges, et rapidement examiné les toilettes, elle eut la conscience d'écraser, par sa parure et sa beauté, les plus jolies, les plus élégantes femmes de Paris.

Elle se mit à rire pour montrer ses dents blanches; agita sa tête ornée de fleurs, pour en faire admirer l'éclat et la coiffure; puis son regard alla de loge en loge se moquant d'un bérêt mal posé sur le front d'une princesse russe, ou d'un chapeau manqué qui coiffait horriblement mal la fille d'un banquier; mais tout à coup, elle pâlit en rencontrant les yeux fixes de Raphaël.

Son amant dédaigné la foudroya par un intolérable coup d'œil de mépris. Quand aucun de ses amans bannis ne méconnaissait sa puissance, Valentin seul dans le monde était à l'abri de ses séductions. Un pouvoir impunément bravé touche à sa ruine. Cette maxime est gravée plus profondément au cœur d'une femme qu'à la tête des rois; aussi Fœdora voyait-elle la mort de ses prestiges et de sa coquetterie, dans Raphaël.

Un mot, dit par lui, la veille, à l'Opéra, était déjà devenu célèbre, dans les salons de Paris, et le tranchant de cette terrible épigramme, avait fait une blessure incurable à la comtesse. En France, nous savons cautériser une plaie, mais nous n'y connaissons pas encore de remède au mal que produit une phrase.

Au moment, où toutes les femmes regardèrent alternativement le marquis et la comtesse, Fœdora aurait voulu l'abîmer dans les oubliettes de quelque Bastille; car malgré son talent pour la dissimulation, ses rivales devinèrent sa souffrance.

Enfin, sa dernière consolation lui échappa.

Ces mots délicieux :

— Je suis la plus belle!...

Cette phrase éternelle qui calmait tous les chagrins de sa vanité, devint un mensonge.

Au moment où finissait l'ouverture du second acte, une femme vint se placer près de Raphaël, dans une loge qui, jusqu'alors, était restée vide. Le parterre entier laissa échapper un murmure d'admiration. Cet océan de faces humaines, agita ses lames animées et toutes les têtes regardèrent l'inconnue. Jeunes et vieux firent un tumulte si prolongé, que, pendant le lever du rideau, les musiciens de l'orchestre se tournèrent pour réclamer le silence; et, partageant cet applaudissement général, finirent par augmenter ces confuses rumeurs. Des conversations animées s'établirent dans chaque loge. Les femmes s'étaient toutes armées de leurs jumelles; et les vieillards, rajeunis, nettoyaient avec la peau de leurs gants, les verres de leurs lorgnettes. Puis, l'enthousiasme se calma par degrés. Les chants retentirent sur la scène. Tout rentra dans l'ordre. La bonne compagnie, comme honteuse d'avoir cédé à un mouvement naturel, rentra dans la froideur aristocratique de ses manières polies. Les riches ne veulent s'étonner de rien, et doivent reconnaître, au premier aspect d'une belle œuvre, le défaut qui les dispense de l'admiration, sentiment vulgaire.

Cependant quelques hommes restèrent immobiles, sans écouter la musique, perdus dans un ravissement naïf, occupés à contempler la voisine de Raphaël.

Valentin aperçut dans une baignoire, l'ignoble figure du banquier sanglant qui, tout en se serrant près d'Aquilina, lui adressait une grimace approbative. Puis, il vit Émile, qui, debout à l'orchestre, semblait lui dire :

— Mais regarde donc la belle créature que tu as près de toi!...

Enfin Rastignac, assis près d'une jeune femme, une veuve sans doute, tortillait ses gants comme un homme au désespoir d'être enchaîné là, sans pouvoir aller près de la divine inconnue.

La vie de Raphaël dépendait d'un pacte encore inviolé qu'il avait fait avec lui-même. Il s'était promis de ne jamais regarder attentivement aucune femme; et, pour se mettre à l'abri d'une tentation, il portait un lorgnon dont le verre microscopique artistement disposé, détruisait l'harmonie des plus beaux traits, en leur donnant un hideux aspect.

Encore en proie à la terreur dont il avait été saisi le matin, quand, pour un simple vœu de politesse, le talisman s'était si promptement resserré, Raphaël résolut fermement de ne pas se retourner vers sa voisine.

Il était assis comme une duchesse, non pas comme une duchesse impériale, mais comme une duchesse du faubourg Saint-Germain. Présentant le dos au coin de sa loge, il dérobait avec impertinence la moitié de la scène à l'inconnue, ayant l'air de la mépriser, de ne même pas savoir qu'une jolie femme se trouvait derrière lui.

La voisine, copiant avec exactitude la posture de Valentin, avait appuyé son coude sur le bord de la loge, et se mettait la tête de trois-quarts en regardant les chanteurs, comme si elle se fut posée devant un peintre. Ces deux personnes ressemblaient à deux amans brouillés qui se boudent, se tournent le dos, et vont s'embrasser au premier mot d'amour.

Par momens, les légers marabouts, les cheveux de l'inconnue effleuraient la tête de Raphaël et lui causaient une sensation voluptueuse contre laquelle il luttait courageusement. Puis, il sentit le doux contact des ruches qui garnissaient le tour de la robe. Enfin, la robe elle-même fit entendre le murmure efféminé de ses plis, frissonnement plein de molles sorcelleries. Bientôt, le mouvement imperceptible imprimé par la respiration à la poitrine, au dos, aux vêtemens, la vie suave de cette jolie femme se communiqua soudain à Raphaël comme une étincelle électrique, et le tulle ou la blonde transmirent fidèlement à son épaule chatouillée la délicieuse chaleur de ce dos de femme, sans doute blanc et nu. Par un caprice de la nature, ces deux êtres désunis par le bon ton, séparés par les abîmes de la mort, respirèrent ensemble, et pensèrent peut-être l'un à l'autre. Les puissans parfums de Vety-ver achevèrent d'enivrer Raphaël. Son imagination irritée par un obstacle, et que les entraves rendaient encore plus fantasque, lui dessina rapidement une femme en traits de feu.

Alors il se retourna brusquement; et comme en ce moment l'inconnue, choquée sans doute de se trouver en contact avec un étranger, fit un mouvement semblable, leurs visages, animés par la même pensée, restèrent en présence.

— Pauline!...

— Monsieur Raphaël!...

Pétrifiés l'un et l'autre, ils se regardèrent un instant en silence.

Raphaël voyait Pauline éclatante de beauté, dans une toilette simple et de bon goût. Son ravissant corsage caché jusqu'alors, mais chastement couvert d'une gaze laissait apercevoir une blancheur de lis et deviner des formes qu'une femme eût admirées. Puis, c'était toujours sa modestie virginale, sa candeur, sa gracieuse attitude. Son bras blanc, enveloppé d'une gaze transparente, accusait l'émotion profonde dont elle était saisie, par un tremblement nerveux qui semblait faire palpiter son corps aussi puissamment que son cœur.

— Oh! venez demain!... dit-elle, venez à l'hôtel Saint-Quentin, y reprendre vos papiers!... J'y serai à midi, soyez exact!

Puis, elle se leva précipitamment et disparut.

Raphaël voulait suivre Pauline; mais, craignant de la compromettre, il resta, regarda Fœdora, la trouva laide; et, bientôt, ne pouvant comprendre une seule phrase de musique, étouffant dans cette salle, le cœur plein, il sortit, et revint chez lui.

— Jonathas!... dit-il à son vieux domestique, au moment où il fut dans son lit. Donne-moi une demi-goutte le laudanum sur un morceau de sucre, et demain ne me réveille qu'à midi moins vingt minutes.

XXXIX

— Je veux être aimé de Pauline!... s'écria-t-il, le lendemain, en regardant le talisman avec une indéfinissable angoisse.

La peau ne fit aucun mouvement, elle semblait avoir perdu sa force contractile.

— Ah! ah!... s'écria Raphaël, en se sentant délivré comme d'un manteau de plomb, qu'il aurait porté depuis le jour où le talisman lui avait été donné. Tu mens!... Tu ne m'obéis pas?... Le pacte est rompu!... Je suis libre... Je vivrai... C'était donc une mauvaise plaisanterie!...

En disant ces paroles, il n'osait pas croire à sa propre pensée.

Mis aussi simplement qu'il l'était jadis, il voulut aller à pied à son ancienne demeure, essayant de se reporter en idée à ces jours heureux, où il pouvait se livrer sans danger à la furie de ses désirs, et où il n'avait point encore jugé toutes les jouissances humaines. Il marchait, voyant, non plus la Pauline de l'hôtel Saint-Quentin, mais la Pauline de la veille, cette maîtresse accomplie, si souvent rêvée, jeune fille spirituelle, aimante, artiste, comprenant les poètes et la poésie, et vivant au sein du luxe, en un mot, Fœdora douée d'une belle ame; ou Pauline, comtesse et deux fois millionnaire comme Fœdora!...

Quand il se trouva sur le seuil usé, sur la dalle cassée de cette porte où, tant de fois, il avait eu des pensées de désespoir, une vieille femme sortit de la salle, et lui dit :

— N'êtes-vous pas M. Raphaël de Valentin?...

— Oui, ma bonne mère, répondit-il....

— Vous connaissez votre logement!... Quelqu'un vous y attend.

— Cet hôtel est-il toujours tenu par madame Gaudin?... demanda-t-il.

— Oh! non, Monsieur. Maintenant, madame Gaudin est baronne... Elle est dans une belle maison à elle, de l'autre côté de l'eau... Son mari est revenu. Dame!... il a rapporté des mille et des cent. L'on dit qu'elle pourrait acheter tout le quartier Saint-Jacques si elle le voulait. Elle m'a donné pour rien son fond, et son restant du bail... Ah! c'est une bonne femme, tout de même! Elle n'est pas plus fière aujourd'hui qu'elle ne l'était hier!...

Raphaël monta lestement à sa mansarde; et, quand il atteignit les dernières marches de l'escalier, il entendit les sons du piano.

Pauline était là...

Ouvrant doucement la porte, il la vit modestement vêtue d'une robe de percaline, mais la façon de la robe, et les gants, le chapeau, le cachemire négligemment jetés sur le lit, révélaient toute une fortune.

— Ah! vous voilà!... enfin!... s'écria Pauline en tournant la tête et se levant avec un mouvement de joie naïve.

Raphaël vint s'asseoir près d'elle, rougissant, honteux, heureux, il la regarda sans rien dire.

— Pourquoi nous avez-vous donc quittées? reprit-elle en baissant les yeux, au moment où son visage s'empourpra. Qu'êtes-vous devenu?...

— Ah! Pauline, j'ai été... je suis bien malheureux encore!...

— Là!... s'écria-t-elle tout attendrie. J'ai deviné cela, hier, en vous voyant bien mis... — riche en apparence, —

et, en réalité, hein, monsieur Raphaël?... Est-ce toujours comme autrefois?...

Valentin ne put retenir quelques larmes, elles roulèrent dans ses yeux, et alors il s'écria :

— Pauline!... je...

Il n'acheva pas, ses yeux étincelaient d'amour, et son cœur débordait dans son regard.

— Oh! il m'aime!... il m'aime!... s'écria Pauline.

Raphaël fit un signe de tête, en se sentant hors d'état de dire une seule parole; et, à ce geste, la jeune fille lui prit la main, et la serrant avec force, elle lui dit, tantôt riant, tantôt sanglotant :

— Riches!... riches!... heureux!... riches!... ta Pauline est riche! Mais moi je devrais aujourd'hui être bien pauvre!... J'ai mille fois dit que je paierais ce mot :

— Il m'aime!... de tous les trésors de la terre. O mon Raphaël!... des millions!... tu aimes le luxe... mais tu dois aimer mon cœur aussi... Il y a tant d'amour pour toi dans ce cœur. Tu ne sais pas?... Mon père est revenu. Je suis une riche héritière!... Ma mère et lui, me laissent entièrement maîtresse de mon sort!... Je suis libre!

En proie à une sorte de délire, Raphaël tenait les mains de Pauline et les baisait si ardemment, si avidement, que son baiser semblait être une sorte de convulsion.

Pauline se dégagea les mains, les jeta sur les épaules de Raphaël et le saisit. — Alors, ils se comprirent, se serrèrent et s'embrassèrent avec cette sainte, cette délicieuse ferveur, dégagée de toute arrière-pensée, dont un seul baiser se trouve empreint, le jeune, le premier baiser, par lequel deux âmes prennent possession d'elles-mêmes.

— Ah! s'écria Pauline en retombant sur la chaise, je ne veux plus te quitter!...

— Je ne sais d'où me vient tant de hardiesse?... reprit-elle en rougissant.

— De la hardiesse, ma Pauline?... Oh! ne crains rien!
C'est de l'amour... de l'amour vrai, profond! — éternel
comme le mien, n'est-ce pas?...

— Oh! parle, parle, parle!... dit-elle. Ta bouche a été
si long-temps muette pour moi...

— Tu m'aimais donc?...

— Oh! Dieu!... si je l'aimais!... Que de fois j'ai pleuré,
là, — tiens? — en faisant ta chambre, déplorant ta misère et... la mienne. Je me serais vendue au démon pour
t'éviter un chagrin... Aujourd'hui, *mon* Raphaël, car tu es
bien à moi... — A moi, cette belle tête; à moi ton cœur!
— Oh! oui, ton cœur, surtout!... Éternelle richesse!...

Eh bien, où en suis-je?... reprit-elle. Ah! m'y voici!
nous avons trois... quatre... cinq millions, je crois... Si
j'étais pauvre, je tiendrais peut-être à porter ton nom, à
être nommée ta femme... Mais, en ce moment je voudrais te sacrifier le monde entier... je voudrais être encore ta servante... Va, Raphaël, en t'offrant mon cœur,
ma personne, ma fortune, je ne te donnerais rien de plus
aujourd'hui, que le jour où j'ai mis là, dit-elle en montrant le tiroir de la table, certaine pièce de cent sous!...
Oh! comme alors ta joie m'a fait mal!...

— Pourquoi es-tu riche?... s'écria Raphaël. Pourquoi n'as-tu pas de vanité... je ne puis rien pour toi!...

Il se tordit les mains de bonheur, de désespoir,
d'amour...

— Quand tu seras madame la marquise de Valentin!... Je te connais, ame céleste, ce titre et ma fortune
ne vaudront pas...

— Un de tes cheveux!... s'écria-t-elle.

— J'ai six millions, mais quand j'en aurais trente, que
sont maintenant les richesses pour nous!... Ah! j'ai ma
vie!... je puis te l'offrir?... prends-la...

— Oh! ton amour! Raphaël, ton amour vaut le
monde!... Comment, ta pensée est à moi?... Mais je suis
la plus heureuse des heureuses...

— L'on va nous entendre!... dit Raphaël.

— Hé, il n'y a personne!... répondit-elle en laissant échapper un petit geste mutin.

— Hé bien, viens?... s'écria Valentin en lui tendant les bras.

Elle sauta sur ses genoux, et, joignant ses mains autour du cou de Raphaël :

— Embrassez-moi, dit-elle pour tous les chagrins que vous m'avez donnés?...

Pour effacer la peine que vos joies m'ont faite!...
Pour toutes les nuits que j'ai passées à peindre mes écrans.

— Tes écrans...

— Puisque nous sommes riches, mon trésor, je puis te dire tout!... Pauvre enfant!... Ah! comme il est facile de tromper les hommes d'esprit!... Est-ce que tu pouvais avoir des gilets blancs et des chemises propres deux fois la semaine, pour trois francs de blanchissage par mois?... Mais tu buvais deux fois plus de lait qu'il ne t'en revenait pour ton argent!... Je t'attrapais sur tout. Le feu, l'huile... Et l'argent donc?...

Oh! mon Raphaël!... ne me prends pas pour femme!... dit-elle en riant, je suis une personne trop astucieuse.

— Mais comment faisais-tu donc?...

— Je travaillais jusqu'à deux heures du matin!... répondit-elle, et je donnais à ma mère une moitié du prix de mes écrans; à toi l'autre...

Ils se regardèrent pendant un moment, tous deux, hébétés de joie et d'amour.

— Oh! s'écria Raphaël, nous paierons sans doute, un jour, ce bonheur par quelque effroyable chagrin!...

— Serais-tu marié?... cria Pauline. Ah! je ne veux te céder à aucune femme!...

— Je suis libre, ma chérie!...

— Libre... répéta-t-elle. Libre, et à moi!...

Elle se laissa glisser sur ses genoux; et joignant les mains, elle regarda Raphaël avec une dévotieuse ardeur.

— J'ai peur de devenir folle!...

Es-tu gentil! reprit-elle en passant une main dans la
blonde chevelure de son amant. Est-elle bête, ta
comtesse Fœdora!... Quel plaisir j'ai ressenti hier en
étant saluée par tous les hommes!... Elle n'a jamais été
applaudie, elle!...

Dis, cher, quand mon dos à touché ton bras, j'ai
entendu en moi, je ne sais quelle voix qui m'a crié :
— Il est là!... Je me suis retournée... et je t'ai vu... Oh!
je me suis sauvée... je me sentais l'envie de te sauter au
cou, devant tout ce monde.

— Es-tu heureuse de pouvoir parler!... s'écria Raphaël. Moi, j'ai le cœur serré. Je voudrais pleurer; je
ne puis... Ne me retire pas ta main!... Il me semble que
je resterais pendant toute ma vie, à te regarder ainsi...
heureux, content!...

— Répète-moi cela! dis, mon amour?...

— Et que sont les paroles!... reprit Valentin en laissant
tomber une larme chaude sur les mains de Pauline. Plus
tard, j'essaierai de te peindre mon amour, en ce moment je ne puis que le sentir...

— Oh! s'écria-t-elle, cette belle ame, ce beau génie, ce
cœur que je connais si bien... tout est à moi, comme je
suis à lui.

— Pour toujours, ma douce créature! dit Raphaël
d'une voix émue. Tu seras ma femme, mon bon génie...
Ta présence a toujours dissipé mes chagrins, rafraîchi
mon ame... En ce moment, ton sourire angélique a pour
ainsi dire purifié mon cœur. — Je crois commencer une
nouvelle vie. Le passé cruel et mes tristes folies me
semblent être de mauvais songes. — Je suis pur... près de
toi... Je sens l'air du bonheur.

— Oh! sois là, toujours!... ajouta-t-il en la pressant
saintement sur son cœur palpitant.

— Vienne la mort quand elle voudra!... s'écria Pauline en extase. J'ai vécu!...

XL

— Oh! mon Raphaël! s'écria Pauline, je voudrais que jamais personne n'entrât plus dans cette chère mansarde...

— Il faut en murer la porte, mettre une grille à la lucarne, et acheter la maison, répondit le marquis.

— C'est cela!... dit-elle...

Puis, après un moment de silence :

— Nous avons un peu oublié de chercher tes manuscrits?...

Et ils se prirent à rire avec une douce innocence.

— Bah!... je me moque de toutes les sciences... s'écria Raphaël.

— Ah! Monsieur, et la gloire?...

— Tu es ma seule gloire...

— Étais-tu malheureux en faisant tous ces petits pieds de mouche!... dit-elle en feuilletant les papiers.

— Ma Pauline...

— Oh! oui, je suis ta Pauline... Eh bien...

— Où demeures-tu donc?...

— Rue Saint-Lazare... — Et toi?...

— Rue de Varennes...

— Comme nous serons loin, l'un de l'autre, jusqu'à ce que...

Elle s'arrêta, regardant son ami d'un air coquet et malicieux.

— Mais, répondit Raphaël, nous n'avons guère qu'une quinzaine de jours à rester séparés,..

— Vrai!... Dans quinze jours nous nous marierons...
Elle sauta comme un enfant.

— Oh! je suis une fille dénaturée!... reprit-elle, je ne pense plus ni à père, ni à mère, ni à rien dans le monde!.... Tu ne sais pas, pauvre chéri : mon père est bien malade. — Il est revenu des Indes... Oh! souffrant!... mais très-souffrant. — Il a manqué mourir au Havre... Nous l'avons été chercher là.

Ah! Dieu!... s'écria-t-elle en regardant l'heure à une petite montre, déjà trois heures..... Je dois me trouver à son réveil à quatre heures. — Je suis la maîtresse au logis, ma mère fait toutes mes volontés, mon père m'adore; mais je ne veux pas abuser de leur bonté!..... Ce serait mal! Le pauvre père... C'est lui qui m'a envoyée aux Italiens hier... Tu viendras le voir demain, n'est-ce pas?

— Madame la marquise de Valentin veut-elle me faire l'honneur d'accepter mon bras...

— Ah! chéri! chéri!...

— Je vais emporter la clef de cette chambre, reprit-elle. N'est-ce pas un palais et notre trésor...

— Pauline?... encore un baiser...

— Mille!...

— Mon Dieu!... dit-elle en regardant Raphaël. Et ce sera toujours ainsi! Je crois rêver.

Ils descendirent lentement l'escalier. Puis, bien unis, marchant du même pas, tressaillant ensemble sous le poids du même bonheur, se serrant comme deux colombes, ils arrivèrent trop sôt sur la place de la Sorbonne, où l'équipage de Pauline attendait.

— Je veux aller chez toi!..... s'écria-t-elle. Je veux voir ta chambre, ton cabinet, et m'asseoir à la table sur laquelle tu travailles!..... Ce sera comme autrefois... ajouta-t-elle en rougissant.

— Joseph!... dit-elle en s'adressant à un valet, je vais rue de Varennes avant de retourner à la maison. Il est

trois heures un quart, et je dois être revenue à quatre.....
que George presse les chevaux!...

Et les deux amans, mollement balancés et portés sur de
voluptueux coussins, tous deux rayonnant d'amour,
furent, en peu d'instans, menés à l'hôtel de Valentin.

— Oh! suis-je contente d'avoir examiné tout cela!...
s'écria Pauline en chiffonnant la soie des rideaux qui
drapaient le lit de Raphaël. — Ce soir, en m'endormant,
je tâcherai d'être là, en pensée. Je me figurerai ta chère
tête sur cet oreiller... — Dis-moi, Raphaël, tu n'as pris
conseil de personne pour meubler ton hôtel?...

— De personne.

— Là.... bien vrai.... Ce n'est pas une femme qui t'a...?

— Pauline!...

— Oh! je me sens une affreuse jalousie!... Mais, tu as
bien bon goût.... Je veux avoir demain un lit pareil au
tien...

Raphaël, ivre de bonheur, saisit Pauline.

— Oh! mon père!... mon père!... dit-elle.

— Je vais donc te reconduire, car je veux te quitter le
moins possible!... s'écria Valentin.

— Es-tu aimable?... Je n'osais pas te le proposer.....

— Mais n'es-tu donc pas ma vie...

— Il n'y a pas deux hommes comme toi sous le ciel...

Mais il serait fastidieux de consigner fidèlement ces
adorables bavardages de l'amour auxquels l'accent, le
regard, un geste intraduisible donnent seuls du prix.

Valentin reconduisit Pauline jusque chez elle, et
revint ayant au cœur autant de plaisir que l'homme en
peut porter et ressentir ici-bas.

Quand il fut assis dans son fauteuil, près de son feu,
pensant à la soudaine et complète réalisation de toutes
ses espérances, une idée froide lui traversa l'ame comme
l'acier d'un poignard perce une poitrine.

Il regarda la peau de chagrin. Elle s'était légèrement
rétrécie...

— Ah!...

Il prononça le juron français, sans y mettre les jésui-
tiques réticences de l'abbesse des Andouillettes; puis,
penchant la tête sur son fauteuil, il resta sans mouvement les yeux arrêtés sur une patère, mais sans la voir.

— Grand Dieu!... s'écria-t-il. Quoi! tous mes désirs!...
tous... Pauvre Pauline!...

Il prit un compas, mesura ce que la matinée lui avait
coûté d'existence.

— Je n'en ai pas pour deux mois!... dit-il.

Une sueur glacée sortit de ses pores, et il demeura
comme perdu dans ses pensées.

Tout à coup, obéissant à un inexprimable mouvement de rage, il saisit la peau de chagrin en s'écriant :

— Je suis bien bête!...

Il sortit, courut, traversa les jardins; et jetant le talisman au fond d'un puits :

— Vogue la galère!..... dit-il joyeusement. Au diable
toutes ces sottises!...

XLI

DEPUIS deux mois, Raphaël vivait en Pauline, et Pauline en Raphaël. Leur mariage, retardé par des difficultés peu intéressantes à raconter, devait se célébrer dans les premiers jours de mars; mais une passion forte et vraie leur avait fait mépriser les lois sociales.

Ils s'étaient éprouvés, ne doutaient point d'eux-mêmes; et, le bonheur leur ayant révélé toute la puissance de leur affection, jamais deux ames, deux caractères ne s'étaient aussi parfaitement unis. En s'étudiant, ils s'aimèrent davantage.

C'était de part et d'autre, même délicatesse, même pudeur, même volupté, la plus douce de toutes les voluptés, celle des anges. Point de nuages dans leur ciel : les désirs de l'un faisaient la loi de l'autre.

Riches tous deux, ils ne connaissaient point de caprices qu'ils ne pussent satisfaire, et, partant, n'avaient pas de caprices. Un goût exquis, le sentiment du beau, une vraie poésie animaient l'ame de l'épouse. De la mousseline, des fleurs lui étaient de ravissantes parures. Dédaignant les diamans, et tous les colifichets de la finance, un sourire de son ami lui semblait plus beau que toutes les perles d'Ormus.

Puis, Pauline et Raphaël fuyaient le monde. La solitude leur était si belle, si féconde en plaisirs...

Les oisifs voyaient exactement tous les soirs ce joli ménage de contrebande, aux Italiens ou à l'Opéra.

Si, d'abord, quelques médisances égayèrent les salons,

bientôt le torrent d'événemens qui passait alors sur Paris fit oublier deux amans inoffensifs. Enfin, puissante excuse auprès des prudes, leur mariage était annoncé, et leurs gens se trouvaient discrets par hasard. Donc aucune méchanceté trop vive ne les punit de leur bonheur.

Vers la fin du mois de février, époque à laquelle d'assez beaux jours firent croire aux joies du printemps, un matin, Pauline et Raphaël déjeunaient ensemble dans une petite serre, espèce de salon rempli de fleurs, et de plain-pied avec le jardin.

Le doux et pâle soleil de l'hiver dont les rayons se brisaient à travers des arbustes rares, tiédissait alors la température. Les yeux étaient égayés par les vigoureux contrastes des divers feuillages, par les couleurs des touffes fleuries et par toutes les fantaisies de la lumière et de l'ombre.

Quand tout Paris se chauffait encore devant de tristes foyers, les deux jeunes époux riaient sous un berceau de camélias, de lilas, de bruyères, et leurs têtes joyeuses s'élevaient au dessus des narcisses, des muguets et des roses du Bengale.

Dans cette serre voluptueuse et riche, les pieds foulaient une natte africaine coloriée comme un tapis, et n'y rencontraient même pas un grain de sable. Les parois tendues en coutil vert n'offraient pas la moindre trace d'humidité. L'ameublement était de bois en apparence grossier, mais dont l'écorce polie brillait de propreté.

Un jeune chat accroupi sur la table, où l'avait attiré l'odeur du lait, se laissait barbouiller de café par Pauline, qui, folâtre, jouait avec lui, défendait la crème, ne lui permettant guère que de la flairer afin d'entretenir sa patience et le combat. Elle éclatait de rire à chacune de ses grimaces, et débitait mille plaisanteries pour empêcher Raphaël de lire le journal, qui, dix fois déjà, lui était tombé des mains. Il y avait, dans cette scène mati-

nale, un bonheur inexprimable comme tout ce qui est
profondément naturel et vrai.

Raphaël, feignant toujours de lire sa feuille, contemplait à la dérobée Pauline aux prises avec le chat, sa
Pauline enveloppée d'un long peignoir qui la lui voilait
imparfaitement, et, les cheveux en désordre, et montrant
un petit pied blanc veiné de bleu dans une pantoufle de
velours noir. Charmante à voir ainsi déshabillée, et délicieuse comme les fantastiques figures de Westall, elle
semblait être tout à la fois jeune fille et femme; et peut-
être même, encore plus jeune fille que femme, parce
que, sans doute, elle jouissait d'une félicité sans mélange,
et ne connaissait de l'amour que ses premières joies.

Au moment où, tout-à-fait absorbé par sa douce
rêverie, Raphaël avait oublié son journal, Pauline le saisit, le chiffonna, en fit une boule, le lança dans le jardin,
et le chat courut après la politique tournant comme toujours, sur elle-même. Puis, quand Raphaël, distrait par
cette scène enfantine, voulut continuer à lire et fit le
geste de lever la feuille qu'il n'avait plus, il y eut des
rires francs, joyeux, renaissant d'eux-mêmes comme les
chants d'un oiseau.

— Je suis jalouse du journal!... dit-elle en essuyant
les larmes que son rire d'enfant avait fait couler, et
redevenant femme tout à coup. N'est-ce pas une félonie
que de lire des proclamations russes en ma présence,
et de préférer la prose de l'empereur Nicolas à des
paroles, à des regards d'amour?...

— Je ne lisais pas, mon ange aimé, je te regardais...

En ce moment, le pas lourd du jardinier dont les
souliers ferrés faisaient crier le sable des allées retentit
près de la serre.

— Excusez, Monsieur le marquis, si je vous interromps
ainsi que Madame... Mais je vous apporte une curiosité
comme je n'en ai jamais vue. En tirant tout à l'heure,
sous votre respect, un seau d'eau, j'ai amené cette singu-

lière plante marine!... La voilà! Faut, tout de même, que
ce soit bien accoutumé à l'eau, car ce n'était point
mouillé, ni humide. C'était sec comme du bois! Et c'est
point gras du tout. Comme Monsieur le marquis est
plus savant que moi certainement, j'ai pensé qu'il fallait
la lui apporter...

Et le jardinier montrait à Raphaël l'inexorable peau
de chagrin, effroyablement réduite. Elle n'avait pas un
pied carré de superficie.

— Merci, Vanière... dit Raphaël. C'est une chose très-
curieuse...

— Qu'as-tu, mon ange?... tu pâlis!... s'écria Pauline.

— Laissez-nous, Vanière...

Le jardinier s'éloigna.

— Ta voix m'effraie... reprit la jeune fille. Elle est
singulièrement altérée. Qu'as-tu? Que sens-tu?... Où
as-tu mal?... Tu as mal!... Un médecin!... cria-t-elle.
Jonathas!... Au secours!...

— Ma Pauline, tais-toi!... répondit Raphaël en recou-
vrant son sang-froid. Sortons, il y a près de moi une
fleur dont le parfum m'incommode. — Peut-être, est-ce
cette verveine.

Pauline s'élança sur l'innocent arbuste, le saisit par la
tige, et le jeta dans le jardin.

— Oh! ange! s'écria-t-elle en serrant Raphaël par une
étreinte aussi puissante que leur amour, et lui apportant
avec une langoureuse coquetterie, ses lèvres vermeilles
à baiser. En te voyant pâlir, j'ai compris que je ne te sur-
vivrais pas!... Oui, ta vie est ma vie!... Mon Raphaël,
passe-moi ta main sur le dos?... J'y sens encore *la petite
mort*... j'y ai froid...

— Comme tes lèvres sont brûlantes!... Et ta main!...
— Elle est glacée!... ajouta-t-elle.

— Es-tu folle?... s'écria Raphaël.

— Pourquoi cette larme?... dit-elle. Laisse-la-moi
boire!...

— Oh! Pauline! Pauline!... tu m'aimes trop!...

— Il se passe en toi quelque chose d'extraordinaire, Raphaël?... — Sois vrai... Ah! va, je saurai bientôt ton secret... — Donne-moi cela?...

Elle prit la peau de chagrin.

— Tu es mon bourreau!... cria le jeune homme en jetant un regard d'horreur sur le talisman.

— Oh! quelle voix!...

Pauline laissa tomber le fatal symbole du destin, et regardant Raphaël :

— Qu'as-tu dit, mon ange?...

— M'aimes-tu?...

— Oh, si je t'aime?... Est-ce une question!...

— Eh bien! laisse-moi... Va-t-en!

Soumise, la pauvre petite s'en alla, mais pleurait.

XLII

— Quoi! s'écria Raphaël, dans un siècle de lumière, où nous avons appris que les diamans n'étaient que du carbone solide.

A une époque où tout s'explique, où la police traduirait un nouveau Messie devant les tribunaux, et soumettrait ses miracles à l'Académie des Sciences.

Dans un temps où nous ne croyons plus qu'aux paraphes des notaires!...

Je croirai, — moi!... — à une espèce de *Mané Thekel — Pharès*.

Non, de par Dieu! je ne penserai pas que l'Être-Suprême puisse trouver du plaisir à tourmenter une honnête créature...

Allons voir les savans!...

Alors il arriva bientôt, entre la Halle aux Vins, immense recueil de tonneaux, et la Salpétrière, immense séminaire d'ivrognerie, devant une petite mare infecte où s'ébaudissaient des canards aussi remarquables par la rareté des espèces que par la diversité des plumages... Leurs ondoyantes couleurs, semblables aux vitraux d'une cathédrale, pétillaient sous les rayons du soleil. Et tous les canards du monde étaient là, criant, barbottant, grouillant et formant une espèce de chambre canarde rassemblée contre son gré, mais heureusement sans roi, sans principes, et vivant, sans rencontrer de chasseurs, sous l'œil des naturalistes qui les regardaient assez rarement.

— Monsieur est là!... dit à Raphaël un porte-clefs.

Le marquis vit un petit homme entre deux âges et profondément enfoncé dans quelque sage méditation à l'aspect de deux canards. Il avait la physionomie douce, un air obligeant, mais il régnait dans toute sa personne une préoccupation scientifique. Sa perruque, incessamment grattée, fantasquement par le col de l'habit, laissait voir une ligne de cheveux blancs et accusait la fureur des découvertes qui, semblable à toutes les passions, nous arrache si puissamment aux choses de ce monde.

Raphaël, homme de science et d'étude, admira consciencieusement ce naturaliste dont les veilles étaient consacrées à l'agrandissement des connaissances humaines, et qui, même par ses erreurs, servait encore la gloire de la France. Mais une petite maîtresse aurait ri sans doute, en remarquant la solution de continuité qui se trouvait entre la culotte et le gilet rayé du savant. Cet interstice était d'ailleurs chastement rempli par une chemise qu'il avait capricieusement froncée, en se baissant et se levant tour-à-tour au gré de ses observations zoogénésiques.

Après quelques premières phrases de politesse, Raphaël crut nécessaire d'adresser à M. Lacrampe un compliment banal sur ses canards...

— Oh! nous sommes riches en canards!... répondit le naturaliste. — C'est, du reste, comme vous le savez sans doute, le genre le plus fécond de l'ordre des Palmipèdes... Il commence au *Cygne* et finit au *Canard Zinzin,* comprenant cent trente-sept variétés d'individus bien distincts, ayant leurs noms, leurs mœurs, leurs patries, leurs physionomies, et ils ne se ressemblent pas plus entre eux qu'un blanc ne ressemble à un nègre!...

En vérité, Monsieur, quand nous mangeons un canard, la plupart du temps, nous ne nous doutons guère de l'étendue...

Il s'interrompit à l'aspect d'un joli petit canard qui remontait le talus de la mare.

— C'est le cygne à cravate, que vous voyez là... Pauvre enfant du Canada! venu de bien loin pour nous montrer son plumage brun et gris, sa petite cravate noire... — Tenez! il se gratte...

Voici la fameuse oie à duvet ou canard *Eider,* sous l'édredon de laquelle dorment nos petites maîtresses... Est-elle jolie? Qui n'admirerait pas ce petit ventre d'un blanc rougeâtre, ce bec vert?

— Je viens, Monsieur, reprit-il, d'être témoin d'un accouplement dont j'avais jusqu'alors désespéré... Le mariage s'est fait assez heureusement et j'en attendrai fort impatiemment le résultat. Je me flatte d'obtenir une cent trente-huitième espèce à laquelle peut-être mon nom sera donné!...

— Voici les nouveaux époux, dit-il en montrant deux canards. — C'est une *oie rieuse (anas albifrons)* et le *grand canard siffleur (anas rufina* de Buffon). J'avais long-temps hésité entre le canard siffleur, le canard à sourcils blancs et le canard souchet *(anas clypeata).* Tenez... voici le souchet! C'est ce gros brun-noir, dont le col est verdâtre et si coquettement irisé... Mais, Monsieur, le *canard siffleur* était huppé!... alors vous comprenez que je n'ai plus balancé!...

Il ne nous manque ici que le canard varié *à calotte noire.*

Ces messieurs prétendent unanimement que ce canard fait double emploi avec le canard-sarcelle à bec recourbé; quant à moi...

Il fit un geste admirable qui peignit à la fois la modestie et l'orgueil des savans, orgueil plein d'entêtement, modestie pleine de suffisance.

— Je ne le pense pas... ajouta-t-il. — Vous voyez, mon cher Monsieur, que nous ne nous amusons pas ici... Je m'occupe en ce moment de la monographie du genre canard. — Mais je suis à vos ordres...

Tout en se dirigeant vers une maison assez jolie de la rue Buffon, Raphaël soumit la peau de chagrin aux investigations de M. Lacrampe.

— Je connais cela!... répondit le savant, après avoir braqué sa loupe sur le talisman. C'est quelque dessus de boîte... Le chagrin est fort ancien!... Aujourd'hui les gainiers préfèrent se servir de *galuchat*... Le galuchat est, comme vous le savez sans doute, la dépouille du *Raja sephen,* un poisson de la mer Rouge...

— Mais ceci, Monsieur, puisque vous avez l'extrême bonté...

— Ceci! — reprit le savant. — Eh bien, entre le galuchat et le chagrin, il y a, Monsieur, toute la différence de l'océan à la terre, du poisson à un quadrupède, et cependant, la peau du poisson est plus dure que la peau de l'animal terrestre...

— Ceci, dit-il en montrant le talisman, est comme vous le savez sans doute, un des produits les plus curieux de la zoologie...

— Voyons!... s'écria Raphaël.

— Monsieur, répondit le savant en s'enfonçant dans son fauteuil, ceci... est — une peau d'âne!...

— Quel conte!... pensa le jeune homme.

— Il existe en Perse, reprit le naturaliste, un âne extrêmement rare. — l'*onagre* des anciens, — *equus asinus,* — le *koulan* des Tatars. — Pallas a été l'observer et l'a rendu à la science. — En effet cet animal avait longtemps passé pour fantastique. Il est, comme vous le savez, célèbre dans l'écriture sainte, et Moïse avait défendu de l'accoupler avec ses congénères. — Mais l'onagre est encore plus fameux par les prostitutions dont il a été l'objet, et dont parlent souvent les prophètes bibliques...

Pallas, comme vous le savez sans doute, déclare, dans ses *Act. Petrop...* tome II, que ces excès bizarres sont encore religieusement accrédités chez les Persans et les

Nogaïs comme un remède souverain contre les maux de reins et la goutte sciatique... Nous ne nous doutons guère de cela, nous autres, pauvres Parisiens... le Muséum ne possède même pas d'onagre.

— Quel superbe animal!... reprit le savant. Puis, plein de mystères!... Son œil est muni d'une espèce de tapis reflecteur auquel les Orientaux attribuent le pouvoir de la fascination. Sa robe est plus élégante et plus polie que celle de nos plus beaux chevaux, elle est sillonnée de bandes plus ou moins fauves et ressemble beaucoup à la peau du zèbre. Son lainage a quelque chose de moelleux, d'ondoyant, de gras au toucher... Sa vue égale en justesse et en précision la vue de l'homme. Un peu plus grand que nos plus beaux ânes domestiques, il est doué d'un courage extraordinaire; et, quand, par hasard, il est surpris, il se défend avec une supériorité remarquable contre les bêtes les plus féroces. Quant à la rapidité de sa marche, elle ne peut se comparer qu'au vol des oiseaux!... Un onagre, Monsieur, tuerait à la course les meilleurs chevaux arabes ou persans.

D'après le père du consciencieux docteur Niébuhr — dont, comme vous le savez sans doute, nous déplorons encore la perte récente, — le terme moyen du pas ordinaire de ces admirables créatures est de sept mille pas géométriques par heure! — Nos ânes dégénérés ne sauraient donner une idée de cet âne indépendant et fier. Il a le port leste, animé, l'air spirituel, fin, une physionomie gracieuse, des mouvemens pleins de coquetterie!... — C'est le roi de l'Orient.

— Les superstitions turques et persanes lui donnent même une mystérieuse origine, et le nom de Salomon se mêle à tous les récits que les conteurs du Thibet et de la Tatarie font sur les prouesses attribuées à ces nobles animaux. Enfin, un onagre apprivoisé vaut des sommes immenses; mais il est presque impossible de les saisir dans leurs montagnes où ils bondissent comme des chevreuils, et semblent voler comme des oiseaux. La fable des chevaux ailés, notre Pégase a sans doute pris naissance dans ces pays, où les bergers ont pu voir souvent un onagre sautant d'un rocher à un autre.

Les ânes de selle obtenus en Perse, par l'accouplement d'une ânesse avec un onagre apprivoisé, sont peints en rouge, suivant une immémoriale tradition. Cet usage a donné lieu peut-être à notre proverbe : — *méchant comme un âne rouge*... A une époque où l'histoire naturelle était très-négligée en France, un voyageur aura, je pense, amené un de ces animaux curieux qui supportent fort impatiemment l'esclavage; et... de là le dicton!

— La peau que vous me présentez, reprit le savant, est la peau d'un onagre!... Nous varions sur l'origine du nom... Les uns prétendent que *Chagri* est un mot turc; d'autres veulent que *Chagri* soit la ville où cette dépouille zoologique subit une préparation chimique, assez bien décrite par Pallas et qui lui donne le grain particulier que nous admirons. M. Martellens m'a écrit que *Châagri* est un ruisseau...

— Monsieur, je vous remercie de m'avoir donné des renseignemens qui fourniraient une admirable note à quelque Dom Calmet si les bénédictins existaient encore; mais j'ai eu l'honneur de vous faire observer que ce fragment était primitivement d'un volume égal à... — à cette carte géographique — dit Raphaël en montrant à M. Lacrampe un atlas ouvert; et depuis trois mois elle s'est insensiblement contractée...

— Bien!... reprit le savant. Je comprends.... Mais, Monsieur, toutes les dépouilles d'êtres primitivement organisés sont sujets à un dépérissement naturel, facile à concevoir, et dont les progrès sont soumis aux influences atmosphériques... Les métaux eux-mêmes se dilatent ou se resserrent d'une manière sensible. — Les ingénieurs ont observé des déplacemens assez considérables de

pierres très-pesantes, dans lesquelles des barres de fer
avaient seulement été scellées... La science est vaste, et la
vie humaine bien courte; aussi, n'avons-nous pas la prétention de connaître tous les phénomènes de la nature.

— Monsieur, reprit Raphaël presque confus, excusez,
la demande que je vais vous faire. Êtes-vous bien sûr
que cette peau soit soumise aux lois ordinaires de la
zoologie, qu'elle puisse s'étendre?...

— Oh! certes...

M. Lacrampe essaya de tirer le talisman.

— Ah! peste... s'écria-t-il... — Mais, Monsieur, reprit-
il, si vous voulez aller voir M. Planchette, le célèbre professeur de mécanique, il trouvera certainement un moyen
d'agir sur cette peau, de l'amollir, de la distendre.

— Oh! Monsieur, vous me sauvez la vie!...

Raphaël salua le savant naturaliste et courut chez
M. Planchette, laissant le bon Lacrampe au milieu de
son cabinet rempli de monstres, de fœtus, de bocaux,
de plantes séchées, remportant de cette visite, sans le
savoir, toute la science humaine : — une nomenclature!...

Ce bon homme ressemblait à Sancho Pança racontant
à Don Quichotte l'histoire des moutons. Il s'amusait à
compter des brebis, à les numéroter; et, arrivé sur le
bord de la tombe, il connaissait à peine une petite frac-
tion des incommensurables nombres du grand troupeau,
jeté par Dieu à travers l'océan des mondes, dans un but
ignoré.

Raphaël était content.

— Je vais tenir mon âne en bride!... s'écriait-il.

Sterne avait dit avant lui : Ménageons notre âne, si
nous voulons vivre vieux!...

Mais la bête est si fantasque!

XLIII

M. Planchette est un grand homme sec, véritable poète perdu dans une perpétuelle contemplation, regardant toujours un abîme sans fond : — LE MOUVEMENT !...

Le vulgaire taxe de folie ces esprits sublimes, gens incompris qui vivent dans une admirable insouciance du luxe et du monde, restant des journées entières occupés à fumer un cigare éteint, ou venant dans un salon sans avoir toujours bien exactement marié les boutons de leurs vêtemens avec les boutonnières. Mais un jour, après avoir long-temps mesuré le vide, ou entassé des $\times$ sous des Aa $\times$ gG, ils ont analysé quelque loi naturelle, décomposé le plus simple des principes, et tout-à-coup la foule admire une nouvelle machine, ou quelque haquet dont la facile structure nous étonne et nous confond !

Et le savant modeste sourit en disant à ses admirateurs :

— Qu'ai-je donc créé ? Rien. L'homme n'invente pas une force, il la dirige, et la science consiste à imiter la nature.

Raphaël surprit M. Planchette immobile, et planté sur ses deux jambes, comme un pendu tombé droit sous une potence. Le mathématicien examinait une bille d'agate roulant sur un cadran solaire, attendant, sans doute, qu'elle s'y arrêtât...

M. Planchette n'était ni décoré, ni pensionné. Le pauvre homme ne savait pas enluminer ses calculs. Se trouvant heureux de vivre à l'affût d'une découverte, il ne pensait ni à la gloire, ni au monde, ni à lui-même, et vivait dans la science, pour la science.

— Le mouvement est indéfinissable !... s'écria-t-il.

— Ah !... ah !... Monsieur, reprit-il en apercevant Raphaël, je suis votre serviteur... Comment va la maman ?... Allez voir ma femme.

— J'aurais cependant pu vivre ainsi !... pensa Raphaël.

Puis, il tira le savant de sa rêverie en lui demandant le moyen d'agir sur le talisman, qu'il lui présenta.

— Dussiez-vous rire de ma crédulité, Monsieur, dit le marquis en terminant, je ne vous cacherai rien... Cette peau me semble posséder une force de résistance sur laquelle rien ne peut prévaloir.

M. Planchette sourit dédaigneusement.

— Monsieur, dit-il, les gens du monde traitent toujours la science assez cavalièrement ; et tous nous disent à peu près ce qu'un *Incroyable* disait à M. de Lalande en lui amenant des dames après l'éclipse : — *Ayez la bonté de recommencer...*

Mais, voyons ? Quel effet voulez-vous produire ?...

La mécanique a pour but soit d'appliquer les lois du mouvement, soit de le neutraliser.

Quant au mouvement en lui-même, je vous déclare avec humilité que nous sommes hors d'état de le définir.

Cela posé, nous avons remarqué certains phénomènes constans qui régissent l'action des solides et les fluides ; et nous pouvons en reproduisant les causes génératrices de ces phénomènes, arriver à transporter les corps, à leur transmettre une force locomotive dans des rapports de vitesse déterminée ; à les lancer ; à les diviser simplement ou à l'infini, soit que nous les cassions ou les pulvérisions ; puis, à les tordre, à leur imprimer une rotation, à les modifier, à les comprimer, à les dilater, les étendre...

Et toute cette science, Monsieur, repose sur un seul fait.

— Vous voyez cette bille?... reprit-il. Regardez... Elle est ici — sur cette pierre. — La voici maintenant là. De quel nom appellerons-nous cet acte si physiquement naturel et cependant si moralement extraordinaire?... Mouvement, — locomotion, — changement de lieu?... Quelle immense vanité n'est pas cachée sous les mots humains? Un nom!... Est-ce donc une solution? Voilà la science pourtant!... Nos machines ne font que décomposer cet acte, ce fait. Nous pouvons avec ce léger phénomène, opéré sur une masse, faire sauter Paris!... Nous pouvons augmenter la vitesse aux dépens de la force, et la force aux dépens de la vitesse. Et qu'est-ce que la force et la vitesse? Notre science est impuissante à le dire, comme elle l'est à créer un mouvement; car un mouvement quel qu'il soit, est un immense pouvoir!... Et l'homme n'invente pas de pouvoirs! Le pouvoir! est un, comme le mouvement qui est l'essence même du pouvoir. Tout est mouvement. La pensée est un mouvement. La nature entière repose sur le mouvement. La mort n'est que l'absence du mouvement; et, si Dieu est éternel, c'est qu'il est toujours en mouvement. Dieu est le mouvement, peut-être!... Voilà pourquoi le mouvement est inexplicable comme lui; comme lui, profond, sans bornes, incompréhensible, intangible... Qui a jamais touché, compris, mesuré le mouvement? — Nous en sentons les effets sans le voir. Nous pouvons même le nier comme nous nions Dieu! Où est-il, où n'est-il pas? D'où part-il? Où en est le principe? Où en est la fin? Il nous enveloppe, nous presse et nous échappe. Il est évident comme un fait, obscur comme une abstraction!... et tout à la fois effet et cause. Il lui faut comme à nous l'espace, et qu'est-ce que l'espace? Le mouvement seul nous le révèle, et sans le mouvement, il n'est plus qu'un mot. Problème insoluble, semblable au vide, semblable à la création, à l'infini. Il confond la pensée humaine, et tout ce qu'il est permis à l'homme de concevoir, c'est qu'il ne le concevra jamais!.........

Entre chacun des points successivement occupés par cette bille dans l'espace, reprit le savant, il y a un abîme pour la raison humaine, un abîme, Monsieur, où est tombé Pascal!...

Pour agir sur la substance inconnue que vous voulez soumettre à une force inconnue, il faut d'abord étudier cette substance!...

D'après sa nature, où elle se brisera sous un choc, ou elle y résistera. — Si elle doit se diviser et que votre intention ne soit pas de la partager, nous n'atteindrons pas le but proposé!

Voulez-vous la comprimer?...

Il faut transmettre un mouvement égal à toutes les parties de la substance de manière à diminuer uniformément l'intervalle qui les sépare.

Désirez-vous l'étendre?...

Nous devrons tâcher d'imprimer à chaque molécule une force excentrique égale; car sans l'observation exacte de cette loi, nous y produirions des solutions de continuité...

Il existe, Monsieur, des modes infinis, des combinaisons sans bornes dans le mouvement; à quel effet vous arrêtez-vous?...

— Monsieur, dit Raphaël impatienté, je désire une pression quelconque assez forte pour étendre indéfiniment cette peau...

— La substance étant finie, répondit le mathématicien, ne saurait être distendue indéfiniment; mais la compression multipliera nécessairement l'étendue de sa surface aux dépens de l'épaisseur; bref elle s'amincira jusqu'à ce que la matière manque...

— Obtenez ce résultat,... Monsieur!... s'écria Raphaël, et vous aurez gagné deux millions!...

— Je vous volerais votre argent... répondit le professeur avec le flegme d'un Hollandais. Je vais vous démontrer en deux mots l'existence d'une machine sous laquelle Dieu lui-même serait écrasé comme une mouche. Elle réduirait un homme à l'état de papier brouillard, un homme botté, éperonné, cravaté, chapeaux, or, bijoux, tout...

— Quelle horrible machine!...

— Au lieu de jeter leurs enfans à l'eau, les Chinois devraient les utiliser ainsi... reprit le savant sans penser au respect de l'homme pour sa progéniture.

Et, tout entier à son idée, M. Planchette prit un pot de fleurs vide, en terre rouge, troué dans le fond, le posa sur la dalle gnomonique; puis, apercevant un peu de terre glaise dans un coin du jardin, il alla en chercher un morceau.

Raphaël, stupéfait, resta *charmé* comme un enfant écoutant quelque histoire merveilleuse contée par sa nourrice.

M. Planchette jeta sa terre glaise sur la dalle; puis, tirant de sa poche une serpette, il coupa deux branches de sureau, et se mit à les vider; mais tout en préparant sa machine, il sifflait et chantait comme si Raphaël n'eût pas été là.

— Tout est prêt!... dit-il.

Alors, il attacha fort habilement, par un coude en terre glaise, l'un de ses tuyaux de bois au fond du pot, de manière à ce que le trou du sureau correspondît à celui du vase. Vous eussiez dit une énorme pipe. Puis il étala sur la dalle du cadran solaire un lit de glaise auquel il donna la forme d'une pelle, assit le pot de fleurs dans la partie la plus large, et fixa la branche de sureau sur la portion qui en représentait le manche. Enfin, mettant un pâté de terre glaise à l'extrémité du tube en sureau, il y planta l'autre branche creuse, toute droite, mais en pratiquant un autre coude pour la joindre à la branche

horizontale, en sorte que l'air, ou tel fluide ambiant
donné, pût circuler dans cette machine improvisée, et
courir, depuis l'embouchure du tube vertical, à travers
le canal intermédiaire, jusque dans le grand pot de fleurs
vide.

— Monsieur, cet appareil, dit-il à Raphaël avec le
sérieux d'un académicien prononçant son discours de
réception, est le plus beau titre du grand Pascal à notre
admiration.

— Je ne comprends pas...

Le savant sourit.

Il alla détacher d'un arbre fruitier une petite bouteille
dans laquelle son pharmacien lui avait envoyé une
liqueur où se prenaient les fourmis; il en cassa le fond,
se fit un entonnoir, l'adapta soigneusement au trou de
la branche creuse qu'il avait fixée verticalement dans
l'argile, en opposition au grand réservoir figuré par le
pot de fleurs; et, au moyen d'un arrosoir, il y versa la
quantité d'eau nécessaire pour qu'elle se trouvât également bord à bord et dans le grand vase et dans la
petite embouchure circulaire du sureau.

Raphaël pensait à sa peau de chagrin.

— Monsieur, dit le mécanicien, l'eau passe encore
aujourd'hui pour un corps incompressible. N'oubliez
pas ce principe fondamental. Néanmoins elle se comprime; mais si légèrement, que nous devons compter sa
faculté contractile comme zéro.

— Vous voyez la surface que présente l'eau arrivée à
la superficie du pot de fleurs?...

— Oui, Monsieur.

— Hé bien, supposez cette surface mille fois plus
étendue que ne l'est l'orifice du bâton de sureau par
lequel j'ai versé le liquide... Tenez, j'ôte l'entonnoir...

— D'accord...

— Hé bien, Monsieur, si par un moyen quelconque
j'augmente le volume de cette masse en introduisant

encore de l'eau par l'orifice du petit tuyau, le fluide sera contraint d'y descendre, et de monter dans le réservoir figuré par le pot de fleurs jusqu'à ce que le liquide arrive à un même niveau dans l'un et l'autre...

— Cela est évident!... s'écria Raphaël.

— Mais il y a cette différence, reprit le savant, que si la mince colonne d'eau ajoutée dans le petit tube vertical y représente une force égale, au poids d'une livre, par exemple, comme son action se transmettra fidèlement à la masse liquide et viendra réagir sur tous les points de sa surface dans le pot de fleurs, il s'y trouvera mille colonnes d'eau qui, tendant toutes à s'élever comme si elles étaient poussées par une force égale à celle qui fait descendre le liquide dans le bâton de sureau vertical, produiront nécessairement ici..... dit M. Planchette en montrant à Raphaël l'ouverture du pot de fleurs, une puissance mille fois plus considérable que la puissance introduite là... Et le savant indiquait du doigt au marquis le tuyau de bois fiché droit dans la glaise.

— Cela est tout simple!... dit Raphaël.

M. Planchette sourit.

— En d'autres termes, reprit-il avec une ténacité mathématicienne, il faudrait pour repousser l'irruption de l'eau, déployer, sur chaque partie de la grande surface, une force égale à la force agissant dans le conduit vertical; à cette différence près, que, si la colonne liquide y est haute d'un pied, les mille petites colonnes de la grande surface n'auront qu'une très-faible élévation...

— Maintenant, dit Planchette en donnant une chiquenaude à ses bâtons, remplaçons ce petit appareil grotesque par des tubes métalliques d'une force et d'une dimension convenables... Si vous couvrez d'une forte platine mobile la surface fluide du grand réservoir; et, qu'à cette platine, vous en opposiez une autre dont la résistance et la solidité soient à toute épreuve; et si

vous m'accordez la puissance d'ajouter sans cesse de
l'eau par le petit tube vertical à la masse liquide,
l'objet, pris entre les deux plans solides, doit nécessairement céder à l'immense action qui le comprime indéfiniment.

Or, le moyen d'introduire constamment de l'eau par
le petit tube est une niaiserie en mécanique, ainsi que
le mode de transmettre la puissance de la masse liquide,
à une platine....., Deux pistons et quelques soupapes suf-
fisent!...

— Alors, concevez-vous, mon cher Monsieur, dit-il en
prenant le bras de Valentin, qu'il n'existe guère de
substance, qui, prise entre ces deux résistances indéfinies,
ne soit fatalement contrainte à s'étaler...

— Quoi! l'auteur des *Lettres provinciales* a inventé!...
s'écria Raphaël.

— Lui seul!... Monsieur. La mécanique ne connaît rien
de plus simple ni de plus beau... Le principe contraire,
l'expansibilité de l'eau a créé la machine à vapeur...
Mais l'eau n'est expansible qu'à un certain degré, tandis
que son incompressibilité, étant une force en quelque
sorte négative, se trouve nécessairement infinie...

— Si cette peau s'étend!... dit Raphaël, je vous pro-
mets d'élever une statue colossale à Blaise Pascal; de
fonder un prix de cent mille francs pour le plus beau
problème de mécanique résolu dans chaque période de
dix ans; de doter vos cousines et arrière-cousines; et,
enfin, de bâtir un hôpital destiné aux mathématiciens
devenus fous!...

— Ce serait fort utile!... dit M. Planchette.

— Monsieur, reprit-il avec le calme d'un homme
vivant dans une sphère toute intellectuelle, nous irons
demain chez M. Spieghalter..... Ce mécanicien distingué
vient de confectionner, d'après mes plans, une machine
perfectionnée avec laquelle un enfant peut faire tenir
cent bottes de foin dans un chapeau...

— A demain, Monsieur.

— A demain.

— Parlez-moi de la mécanique!...... s'écria Raphaël. N'est-ce pas la plus belle de toutes les sciences!... L'autre avec ses Onagres, ses classemens, ses canards, ses genres et ses bocaux pleins de monstres, est tout au plus bon à marquer les points dans un billard public!...

XLIV

Le lendemain, Raphaël, tout joyeux, vint chercher M. Planchette.

Ils allèrent ensemble dans la rue de la Santé, nom de favorable augure!...

En entrant chez Spieghalter, le jeune homme se trouva dans un établissement immense, où ses regards tombèrent sur une multitude de forges rouges et rugissantes. C'était une pluie de feu, un déluge de clous, un océan de pistons, de vis, de leviers, de traverses, de limes, d'écrous, une mer de fontes, de bois, de soupapes et d'aciers en barres. La limaille prenait à la gorge. Il y avait du fer dans la température; les hommes étaient couverts de fer; tout puait le fer. Le fer avait une vie, il était organisé, il se fluidifiait, marchait, pensait en prenant toutes les formes, obéissant à tous les caprices.

Enfin, à travers les hurlemens des soufflets, les *crescendo* des marteaux, les sifflemens des tours qui faisaient grogner le fer, il arriva, dans une grande pièce, propre et bien aérée, où il put contempler à son aise la presse immense dont M. Planchette lui avait parlé. Il admira des espèces de madriers en fonte, et des jumelles en fer, unies par une indestructible concaténation.

— Si vous tourniez sept fois cette manivelle avec promptitude... lui dit M. Spieghalter en lui montrant un balancier de fer poli, vous feriez jaillir une planche d'acier en des milliers de jets qui vous entreraient dans les jambes comme des aiguilles.

— Peste!... s'écria Raphaël.

M. Planchette glissa lui-même la peau de chagrin
entre les deux platines de cette presse infernale; et,
avec la securité que donnent les convictions scientifiques,
il manœuvra vivement le balancier.

— Couchez-vous tous!... Nous sommes morts!... cria
Spieghalter d'une voix tonnante en se laissant tomber
lui-même à terre.

Un sifflement retentit dans les ateliers. L'eau contenue
dans la machine, brisa la fonte, produisit un jet d'une
incroyable puissance, et se dirigea heureusement sur une
vieille forge qu'elle renversa, bouleversa, tordit comme
lorsqu'une trombe entortille une maison et l'emporte
avec elle.

— Oh! oh!... dit tranquillement M. Planchette, le chagrin est sain comme mon œil! — Maître Spieghalter, il
y avait une paille dans votre fonte!.. ou un interstice
dans le grand tube...

— Non, non!... je connais ma fonte... Monsieur peut
remporter son outil! Il faut que le diable soit logé
dedans...

L'Allemand furieux, saisit un marteau de forgeron,
jeta la peau sur une enclume, et, avec toute la force que
donne la colère, il déchargea sur le talisman le plus
terrible coup qui jamais eût mugi dans ses ateliers.

— Il n'y paraît seulement pas!... s'écria M. Planchette
surpris et caressant le chagrin rebelle.

Les ouvriers accoururent. Le contre-maître prit la
peau, la plongea dans le charbon de terre d'une
forge; et, tous rangés en demi cercle autour du feu,
attendirent avec impatience le jeu d'un énorme soufflet.

Raphaël, M. Spieghalter, le professeur Planchette
occupaient le centre de cette foule noire et attentive. En
voyant tous ces yeux blancs, ces têtes poudrées de fer,
ces vêtemens noirs et luisans, ces poitrines poilues, Ra-

phaël se crut transporté dans le monde nocturne et fantastique des ballades allemandes.

Le contre-maître saisit la peau avec des pinces après l'avoir laissée dans le foyer pendant dix minutes...

— Rendez-la-moi!... s'écria Raphaël.

Le contre-maître la présenta par plaisanterie à Raphaël, qui la mania facilement. Elle était souple et ductile sous ses doigts...

Un cri d'horreur s'éleva de toutes parts. Les ouvriers s'enfuirent. Valentin resta seul avec M. Planchette dans l'atelier désert.

— C'est vrai!... Il y a certes quelque chose de diabolique là-dedans!... s'écria Raphaël au désespoir. Aucune puissance humaine ne saurait donc me donner un jour de plus!...

— Monsieur, j'ai tort!... répondit le mathématicien d'un air contrit. — Nous devions soumettre cette peau singulière à l'action d'un laminoir.... Où diable avais-je les yeux en vous proposant une pression!...

— C'est moi qui l'ai demandée!... répliqua Raphaël.

Le savant respira comme un coupable acquitté par douze jurés.

— Il faut traiter cette substance inconnue par des réactifs!... dit froidement M. Planchette après un moment de silence. Allons voir Japhet! La Chimie sera peut-être plus heureuse que la Mécanique.

Valentin mit son cheval au galop, dans l'espoir de rencontrer le fameux chimiste Japhet, à son laboratoire.

— Hé bien, mon vieil ami? dit Planchette en apercevant Japhet, assis dans un fauteuil et contemplant *un précipité*. Comment va la chimie?

— Elle s'endort!... Rien de neuf!... L'Académie a cependant reconnu l'existence de la *Salicine*... Mais la salicine, l'asparagine, la vauqueline, la digitaline, ne sont pas des découvertes....

— Faute de pouvoir inventer des choses, dit Raphaël,

il paraît que vous en êtes réduits à inventer des noms...

— Cela est, pardieu, vrai!... jeune homme.

— Tiens!... dit le professeur Planchette au chimiste, essaie de nous décomposer cette substance. Si tu en extrais un principe quelconque, je le nomme d'avance : — *la diaboline*. En voulant la comprimer nous venons de briser une presse hydraulique.

— Voyons!... voyons cela!... s'écria joyeusement le chimiste. Ce sera peut-être un nouveau corps simple.

— Monsieur, dit Raphaël, c'est tout simplement un morceau de peau d'âne.

— Monsieur!... reprit gravement le célèbre chimiste. Monsieur...

— Je ne plaisante pas!... répliqua le marquis en présentant le chagrin.

Le baron Japhet appliqua sur la peau les papilles et les houppes nerveuses de sa langue si habile à déguster les sels, les acides, les alcalis, les gaz, et dit après quelques essais :

— Point de goût!.... Voyons, nous allons lui faire boire un peu d'acide phthorique!

Soumise à l'action de ce principe, si prompt à désorganiser les tissus animaux, la peau ne subit aucune altération.

— Ce n'est pas du chagrin!... s'écria le chimiste. Nous allons traiter ce mystérieux inconnu comme un minéral et lui donner sur le nez en le mettant dans un creuset infusible où j'ai précisément de la potasse rouge...

M. Japhet sortit et revint bientôt.

— Monsieur, dit-il à Raphaël, laissez-moi prendre un morceau de cette singulière substance.... Elle est si extraordinaire...

— Un morceau!... s'écria Raphaël. Pas seulement la valeur d'un cheveu!... D'ailleurs essayez?.. dit-il d'un air tout à la fois triste et goguenard!...

Le savant cassa un rasoir en voulant entamer la peau; alors il tenta de la briser par une décharge d'électricité; puis il la soumit à l'action de la pile voltaïque; mais enfin sa science échoua sur le terrible talisman!...

Il était sept heures du soir. Planchette, Japhet et Raphaël ne s'apercevant pas de la fuite du temps, attendaient le résultat d'une dernière expérience. Le chagrin sortit victorieux d'un épouvantable choc auquel il avait été soumis grâce à une quantité raisonnable de poudre fulminante.

— Je suis perdu!... s'écria Raphaël. Dieu est là. Je vais mourir.

Il laissa les deux savans stupéfaits.

— Gardons-nous bien de raconter cette aventure à l'Institut; nos collègues s'y moqueraient de nous!... dit Planchette au chimiste après une longue pause pendant laquelle ils se regardèrent sans oser se communiquer leurs pensées.

Ils étaient comme des chrétiens sortant de leurs tombes sans trouver un Dieu dans le ciel.

— La science?...
— Impuissante!
— Les acides?
— Eau claire!...
— La potasse rouge?
— Déshonorée!
— La pile voltaïque et la foudre?...
— Deux bilboquets!...
— Une presse hydraulique fendue!.... ajouta Planchette, fendue comme une mouillette!...
— Je crois au diable!... dit le baron Japhet après un moment de silence.
— Et moi à Dieu! répondit Planchette.

Tous deux étaient dans leur rôle. L'univers est une machine; et la chimie l'œuvre d'un démon qui va décomposant tout!...

— Nous ne pouvons pas nier le fait!... reprit le chimiste.

— Bah! Messieurs les Doctrinaires ont créé pour nous consoler, ce nébuleux axiome : — *Bête comme un fait!...*

— Ton axiome, répliqua le chimiste, me semble, à moi, — *fait comme une bête!*

Ils se prirent à rire, et dînèrent philosophiquement bien, ou bien philosophiquement.

XLV

En revenant à son hôtel, Valentin était en proie à une rage froide. Il ne croyait plus à rien. Ses idées se brouillaient dans sa cervelle, tournoyaient et vacillaient comme celles de tout homme en présence d'un fait impossible. Il avait cru volontiers à quelque défaut secret dans la machine de Spieghalter. L'impuissance de la science et du feu ne l'étonnait pas. Mais la souplesse de la peau quand il la maniait, et sa dureté lorsque les moyens de destruction mis à la disposition de l'homme étaient dirigés sur elle, l'épouvantaient. Ce fait incontestable lui donnait le vertige.

— Je suis fou!... se dit-il en entrant chez lui. Je n'ai ni faim, ni soif, et je sens, dans ma poitirine, un foyer qui me brûle!...

Il mit la peau de chagrin dans le cadre où elle avait été naguère enfermée; puis, après avoir, de nouveau, décrit, par une ligne d'encre rouge, le contour actuel du talisman, il s'assit dans son fauteuil.

— Déjà huit heures!... s'écria-t-il. Cette journée a passé comme un songe!...

S'accoudant sur le bras du fauteuil, il s'appuya la tête dans sa main gauche, et resta perdu dans une de ces méditations funèbres, dans ces pensées dévorantes dont les condamnés à mort emportent le secret au tombeau.

— Ah! Pauline! Pauline!... s'écria-t-il. Pauvre enfant, il y a des abîmes que l'amour ne saurait franchir, quelque puissantes et fortes que soient ses ailes!...

En ce moment, il entendit très-distinctement un soupir étouffé...

Il reconnut, par un des plus touchans priviléges de la passion, le souffle de sa Pauline.

— Oh! se dit-il, voilà mon arrêt!... Si elle était là, je voudrais mourir dans ses bras.

Un éclat de rire, bien franc, bien joyeux, lui fit tourner la tête vers son lit; et il vit à travers les nuages des rideaux diaphanes, la figure de Pauline, souriant comme un enfant heureux d'une malice qui réussit. Ses beaux cheveux formaient des milliers de boucles sur ses épaules. Elle était là, semblable à une rose du Bengale sur un lit de roses blanches.

— J'ai séduit Jonathas!..... dit-elle. Ce lit ne m'appartient-il pas, à moi qui suis l'épouse!... — Ne me gronde pas, chéri, je ne voulais que dormir près de toi... te surprendre!... Oh! pardonne-moi cette folie!...

Puis, sautant hors du lit, par un mouvement de chatte, elle se montra radieuse, vêtue de mousseline; puis, s'asseyant sur les genoux de Raphaël :

— De quel abîme parlais-tu donc, mon amour?... dit-elle en laissant voir sur son front une expression soucieuse.

— De la mort, ma chérie...

— Oh! tu me fais mal... répondit-elle. Nous autres, pauvres femmes, nous sommes faibles, et il y a certaines idées auxquelles nous ne pouvons pas nous arrêter... Elles nous tuent. Est-ce force d'amour, on manque de courage?... Mais cependant la mort ne m'effraye pas!... reprit-elle en riant. — Mourir avec toi, demain matin, ensemble, dans un dernier baiser!... Oh! ce serait un bonheur!... Il me semble que j'aurais encore vécu plus de cent ans!... Qu'importe le nombre des jours, si, dans une nuit, dans une heure, nous avons épuisé toute une vie de paix et d'amour!...

— Tu as raison!... s'écria Raphaël; le ciel parle par ta jolie bouche. — Donne!... Que je la baise... Et, mourons.

— Mourons!... dit-elle en riant.

Vers les neuf heures du matin, le jour, passant à travers les fentes des persiennes, colorait faiblement la mousseline des rideaux, permettant à peine de voir les brillantes couleurs du tapis et les meubles soyeux de la chambre où reposaient les deux époux. Quelques dorures étincelaient. Un rayon de soleil venait même mourir sur le mol édredon de soie jaune que les jeux de l'amour avaient jeté par terre. Suspendue à une grande psyché, la robe de Pauline se dessinait comme une vaporeuse apparition; et, au-dessous, ses jolis souliers de satin avaient été jetés avec négligence... Le silence profond qui régnait dans ce temple d'amour, fut troublé par un rossignol qui vint se poser sur l'appui de la fenêtre. Ses gazouillemens répétés, et le bruit que firent ses ailes, soudainement déployées quand il s'envola, réveillèrent Raphaël.

— Pour mourir?... dit-il en achevant une pensée commencée dans le rêve d'où il sortait, il faut que mon organisation, ce mécanisme de chair et d'os animé par ma volonté, et qui fait de moi un individu *homme*, présente une lésion sensible..... Les médecins doivent connaître les symptômes de la vitalité, de la mort; et savoir me dire si je suis en santé ou malade.

Il contempla Pauline qui, tout en dormant, lui tenait la tête, exprimant ainsi, même pendant le sommeil, les tendres sollicitudes de l'amour. Gracieusement étendue comme un jeune enfant, et le visage tourné vers son

ami, elle semblait le regarder encore et lui tendre sa
jolie bouche entr'ouverte qui laissait passer un souffle
égal et pur. Ses petites dents de porcelaine relevaient la
rougeur de ses lèvres fraîches sur lesquelles errait un
sourire. L'incarnat de son teint était plus vif, et la blancheur, pour ainsi dire, plus blanche en ce moment
qu'aux heures les plus amoureuses de la journée. Son
abandon, sa gracieuse posture peignaient une innocente
confiance qui mêlait au charme de l'amour, les adorables
attraits de l'enfance endormie. Même les femmes les plus
naturelles obéissent encore pendant le jour à certaines
conventions sociales qui enchaînent leur naïveté, les
expansions vives de leur ame et leurs mouvemens; mais
le sommeil semble les rendre par degrés à la chaste
aisance, à la soudaineté de vie qui décorent le premier
âge. Pauline était là, ne rougissant de rien comme une
de ces chères et célestes créatures dont la raison n'a
point encore jeté des pensées dans les gestes et des
secrets dans le regard.

Son divin profil se détachait vivement sur la fine
batiste des oreillers, et de grosses ruches de dentelles
mêlées à ses cheveux en désordre lui donnaient un petit
air mutin. Elle semblait s'être endormie dans le plaisir.
Ses longs cils étaient appliqués sur sa joue comme pour
garantir sa vue d'une lueur trop forte ou pour aider à ce
recueillement de l'ame quand elle essaie de retenir une
volupté parfaite, mais fugitive. Son oreille mignonne,
blanche et rouge, encadrée par une touffe de cheveux,
et dessinée dans une coque de la *malines,* eût rendu fou
d'amour un artiste, un peintre, un vieillard; elle eût
peut-être restitué la raison à quelque insensé...

Oh! voir sa maîtresse endormie, au matin, rieuse dans
un songe, paisible sous votre protection, vous aimant
même en rêve, au moment où la créature semble cesser
d'être, et vous offrant encore une bouche muette, qui,
dans le sommeil, possède un langage pour vous parler

du dernier baiser... voir une femme confiante, demi-nue, mais enveloppée dans son amour comme dans un manteau, et chaste au sein du désordre... admirer ses vêtemens épars, un bas de soie rapidement quitté la veille pour vous plaire, une ceinture dénouée, dont la boucle d'or, gisant à terre, vous accuse une passion, une foi sans bornes!... N'est-ce pas une joie sans nom?... Cette ceinture est un poème entier : la femme qu'elle protégeait n'existe plus, elle vous appartient, elle est devenue *vous;* et, désormais, la trahir!... c'est se blesser soi-même...

Raphaël se sentit attendri. En contemplant cette chambre ivre d'amour, pleine de souvenirs, où le jour prenait des teintes voluptueuses, où tout semblait mystère; puis, cette belle femme aux formes pures, jeunes, amante encore, et dont, surtout les sentimens étaient à lui sans partage... il désira vivre toujours.

Quand son regard tomba sur Pauline, elle ouvrit aussitôt les yeux comme si un rayon de soleil l'eût frappée.

— Bonjour, ami!... dit-elle en souriant. Es-tu beau, méchant?...

Ces deux têtes avaient une grâce inexprimable, due à l'amour et à la jeunesse, au demi-jour et au silence. C'était une de ces divines scènes dont la magie passagère appartient aux premiers jours de la passion, comme la naïveté, la candeur sont les attributs de l'enfance... Oui, les joies printanières de l'amour et les rires de notre jeune âge doivent s'enfuir et ne plus vivre que dans notre souvenir pour, au gré de nos méditations séniles, nous désespérer ou nous jeter quelque parfum consolateur.

— Oh! pourquoi t'es-tu réveillée! dit Raphaël. J'avais tant de plaisir à te voir dormant... J'en pleurais.

— Et moi aussi, répondit-elle, j'ai pleuré cette nuit, en te contemplant endormi... mais non pas de joie...

Écoute, mon Raphaël, écoute-moi! Lorsque tu dors, ta respiration n'est pas franche... Il y a dans ta poitrine, quelque chose qui résonne. Cela m'a fait peur. Tu as, même pendant ton sommeil, une petite toux sèche absolument semblable à celle de mon père qui meurt d'une phtisie. Et, dans le bruit de tes poumons, j'ai reconnu quelques-uns des effets bizarres de cette maladie. Ensuite tu avais la fièvre!... J'en suis sûre! Ta main était moite et brûlante...

— Oh! chéri! tu es jeune... dit-elle en frissonnant. Tu pourrais te guérir encore si, par malheur...

— Mais, non! s'écria-t-elle joyeusement, il n'y a pas de malheur, car la maladie se gagne, disent les médecins...

Et, de ses deux bras, elle enlaça Raphaël; puis, saisissant sa respiration en un baiser chaud d'amour, un de ces baisers dans lesquels l'âme est tout entière...

— Je ne désire pas vivre vieille! dit-elle. Oh! mourir jeunes tous deux, et nous en aller dans le ciel les mains pleines de fleurs!...

— Ces projets-là se font toujours quand nous sommes en bonne santé!... répondit Raphaël en plongeant ses mains dans la chevelure de Pauline pour lui caresser la tête...

En ce moment Raphaël eut un horrible accès de toux, une de ces toux graves et sonores qui semblent sortir d'un cercueil, qui font pâlir le front des malades, puis les laissent tremblans et en sueur, après avoir remué tous leurs nerfs, ébranlé leurs côtes, fatigué leur moelle épinière, imprimé je ne sais quelle lourdeur à leurs veines.

Raphaël abattu, pâle, se coucha lentement, affaissé comme un homme dont toute la force a été dissipée dans un dernier effort.

Pauline le regardant d'un œil fixe et agrandi par la peur, restait immobile, blanche, silencieuse.

— Ne faisons plus de folies, mon ange!... dit-elle

enfin, voulant cacher à Raphaël les horribles pressentiments dont elle était agitée...

Puis elle se voila la figure de ses mains; car elle apercevait le hideux squelette de la MORT.

La tête de Raphaël était livide et creuse comme un crâne arraché aux profondeurs d'un cimetière pour servir aux études d'un savant.

Pauline se souvenant de l'exclamation échappée la veille à Valentin, se dit à elle-même :

— Oui, il y a des abîmes que l'amour ne peut pas traverser; mais il doit s'y ensevelir!...

Les deux époux faisaient silence. — Plus de jeux!... Pauline était devenue comme une mère pour son mari!...

XLVII

Quelques jours après cette scène de désolation, Raphaël se trouva par une matinée du mois de mars, assis dans un fauteuil, entouré de quatre médecins qui l'avaient fait mettre au jour, devant la fenêtre de sa chambre, et, tour à tour, lui tâtaient le pouls, le palpaient, l'interrogeaient avec une apparence d'intérêt et de sagacité.

Le malade, pâle, triste, épiait leurs pensées, interprétant et leurs gestes et les moindres plis qui se formaient sur leurs fronts.

Cette consultation était sa dernière espérance. Et ces hommes, juges suprêmes, allaient lui prononcer un arrêt de vie ou de mort.

Aussi, pour arracher à la science humaine son dernier mot, Valentin avait-il convoqué les oracles de la médecine moderne. Grâce à sa fortune et à son nom, les types des trois systèmes entre lesquels flottent les connaissances humaines étaient là devant lui.

Trois de ces docteurs portaient avec eux toute la philosophie médicale, et représentaient admirablement bien le combat que se livrent, en ce moment, la Spiritualité, l'Analyse, et je ne sais quel Éclectisme railleur.

Quant au quatrième médecin, c'était un homme, plein d'avenir et de science, le plus distingué peut-être des élèves internes de l'Hôtel-Dieu, sage et modeste député de la studieuse jeunesse qui s'apprête à recueillir l'héri-

tage des trésors amassés depuis cinquante ans par l'École
de Paris, et qui bâtira peut-être le monument pour
lequel les siècles précédens ont apporté tant des matériaux divers.

Ami du marquis et son camarade de collége, il lui
avait donné ses soins depuis une semaine, et l'aidait à
répondre aux interrogations des trois professeurs auxquels il expliquait parfois avec une sorte d'insistance
quelques diagnostics dont il avait été frappé et qui
lui semblaient révéler les progrès d'une phtisie pulmo-
naire.

— Vous avez sans doute fait beaucoup d'excès, mené
une vie dissipée?.. Ou, vous vous êtes livré à de grands
travaux d'intelligence?... dit à Raphaël celui des trois
célèbres docteurs dont la tête carrée, la figure large,
l'organisation puissante lui paraissaient annoncer un
génie supérieur à celui de ses deux antagonistes.

— J'ai voulu me tuer par la débauche, après avoir travaillé pendant trois ans à un vaste ouvrage dont vous
vous occuperez peut-être un jour!... lui répondit Raphaël.

Le grand docteur hocha la tête en signe de contentement, et comme s'il se fût dit en lui-même : — « J'en étais
sûr!... »

Ce docteur était l'illustre Brisset, le chef des Organistes,
le successeur des Cabanis et des Bichat, le médecin des
esprits positifs et matérialistes qui voient en l'homme un
être fini, uniquement sujet aux lois de sa propre organisation et dont l'état normal ou les anomalies délétères peuvent aussi bien s'expliquer par des causes évidentes que
par des dérangemens physiques.

A cette réponse, Brisset regarda silencieusement un
homme de moyenne taille, dont le visage empourpré,
l'œil ardent semblaient appartenir à quelque satyre
antique; et qui, le dos appuyé sur l'angle du mur, près de
la croisée, contemplait attentivement Raphaël sans mot
dire.

Celui-là, homme d'exaltation et de croyance, était le docteur Caméristus, le chef des Vitalistes, le Victor Cousin ou, pour mieux dire, le Ballanche de la Médecine, poétique défenseur des doctrines abstraites de Van-Helmont. Il voyait, dans la vie humaine, un principe élevé, secret, un phénomène inexplicable qui se joue des bistouris, trompe la chirurgie, échappe aux médicamens de la Pharmaceutique, aux *x* de l'algèbre; aux démonstrations de l'Anatomie, se rit de nos efforts; espèce de flamme impalpable, intangible, invisible, soumise à quelque loi divine, et qui reste souvent au milieu d'un corps condamné par nos arrêts, comme elle déserte aussi les organisations les plus viables.

Un sourire sardonique errait sur les lèvres du troisième. C'était le docteur Maugredie, esprit distingué, mais pyrrhonien, moqueur; ne croyant qu'au scalpel; concédant à Brisset la mort d'un homme qui se portait à merveille, et reconnaissant avec Caméristus qu'un mort pouvait bien vivre long-temps; trouvant du bon dans toutes les théories, mais n'en adoptant aucune; et prétendant que le meilleur système médical était de n'en point avoir, et de s'en tenir aux faits. C'était le Panurge de l'École, le roi de l'observation, le grand explorateur, le grand railleur, l'homme des tentatives désespérées.

Il examinait la peau de chagrin.

— Je voudrais bien être témoin de la coïncidence qui existe entre vos désirs et son rétrécissement... dit-il au marquis.

— A quoi bon?... s'écria Brisset.

— A quoi bon?... répéta Caméristus.

— Ah! vous êtes d'accord?... répondit Maugredie.

— Cette contraction est toute simple!... ajouta Brisset.

— Elle est surnaturelle!... dit Caméristus.

— En effet, répliqua Maugrédie en affectant un air grave et en rendant à Raphaël sa peau de chagrin, le racornissement des peaux est un fait inexplicable et cependant naturel qui, depuis l'origine du monde, fait le désespoir de la médecine et des jolies femmes...

A force d'examiner les trois docteurs, Valentin ne découvrit en eux aucune sympathie pour ses maux. Restant silencieux à chaque réponse, le toisant même avec indifférence, ils le questionnaient, mais sans le plaindre. Il y avait de la nonchalance dans leur politesse; et, soit certitude, soit réflexion, leurs paroles étaient rares, indolentes; et, par momens, Raphaël les crut distraits.

De temps à autre, Brisset seul répondait : « — Bon! — bien!... » à tous les symptômes désespérans dont le jeune médecin confirmait l'existence.

Caméristus demeurait plongé dans une profonde rêverie.

Maugredie ressemblait à un auteur comique étudiant deux originaux pour les transporter fidèlement sur la scène.

Mais la figure de Prosper trahissait une peine profonde, un attendrissement plein de tristesse. Médecin depuis peu de temps, il n'était pas encore insensible, froid devant la douleur, impassible près d'un lit funèbre, et ne savait pas éteindre dans ses yeux, les larmes amies qui empêchent un homme de voir clair, et de saisir, comme un général d'armée, le moment propice à la victoire, sans écouter les cris des moribonds.

Après être restés pendant une demi-heure environ, à prendre en quelque sorte la mesure de la maladie et du malade, comme un tailleur prend celle d'un habit à un jeune homme qui lui commande un vêtement de noces, ils dirent quelques lieux communs, parlèrent même des affaires publiques; puis, ils voulurent passer dans le cabinet de Raphaël pour se communiquer leurs idées et rédiger la sentence.

— Messieurs, leur dit Valentin, ne puis-je donc pas assister au débat?...

A ce mot, Brisset et Maugredie se récrièrent vivement;

et, malgré les instances de leur malade, ils se refusèrent à délibérer en sa présence. Raphaël se soumit à l'usage, en pensant qu'il pourrait se glisser dans un couloir d'où il entendrait facilement les discussions médicales auxquelles les trois professeurs allaient se livrer.

— Messieurs, dit Brisset en entrant, permettez-moi de vous donner promptement mon avis. Je ne veux ni vous l'imposer, ni le voir controversé : d'abord, parce qu'il est net, précis, et résulte d'une similitude complète entre un de mes malades et le sujet que nous avons été appelés à examiner ; puis, je suis attendu à mon hospice. L'importance du fait qui y réclame ma présence, m'excusera de prendre, le premier, la parole. — *Le sujet* qui nous occupe est également fatigué par des travaux intellectuels.

— Qu'a-t-il donc fait, Prosper ?... dit-il en s'adressant au jeune médecin.

— Une théorie de la volonté...

— Ah! diable!... Mais c'est un vaste sujet...

Puis il reprit. — Il est fatigué, dis-je, par des excès de pensée, par des écarts de régime et par l'emploi répété de stimulans trop énergiques. L'action violente du corps et du cerveau a donc vicié le jeu de tout l'organisme.

Il est facile, Messieurs, de reconnaître, dans les symptômes de la face et du corps, une irritation prodigieuse à l'estomac, la névrose du grand sympathique, la vive sensibilité de l'épigastre, et le resserrement des hypocondres. Vous avez remarqué la grosseur et la saillie du foie. Enfin M. Prosper a constamment observé les digestions de son malade. Il nous a dit qu'elles étaient difficiles, laborieuses...

A proprement parler, il n'existe plus d'estomac. Donc, l'homme a disparu. L'intellect est atrophié parce que l'homme ne digère plus. L'épigastre est le centre de la vie. Or, son altération progressive a vicié tout le système.

De là partent des irradiations constantes et flagrantes. Le désordre a gagné le cerveau par les plexus nerveux ;

d'où, l'irritation excessive de cet organe... Il y a mono-manie. Le malade est sous le poids d'une idée fixe.

Pour lui, cette peau de chagrin se rétrécit réellement. Peut-être a-t-elle toujours été comme nous l'avons vue; mais, qu'il se contracte ou non, ce *chagrin* est pour lui la mouche que certain grand visir avait sur le nez.

Mettez promptement des sangsues à l'épigastre; calmez l'irritation de cet organe où l'homme tout entier réside; tenez le malade au régime, la monomanie cessera.

Je n'en dirai pas davantage au docteur Prosper, il doit saisir l'ensemble et les détails du traitement. Peut-être y a-t-il complication de maladie, et les voies respiratoires sont-elles également irritées; mais je crois le traitement de l'appareil intestinal beaucoup plus important, plus nécessaire, plus urgent que celui des poumons. L'étude tenace de matières abstraites et des passions violentes ont produit de graves perturbations dans ce mécanisme vital; cependant il est temps encore d'en redresser les ressorts; rien n'y est trop fortement adultéré.

Vous pouvez donc facilement sauver votre ami... dit-il à Prosper.

— Notre savant collègue prend l'effet pour la cause!... répondit Caméristus. Oui, les altérations, si bien obser-vées par lui, existent chez le malade; mais l'estomac n'a pas graduellement établi des irradiations dans l'orga-nisme et vers le cerveau, comme une fêlure étend autour d'elle de capricieux rayons dans une vitre. Il a fallu un coup pour trouer le vitrail? Et ce coup, qui l'a porté?... Le savons-nous? Avons-nous suffisamment observé le malade? Connaissons-nous tous les accidens de sa vie?...

Messieurs, le principal vital, l'*archée* de Van-Helmont est atteinte en lui, la vitalité même est attaquée, dans son essence. L'étincelle divine, l'intelligence transitoire qui sert comme de faisceau à la machine, qui produit la volonté, la conscience de la vie, a cessé de régulariser les phénomènes journaliers du mécanisme, et les fonctions de chaque organe..

Alors, de là proviennent les désordres si bien appréciés par mon docte confrère... Le mouvement n'est pas venu de l'épigastre au cerveau, mais du cerveau vers l'épigastre.

Non, dit-il en se frappant avec force la poitrine, non, je ne suis pas un estomac fait homme!... Non, tout n'est pas là!... Je ne me sens pas le courage de dire que si j'ai un bon épigastre, le reste est de forme...

Nous ne pouvons pas, reprit-il plus doucement, soumettre à une même cause physique et à un traitement uniforme les troubles graves qui surviennent chez les différens sujets plus ou moins gravement atteints. Aucun homme ne se ressemble. Nous avons tous des organes particuliers, diversement affectés, diversement nourris, et propres à remplir des missions différentes, comme à développer des thèmes nécessaires à un ordre de choses qui nous est inconnu. La portion du grand tout qui, par une haute volonté, vient opérer, entretenir en nous le phénomène de l'animation, se formule d'une manière distincte et fait d'un homme, un être en apparence fini, mais qui, par un point, coexiste à une cause infinie... Aussi, devons-nous étudier chaque sujet séparément, le pénétrer... reconnaître. en quoi consiste sa vie, quelle en est la puissance...

· Depuis la moelesse d'une éponge mouillée jusqu'à la dureté d'une pierre ponce, il y a des nuances infinies. Voilà l'homme. Entre les organisations spongieuses des lymphatiques et la vigueur métallique des muscles de quelques hommes destinés à une longue vie, que d'erreurs ne commettra pas le système unique, implacable, de la guérison par l'abattement, par la prostration des forces humaines que vous supposez toujours irritées!...

Ici donc, je voudrais un traitement tout moral, un examen approfondi de l'être intime. Allons chercher la

cause du mal dans les entrailles de l'ame et non dans
les entrailles du corps!... Un médecin est un être inspiré,
doué d'un génie particulier, à qui Dieu concède le pouvoir de lire dans la vitalité, comme il donne aux prophètes des yeux pour contempler l'avenir; au poëte, la
faculté d'évoquer la nature; au musicien, celle d'arranger
les sons dans un ordre harmonieux, dont le type est en
haut...

— C'est de la médecine absolutiste, monarchique et
religieuse!... dit Brisset en murmurant.

— Messieurs, reprit promptement Maugredie en couvrant avec promptitude l'exclamation de Brisset, ne per-
dons pas de vue le malade...

— Voilà donc où en est la science!... s'écria tristement
Raphaël. — Ma guérison flotte entre un rosaire et un cha-
pelet de sangsues; entre le bistouri de Dupuytren et la
prière du prince de Hohenlohe!... Et sur la ligne qui
sépare le fait de la parole, la matière de l'esprit, Maugredie est là, doutant... Le *oui* et *non* humain me poursuit partout!... Toujours le *Carymary, Carymara* de Rabelais!... Je suis spirituellement malade, carymary; ou
matériellement malade, carymara. — Dois-je vivre?... Ils
n'en savent rien!... Au moins Planchette était-il plus
franc, en me disant : — Je ne sais pas!...

En ce moment, Valentin entendit la voix du docteur
Maugredie.

— Le malade est monomane!... Eh bien! d'accord!...
s'écria-t-il, mais il a deux cent mille livres de rente; ces
monomanes-là sont fort rares et nous leur devons au
moins un avis... Quant à savoir si son épigastre a réagi
sur son cerveau ou le cerveau sur l'épigastre, nous pourrons peut-être vérifier le fait, quand il sera mort. Résu-
mons-nous donc!... Il est malade; le fait est incontestable.
Or, il lui faut un traitement quelconque. Laissons les
doctrines. Mettons-lui des sangsues pour calmer l'irritation intestinale et la névrose sur l'existence desquelles

nous sommes d'accord; puis, envoyons-le aux eaux...
Nous agirons à la fois d'après les deux systèmes... S'il
est pulmonique, nous ne pouvons guère le sauver...
Ainsi...

Raphaël quitta promptement le couloir et revint se
mettre dans son fauteuil. Bientôt en effet les quatre
médecins sortirent du cabinet; et, Prosper, portant la
parole, lui dit :

— Ces Messieurs ont unanimement reconnu la nécessité
d'une application immédiate de sangsues à l'estomac, et
l'urgence d'un traitement à la fois physique et moral.

D'abord un régime diététique afin de calmer l'irritation
de votre organisme...

Ici Brisset fit un signe d'approbation.

— Puis un régime hygiénique pour réagir sur votre
moral... Ainsi nous vous conseillons unanimement
d'aller aux eaux d'Aix, en Savoie, ou du Mont-d'Or, en
Auvergne, si vous les préférez; mais l'air et les sites de la
Savoie sont plus agréables que ceux du Cantal... Enfin,
vous choisirez...

Là, le docteur Caméristus laissa échapper un geste
d'assentiment.

Ces Messieurs, reprit Prosper, ayant reconnu de légères
altérations dans l'appareil respiratoire, sont tombés
d'accord sur l'utilité de mes prescriptions antérieures...
Ils pensent que votre guérison est facile et dépendra de
l'emploi sagement alternatif de ces divers moyens... Et...

— Et voilà pourquoi votre fille est muette !... dit Raphaël en souriant et en attirant Prosper dans son cabinet
pour lui remettre le prix de cette inutile consultation.

— Ils sont logiques !... lui répondit Prosper. Caméri-
tus sent, Brisset examine, Maugredie doute. L'homme n'a-
t-il pas une ame, un corps et une raison? L'une de ces
trois causes premières agit en nous d'une manière plus
ou moins forte, et il y aura toujours de l'homme dans la
science humaine. — Crois-moi, Raphaël, nous ne guéris-

sons pas : nous aidons à guérir ou à mourir. Entre la médecine de Brisset et celle de Caméristus se trouve encore la médecine expectante; mais pour pratiquer celle-ci avec succès, il faudrait connaître son malade depuis dix ans. Il y a au fond de la médecine une négation comme dans toutes les sciences... Tâche donc de vivre sagement, et essaie d'un voyage en Savoie; car le mieux est et sera toujours de se confier à la nature.

Raphaël partit pour les eaux d'Aix.

XLVIII

Au retour de la promenade et par une belle soirée de printemps, toutes les personnes venues aux eaux d'Aix se trouvèrent réunies dans les salons du *Casino*.

Assis près d'une fenêtre et tournant le dos à l'assemblée, Raphaël resta long-temps seul, plongé dans une de ces rêveries machinales, durant lesquelles nos pensées naissent, s'enchaînent et s'évanouissent sans revêtir de formes, passant en nous comme de légers nuages à peine colorés. Alors la tristesse est douce, la joie vaporeuse, et l'âme presque endormie.

Se laissant délicieusement aller à cette vie sensuelle, s'abandonnant à l'air pur et parfumé des montagnes, Valentin se baignait dans la tiède atmosphère du soir, heureux de ne sentir aucune douleur et d'avoir enfin réduit au silence sa menaçante peau de chagrin.

Au moment où les teintes rouges du couchant s'éteignirent sur les cimes, la température fraîchit, alors, il quitta sa place en poussant la fenêtre.

— Monsieur, lui dit une vieille dame, auriez-vous la complaisance de ne pas fermer la croisée?... Nous étouffons!

Cette phrase déchira le tympan de Raphaël par des dissonances d'une aigreur singulière. Elle fut comme le mot imprudemment lâché par un homme à l'amitié duquel nous voulions croire et qui détruit une douce illusion de sentiment en trahissant un abîme d'égoïsme.

Le marquis jeta sur la vieille femme le froid regard

d'un diplomate impassible; puis, sonnant un valet, il lui dit sèchement quand il arriva :

— Ouvrez cette fenêtre?...

A ces mots, une surprise insolite éclata sur tous les visages. L'assemblée entière se mit à chuchoter. Chacun regarda Raphaël d'un air plus ou moins expressif, comme s'il eût commis quelque grave impertinence; et, n'ayant pas encore dépouillé sa primitive timidité de jeune homme, il se trouva moralement dans une situation assez semblable à celle où nous sommes, quand, par un caprice de cauchemar, nous nous voyons tout nus au milieu de quelque fête somptueuse. Mais secouant sa torpeur, il reprit bientôt son énergie et se demanda compte à lui-même de cette scène étrange.

Soudain un rapide mouvement anima son cerveau. Le passé lui apparut dans une vision distincte où les causes du sentiment qu'il inspirait saillirent en relief comme les veines d'un cadavre dont, par quelque savante injection, les naturalistes colorent les moindres ramifications.

Il se reconnut lui-même dans ce tableau fugitif, y suivit son existence, jour par jour, pensée à pensée : se voyant, non sans surprise, sombre, pensif, distrait au sein de ce monde rieur; toujours songeant à sa destinée, préoccupé de son mal; paraissant dédaigner la causerie la plus insignifiante; fuyant ces intimités éphémères qui s'établissent promptement entre les voyageurs parce qu'ils comptent sans doute ne plus se rencontrer; bref, peu soucieux des autres et semblable enfin à ces rochers insensibles aux caresses comme à la furie des vagues bruyantes.

Puis, par un rare privilège d'intuition, il lut dans toutes les ames.

En apercevant sous la lueur d'un flambeau le crâne jaune, le profil sardonique d'un vieillard, il se rappela de lui avoir gagné son argent et refusé la revanche; plus loin, il reconnut une jolie femme dont il avait froidement reçu les agaceries; enfin, chaque visage lui reprochait un

de ces torts inexplicables en apparence, mais dont le
crime gît toujours dans une invisible blessure faite à
l'amour-propre. Il avait involontairement froissé toutes
les petites vanités qui gravitaient autour de lui. Les
convives de ses fêtes, ou ceux auxquels il offrit ses chevaux, s'étaient irrités de son luxe; surpris de leur ingra-
titude, il leur avait épargné ces espèces d'humiliations;
dès lors, se croyant méprisés, ils l'accusaient d'aristocratie.

En sondant ainsi les cœurs, les voyant à la loupe, et
déchiffrant les pensées les plus secrètes, il eut horreur de
la société, de sa politesse, de son vernis. Riche et d'un
esprit supérieur, il était envié, haï; son silence trompait
la curiosité; sa modestie semblait de la hauteur à ces
gens mesquins et superficiels. Puis, il devina le crime
latent, irrémissible dont il était coupable envers eux : il
échappait à la juridiction de leur médiocrité. Rebelle à
leur despotisme inquisiteur, il savait se passer d'eux.
Alors, voulant se venger de cette royauté clandestine, ils
s'étaient instinctivement ligués pour lui faire sentir leur
pouvoir, le soumettre à quelque ostracisme et lui
apprendre, qu'eux aussi, pouvaient se passer de lui.

Pris de pitié d'abord à cette vue du monde, il frémit
bientôt en pensant à la souple puissance qui lui sou-
levait ainsi le voile de chair sous lequel est ensevelie la
nature morale, et ferma les yeux, comme pour ne plus
rien voir; alors, tout à coup, un rideau noir fut tiré sur
cette sinistre fantasmagorie de vérité; mais il se retrouva
dans un horrible isolement et ne rencontra pas un visage
ami. La société ne daignait même plus se grimer pour lui.

En ce moment, il eut un violent accès de toux. Loin de
recueillir une seule de ces paroles indifférentes en apparence; mais qui du moins simulent une espèce de compas-
sion polie chez les personnes de bonne compagnie ras-
semblées par le hasard, il entendit des interjections
hostiles et des plaintes murmurées à voix basse.

— Sa maladie est contagieuse!...

— Le docteur devrait lui interdire l'entrée du salon!...

— En bonne police, il est vraiment défendu de tousser ainsi!...

— Quand un homme est aussi malade, il ne vient pas aux eaux!...

— Il me chassera d'ici!...

Raphaël se leva pour se dérober à la malédiction générale, et se promena dans l'appartement; puis, cherchant à se réhabiliter, il revint près d'une jeune femme inoccupée, à laquelle il médita d'adresser quelques flatteries; mais, quand il s'en approcha, elle lui tourna le dos en feignant de regarder les cartes de ses voisins.

Raphaël, craignant d'avoir déjà, pendant cette soirée, usé de son talisman, ne se sentit ni la volonté ni le courage d'entamer la conversation; et, quittant le salon de jeu, il se réfugia dans la salle de billard. Là, personne ne lui parla, ne le salua, ne lui jeta le plus léger regard de bienveillance.

Alors, son esprit naturellement méditatif lui révéla, par une intus-susception, la cause générale et rationnelle de l'aversion dont il était devenu l'objet. Ce petit monde obéissait, sans le savoir peut-être, à la grande loi qui régit la haute société; et Raphaël acheva d'en comprendre la morale implacable. Un regard rétrograde lui en montra le type complet dans Fœdora. Il ne devait pas rencontrer plus de sympathie pour ses maux chez celle-ci, que, pour ses misères de cœur, chez celle-là.

Le beau monde bannit de son sein les malheureux, comme un homme de santé vigoureuse expulse de son corps un principe morbifique; il abhorre les douleurs et les infortunes; il les redoute à l'égal des contagions, et n'hésite jamais entre elles et les vices : le vice est un luxe. Quelque majestueux que soit un malheur, la société sait l'amoindrir, le ridiculiser par une épigramme. Elle dessine des caricatures pour jeter à la tête des rois déchus

les affronts qu'elle en recevait naguère; ressemblant à la
Romaine au cirque, elle ne fait jamais grâce au gladiateur
qui tombe. Elle vit d'or et de moquerie. *Mort aux faibles!...*
est le vœu de cette espèce d'ordre équestre. Cette sentence est écrite au fond de tous les cœurs opulens.

Rassemblez-vous des enfans dans un collége?... Cette
image en raccourci de la société, mais image d'autant plus
vraie qu'elle est plus naïve et plus franche, vous offre
toujours de pauvres ilotes, créatures de souffrance et de
douleur, incessamment placéés entre le mépris et la pitié.
L'Évangile leur promet le ciel!...

Descendez plus bas sur l'échelle des êtres organisés?...
Si quelque volatile est endolori parmi ceux d'une basse-
cour, les autres le poursuivent à coups de bec, le plument,
l'assassinent.

Fidèle à cette charte de l'égoïsme, le monde prodigue
ses rigueurs aux misères assez hardies pour venir affronter
ses fêtes, pour chagriner ses plaisirs. Quiconque souffre
de corps ou d'ame, manque d'argent ou de pouvoir, est
un Paria parqué dans un désert dont il lui est défendu de
franchir les limites, sinon, partout, il trouvera l'hiver sous
ses pas : froideur de regards, froideur de manières, de
paroles, de cœur; heureux, s'il ne récolte pas l'insulte,
là, où pour lui devait éclore une consolation!... Aussi,
mourans, restez sur vos lits désertés!... Vieillards, soyez
seuls à vos froids foyers!... Pauvres filles sans dot, gelez
et brûlez dans vos greniers solitaires!...

Si le monde tolère un malheur, c'est pour le façonner
à son usage, en tirer profit, le bâter, lui mettre un mords,
une housse, le monter, en faire une joie.

Quinteuses demoiselles de compagnie, composez-vous
de gais visages; endurez les vapeurs de votre prétendue
bienfaitrice; portez ses chiens; et, rivales de ses griffons
anglais, amusez-la, devinez-la; puis, taisez-vous!...

Et toi, roi des valets sans livrée, parasite effronté, laisse
ton caractère à la maison : digère comme digère ton

amphitryon, pleure de ses pleurs, ris de son rire, tiens ses épigrammes pour agréables; et, si tu veux en médire, attends sa chute.

Ainsi le monde, honore-t-il le malheur : il le tue, ou le chasse; l'avilit, ou le châtre!...

Ces réflexions sourdirent au cœur de Raphaël avec la promptitude d'une inspiration poétique; puis, regardant autour de lui, soudain, il sentit ce froid sinistre que la société distille pour éloigner les misères, et qui saisit l'ame encore plus vivement que la bise de décembre ne glace le corps.

Raphaël se croisa les bras sur la poitrine, s'appuya le dos à la muraille, et tomba dans une mélancolie profonde en songeant au peu de bonheur recueilli par le monde, pour prix de cette épouvantable police : des amusemens sans plaisir, de la gaieté sans joie, des fêtes sans jouissance, du délire sans volupté, enfin, toutes les pailles d'un foyer, sans une étincelle de flamme.

Quand il releva la tête, il se vit seul, les joueurs avaient fui; alors quelques larmes s'échappèrent de ses yeux.

— Pour leur faire adorer ma toux, il me suffirait de leur révéler mon pouvoir!... se dit-il.

A cette pensée, il jeta le mépris comme un manteau entre le monde et lui.

En ce moment, le médecin des eaux vint à lui d'un air affectueux et s'inquiéta de sa santé. Raphaël éprouva un mouvement de joie en entendant les paroles amies qui lui furent adressées. Il trouva la physionomie du docteur empreinte de douceur et de bonté. Les boucles de sa perruque blonde respiraient la philantropie. La coupe de son habit carré, les plis de son pantalon, ses souliers larges comme ceux d'un *quaker,* tout, jusqu'à la poudre circulairement semée par sa petite queue sur son dos légèrement voûté, trahissait un caractère apostolique, exprimait la charité chrétienne et le dévouement d'un

homme qui, par zèle pour ses malades, s'était astreint à
jouer admirablement bien le whist et le trictrac.

— Monsieur le marquis, dit-il après avoir causé long-
temps avec Raphaël, je vais sans doute dissiper votre
tristesse. Maintenant, je connais assez votre constitution
pour affirmer que les médecins de Paris, dont je ne
conteste certes pas les grands talens, se sont complètement trompés sur la nature de votre maladie. A moins
d'accident, M. le marquis, vous pouvez vivre la vie de
Mathusalem. Vos poumons sont aussi forts que des soufflets de forge, et votre estomac ferait honte à celui d'une
autruche; *ma,* si vous restez dans une température élevée,
vous risquez d'être très-proprement et promptement en
terre sainte. M. le marquis va me comprendre en deux
mots.

La chimie a démontré que la respiration constitue chez
l'homme une véritable combustion dont le plus ou moins
d'intensité dépend de l'influence ou de la rareté des principes phlogistiques amassés par l'organisme particulier
à chaque individu : or, chez vous, le phlogistique abonde.
Vous êtes, s'il m'est permis de m'exprimer ainsi, sur-
oxigéné par la complexion ardente de tous les hommes
destinés aux grandes passions. En respirant l'air vif et
pur, qui accélère la vie chez les hommes à fibre molle,
vous aidez encore à une combustion déjà trop rapide.
Donc, une des conditions de votre existence est l'atmosphère épaisse des étables, des vallées : l'air vital de
l'homme que dévore le génie est dans les gras pâturages
de l'Allemagne, à Baden-Baden, à Tœplitz. Si vous n'avez
pas horreur de l'Angleterre, sa sphère brumeuse calmera
votre incandescence, mais pour vous, l'Italie n'a que de
l'*aria cattiva.*

— Tel est mon avis, dit-il en laissant échapper un
geste de modestie; et, je le donne contre nos intérêts,
puisque, si vous le suivez, nous aurons le malheur de vous
perdre...

Sans ces derniers mots, Raphaël eût été séduit peut-être par la fausse bonhomie du mielleux médecin; mais il était trop profond observateur pour ne pas deviner à l'accent, au geste et au regard dont cette phrase doucement railleuse fut accompagnée, la mission dont le petit homme avait sans doute été chargé par l'assemblée de ses joyeux malades.

Donc, tous ces oisifs au teint fleuri, ces vieilles femmes ennuyées, ces Anglais nomades, ces petites maîtresses échappées à leurs maris et conduites aux eaux par leurs amans, entreprenaient d'en chasser un pauvre moribond, débile, chétif, en apparence incapable de résiter à une persécution journalière!...

Raphaël accepta le combat en voyant un amusement dans cette intrigue; et, alors, il répondit au docteur :

— Puisque vous seriez désolé de mon départ, je vais essayer de mettre à profit votre bon conseil tout en restant ici. Dès demain, je ferai construire une maison où nous condenserons l'air suivant votre ordonnance.

L'Italien, interprétant le sourire amèrement goguenard qui vint errer sur les lèvres de Raphaël, se contenta de le saluer, ne trouvant rien à lui répliquer.

Le lendemain, après avoir côtoyé le lac du Bourget, en faisant sa promenade habituelle, Valentin s'était assis au pied d'un arbre d'où il pouvait contempler son point de vue favori, l'abbaye mélancolique de Haute-Combe, sépulture des rois de Sardaigne, prosternés là devant les montagnes, au bord du lac, comme des pèlerins arrivés au terme de leur voyage.

Tout à coup un frissonnement égal et cadencé de rames, qui fendaient au loin les eaux, troubla le silence de ce paysage, lui donnant une voix monotone, semblable aux psalmodies des moines.

Étonné de rencontrer des promeneurs dans cette partie du lac, ordinairement solitaire au matin, le marquis examina, sans sortir de sa rêverie, les personnes assises dans la barque. Il y reconnut, à l'arrière, la vieille dame qui l'avait si durement interpellé la veille. Quand le bateau passa devant Raphaël, une seule personne le salua; ce fut la demoiselle de compagnie de cette dame, pauvre fille noble qu'il sembla voir pour la première fois.

Déjà, depuis quelques instants, il avait oublié les promeneurs, promptement disparus derrière un promontoire, lorsqu'il entendit près de lui le frôlement d'une robe et le bruit de petits pas légers. Il fut assez surpris d'apercevoir, en se retournant, la demoiselle de compagnie; et, devinant à son air contraint qu'elle voulait lui parler, il s'avança vers elle.

Âgée d'environ trente-six ans, grande et mince, sèche

et froide, elle était, comme toutes les vieilles filles, assez embarrassée de son regard qui ne s'accordait plus avec une démarche indécise, gênée, sans élasticité. Tout à la fois vieille et jeune, elle exprimait par une certaine dignité de maintien le haut prix qu'elle attachait à ses trésors et perfections. Du reste, elle avait les gestes discrets et monastiques des femmes habituées à s'aimer elles-mêmes, sans doute pour ne pas faillir à leur destinée d'amour.

— Monsieur, dit-elle à Raphaël, votre vie est en danger... Ne venez plus au Casino...

Puis, elle fit quelques pas en arrière, comme si déjà sa vertu se trouvait compromise.

— Mais, mademoiselle, répondit Valentin en souriant, de grâce, expliquez-vous plus clairement, puisque vous avez daigné venir jusqu'ici...

— Ah! reprit-elle, sans le puissant motif qui m'amène, je n'aurais pas risqué d'encourir la disgrâce de madame la comtesse. Et si elle savait jamais que je vous ai prévenu...

— Et qui le lui dirait, mademoiselle?... s'écria Raphaël.

— C'est vrai! répondit la vieille fille en lui jetant le regard tremblottant d'une chouette mise au soleil. Mais pensons à vous!... reprit-elle. Plusieurs jeunes gens se sont promis de vous provoquer, de vous forcer à vous battre en duel..... — Ils veulent vous chasser des eaux... Ainsi...

La voix de la vieille dame retentit dans le lointain.

— Mademoiselle, dit le marquis, ma reconnaissance...

Mais elle s'était déjà sauvée en entendant la voix de sa maîtresse qui, derechef, glapissait dans les rochers.

— Pauvre fille!... Les misères s'entendent et se secourent toujours!... pensa Raphaël en s'asseyant au pied de son arbre.

La clef de toutes les sciences est, sans contredit, le point d'interrogation. Nous devons la plupart des

grandes découvertes au : — *Comment?*... et la sagesse
dans la vie consiste peut-être à se demander à tout propos : — *Pourquoi?*... Mais aussi cette factice prescience
détruit nos illusions! Ainsi, Valentin, ayant pris, sans
préméditation de philosophie, la bonne action de la
vieille fille pour texte de ses pensées vagabondes, la
trouva pleine de fiel.

— Que je sois aimé d'une demoiselle de compagnie,
se dit-il, il n'y a rien là d'extraordinaire : j'ai vingt-sept
ans, un titre et deux cent mille livres de rente!... Mais
que sa maîtresse, qui dispute aux chattes la palme de
l'hydrophobie, l'ait menée en bateau, près de moi!...
n'est-ce pas chose étrange et merveilleuse?... Ces deux
femmes, venues en Savoie pour y dormir comme des
marmottes, et qui demandent à midi s'il est jour, se
seraient levées avant huit heures aujourd'hui, pour faire
du hasard en se mettant à ma poursuite... Tarare!...

Bientôt cette vieille fille et son ingénuité quadragénaire
fut, à ses yeux, une nouvelle transformation de ce monde
artificieux et taquin, une ruse mesquine, un complot
maladroit, une pointillerie de prêtre ou de femme.

Le duel était-il une fable? ou voulait-on seulement
lui faire peur?

Insolentes et tracassières comme des mouches, ces
ames étroites avaient réussi à piquer sa vanité, à
réveiller son orgueil, à exciter sa curiosité.

Ne voulant ni devenir leur dupe ni passer pour un
lâche, et amusé peut-être par ce petit drame, il vint au
Casino le soir même.

Se tenant debout, accoudé sur le marbre de la cheminée, il resta tranquille au milieu du salon principal, s'étudiant à ne donner aucune prise sur lui, mais examinant
les visages, et défiant en quelque sorte l'assemblée par sa
circonspection. Il était comme un dogue sûr de sa force,
attendant le combat chez lui, sans aboyer inutilement.

Vers la fin de la soirée, il se promena dans le salon de

jeu; et, allant de la porte d'entrée à celle du billard, il
jetait de temps à autre un coup d'œil aux jeunes gens
qui y faisaient une partie.

Après quelques tours, il s'entendit nommer par eux;
et, quoiqu'ils parlassent à voix basse au moment où il
arrivait près de la salle, il devina facilement qu'il était
devenu l'objet d'un débat. Enfin il finit par saisir quelques phrases dites à haute voix :

— Toi!...

— Oui, moi!...

— Je t'en défie!...

— Parions?

— Oh! il ira.

Au moment où Valentin, curieux de connaître le sujet
du pari, s'arrêta pour écouter attentivement la conversation, un jeune homme, grand et fort, de bonne mine,
mais ayant le regard fixe et impertinent des gens appuyés sur quelques pouvoirs matériels, sortit du billard et
s'adressant à lui :

— Monsieur, dit-il d'un ton calme, je me suis chargé
de vous apprendre une chose que vous semblez ignorer : votre figure et votre personne déplaisent ici à tout
le monde, et à moi en particulier. Vous êtes trop poli
pour ne pas sacrifier au bien général, et je vous prie de
ne plus vous présenter au Casino.

— Cette plaisanterie, répondit froidement Raphael,
a déjà été faite sous l'Empire dans plusieurs garnisons :
elle est devenue aujourd'hui de mauvais ton.

— Je ne plaisante pas, reprit le jeune homme, et, je
vous le répète, votre santé souffrirait beaucoup de votre
séjour ici. La chaleur, les lumières, l'air du salon, la
compagnie nuisent à votre maladie...

— Où avez-vous étudié la médecine? demanda
Raphaël.

— Monsieur, j'ai été reçu bachelier au tir de Lepage à
Paris, et licencié chez Bertrand, le roi du fleuret...

— Il vous reste un dernier grade à prendre, répliqua Valentin. Lisez le code de la politesse, vous serez un parfait gentilhomme...

En ce moment les jeunes gens, souriant ou silencieux, sortirent du billard; et les autres joueurs, devenus attentifs, quittèrent leurs cartes pour écouter une querelle qui réjouissait toutes leurs passions.

Seul au milieu de ce monde ennemi, Raphaël tâcha de conserver son sang-froid et de ne pas se donner le moindre tort; mais son antagoniste s'étant permis un sarcasme où l'outrage s'enveloppait dans une forme éminemment incisive et spirituelle, il lui répondit gravement.

— Monsieur, il n'est plus permis aujourd'hui de donner un soufflet à un homme, mais je ne sais de quel mot nommer et flétrir une conduite aussi lâche que l'est la vôtre...

— Assez!... assez!... vous vous expliquerez demain... dirent plusieurs voix confuses. Et quelques jeunes gens se jetèrent entre les deux champions.

Raphaël sortit du salon passant pour l'offenseur, ayant accepté un rendez-vous près de l'abbaye de Haute-Combe, et, quelle qu'en fût l'issue, devant nécessairement quitter les eaux d'Aix. La société triomphait...

Le lendemain, sur les huit heures du matin, l'adversaire de Raphaël, suivi de deux témoins et d'un chirurgien, arriva le premier sur le terrain.

— Nous serons très-bien, ici!... s'écria-t-il gaîment. Il fait un temps superbe pour se battre...

Et il regarda la voûte bleue du ciel, les eaux du lac et les rochers sans la moindre arrière-pensée de doute et de deuil.

— En le touchant à l'épaule, dit-il en continuant, je le mettrai bien au lit pour un mois?... N'est-ce pas, docteur?...

— Au moins!... répondit le chirurgien. Mais laissez ce

petit saule tranquille; autrement, vous feriez tressaillir les nerfs de votre main, et, ne pouvant viser avec justesse, vous ne seriez plus maître de votre coup. Vous tueriez votre homme, au lieu de le blesser.

— Le voici!... dirent les témoins en entendant le bruit d'une voiture.

Et bientôt, ils aperçurent une calèche de voyage, attelée de quatre chevaux et menée par deux postillons.

— Quel singulier genre!... s'écria l'adversaire de Valentin. Il vient se faire tuer en poste!...

A un duel comme au jeu, les plus légers incidens influent sur l'imagination des acteurs fortement intéressés au succès d'une partie. Aussi, le jeune homme attendit-il avec une sorte d'inquiétude l'arrivée de cette voiture.

Le vieux Jonathas en descendit lentement. Ses mouvemens étaient lourds et ses gestes pesans. Il aida Raphaël à sortir, et le soutint de ses bras débiles, en ayant pour lui les soins minutieux qu'un amant prodigue à sa maîtresse. Alors, les quatre spectateurs de cette scène singulière éprouvèrent une émotion profonde en voyant Valentin accepter le bras de son serviteur pour se rendre au lieu du combat. Pâle et défait, il marchait en goutteux, baissait la tête et ne disait mot. C'étaient deux vieillards également détruits, l'un par le temps, l'autre par la pensée : le premier avait son âge écrit sur ses cheveux blancs, le jeune n'avait plus d'âge.

— Monsieur, je n'ai pas dormi!... dit Raphaël à son adversaire.

Cette parole glaciale, et le regard terrible dont elle fut accompagnée firent tressaillir le véritable provocateur. Il eut la conscience de son tort et une honte secrète de sa conduite. Il y avait dans l'attitude, dans le son de voix et le geste de Raphaël quelque chose d'étrange.

Le marquis fit une pause, et chacun imita son silence. L'inquiétude et l'attention étaient au comble.

— Il est encore temps, reprit-il, de me donner une légère satisfaction; mais donnez-la moi, Monsieur, ou sinon, vous allez mourir!..... Vous comptez encore en ce moment sur votre habileté, sans reculer à l'idée d'un combat où vous croyez avoir tout l'avantage... Eh bien! Monsieur, je suis généreux : je vous préviens de ma supériorité... Je possède une terrible puissance : pour anéantir votre adresse, pour voiler vos regards, faire trembler vos mains et palpiter votre cœur, même pour vous tuer, il me suffit de le désirer... Et je ne veux pas être obligé d'exercer deux fois mon pouvoir, il me coûte trop cher d'en user!... Si donc, vous refusez à me présenter des excuses, votre balle ira dans le lac, malgré votre habitude de l'assassinat; et, la mienne... droit à votre cœur sans que j'y vise...

En ce moment, des voix confuses interrompirent Raphaël. En prononçant ces paroles, il avait constamment dirigé sur son adversaire l'insupportable clarté de son regard fixe; puis, il s'était redressé, montrant un visage impassible, implacable, semblable à celui d'un fou froidement méchant.

— Fais-le taire..... avait dit le jeune homme à son témoin; sa voix me tord les entrailles...

— Monsieur, cessez... Vos discours sont inutiles... crièrent à Raphaël le chirurgien et les témoins.

— Messieurs, je remplis un devoir..... Ce jeune homme a-t-il des dispositions à prendre.....

— Assez... assez...

Alors le marquis resta debout, immobile, sans perdre un instant de vue son adversaire; et, celui-ci, dominé par une puissance presque magique, était, comme un oiseau devant un serpent, contraint de subir ce regard homicide : il le fuyait et y revenait sans cesse.

— Donne-moi de l'eau?... j'ai soif... dit-il à son témoin.

— As-tu peur?...

— Oui, répondit-il. L'œil de cet homme est brûlant et me fascine...

— Veux-tu lui faire des excuses!...

— Il n'est plus temps!...

Les deux adversaires furent placés à dix pas l'un de l'autre. Ils avaient chacun, près d'eux, une paire de pistolets, et devaient tirer deux coups à volonté, mais après le signal donné par les témoins. Tel était le programme de cette cérémonie.

— Que fais-tu, Charles!... cria le jeune homme qui servait de second à l'adversaire de Raphaël; tu prends la balle avant la poudre...

— Je suis mort!... répondit-il en murmurant. Vous m'avez mis en face du soleil...

— Il est derrière vous!... lui dit Valentin d'une voix grave et solennelle.

Et il chargeait son pistolet lentement, ne s'inquiétant ni du signal déjà donné, ni du soin avec lequel l'ajustait son adversaire. Il y avait dans cette sécurité surnaturelle quelque chose de terrible qui saisit même les deux postillons, amenés là par une curiosité cruelle. Jouant avec son pouvoir, ou voulant l'éprouver, Raphaël parlait à Jonathas et le regardait au moment où il essuya le feu de son ennemi. La balle de Charles alla briser le petit saule, et ricocha sur l'eau, tandis qu'il fut atteint dans le cœur par celle de Valentin qui tirait au hasard.

Sans faire attention au jeune homme qui tomba raide mort sans pousser un cri, Raphaël chercha promptement sa peau de chagrin pour voir ce que lui coûtait une vie humaine; et, la trouvant à peine grande comme une feuille de peuplier, une espèce de râle sortit de sa poitrine.

— Eh bien! que regardez-vous donc là, postillon?... En route!... dit le marquis.

Arrivé le soir même en France, il prit aussitôt la route d'Auvergne, et se rendit aux eaux du Mont-d'Or.

L

Aux eaux du Mont-d'Or, Raphaël retrouva ce monde qui s'éloignait de lui avec l'empressement que les animaux mettent à fuir un des leurs, étendu mort, après l'avoir flairé de loin. Mais cette haine était réciproque. Sa dernière aventure lui avait donné une aversion profonde pour la société.

Aussi, son premier soin fut-il de chercher un asile écarté aux environs des eaux. Il sentait instinctivement le besoin de se rapprocher de la nature, des émotions vraies, et de cette vie végétative à laquelle nous nous laissons si complaisamment aller au milieu des champs.

Le lendemain de son arrivée, il gravit, non sans peine, le pic de Sancy, et visita les vallées supérieures, les sites aériens, les lacs ignorés, les rustiques chaumières des Mont-d'Or, dont les âpres et sauvages attraits commencent à tenter les pinceaux de nos artistes. Parfois, en effet, il se rencontre là d'admirables paysages pleins de grâce et de fraîcheur qui contrastent vigoureusement avec l'aspect sinistre de ces montagnes désolées.

A peu près à une demi-lieue du village, Raphaël se trouva dans un endroit où, coquette et joyeuse comme un enfant, la nature semblait avoir pris plaisir à cacher des trésors. En voyant cette retraite pittoresque et naïve, Valentin résolut d'y vivre. La vie devait y être tranquille, spontanée, frugiforme comme celle d'une plante.

Figurez-vous un cône renversé, mais un cône de granit

largement évasé, espèce de coupe immense dont les bords étaient ébréchés par des anfractuosités bizarres; présentant ici, des tables droites, sans végétation, unies, bleuâtres, et sur lesquelles les rayons solaires glissaient comme sur un miroir; là, des rochers morcelés par des cassures, ridés par des ravins, d'où pendaient des quartiers de lave dont la chute était lentement préparée par les eaux pluviales, et souvent couronnés de quelques arbres rachitiques et penchés que torturaient les vents. Puis, çà et là, des redans obscurs et frais d'où s'élevait un bouquet de châtaigniers hauts comme des cèdres, ou des grottes jaunâtres, montrant une bouche noire et profonde palissée de ronces, de fleurs, et précédé d'une langue de verdure.

Au fond de cette coupe, l'ancien cratère d'un volcan peut-être, se trouvait un petit lac dont l'eau pure avait l'éclat du diamant. Autour de ce bassin profond, bordé de granit, de saules, de glaïeuls, de frênes et de mille plantes aromatiques alors en fleurs, régnait une prairie verte comme un boulingrin anglais, mais dont l'herbe était fine et jolie, toujours arrosée sans doute par les infiltrations qui ruisselaient brillantes entre les fentes des rochers, et engraissée des dépouilles végétales que les orages entraînaient sans cesse des hautes cimes vers le fond.

Irrégulier, capricieusement taillé en dents de loup comme le bas d'une robe, le lac pouvait avoir dix arpens d'étendue; et, selon les rapprochemens des rochers et de l'eau, la prairie avait un arpent ou deux de largeur; en quelques endroits, il restait même à peine assez de place pour le passage des vaches.

A une certaine hauteur, la végétation cessait. Alors, le granit affectait dans les airs les formes les plus bizarres, et contractait ces couleurs variées, ces belles teintes qui donnent, à toutes les montagnes très-élevées, de vagues ressemblances avec les nuages du ciel.

Au doux aspect du vallon, ces rochers nus et pelés
opposaient leurs amères beautés : c'étaient les images
stériles et sauvages de la désolation, des éboulemens à
craindre et des formes tellement fantastiques que l'une
de ces roches est nommée *le Capucin,* tant elle ressemble
à un moine.

Mais aussi ces aiguilles pointues, ces piles audacieuses,
ces cavernes aériennes s'illuminaient tout à tour, suivant
le cours du soleil ou les fantaisies de l'atmosphère, et
prenaient les nuances de l'or, se teignaient de pourpre,
devenaient parfois d'un rose vif, ou ternes, ou grises : il
y avait en haut un spectacle continuel et changeant
comme les reflets irisés de la gorge des pigeons.

Parfois, entre deux lames de laves que vous eussiez
dit séparées par un coup de hache, il se glissait, à l'aurore ou au coucher du soleil, un beau rayon de lumière;
et, pénétrant jusqu'au fond de cette riante corbeille, il
se jouait dans les eaux du bassin, semblable à la raie
d'or qui perce la fente d'un volet et traverse une
chambre espagnole, soigneusement close pour la sieste.

Puis, quand le soleil planait au-dessus du vieux cratère, empli d'eau par une révolution antédiluvienne,
alors les flancs rocailleux s'échauffaient, l'ancien volcan
s'allumait, et cette rapide chaleur fécondait la végétation, réveillait les germes, colorait les fleurs, mûrissait
les fruits de ce petit coin de terre ignoré.

Lorsque Raphaël y parvint, il aperçut quelques vaches
paissant dans la prairie; et, quand il eut fait quelques
pas vers le lac, il vit, à l'endroit où le terrain avait
le plus de largeur, une modeste maison bâtie en granit,
mais couverte en bois. Cette vieille chaumière était en
harmonie avec le site. Le toit, orné de mousse, de lierres
et de fleurs, trahissait une haute antiquité. Il s'échappait
de la cheminée en ruine une fumée grêle dont les oiseaux
ne s'effrayaient plus. A la porte, il y avait un grand
banc, placé entre deux chèvre-feuilles énormes, rouges

de fleurs et qui embaumaient. A peine voyait-on les murs sous les pampres de la vigne et sous les guirlandes de roses et de jasmin, qui croissaient à l'aventure et sans gêne. Insoucians de cette parure champêtre, les habitans n'en avaient nul soin, laissant à la nature sa grâce vierge et capricieuse. Des langes accrochés à un groseiller séchaient au soleil. Il y avait un chat accroupi sur une machine à teiller le chanvre; et dessous, un chaudron jaune, récemment récuré, gisait au milieu de quelques pelures de pommes de terre.

De l'autre côté de la maison, Raphaël aperçut une clôture d'épines sèches, destinée sans doute à empêcher les poules de dévaster les fruits et le potager.

Le monde paraissait finir là, et cette habitation ressemblait à ces nids d'oiseaux si ingénument fixés au creux d'un rocher, bien empaillés, pleins d'art et de négligence tout ensemble. C'était une nature naïve et bonne, une rusticité vraie; mais poétique, parce qu'elle florissait à mille lieues de nos poésies peignées, n'avait d'analogie avec aucune idée, ne procédait que d'elle-même, unique, vrai triomphe du hasard!...

Au moment où Raphaël arriva, le soleil jetait ses rayons de droite à gauche, faisant resplendir les couleurs de la végétation, mettant en relief et décorant de tous les prestiges de la lumière et de l'ombre, les fonds jaunes et grisâtres des rochers, les différens verts des feuillages, les masses bleues, rouges ou blanches des fleurs, les plantes grimpantes et leurs cloches, le velours chatoyant des mousses, les grappes purpurines de la bruyère et surtout la nappe d'eau claire où se réfléchissaient fidèlement les cimes granitiques, les arbres, la maison et le ciel.

C'était un tableau délicieux, où tout avait son lustre, depuis le mica brillant jusqu'à la touffe d'herbes blondes caché dans un doux clair obscur. L'ame se réjouissait à voir la vache tachetée, au poil luisant, les fragiles

fleurs aquatiques étendues comme des franges et pendant
au dessus de l'eau, dans un enfoncement où bourdon-
naient des insectes vêtus d'azur ou d'émeraude; puis, les
racines d'arbres, espèces de chevelures sablonneuses qui
couronnaient une informe figure de cailloux. Les tièdes
senteurs des eaux, des fleurs et des grottes qui parfu-
maient ce réduit solitaire, causèrent à Raphaël une sensation presque voluptueuse.

Le silence majestueux qui régnait dans ce bocage,
oublié peut-être sur les rôles du percepteur, fut alors
interrompu par les aboyemens de deux chiens. Les
vaches tournant la tête vers l'entrée du vallon, montrèrent à Raphaël leurs mufles humides, et après l'avoir
stupidement contemplé, se remirent à brouter philosophiquement. Suspendus dans les rochers comme par
magie, une chèvre et son chevreau cabriolèrent et vinrent se poser sur une table de granit près de Raphaël, en
paraissant l'interroger.

Enfin, les jappemens des chiens attirèrent au dehors
un gros enfant qui resta béant; puis, vint un vieillard en cheveux blancs et de moyenne taille. Ces deux
êtres étaient en rapport avec le paysage, avec l'air, les
fleurs et la maison. La santé débordait dans cette nature
plantureuse : la vieillesse et l'enfance y étaient belles.
Enfin il y avait dans tous ces types d'existence un laisser-
aller primordial, une routine de bonheur qui donnait
un démenti à nos capucinades philosophiques et gué-
rissait le cœur de ses passions boursouflées.

Le vieillard appartenait aux modèles affectionnés par
les mâles pinceaux de Schnetz : c'était un visage brun
dont les rides nombreuses paraissaient rudes au toucher,
un nez droit, des pommettes saillantes et veinées de
rouge comme une vieille feuille de vigne, des contours
anguleux, tous les caractères de la force, même là où la
force avait disparu; puis, des mains calleuses quoiqu'elles
ne travaillassent plus et conservant un poil blanc et

rare; enfin, une attitude d'homme vraiment libre, qui en Italie serait peut-être devenu brigand par amour pour sa précieuse liberté.

L'enfant, véritable montagnard, avait des yeux noirs qui pouvaient envisager le soleil sans cligner, un teint de bistre, des cheveux bruns en désordre. Il était leste et décidé, naturel dans ses mouvemens comme un oiseau; mal vêtu, mais laissant voir une peau blanche et fraîche à travers les déchirures de ses habits.

Tous deux restèrent debout et en silence, l'un près de l'autre, mus par le même sentiment, offrant, sur leur physionomie, la preuve d'une identité parfaite dans leur vie également oisive. Le vieillard avait épousé tous les jeux de l'enfant, et l'enfant l'humeur du vieillard, espèce de pacte entre deux faiblesses, entre une force prête à finir et une force prête à se mouvoir.

Enfin une femme âgée d'environ trente ans apparut sur le seuil de la porte. Elle filait en marchant. C'était une Auvergnate, haute en couleur, l'air réjoui, franche, à dents blanches, figure de l'Auvergne, taille de l'Auvergne, coiffure, robe de l'Auvergne, seins rebondis de l'Auvergne, et son parler; une idéalisation complète du pays : mœurs laborieuses, ignorance, économie, cordialité, tout y était.

Elle salua Raphaël; ils entrèrent en conversation; les chiens s'apaisèrent; le vieillard s'assit sur un banc au soleil, et l'enfant suivit sa mère partout où elle alla, silencieux, mais écoutant, examinant l'étranger.

— Vous n'avez pas peur ici, ma bonne femme?...

— Et d'où que nous aurions peur, Monsieur? Quand nous barrons l'entrée, qui donc pourrait venir ici!... oh! nous n'avons point peur!...

En sortant de la maison, Raphaël aperçut, au milieu des rochers, un homme tenant une houe à la main, penché, curieux, regardant la maison.

— Monsieur, c'est l'homme!... dit l'Auvergnate en

laissant échapper ce sourire familier aux paysannes; il
laboure là haut!....

— Et ce vieillard est votre père?

— Faites excuse; Monsieur, c'est le grand-père de
notre homme. Tel que vous le voyez, il a cent deux ans!...
Eh ben, dernièrement il a mené à pied, notre petit gars
à Clermont!... Çà a été un homme fort; maintenant, il
ne fait plus que dormir, boire et manger... Il s'amuse
toujours avec le petit gars... Quelquefois le petit l'emmène dans les hauts!... Il y va tout de même...

Aussitôt Valentin se résolut à vivre entre ce vieillard
et cet enfant, à respirer dans leur atmosphère, à manger
de leur pain, à boire de leur eau, à dormir de leur sommeil, à se faire de leur sang dans les veines. Caprice de
mourant!...

Devenir une des huîtres de ce rocher, sauver son
écaille du néant, engourdir près de lui la mort, fut, pour
lui, l'archétype de la morale individuelle, la religion de
la personnalité, la véritable formule de l'existence
humaine, le beau idéal de la vie, la seule vie, la vraie vie.

Il lui vint au cœur une profonde pensée d'égoïsme où
s'engloutit l'univers. A ses yeux, il n'y eut plus d'univers;
ou, plutôt, l'univers passa tout en lui.

Pour les malades, le monde commence au chevet et
finit au pied de leur lit; ce paysage fut le lit de Raphaël.

Qui n'a pas, une fois dans sa vie, espionné les pas et démarches d'une fourmi, glissé des pailles dans l'unique orifice par lequel respire une limace blonde, étudié les fantaisies d'une demoiselle fluette, admiré les milles veines, coloriées comme une rose de cathédrale gothique, qui se détachent sur le fonds rougeâtre des feuilles d'un jeune chêne?... Qui n'a pas délicieusement regardé pendant long-temps l'effet de la pluie et du soleil sur un toit de tuiles brunes, ou contemplé les gouttes de la rosée, les pétales des fleurs, les découpures variées de leurs calices?..... Qui ne s'est pas plongé dans ces rêveries matérielles, sans but, indolentes et occupées?... Qui n'a pas enfin mené la vie du sauvage, moins ses travaux, la vie de l'enfance, la vie paresseuse?...

Ainsi vécut Raphaël pendant quelques jours, sans soins, sans désirs, éprouvant un mieux sensible, un bien-être extraordinaire qui calma ses inquiétudes, apaisa ses souffrances. Gravissant les rochers, il allait s'asseoir sur un pic d'où ses yeux embrassaient quelque paysage d'une immense étendue, restant là des journées entières comme une plante au soleil, comme un lièvre au gîte... Ou bien, il se familiarisait avec les phénomènes de la végétation, avec les vicissitudes du ciel, épiant le progrès de toutes les œuvres, sur la terre, dans les eaux ou les airs...

Il tenta de s'associer au mouvement intime de cette nature, et de s'identifier assez complètement à sa passive obéissance, pour tomber sous la loi despotique et conservatrice qui régit les existences instinctives. Il ne voulait plus être chargé de lui-même; et, semblable à ces criminels d'autrefois, qui, poursuivis par la justice, étaient sauvés à l'ombre d'un autel, il essayait de se glisser dans le sanctuaire de la vie. Il réussit à devenir partie intégrante de cette large et puissante fructification : il avait épousé les intempéries de l'air, habité tous les creux de rochers, appris les mœurs et les habitudes de toutes les plantes, étudié le régime des eaux, leurs gisemens, et fait connaissance avec les animaux. Enfin, il s'était si parfaitement uni à cette terre animée qu'il en avait, en quelque sorte, saisi l'ame et pénétré les secrets. Pour lui, les formes infinies de tous les règnes, étaient les développemens d'une même substance, les combinaisons d'un même mouvement, vaste respiration d'un être immense qui agissait, pensait, marchait, grandissait, et il voulait grandir, marcher, penser, agir avec lui, comme lui. Il avait fantastiquement mêlé sa vie à la vie de ce rocher; c'était sa maison, sa coquille; il s'y était implanté.

Grâce à ce mystérieux illuminisme, convalescence factice, semblable à ces bienfaisans délires accordés par la nature comme autant de haltes dans la douleur, Valentin goûta tous les plaisirs d'une seconde enfance durant les premiers momens de son séjour au milieu de ce riant paysage. Il allait y dénichant des riens, entre-prenant mille choses sans en achever aucune; oubliant le lendemain les projets de la veille: insouciant, musard. Il fut heureux et se crut sauvé.

Un matin, il était resté par hasard, au lit, jusqu'à midi, plongé dans cette rêverie mêlée de veille et de sommeil qui prête aux réalités les apparences de la fantaisie, et donne aux chimères le relief de l'existence; quand, tout à coup, sans savoir d'abord s'il ne conti-nuait pas un rêve, il entendit, pour la première fois, le

bulletin de sa santé donné par son hôtesse à Jonathas,
venu, comme chaque jour, le demander.

L'Auvergnate croyant, sans doute, Valentin encore
endormi, n'avait pas baissé le diapason de sa voix mon-
tagnarde.

Ça ne va pas mieux, ça ne va pas pire... disait-elle.
Il a encore toussé toute cette nuit, à rendre l'ame... Il
tousse, il crache, il souffre ce cher Monsieur, que c'est
une pitié. Je me demandons moi et mon homme, où il
prend la force de tousser comme ça... que ça fend le
cœur. Quelle damnée maladie qu'il a?... C'est qu'il n'est
point bien, du tout!... J'avons toujours peur de le trouver crevé dans son lit, un matin. Il est vraiment pâle
comme un Jésus de cire!... Dame! je le vois quand il se
lève, eh ben, son pauvre cadavre est maigre comme une
poignée de clous... Et il ne sent déjà pas bon tout de
même... Ça lui est égal, il se consomme à courir comme
s'il avait de la santé... Il a bien du courage tout de même
de ne pas se plaindre... Mais, c'est sûr, vraiment, qu'il
serait mieux en terre qu'en pré, vu qu'il souffre la passion de Dieu!... Je ne le désirons pas, Monsieur. Ce n'est
point notre intérêt... Mais il ne nous donnerait pas ce
qu'il nous donne que je l'aimerions tout de même : ce
n'est point l'intérêt qui nous guide...

— Ah! mon Dieu! reprit-elle, il n'y a que les Parisiens
pour avoir de ces chiennes de maladies-là?... Où qui
prennent ça... donc?... Pauvre jeune homme, il est sûr
qu'il ne peut guère ben finir... C'te fièvre, voyez-vous, ça
vous le mine, ça le creuse... ça le ruine... Il ne s'en doute
point... Il ne le sait point, Monsieur!... Il ne s'aperçoit
de rien... Faut pas pleurer pour ça, M. Jonathas?... il
faut se dire qu'il sera heureux de ne plus souffrir... Vous
devriez faire une neuvaine pour lui... j'avons vu de belles
guérisons par les neuvaines, et je paierions bien un
cierge pour sauver une si douce créature, si bonne...
C'est un agneau pascal.

La voix de Raphaël étant devenue trop faible pour qu'il pût se faire entendre, il fut obligé de subir cet épouvantable bavardage; mais l'impatience le fit sortir de son lit; et, se montrant sur le seuil de la porte :

— Vieux scélérat!... cria-t-il à Jonathas, tu veux donc être mon bourreau!...

Croyant voir un spectre, la paysanne s'enfuit.

— Je te défends, dit Raphaël en continuant, d'avoir la moindre inquiétude sur ma santé!...

— Oui, M. le marquis... répondit le vieux serviteur en essuyant ses larmes.

— Et tu feras même fort bien dorénavant, de ne pas venir ici sans mon ordre.

Jonathas voulut obéir; mais, avant de se retirer, il jeta sur le marquis un regard fidèle et compatissant où Raphaël lut son arrêt de mort.

Découragé, rendu tout à coup au sentiment vrai de sa situation, Valentin s'assit sur le seuil de la porte, se croisa les bras sur la poitrine et baissa la tête.

Jonathas effrayé s'approcha de son maître.

— Monsieur?..

— V'a-t-en! va-t-en!... lui cria le malade.

Pendant la matinée du lendemain, Raphaël, ayant gravi les rochers, s'était assis dans une crevasse pleine de mousse, d'où il pouvait voir le chemin étroit par lequel on venait des Eaux à son habitation. Au bas du pic, il aperçut Jonathas conversant derechef avec l'Auvergnate. Une malicieuse puissance lui interpréta les hochemens de tête, les gestes désespérans, la sinistre naïveté de cette femme, et lui en jeta même dans le vent et dans le silence, les fatales paroles...

Pénétré d'horreur, il se réfugia sur les plus hautes cimes des montagnes et y resta jusqu'au soir, sans avoir pu chasser les sinistres pensées, si malheureusement réveillées dans son cœur par le cruel intérêt dont il était devenu l'objet.

Tout à coup l'Auvergnate elle-même se dressa soudain devant lui comme une ombre dans l'ombre du soir; et, par une bizarrerie de poète, il voulut trouver, dans son jupon rayé de noir et de blanc, une vague ressemblance avec les côtes desséchées d'un spectre.

— Voilà le serein qui tombe, mon cher Monsieur... lui dit-elle. Si vous restez là, vous vous avanceriez, ni plus ni moins qu'un fruit patrouillé... Faut rentrer! Ça n'est pas sain de humer la rosée, avec cela que vous n'avez rien pris depuis ce matin...

— Par le tonnerre de Dieu!... s'écria-t-il, sacrée sorcière, je vous ordonne de me laisser vivre à ma guise!... ou je décampe d'ici..... C'est bien assez de creuser ma fosse tous les matins, au moins ne la fouillez pas le soir...

— Votre fosse!... Monsieur!... Creuser votre fosse!... Où qu'elle est donc votre fosse?... Je voudrions vous voir bastant comme notre père, et point dans la fosse! La fosse!... Nous y sommes toujours assez tôt, dans la fosse!...

— Assez!... dit Raphaël.

— Prenez mon bras, Monsieur.

— Non...

Le sentiment que l'homme supporte le plus difficilement est la pitié quand il la mérite. — La haine est un tonique : elle fait vivre, elle inspire la vengeance, mais la pitié tue, elle affaiblit encore notre faiblesse. C'est le mal devenu patelin, c'est le mépris dans la tendresse, ou la tendresse dans l'offense.

Raphaël trouva chez le centenaire une pitié triomphante; chez l'enfant, une pitié curieuse; chez la femme, une pitié tracassière; chez le mari, une pitié intéressée; mais, sous quelque forme que ce sentiment se montrât, il était toujours gros de mort. Un poète fait de tout, un poème, terrible ou joyeux, suivant les images qui le frappent; son âme exaltée rejette les nuances et choisit toujours les couleurs vives et tranchées; or, cette pitié produisit au cœur de Raphaël un horrible poème de deuil et de mélancolie.

Il n'avait pas songé sans doute à la franchise des sentimens naturels, en désirant se rapprocher de la nature.

Quand il se croyait seul sous un arbre et qu'il était aux prises avec une quinte opiniâtre, dont il ne triomphait jamais sans sortir abattu par la lutte, il voyait les yeux brillans et fluides du petit garçon, placé en vedette sous une touffe d'herbes, comme un sauvage, et qui l'examinait avec cette enfantine curiosité dans laquelle il y a autant de raillerie que de plaisir; et je ne sais quel intérêt mêlé d'insensibilité.

Le terrible : — *Frère, il faut mourir!...* des Chartreux, était toujours écrit dans les yeux des paysans avec lesquels vivait Raphaël; et il ne savait ce qu'il craignait le plus, de leurs paroles naïves ou de leur silence. Tout en eux le gênait.

Enfin, un matin, il vit deux hommes vêtus de noir qui rôdèrent autour de lui, le flairèrent et l'étudièrent à la dérobée. Puis, feignant d'être venus là en se promenant, ils lui adressèrent des questions banales auxquelles il répondit brièvement.

Il reconnut en eux le médecin et le curé des Eaux, sans doute envoyés par Jonathas, consultés par ses hôtes ou attirés par l'odeur d'une mort prochaine.

Alors, il entrevit son propre convoi, il entendit le chant des prêtres, il compta les cierges, et ne vit plus qu'à travers un crêpe, les beautés de cette riche nature, au sein de laquelle il croyait avoir rencontré la vie. Tout ce qui naguère lui annonçait une longue existence, lui prophétisait maintenant une fin prochaine.

Le lendemain, il partit pour Paris, après avoir été abreuvé des souhaits mélancoliques et cordialement plaintifs que ses hôtes lui adressèrent.

LII

Après avoir voyagé durant toute la nuit, Raphaël s'éveilla dans l'une des plus riantes vallées du Bourbonnais dont les sites et les points de vue tourbillonnaient devant lui, rapidement emportés comme les images vaporeuses d'un songe. La nature s'étalait à ses yeux avec une cruelle coquetterie.

C'était tantôt une perspective de l'Allier déroulant son ruban liquide et brillant; puis, des hameaux modestement cachés au fond d'une gorge de roches jaunâtres et montrant la pointe de leurs clochers; tantôt les moulins d'un petit vallon, se découvraient soudain après des vignobles monotones; et toujours de rians châteaux, des villages suspendus ou quelques routes bordées de peupliers majestueux; enfin, la Loire et ses longues nappes diamantées, reluisirent au milieu de ses sables dorés... Séductions sans fin!...

La nature agitée, vivace comme un enfant, contenant à peine l'amour et la sève du mois de juin, attirait fatalement les regards éteints du malade.

Il leva les persiennes de sa voiture, et se remit à dormir.

Vers le soir, après avoir passé Cosne, il fut réveillé par une joyeuse musique, et se trouva devant une fête de village. La poste étant située près de la place, il vit, pendant le temps que les postillons mirent à relayer sa voiture, cette population joyeuse, les danses, les filles parées de fleurs, jolies, agaçantes, les jeunes gens ani-

més, puis les trognes gaillardes et rougies par le vin, des
vieux paysans endimanchés. Les petits enfans criaient, les
vieilles femmes riaient, tout avait une voix, et le plaisir
enjolivait même les habits et les tables dressées. La place
et l'église avaient enfin une physionomie de bonheur, et
les toits, les fenêtres, les portes même du village semblaient s'être endimanchées.

Semblable aux moribonds impatiens du moindre
bruit, Raphaël ne put réprimer une sinistre interjection,
et le désir d'imposer silence à ces violons, d'anéantir
ce mouvement, d'assourdir ces clameurs, de dissiper
cette fête insolente.

Tout chagrin, il monta dans sa voiture, et quand il
regarda sur la place, il vit la joie effarouchée, les paysannes en fuite et les bancs déserts. Sur l'échafaud de
l'orchestre, un ménétrier aveugle continuait à jouer une
ronde criarde sur sa clarinette. Cette musique sans dan-
seurs, ce vieillard solitaire au profil grimaud, en haillons, les cheveux épars, et caché dans l'ombre d'un
tilleul, était comme une image fantastique du souhait
de Raphaël...

Il tombait à torrens une de ces fortes pluies que les
nuages électriques du mois de juin versent si brusquement et qui finissent aussitôt.

C'était chose si naturelle, que Raphaël, après avoir
regardé dans le ciel, quelques nuages blanchâtres
emportés par un grain de vent, ne songea pas à regarder sa peau de chagrin. Il se remit dans le coin de sa
voiture, qui bientôt roula sur la route.

Le lendemain il se trouva chez lui, dans sa chambre,
au coin de sa cheminée. Il s'était fait allumer un grand
feu; il avait froid!... Jonathas lui apporta des lettres.
Elles étaient toutes de Pauline. Il ouvrit la première
sans empressement, la dépliant comme si c'eût été le
papier grisâtre d'une *sommation sans frais* envoyée par le
percepteur. Il lut la première phrase :

« Parti!... mais c'est une fuite, mon Raphaël?
» Comment! personne ne peut me dire où tu es... Et si
» je ne le sais pas, qui donc le saurait?... »

Sans vouloir en apprendre davantage, il prit froidement toutes les lettres et les jeta dans le feu, regardant
d'un œil terne et sans chaleur, les jeux de la flamme qui
tordait le papier parfumé, le racornissait, le retournait,
le morcelait. Alors des fragmens roulèrent sur les cendres, çà et là; lui laissant voir des commencemens de
phrase, des mots, des pensées à demi brûlées, et qu'il se
plut à saisir dans la flamme par jeu; mais c'était presque
involontaire.

.....Assise à ta porte... — ...attendu. — Caprice...
j'obéis... — Des rivales... moi! — non!... — ta Pauline...
aime... — plus de Pauline donc?... — Si tu avais voulu me
quitter, tu ne m'aurais pas abandonnée... — Amour
éternel... — Mourir!

Ces mots lui donnèrent une sorte de remords, il saisit
les pincettes et sauva des flammes un dernier lambeau
de lettre.

« ... J'ai murmuré, disait Pauline, mais je ne me suis
» pas plaint, Raphaël?... En me laissant loin de toi, tu
» as sans doute voulu me dérober le poids de quelques
» chagrins. Un jour, tu me tueras peut-être, mais tu es
» trop bon pour me faire souffrir... Eh bien, ne pars plus
» ainsi. — Va, je puis affronter les plus grands suppli-
» ces, mais près de toi... Le chagrin que tu m'imposerais
» ne serait plus un chagrin : j'ai dans le cœur encore
» bien plus d'amour que je ne t'en ai montré. — Je puis
» tout supporter... hors de pleurer loin de toi, et de ne
» pas savoir ce que tu... »

Raphaël posa sur la cheminée ce morceau de papier
noirci par le feu; puis, tout à coup il le rejeta promptement dans le foyer : c'était une image trop vive de son
amour et de sa fatale vie.

— Va chercher M. Prosper!... dit-il à Jonathas.

Prosper vint et trouva Raphaël au lit.

— Mon ami, peux-tu me composer une boisson légèrement opiacée qui m'entretienne dans une somnolence
continuelle, sans que l'emploi constant de ce breuvage
me fasse mal?...

— Rien n'est plus aisé, répondit le jeune docteur;
mais il faudra bien, cependant, rester debout quelques
heures de la journée, pour manger...

— Quelques heures?... dit Raphaël en l'interrompant.
Non, non, je ne veux être levé que durant une heure au
plus...

— Quel est donc ton dessein?... demanda Prosper.

— Dormir, c'est encore vivre!..... répondit le malade.

— Ne laisse entrer personne, fût-ce même mademoiselle Pauline de Vistchnau!.... dit Valentin à Jonathas,
pendant que le médecin écrivait son ordonnance.

— Hé bien, M. Prosper, y a-t-il de la ressource?...
demanda le vieux domestique au jeune docteur qu'il
avait reconduit jusqu'au perron.

— Il peut aller encore long-temps, ou mourir ce
soir!... Chez lui, les chances de vie et de mort sont
égales... Je n'y comprends rien.... répondit le médecin
en laissant échapper un geste de doute. Il faut le distraire...

— Le distraire!... Monsieur, vous ne le connaissez pas.
Il a tué l'autre jour un homme, sans dire *ouf!*... On ne le
distrait point...

RAPHAËL demeura pendant quelques jours plongé dans le néant de son sommeil factice. Grâce à la puissance matérielle exercée par l'opium sur notre ame prétendue immatérielle, cet homme d'imagination si puissamment active s'éleva jusqu'à la hauteur de ces animaux paresseux qui croupissent au sein des forêts, sous la forme d'une dépouille végétale, sans faire un pas, même pour saisir une facile proie. Il avait éteint la lumière du ciel; le jour n'entrait plus chez lui.

Vers les huit heures du soir, il sortait de son lit; et, sans avoir une conscience lucide de son existence, il satisfaisait sa faim, en trouvant un repas léger qui l'attendait; puis, se couchait aussitôt. Ses heures froides et ridées ne lui apportaient que de confuses images, des apparences, des ombres sur un fond noir. Il s'était enseveli dans un profond silence, dans une négation de mouvement et d'intelligence.

Un soir, il se réveilla beaucoup plus tard que de coutume, et ne trouva pas son dîner servi.

Sonnant aussitôt Jonathas.

— Tu peux partir, lui dit-il, je t'ai fait riche; tu seras heureux dans tes vieux jours; mais je ne veux plus te laisser jouer ma vie. Comment, misérable, je suis réveillé par la faim?... Où est mon dîner?... réponds?...

Jonathas, laissant échapper un sourire de contentement, prit une bougie dont la lumière tremblottait dans l'obscurité profonde des immenses appartemens de l'hôtel, et conduisit son maître, redevenu machine, à une vaste galerie dont il ouvrit brusquement la porte.

Aussitôt Raphaël fut inondé de lumière, ébloui, surpris par un spectacle inouï. C'étaient ses lustres d'or chargés de bougies, les fleurs les plus rares de sa serre artistement disposées, une table étincelante d'argenterie, d'or, de nacre, de porcelaines, un repas royal, riche de mets appétissans, tout fumant et irritant par ses saveurs les houppes nerveuses du palais.

Il vit ses amis convoqués, puis des femmes parées et ravissantes, mais la gorge nue, les épaules découvertes, les chevelures pleines de fleurs, les yeux brillans et de beautés diverses, et agaçantes sous de voluptueux travestissemens. L'une avait dessiné ses formes attrayantes par une jaquette irlandaise; l'autre portait la basquina lascive des Andalouses; celle-ci, demi-nue en Diane chasseresse, celle-là, modeste et amoureuse sous le costume de mademoiselle de Lavallière, étaient également vouées à l'ivresse, comme tous ses hôtes, car dans leurs regards brillaient la joie, l'amour, le plaisir.

Au moment où la morte figure de Raphaël se montra dans l'ouverture de la porte, une acclamation soudaine éclata, rapide, pénétrant comme les rayons de cette fête improvisée.

Les voix, les parfums, la lumière, et, près de lui, deux femmes d'une exquise beauté frappèrent tous ses sens, réveillèrent son appétit; puis, une délicieuse musique, cachée dans un salon voisin, couvrit, par un torrent d'harmonie, ce tumulte enivrant, et compléta cette étrange vision.

Raphaël se sentant la main pressée par une main polie, une main de femme dont les bras frais et blancs, se levaient pour le serrer, recula d'horreur en comprenant que ce tableau n'était pas vague et fantastique comme les fugitives images de ses rêves décolorés; alors, poussant un cri sinistre, il ferma brusquement la porte et flétrit son vieux serviteur en le frappant au visage.

— Monstre!... tu as juré de me faire mourir!... s'écria-t-il.

Puis, tout palpitant du danger qu'il venait de courir, il trouva des forces pour regagner sa chambre, but une forte dose de sommeil et se coucha.

— Que diable, dit Jonathas en se relevant, M. Prosper m'avait cependant bien ordonné de le distraire...

Il était environ minuit, et, à cette heure, Raphaël, par un de ces caprices physiologiques, l'étonnement et le désespoir des sciences médicales, resplendissait de beauté pendant son sommeil. Un rose vif colorait ses joues blanches; son front gracieux comme celui d'une jeune fille, exprimait le génie. La vie était en fleur sur ce visage tranquille et reposé. Vous eussiez dit d'un jeune enfant endormi sous la protection de sa mère. Et son sommeil était un bon sommeil, sa bouche vermeille laissait passer un souffle égal et pur. Raphaël souriait, transporté sans doute par un rêve, dans une belle vie. Il était peut-être centenaire; ses petits enfans lui souhaitaient encore de longs jours, et, de son banc rustique, assis au soleil, sous le feuillage, il apercevait, comme le prophète, en haut de la montagne, dans un lointain prestigieux, la terre promise.

— Le voilà donc!...

Ces mots, prononcés d'une voix argentine, dissipèrent les figures nuageuses de son sommeil; et, à la lueur de la lampe, il vit, assise sur son lit, sa Pauline, mais Pauline embellie par l'absence et par la douleur.

Raphaël resta stupéfait à l'aspect de cette figure blanche comme les pétales d'une fleur des eaux, et qui, accompagnée de longs cheveux noirs, semblait encore

plus blanche dans l'ombre. Des larmes avaient tracé leur
route brillante sur ses joues, et y restaient suspendues,
prêtes à tomber au moindre effort. Vêtue de blanc, la
tête penchée et foulant à peine le lit, elle était là comme
un ange descendu des cieux, apparition qu'un souffle
pouvait faire disparaître.

— Ah! j'ai tout oublié!... s'écria-t-elle au moment où
Raphaël ouvrit les yeux. Je n'ai de voix que pour te
dire : — Je suis à toi!... Oui, près de toi, mon cœur est
tout amour... Ah! jamais, ange de ma vie, tu n'as été si
beau. Tes yeux foudroyent!... Mais je devine tout, va!...
Tu as été chercher la santé sans moi, tu me craignais....
Eh bien!...

— Fuis!... fuis!... Laisse-moi!... répondit enfin Raphaël d'une voix sourde... Mais va-t-en donc!... Si tu
restes là, je meurs!... Veux-tu me voir mourir?...

— Mourir!... répéta-t-elle. Est-ce que tu peux mourir
sans moi!... Mourir! mais tu es jeune et beau!... Mourir!
mais je t'aime!... Mourir!.... ajouta-t-elle d'une voix
profonde et gutturale.

Elle lui prit les mains par un mouvement de folie.

— Froides!... dit-elle. Est-ce une illusion?

Raphaël tira de dessous son chevet le lambeau de la
peau de chagrin, fragile et petit comme une feuille de
saule, et le lui montrant :

— Pauline, disons-nous adieu...

— Adieu?... répéta-t-elle d'un air surpris.

— Oui. Ceci est un talisman; il accomplit mes désirs,
et représente ma vie... Vois ce qu'il me reste... Si tu me
regardes encore, je vais mourir.

La jeune fille, croyant Valentin devenu fou, prit le
talisman, et alla chercher la lampe; puis, éclairée par
la lueur vacillante, qui se projetait également sur
Raphaël, elle examina très-attentivement le visage de son
amant et la dernière parcelle de la peau magique.

Mais, lui, la voyant ainsi, belle de terreur et d'amour,

il ne fut plus maître de sa pensée. Alors, les souvenirs
des scènes caressantes, et des joies délirantes de sa passion triomphèrent dans son ame, depuis long-temps
endormie, et s'y réveillèrent comme un foyer mal
éteint.

— Pauline! viens!... Pauline!

Un cri terrible sortit du gosier de la jeune fille, ses
yeux se dilatèrent, ses sourcils violemment tirés par
une douleur inouie, s'écartèrent avec horreur. Elle lisait
dans les yeux de Raphaël un de ces désirs furieux, jadis
sa gloire à elle; et, à mesure que grandissait ce désir, la
peau en se contractant lui chatouillait la main...

Sans réfléchir, elle s'enfuit dans le salon voisin dont
elle ferma la porte.

— Pauline! Pauline!... cria le moribond, en courant
après elle, je t'aime, je t'adore!... je te veux!... je te maudis, si tu ne m'ouvres!... Je veux mourir en toi!.,.

Alors avec une force singulière, dernier éclat de vie,
il jeta la porte à terre d'un coup de pied, et vit sa maîtresse, à demi-nue, se roulant sur un canapé. Pauline
avait tenté vainement de se déchirer le sein; et, pour se
donner une prompte mort, elle cherchait à s'étrangler
avec son schall.

— Si je meurs, il vivra!... disait-elle.

Et elle tâchait de serrer le nœud rebelle.

Ses cheveux étaient épars, ses épaules nues, ses vêtemens en désordre, et, dans cette lutte avec la mort, les
yeux en pleurs, le visage enflammé, se tordant sous un
horrible désespoir, elle présentait à Raphaël, ivre
d'amour, mille beautés qui augmentèrent son délire.

Léger comme un oiseau de proie, il se jeta sur elle,
à ses genoux, brisa le schall et voulut la prendre dans
ses bras. Il chercha, dans son gosier, des paroles pour
exprimer le désir qui héritait de toutes ses forces, mais
il n'y trouva que les sons étranglés du râle, et chaque
respiration creusée plus avant semblait partir de ses

entrailles. Enfin, ne pouvant bientôt plus former de sons, il mordit Pauline...

. . . .
. . . .
. . . .
. . . .
. . . .

— Que demandez-vous, dit-elle à Jonathas qui, épouvanté des cris, se présenta et voulut lui arracher le cadavre sur lequel elle s'était accroupie dans un coin. — Il est à moi!... je l'ai tué!... Ne l'avais-je pas prédit?...

Pauline riait, et ses yeux étaient secs.

CONCLUSION

— Et Pauline?...

— Ah! Pauline!...

Êtes-vous quelquefois resté, par une douce soirée d'hiver, devant votre foyer domestique, voluptueusement livré à des souvenirs d'amour ou de jeunesse, contemplant les rayures produites par le feu, sur un morceau de chêne?...

Fantasque, tantôt la combustion y dessine les cases rouges d'un damier, tantôt elle y miroite des velours; puis, tout à coup, de petites flammes bleues courent, bondissent, jouent sur le fond ardent du brasier...

Vient un peintre inconnu, il se sert de cette flamme; et, par un artifice unique, au sein de ces teintes violettes, empourprées et flamboyantes, il trace une figure supernaturelle et d'une délicatesse inouïe... phénomène fugitif, que le hasard ne recommencera jamais!...

Oui!... C'est une femme, aux cheveux emportés par le vent, et dont le profil respire une passion délicieuse!... C'est du feu, dans le feu! — Elle sourit... — elle expire!...

Vous ne là reverrez plus!... Adieu fleur de la flamme, adieu principe incomplet, inattendu, venu trop tôt ou trop tard pour être quelque diamant pur! . . . .
. . . .

. . . .

Place! place! Elle arrive! La voici, la reine des illusions! La femme qui passe comme un baiser, la femme

vive comme un éclair, comme lui jaillie du ciel et brûlante, l'être incréé, tout esprit, tout amour. Elle a revêtu
je ne sais quel corps de la flamme; ou, pour elle, la
flamme s'est un moment animée!... Les lignes de ses
formes sont d'une pureté désespérante. Elle vient du
ciel sans doute?... Ne resplendit-elle pas comme un
ange?... Et vous entendez presque le frémissement aérien
de ses ailes. Plus légère que l'oiseau, elle s'abat près
de vous et ses terribles yeux fascinent. Sa douce et puissante haleine attire vos lèvres par une force magique;
mais elle fuit et vous entraîne et vous ne sentez plus la
terre!... Vous voulez passer, une seule fois votre main
chatouillée, votre main fanatisée sur ce corps de neige,
froisser ces cheveux d'or, baiser ces yeux étincelans. Une
vapeur vous enivre, une musique enchanteresse vous
charme... Vous tressaillez de tous vos nerfs, vous êtes
tout désir, toute souffrance... O bonheur sans nom!...
Vous avez touché les lèvres de cette femme!... Tout à
coup, une atroce douleur vous réveille!...

— Ah! ah! votre tête a porté sur l'angle de votre lit!...
Vous en avez embrassé l'acajou brun, les dorures
froides, quelque bronze, un amour en cuivre!...

. . . .

. . . .

. . . .

Par une belle matinée, en partant de Tours, un jeune
homme embarqué sur *la Ville d'Angers,* tenant en sa main
la main d'une jolie femme, admira long-temps, au dessus des larges eaux de la Loire, une figure ravissante et
blanche, artificiellement éclose au sein du brouillard
comme un fruit des eaux et du soleil, des nuées et de
l'air; sylphide, ondine tour à tour; mais les pieds, agiles
et voltigeant dans les airs comme un mot vainement
cherché, qui est dans la pensée sans se laisser saisir...
L'inconnue était entre deux îles, elle agitait sa tête à

travers des peupliers; puis, devenue longue et gigantesque, elle faisait resplendir les mille plis de sa robe,
ou briller l'auréole décrite par le soleil autour de son
visage. Elle planait sur les hameaux, sur les collines les
plus voisines, et semblait défendre au bateau à vapeur
de passer devant le château d'Ussé. Vous eussiez dit la
Dame des Belles Cousines, protégeant son pays!   . . .

. . . .

— Bien, je comprends! Mais Fœdora?...
— Oh! Fœdora!... Vous la rencontrerez!...
Elle était hier aux Bouffons, elle ira ce soir à l'Opéra!...

MORALITÉ

FRANÇOIS Rabelais, docte et prude homme, bon Tourangeau, Chinonnais de plus, a dit :

*Les Thélemites estre grands mesnagiers de leur peau et sobres
de chagrins.*

Admirable maxime! Insouciante! — Égoïste! — Morale
éternelle!...

Le Pantagruel fut fait pour elle; ou, elle, pour le
Pantagruel.

L'auteur mérite d'être grandement vitupéré pour avoir
osé mener un corbillard sans saulce, ni jambons, ni vin,
ni paillardise, par les joyeux chemins de maître Alcofribas, le plus terrible des dériseurs, lui, dont l'immortelle satyre avait déjà pris, comme dans une serre, l'avenir et le passé de l'homme.

Mais cet ouvrage est la plus humble de toutes les
pierres apportées pour le piédestal de sa statue par un
pauvre Lanternois du doux pays de Touraine.

FIN.

APPENDICE

CROQUIS : LE DERNIER NAPOLÉON[1]

Vers les trois heures du soir, un jeune homme descendit, par le perron, dans le jardin du Palais-Royal, à Paris. Il marcha lentement, sous les tilleuls jaunes et chétifs de l'allée septentrionale, en levant la tête de temps en temps pour interroger par un regard les croisées des maisons de jeu. Mais l'heure à laquelle les fatales portes de ces antres silencieux doivent s'ouvrir n'avait sans doute pas encore sonné, car il n'aperçut, à travers les vitres, que les employés oisifs et immobiles, dont les figures, toutes stéréotypées d'après un modèle ignoble et sinistre, ressemblaient à des larves attendant leur proie. Alors, le jeune homme ramena ses yeux vers la terre, par un mouvement de mélancolie.

Sa marche indolente, l'ayant conduit au jet d'eau, dont le soleil illuminait en ce moment les gerbes gracieuses, il en fit le tour, sans admirer les jeux colorés de la lumière, sans même contempler les mille facettes de l'eau qui frissonnait dans le bassin. Toute sa per-

---

1. Texte paru dans *La Caricature morale, religieuse, littéraire et scénique*, n° 7, 16 décembre 1830.

sonne accusait une insouciance profonde des choses dont il était entouré. Un sourire amer et dédaigneux dessinait de légers plis dans les coins de sa bouche. Son extrême jeunesse donnait un intérêt pénible à l'expression de froide ironie fortement empreinte dans ses traits, et c'était un étrange contre-sens dans un visage animé de brillantes couleurs, dans un visage resplendissant de vie, étincelant de blancheur, un visage de vingt-cinq ans. Cette tête captivait l'attention. Il y avait, sur ce front pâle, quelque secret génie. Les formes étaient grêles et fines, les cheveux rares et blonds. Un éclat inusité scintillait dans ses yeux, tant endormis qu'ils fussent par la maladie ou par le chagrin.

A voir ce jeune homme, les poètes auraient cru à de longues études, à des nuits passées sous la lueur d'une lampe studieuse; les médecins auraient soupçonné quelque maladie de cœur ou de poitrine en remarquant la rougeur des joues, le cercle jaune qui cernait les yeux, la rapidité de la respiration; les observateurs l'eussent admiré; les indifférents lui auraient marché sur le pied...

L'inconnu n'était ni bien ni mal mis, ses vêtements n'annonçaient pas un homme favorisé de la fortune; mais, pour surprendre les secrets d'une profonde misère, il fallait un physiologiste sagace, qui sût deviner pourquoi l'habit avait été fermé avec tant de soin!...

Le jeune homme alla s'appuyer sur un des treillages en fer qui entourent les massifs; et se croisant les bras sur la poitrine, il regarda les bâtiments, le jet d'eau et les passants d'un air triste, mais résigné. Il y avait dans ce regard, dans cet abandon, bien des efforts trahis, bien des espérances trompées; et, dans la contraction des bras un bien puissant courage. L'impassibilité du suicide régnait sur ce visage. Aucune des curiosités de la vie ne tentait plus cette âme, tant à la fois turbulente et calme.

Le jeune homme tressaillit soudain... Il avait, par une

sorte de privilège infernal, entendu sonner l'heure, ouvrir les portes, retentir les escaliers... Il regarda les fenêtres des maisons de jeu. Des têtes d'hommes allaient et venaient dans les salons... Il se redressa et marcha sans empressement; il entra dans l'allée sans fausse pudeur, monta les escaliers, franchit la porte, et se trouva devant le tapis vert, plus tôt peut-être qu'il ne l'aurait voulu, tant les âmes fortes aiment une plaidailleuse incertitude!...

L'assemblée n'était pas nombreuse. Il y avait quelques vieillards à têtes chenues, à cheveux blancs, assis autour de la table, mais bien des chaises restaient vides... Un ou deux étrangers, dont les figures méridionales brûlaient de désespoir et d'avidité, tranchaient auprès de ces vieux visages experts des douleurs du jeu, et semblables à d'anciens forçats qui ne s'effraient plus des galères... — Les tailleurs et les banquiers immobiles jetaient sur les joueurs ce regard blême et assuré qui les tue... Les employés se promenaient nonchalamment. Sept ou huit spectateurs, rangés autour de la table, attendaient les scènes que les coups du sort, les figures des joueurs et le mouvement de l'or allaient leur donner. Ces désœuvrés étaient là, silencieux, attentifs... Ils venaient dans cette salle comme le peuple va à la Grève. Ils se regardèrent des yeux les uns les autres au moment où le jeune homme prit place devant une chaise sans s'y asseoir.

— Faites le jeu!... dit une voix grêle.

Chaque joueur ponta.

Le jeune homme jeta sur le tapis une pièce d'or qu'il tenait dans sa main, et ses yeux ardents allèrent alternativement des cartes à la pièce, de la pièce aux cartes. Les spectateurs n'apercevaient aucun symptôme d'émotion sur cette figure froide et résignée pendant le moment rapide que dura le plus violent combat par les angoisses duquel un cœur d'homme ait été torturé. Seulement, l'inconnu ferma les yeux quand il eut perdu, et ses lèvres blanchirent; mais il releva bientôt ses paupières, ses lèvres reprirent leur rougeur de corail; il regarda le râteau saisir sa dernière pièce d'or, affecta un air d'insouciance et disparut sans avoir cherché la moindre consolation sur les figures glacées des assistants.

Il descendit les escaliers en sifflant le *Di tanti palpiti,* si bas, si faiblement, que lui seul, peut-être, en entendait les notes, puis il s'achemina vers les Tuileries d'un pas lent, irrésolu, ne voyant ni les maisons, ni les passants, marchant comme au milieu du désert, n'écoutant qu'une voix, — la voix de la Mort, — être perdu dans une méditation confuse, où il n'y avait qu'une pensée.

Il traversa le jardin des Tuileries, et suivant le plus court chemin pour se rendre au Pont-Royal; et, s'y arrêtant au point culminant des voûtes, son regard plongea jusqu'au fond de la Seine.

Henri B...

TABLE

IMPRIMÉ EN FRANCE PAR BRODARD ET TAUPIN
7, bd Romain-Rolland - Montrouge - Usine de La Flèche.
LE LIVRE DE POCHE -

ISBN : 2 - 253 - 00630 - 0   ✦ 30/1701/9